Die Kinder des Hamburger Reeders und Lokalpolitikers Justus Stein werden bei eisigen Temperaturen in einen Container gesperrt. Doch es gibt keine Lösegeldforderung. Nora Klerner, Spezialistin des BKA für Verbrechen gegen Minderjährige, wird nach Hamburg beordert. Statt einer gepeinigten Familie erwartet sie in der weißen Alstervilla jedoch nur Misstrauen und aggressives Schweigen. Und was hat der Tod eines russischen Ex-Zuhälters mit der Entführung zu tun? Nora muss hinter die großbürgerliche Fassade blicken, um eine fatale Verkettung von Ereignissen aufzuhalten. Kann Kollege Johan Helms von der Operativen Fallanalyse, mit dem sie schon in Lüneburg zusammengearbeitet hat, Licht ins Dunkel bringen?

MEIKE DANNENBERG, Jahrgang 1974, studierte angewandte Kulturwissenschaften in Lüneburg. Seit 2003 ist sie freie Journalistin und Literaturredakteurin, seit 2011 verantwortlich für den Bereich Krimi beim Magazin BÜCHER. Sie lebt mit ihrer Familie in Bremen.

MEIKE DANNENBERG BEI BTB

Blumenkinder. Kriminalroman

MEIKE DANNENBERG

GEFÄHRDET

Kriminalroman

btb

Dieses Buch ist auch als E-Book erhältlich.

FSC www.fsc.org
MIX
Papier aus verantwortungsvollen Quellen
FSC® C014496

Verlagsgruppe Random House FSC® N001967

1. Auflage
Deutsche Erstausgabe März 2019
btb Verlag in der Verlagsgruppe Random House GmbH,
Neumarkter Straße 28, 81673 München

Covergestaltung: semper smile, München
Covermotiv: © plainpicture/Danel
Satz: Uhl + Massopust, Aalen
Druck und Einband: GGP Media GmbH, Pößneck
MK · Herstellung: sc
Printed in Germany
ISBN 978-3-442-71564-0

www.btb-verlag.de
www.facebook.com/btbverlag

Für meine Schwester Alena

Prolog

Ihr Vertrauen in die grundsätzliche Güte von Erwachsenen zerbarst, als sie aus dem Fenster schlüpfte. Eine letzte dünne Membran aus Hoffnung, ein vages Gefühl von Sicherheit durch die Nähe ihrer Mutter, hatte bisher die Angst vor ihnen in ihr umschlossen. Als diese Kapsel platzte, überflutete Panik ihren ganzen Körper. Sie zitterte, öffnete die Lippen, um zu schreien, doch eine schwitzige kleine Hand presste sich auf ihren Mund.

»Still, komm jetzt!«, vernahm sie die leise Stimme ihres Bruders dicht an ihrem Ohr, in ihrer Heimatsprache und brüchig vor Angst. Sie übertönte nur schwach die Geräusche, die wie eine Sirene ihren Kopf anfüllten, das Wimmern aus dem Mund ihrer Mutter, das Klatschen von Haut auf Haut, das Ächzen und Schnaufen, das grobe Gelächter der Männer. Die Laute machten sie innerlich klein, wie ein Tier, das sich zusammenkauern und an einen schützenden Ort fliehen möchte, reglos hing sie in der Kellerluke. Ihr Bruder packte ihren Arm, zog an ihr, schmerzhaft rieb der scharfkantige Metallrahmen über ihren bloßen Bauch, als ihr Shirt hochrutschte.

Die Schreie und das Wimmern waren dumpf, nur eine Tür von dem Raum mit den eisernen Etagenbetten und den angstvoll starrenden Blicken der Frauen und Mädchen entfernt, in dem sie auch eben noch gesessen hatten, bis ihr Bruder auf einen Stuhl geklettert war und ihr bedeutet hatte, ihm zu folgen. Sie waren die Kleinsten, nur sie passten durch das einzige, winzige Fenster. Jede Faser ihres Körpers zog sich zusammen und schrie, dass sie sie nicht hier zurücklassen durfte. Mama! Mama! Ihre Beine hingen immer noch in der Luft, und jetzt strampelte sie verzweifelt, um wieder zurückzugelangen.

Sie wand sich, plötzlich spürte sie einen festen Griff von Händen um ihre Oberschenkel.

Sie schrie in Todesangst. Doch statt sie zurückzuziehen, schoben die Hände sie mit einem Ruck hoch, sie landete unsanft auf dem rauen Betonpflaster eines Hinterhofes. Es war eiskalt. Tränen schossen ihr in die Augen, wegen der Schramme am Bauch, der plötzlichen Kälte und weil sie nichts mehr verstand. Nur, dass ihre Familie auseinandergerissen wurde, dass das Böse, vor dem sie geflohen waren, sie nun doch eingeholt hatte. Dass ihre Mutter nicht mehr bei ihnen war.

Bei jedem Schritt, den sie heulend ihrem Bruder über die fremden dunklen Straßen hinterherstolperte, fühlte sie Schmerz am Bauch und im ganzen Körper.

Erst Jahre später würde sie sich fragen, welche der Frauen ihnen geholfen hatte, und welche Strafe sie dafür hatte auf sich nehmen müssen. Und was passiert wäre, wenn sie und ihr Bruder mit den anderen in dem Keller geblieben wären.

Hamburg – Freitag – 22:45 Uhr

»Ich habe Angst«, flüsterte Livia leise, das Gesicht im tränennassen Ärmel seines Anoraks verborgen, »und es ist so kalt.« Beinahe hätte auch Lasse geweint, vor Schreck und Erleichterung. Es war das erste Mal, dass seine kleine Schwester sprach, seitdem die Männer sie in den dunklen Raum geschubst und allein gelassen hatten.

Livia klammerte sich an ihn wie ein verängstigtes Eichhörnchen, ihre Zähne schlugen klappernd aufeinander. Lasse blinzelte seine Tränen fort, er war der Große, er hatte Verantwortung, doch ein Kloß im Hals würgte ihn. Er war froh, dass Livia ihn in der Dunkelheit nicht sehen konnte. Wie sehr würde sie sich erst fürchten, wenn sie sah, dass auch ihrem großen Bruder Rotz aus der Nase lief? Auch ihm war kalt. Trotz der Dunkelheit meinte er geisterhaft den Raureif zu sehen, der bei jedem Atemzug von seinen Lippen aufstieg.

Abgesehen von dem hohlen, blechernen Klang, als die Tür zuschlug und verriegelt wurde, wusste er nichts über ihr Gefängnis. Sie hatten nur dagesessen, starr vor Schreck, bestimmt stundenlang, und gelauscht. Manchmal hatte er geglaubt, ein Auto zu hören, blecherne Geräusche von Maschinen.

Livia flüsterte, sie klang kleinlaut. »Ich hab eingepischert.«

Lasse stöhnte, biss sich auf die Lippen, bis es richtig wehtat, und ermahnte sich, dass es nicht ihre Schuld sei. Aber was sollte er jetzt tun? Er strich ihr vorsichtig über das Haar. Was waren das für Menschen, die ein kleines Mädchen so quälten?

Oder einen kleinen Jungen, wisperte es in ihm.

Als er gesehen hatte, wie einer der Männer aus der Seitentür des Kastenwagens gesprungen und auf seine arglose Schwester zugegangen war, nachdem sie schon ihn vor einigen Minuten von der Straße gerissen hatten, hatte er wie wild gezappelt und versucht zu schreien. Doch der Arm des Mannes, der ihn gehalten hatte, und die Hand, die sich auf seinen Mund presste, hätten genauso gut aus Stahl sein können.

Der Mann auf dem Gehsteig hatte Livia wie eine Puppe hochgehoben, ihr den Mund zugehalten und war mit seinem sich windenden Bündel wieder in den Wagen geklettert.

Er war immer noch fassungslos. Sie hatten sie einfach so geschnappt. Genau wie ihn. Auf der Straße. Sie waren fast zu Hause gewesen.

Er war wie erstarrt, so etwas durfte man doch nicht. Das waren Verbrecher. Kinderräuber, wie die, vor denen sie immer gewarnt worden waren.

Er musste wissen, wo sie waren. Seine Beine waren so verkrampft, dass er sie kaum noch spürte. Und er hatte Durst. Gab es hier Wasser?

»Livia. Ich muss mal aufstehen«, flüsterte er. Sie quiekte leise, klammerte sich fester an ihn. »Nein!«

»Livia, wirklich! Ich bin sofort wieder da.« Er löste entschlossen ihre Finger, die sich fest in die Falten seiner Jacke krallten. Es tat weh, sie wegzustoßen. »Ich bin gleich wieder da, wirklich!«, wiederholte er, hörte, dass er jetzt gereizt klang, und seine zurückgehaltenen Tränen begannen zu laufen. Lasse tastete sich vor bis zur Wand, nur wenige Meter von Livias leisem Wimmern entfernt. Die Stelle, auf der sie eben gesessen hatten, war weich, der kratzigen Wolldecken wegen, die auch ihren Sturz abgefedert hatten. Irgendwo dort lagen auch die Stoffbeutel, die ihnen die Männer über den Kopf gezogen hatten. Der Boden neben dem Lager schien aus Metall zu sein und, wie er mit seinen ausgestreckten Fingern spürte, ebenso die Wände. Er ertastete ein Wellenmuster, schmerzhaft kalt, blechern. In winzigen Schritten, den ganzen Körper steif vor Angst und Kälte, zog er sich an der Wand entlang. Schon bald hatte er die Rückwand des Kastens erreicht. Er hatte nun eine vage Ahnung, was ihr Gefängnis sein könnte, doch seine vor Panik leeren Gedanken und sein schnell schlagendes Herz verhinderten, dass er das Wort dafür fand. Plötzlich stießen seine Füße gegen etwas Festes. Lasse bückte sich, fühlte Plastikfolie um eine Reihe von Flaschen. Er zuckte zurück, misstrauisch, streckte die Hand wieder aus. Sie fühlten sich genau an wie Wasserflaschen aus dem Supermarkt. So kleine, die er manchmal mit zum Sport nahm. Mit zitternden Händen versuchte er, ein Loch in die Folie zu reißen, scheiterte im ersten Anlauf, packte mit beiden Händen zu, einige Flaschen rollten über den Boden. Es klang zu laut, und er verharrte instinktiv vor Schreck. Auch Livia verstummte. Als nichts passierte, tastete Lasse mit der flachen Hand über den metallenen, kalten Boden und fühlte Papier, feste rechteckige Umrisse. Lasses Augen begannen zu tränen, er stopfte eine Flasche und die Schokolade in seinen Anorak und krabbelte schnell zurück zu Livia, deren Schniefen ihm den Weg wies. Der Rotz aus seiner Nase lief stärker, sein Kiefer schmerzte vor Anstrengung zu verhindern, dass seine Zähne wieder aufeinanderschlugen. Aber er hatte etwas zu essen gefunden! Er zog Livia an sich, deren Arme sich sofort wieder um sein Bein klammerten wie ein Schraubstock. Im Dunkeln begann Lasse die Schokolade auszupacken, seine Hand streifte Livias tränennasse Wange, er tastete über ihr weiches Gesicht und steckte ihr ein Stück zwischen die Lippen. Dann biss er selbst ab. Schweigend und weinend kauten sie in der Dunkelheit. Und plötzlich wusste er, was es war, worin sie gefangen waren. Einen schrecklichen Moment lang hatte er Angst, sie könnten auf einem Schiff sein, das sie noch weiter von ihren Eltern fortbrachte. Doch um sie war alles ruhig, der Container lag still. Dennoch. Lasse wusste, dass Container über alle Weltmeere verschifft wurden. Er fühlte Livias Wärme an seinem Bein, etwas Feuchtes. Bitte, dachte er, während er den Arm um seine Schwester legte. Bitte. Holt uns hier raus. Hier sind wir! Hier!

Berlin – Sonntag – 05:00 Uhr

Nora öffnete die Augen. Dann schielte sie auf ihren Wecker und schloss sie wieder. Fünf Uhr. Sie war erst vor vier Stunden ins Bett gegangen. Genervt rollte sie sich auf den Rücken, obwohl sie wusste, dass es zwecklos war. Es gab nur schlafen oder wach sein, nichts dazwischen. Ihr Körper ruhte lediglich in der unbedingt notwendigen Dosis an REM-Phase aus. Sobald ihr Gehirn registriert hatte, dass die erste Tiefenentspannung vorbei war, die größte Erschöpfung in Schach gehalten, holte es sie in den Zustand unterschwelliger Wachsamkeit zurück, der sie auch am Tag begleitete. Ihr erster Therapeut hat den damit verbundenen erhöhten Cortisolspiegel als Posttraumatische Belastungsstörung identifiziert, was Nora nachvollziehbar, wenngleich etwas übertrieben, fand. Es war doch alles schon so lange her. Ändern konnte sie es trotzdem nicht, nicht mit autogenem Training oder Yoga. Und Schlafmittel kamen nicht in Frage. Sie hielt die Augen weiterhin geschlossen. In guten Zeiten fand sie die kurzen Nächte sogar praktisch. Allerdings fühlte sie sich selten glücklich oder entspannt, eher erfüllt von dem zähen Willen, den Tag durchzustehen. Weshalb ihr klar war, dass ihr Schlafdefizit im Grunde sowohl die *guten Zeiten* als auch diese wohlwollende pragmatische Interpretation torpedierte, sie bräuchte weniger Schlaf als andere Menschen.

Das Telefon klingelte. Nora öffnete wieder die Augen und schlug die Federdecke beiseite. Wenn sie jemand am Sonntag um diese Zeit anrief, musste es wichtig sein.

»Tut mir leid, dich zu wecken«, ertönte die Stimme ihres Vorgesetzten Böhm. Nora korrigierte ihn nicht. »Hamburg hat Unterstützung angefordert. Sie möchten, dass das BKA Terror oder Wirtschaftskriminalität ausschließt. Der Staatsanwalt prüft, ob die Ermittlungszuständigkeit an uns übergehen könnte, wenn das der Fall ist.«

»Wobei Unterstützung?«, fragte Nora und schloss die Augen, während sie lauschte. Sie wollte trotz Böhms Stakkato den Moment noch ein winziges bisschen hinauszögern, in dem das Adrenalin ihren müden Körper überschwemmte.

»Die Entführung. Die Entführung dieser Millionärskinder, die seit gestern überall in den Medien ist!«

Nachdem Nora aufgelegt hatte, tappte sie über den kühlen Holzboden ins Bad, ein winziges Kämmerchen mit antiken Kacheln an der Wand und nachträglich eingebauter Dusche. Ihre Finger schwebten kurz über dem Heizungsthermostat im Flur. Doch das lohnte sich jetzt wohl kaum mehr. Ihr Herz schlug hart und schnell. Sie knipste die kleine Lampe über der Küchenanrichte an und startete die Espressomaschine. Die Kinder aus Hamburg. Ja, sie hatte gestern Nacht davon gelesen.

Ein Junge und ein Mädchen, elf und neun Jahre alt, auf dem Heimweg verschwunden, am Freitagabend. Die Eltern stinkreich. Vermutlich eine Lösegeldsache, oder? Wirklich etwas für das BKA? Der Gedanke war beunruhigend. Es war nicht richtig, wenn Kinder zum Spielball größerer Interessenskonflikte wurden. Eine Entführung hatte das Ziel, Geld zu erpressen. Und das gab es meist nur mit lebenden Kindern.

Während das Gerät aufwärmte, räumte sie den Teller von gestern und die Käsekanten auf, wischte Krumen weg. Es war wieder sehr spät geworden. Sie hatte auf dem Weg vom BKA-Gebäude nach Hause den Nachtbus nehmen müssen. Nora goss Milch in die Edelstahlkanne, mahlte die Bohnen, arretierte den Siebträger an der La Marzocco.

Sie hatte Akten aus dem Fachkommissariat Cybercrime über die Ausbeutung von Kindern, sexuell oder als Arbeitssklaven, gelesen. Die Internetrecherche förderte eine Unmenge an Daten aus den Untiefen des Netzes. Die Kaffeemaschine zischte. Eine La Marzocco wurde jeweils von nur einem Facharbeiter in einem traditionsreichen Handwerksbetrieb in Florenz zusammengeschraubt. Diese Kaffeemaschine war die teuerste Anschaffung, die sie je getätigt hatte.

Nora nahm eine große Tasse aus dem gelaugten Küchenbüfett mit bunten Glasscheiben, ließ den Kaffee einlaufen, schäumte Milch auf, klopfte mit dem Boden der Kanne kurz auf den schwarzen Granit der Anrichte und schwenkte anschließend den Schaum in die Tasse. Eine knappe Stunde, dann musste sie sich ein Taxi rufen, Zeit genug für einen Kaltstart. Sie setzte sich an den Küchentisch, ebenfalls ein altes Bauernmöbel, und legte ihre Füße auf die Sitzfläche des Stuhles gegenüber, zog die Post zu sich, die sie gestern Nacht aus dem Briefkasten geholt hatte. Wie lange würde sie in Hamburg bleiben müssen? Sollte sie der Nachbarin Bescheid sagen, den Briefkasten zu leeren? Meist bekam sie ohnehin nur Werbung. Das Anzeigenblättchen des Viertels, ein Flyer eines neuen italienischen Restaurants, die Karte eines Pizzalieferdienstes. Und ein Brief unter dem ganzen Müll, ein Brief vom Amt für Soziales aus Bochum. Nora betrachtete ihn beunruhigt. Sie hatte nur eine Verbindung nach Bochum. Sie waren dorthin gezogen, nachdem ihre Mutter ihren neuen Mann kennen gelernt hatte. Und sie war dort weggegangen, noch bevor sie volljährig gewesen war. Und seit Jahren hatte sie nichts mehr von dort gehört. Das Amt für Soziales. Sie wollten etwas, und es musste mit ihrer Mutter zu tun haben.

Nora spürte erst nur ein flaues Gefühl im Magen, dann wurde ihr abrupt speiübel.

Mit tauben Fingern legte sie den Umschlag wieder auf die Tischplatte und holte tief Luft. Sie spürte die Spannung im Unterkiefer, sie hatte die Zähne unwillkürlich aufeinandergepresst und ihr war schwindelig.

Vorsichtig nahm Nora die Kaffeetasse, ging ins Schlafzimmer und kroch unter die Decke, zog sie bis zum Kinn und versuchte, die Übelkeit wegzuatmen. Dann angelte sie mit zitternden Händen nach der Tasse, nahm einen Schluck Kaffee, spürte den Schaum seltsam kalt an ihrer Lippe kleben. Unter der Decke war es noch warm, dennoch fröstelte sie. Sie wusste, dass ihr Gehirn den Schock abarbeitete und wartete, dass die körperliche Reaktion abklang. Das konnte sie ja jetzt gar nicht brauchen. Dieser verdammte Brief.

Würden sie ihr schreiben, wenn sie tot war? Um die Beerdigungskosten einzutreiben? War sie nicht schon seit langem tot? Aber der Brief bewies, dass irgendwo in einer anderen Wirklichkeit ihre Mutter noch vorhanden war und nicht – wie Nora für sich beschlossen hatte – einfach aufgehört hatte zu existieren. Sie lebte wahrscheinlich noch, hatte womöglich Freunde, auch wenn das schwer vorstellbar war. Menschen, die nicht wussten, was sie getan oder vielmehr zugelassen hatte. Es war möglich, dass ihre Mutter seit ihrem letzten Kontakt vor über zwanzig Jahren ein ganz normales Leben geführt hatte.

Nur fühlte sich das nicht richtig an.

Sie nahm noch einen Schluck Kaffee, zwang sich, ruhig zu atmen, um dem engen Gefühl in ihrer Brust nicht noch mehr Raum abzutreten.

Langsam kehrte die Wärme in ihre Gliedmaßen zurück, ihr Herzschlag normalisierte sich, der Kaffee schmeckte wieder angenehm bitter. Als die Tasse leer war, ging Nora wie in Trance zum Küchentisch und nahm den Brief wieder in die Hand. Ein Knäuel aus Abscheu, Wut, Trauer und Angst zog die Muskeln in ihrem Nacken zusammen. Sie sah auf die Küchenuhr, noch vierzig Minuten, bis sie losmusste. Glücklicherweise hatte sie immer einen gepackten Koffer mit einer Basisausstattung für mehrere Tage im Schrank. Nora atmete tief ein, riss den Brief auf und las. Wütend ließ sie das Blatt auf den Tisch fallen. Von dort segelte es in einem Bogen über die bunten Flyer der Lieferdienste und die Tischkante und blieb auf dem Fußboden liegen, mit einem Knick in der Luft, unheilvoll wippend wie ein Flügel, als wäre es lebendig. Voller Widerwillen betrachtete Nora das Papier, dann ging sie ihr restliches Zeug packen.

Hamburg, Hansaplatz – Sonntag – 05:00 Uhr

Es war passiert. Jetzt gab es kein Zurück mehr. Er starrte auf den Fernseher gegenüber dem durchgesessenen Sofa. Raumschiffe schossen zwischen Bergen hindurch, es zischte und flackerte, Lichtblitze zuckten durch das dunkle Zimmer. Seine

Bierflasche war kalt, fast eisig. Leon hatte sie ihm gerade in die Hand gedrückt, bevor er wieder nach der Steuerung der Konsole gegriffen hatte. Die anderen waren bereits so bekifft, dass sie entweder die Augen geschlossen hatten oder mit leerem Blick auf den Fernseher starrten wie er. Sie hatten vorhin auch nicht bemerkt, dass er für etwas mehr als eine halbe Stunde verschwunden gewesen war. Die Straßen waren ganz leer gewesen. Das Gefühl, das er beim Fahren gehabt hatte, ähnelte dem Schweben der Raumschiffe auf dem Bildschirm. War er nun glücklich?! Glücklicher als zuvor? Im Moment fühlte es sich eher an, als würden seine Nervenenden in Brand gesetzt, ausgehend von einer Glut unter der Oberfläche seiner Haut in der Nähe des Solarplexus. Er zog an der Zigarette, schmeckte den Rauch wie die Ausdünstungen dieses Flächenbrandes in der Lunge, fühlte das Kondenswasser des Bieres fast schmerzhaft über seine heiße Hand laufen. Fast wunderte er sich, dass es nicht zischte, wenn das kalte Wasser auf die Haut traf.

»Es gibt Dinge, die kann man nicht mit Geld kaufen.«

Leon hatte das gesagt, ohne den Blick vom Spiel zu lösen.

»Was?« Tarek drehte den Kopf, aber entweder hatte Leon mit sich selbst gesprochen, oder er hatte nichts Konkretes gemeint. Er sah nicht aus, als erwarte er eine Antwort. Doch, dachte Tarek, es gibt eine Menge Dinge, die man mit Geld kaufen kann. Schweigen, Freiheit, Rache.

»Ich mach die fertig«, sagte Leon, jetzt tatsächlich zu sich selbst. Aber Tarek hatte nun das Gefühl, die Worte seien für ihn bestimmt, meinten das, was er vorhatte. Er lächelte. Die Hitze in seinem Körper ließ ein wenig nach, die Schwärze des Zimmers wurde weniger beklemmend.

»Die bringen mich um«, murmelte Leon jetzt. Die Aliens, die er gejagt hatte, hatten gewendet und starrten nun unheilvoll aus riesigen Augen auf den sich nähernden Kampfflieger.

Tarek nahm einen weiteren Zug, ließ den Rauch langsam durch die Lippen entweichen. Auch das war möglich.

Er blies den Rest Qualm energischer aus und drückte die Zigarette in den übervollen Aschenbecher. »Und wenn schon!«, sagte er leise. »Und wenn schon.«

Er hatte den Stein ins Rollen gebracht, und jetzt musste er das durchstehen bis zum Ende des Abhangs, bis die Lawine unten war. Und er würde auf der Lawine surfen. Er war der Silver Surfer. Über dieses Wortspiel musste er grinsen, schmerzhaft, denn eine weitere Dehnung hielten seine Mundwinkel eigentlich nicht mehr aus, die Wirkung des kleinen quadratischen Stücks Pappe mit der gedruckten silbernen Figur darauf und der winzigen Dosis LSD hatte gerade erst eingesetzt.

Hamburg, Alster – Sonntag – 14:30 Uhr

Nach dem düsteren Morgen in Berlin erschien Nora in Hamburg alles zu weiß. Die Villen und Appartementhäuser auf der gegenüberliegenden Seite der Alster, das schlanke Fährschiff, die Gischt vor dessen Bug, das Glitzern der Wintersonne auf der Wasseroberfläche und selbst der Dunst am Horizont, aus dem die Kirchtürme der Innenstadt stachen. Sie kramte ihre Sonnenbrille hervor. Inzwischen ging es ihr körperlich besser, doch in Berlin hatte die graue Winterwolkendecke tief gehangen, was deutlich besser zu ihrer Stimmung passte. Hier wölbte sich der Himmel geradezu erschreckend hoch. Dazu der See, diese Weite, mitten in der Stadt. Alte Bäume reckten sich winterkahl in die Luft, Weiden senkten ihre nackten, dünnen Zweige auf die Wasseroberfläche.

Nora schnaubte warme Atemluft in ihre Nase, beugte sich vor, um dem Wind weniger Fläche zu bieten. Sie war dann doch heilfroh gewesen, noch heute zu einem Fall nach Hamburg zu fahren. Erst im letzten Moment hatte sie den Brief eingesteckt. Seufzend. Sie würde das nicht einfach ignorieren können.

Eilig folgte Nora dem Uferrundweg. Sie überholte flanierende Paare in mit Pelz verbrämten Daunenjacken, blau, beige, schwarz, gediegen und letztlich ebenso verhalten und neutral wie das vorherrschende Weiß. Unter Wollmützen flossen blondierte Haare hervor, verspiegelte Sonnenbrillen sandten silberne Reflexe in die klare Luft. Sonntagsspaziergang in des Hamburger Bürgers liebstem Park, nun doch in Besitz genommen von den Reichen und Mächtigen, die in dieser Stadt niemals bis ans Wasser des Sees hatten bauen dürfen.

Nora dachte an das, was sie erwarten würde: Angst, Sorge, das Leid der Familie.

Eine junge Frau, die sich bei ihrem Begleiter eingehakt hatte, kam ihr entgegen. Sie war von Kopf bis Fuß in hellbraunes Lederimitat gekleidet, trug leuchtend rosa Lippenstift und eine fellgefütterte Mütze und Schuhe. Der Mann, wie sie, nicht mal Mitte zwanzig, trug einen dunkelblauen doppelreihigen Wollmantel. Nora fragte sich, was junge Menschen dazu trieb, sich anzuziehen wie Rentner. War das das Hamburg der Superreichen? Altes Geld und junge Alte?

Auch Familie Stein lebte in einer dieser riesigen weißen Villen am Saum des Alsterparks. Dennoch schien ihr Vermögen nicht der Grund zu sein, aus dem man ihre beiden Kinder entführt hatte, wie sie zuerst angenommen hatte. Sie hatte inzwischen die Zusammenfassung der bisherigen Ereignisse gelesen. Auch jetzt, fast achtundvierzig Stunden nach dem Verschwinden der Kinder, gab es keine Lösegeldforderung. Nora war in Sorge.

Es wurde die Befürchtung geäußert, Justus Steins Familie könne aufgrund ihres weit verzweigten Netzwerks in Politik und Industrie zum Ziel eines Terroranschlags geworden sein. Oder dass die Entführung der Kinder mit seiner möglichen Kandidatur als stellvertretender Bürgermeister bei der nächsten Senatswahl zu tun habe. Beide Kinder waren Freitag am späten Nachmittag allein auf dem Heimweg gewesen, jedes für sich, doch beide waren nicht zu Hause angekommen. Samstag, Sonntag, und kein Lebenszeichen.

Während der Lektüre der vorläufigen Ermittlungsakte im Zug war ihr die Welt draußen noch feindlicher vorgekommen als sonst. Als habe ihr persönliches Trauma die Kontrolle über ihre Wahrnehmung an sich gerissen. War sie jetzt überhaupt der Aufgabe gewachsen, eine nervenaufreibende, kräftezehrende Ermittlung durchzustehen – so lange, bis die Kinder gefunden waren, tot oder lebendig? Ihre körperliche Reaktion auf den Brief heute Morgen war erschreckend gewesen. Aber es war nun einmal, wie es war. Wenn sie sich fragte, ob sie eine Wahl hatte, würde sie in diesen Gefühlen ertrinken.

Das LKA Hamburg hatte ihr eine Dienstwohnung zugeteilt. Sie hatte die Akte angefordert. Alles andere wäre eine Kapitulation vor der Vergangenheit.

Nora dachte an die Kinder, und ihr Magen zog sich zusammen. Zwei Tage waren zu lang, um das als Kind physisch und psychisch unbeschadet zu überstehen. Konnte man einem solchen Erlebnis jemals heil entkommen? Sie ging schneller und senkte den Kopf gegen eine kräftige Bö, die winzige Eissplitter in der Luft verteilte. Der Schmerz, den die Kälte mit sich brachte, war ihr willkommen.

Ihr war es gelungen, sich neu zu erschaffen, und hier war einmal mehr die Chance, es zu beweisen. Aber sie war so wütend, so verdammt wütend.

Dieser Weg war der kürzeste von der eilig bezogenen Dienstwohnung in Pöseldorf zu den Steins. Nora hatte nur den Koffer im Flur abgestellt, dann war sie losmarschiert. Noch ein kleines Stück inmitten der sonntäglichen Spaziergänger den Alsterwanderweg entlang, dann würde sie in eine andere Welt eintauchen, die einer trauernden, verängstigten Familie. Nora atmete einmal mehr kontrolliert ein und aus, fühlte in sich hinein. Ihr Herz schlug kräftig, ruhig und regelmäßig, die Müdigkeit war verschwunden.

Bevor sie an der großen Gartenpforte neben der Einfahrt klingelte, sah sie sich um. An der Ecke standen zwei Übertragungswagen, die Journalisten hinter der Windschutzscheibe tranken Kaffee aus Pappbechern und unterhielten sich. Vermutlich waren sie auf Bilder der trauernden Eltern aus. Alle Zeitungen und Fernsehsender hatten über die Entführung berichtet und ältere Fotos des Ehepaares aus der Klatschpresse gezeigt. Er mit einem blitzenden Haifischgrinsen, den Arm um seine schlanke, schöne Frau gelegt, deren Haut im Blitzlicht glänzte und die verhaltener lächelte als er. Vor die Kamera waren seit Samstag nur der Anwalt der Familie, die zuständige Staatsanwältin und der Pressesprecher des Innensenators getreten. Von rührseligen Aufrufen, die Kinder unversehrt zurückzubringen, hatte man den Eltern anscheinend bisher abgeraten.

Nora teilte diese Auffassung. Mitgefühl war nicht gerade ein Markenzeichen professioneller Kindesentführer, es wäre nur eine emotionale Tortur für die Eltern und ein voyeuristisches Spektakel für die Zuschauer. Und dass hier keine Amateure am Werk waren, war mehr als wahrscheinlich.

Sie zog die Schultern hoch und schüttelte sie leicht.

Während sie klingelte, wunderte sie sich kurz, warum Böhm nicht zwei Beamte geschickt hatte. Das BKA, die mächtige Bundesbehörde. In ihrem schicken Wollmantel, eigentlich zu dünn für die messerscharfe Brise von der Nordsee, war sie einfach nur eine sehr kleine Frau, die obendrein jünger aussah, als sie mit ihren dreiundvierzig Jahren war. Die womöglich nicht den gewünschten Eindruck machen würde. Sich aber trotzdem nie dazu durchringen würde, sich zu schminken. Die winzige Kamera am Portal surrte in ihre Richtung, und Nora hielt ihren Ausweis vor die Linse. Als der Türöffner brummte, drückte sie mit dem Unterarm gegen das eisige Tor, Handschuhe waren nicht in ihrem Notkoffer gewesen.

Eine Treppe führte zur imposanten Eingangstür der Villa, die von einer Frau in Zivil geöffnet wurde, deren Gesichtsmimik und lediglich angedeutetes Lächeln die Anspannung und Anstrengung im Hause Stein widerspiegelte. Sie gaben sich die Hand, ernst, wie bei einem Kondolenzbesuch.

»KHK Brigitta Kamp, LKA«, stellte sie sich vor.

In dem weitläufigen Eingangsbereich mit geschwungener dunkler Treppe und Holzpaneelen an den Wänden bog Brigitta Kamp nach links in einen langen, nur unwesentlich besser geheizten Flur. Nora ließ kurz den Blick über die schweren Vorhänge aus cremefarbenem Damast vor den hohen Fenstern schweifen, fühlte den flauschigen Flor des hellen Läufers unter ihren Schuhsohlen nachgeben. Auf einem weißen Beistelltisch stand eine silberne Schale mit Weihnachtskugeln in Rosé und Weiß. Mitte Januar, Ausnahmezustand.

Brigitta Kamp öffnete eine doppelflügelige weiße Kassettentür, und Nora trat hinter ihr in ein Wohnzimmer, so groß wie ihre gesamte Zweizimmerwohnung in Prenzlauer Berg. Neben einem opulenten Weihnachtsbaum und einem breiten Kamin, ebenfalls noch mit Leuchtern und Weihnachtssternen geschmückt, stand eine gigantische weiße Couchlandschaft. Nora nahm erst im zweiten Moment die Frau wahr, die bis zum Hals in eine Wolldecke gewickelt auf dem Sofa saß. Ihr Blick hing an dem Baum, als würde sie in die Ferne in einen tiefen Wald schauen.

Krystina Stein.

Sie wirkte klein und verloren und reagierte nicht auf ihr Eintreten. Nora fröstelte. Obwohl das Feuer im Kamin brannte, war es kühl und zog leicht, so dass die Flammen flackerten. Beige Fellkissen und hier und dort ein gezielter Farbtupfer auf den modernen, abstrakt nebelig verwischten Gemälden an der Wand hatten dem vorherrschenden Weiß des Raumes nur wenig Persönliches entgegenzusetzen. Selbst der Blick aus dem Fenster ging auf einen weitläufigen Garten mit weißem Schleier von Raureif auf den großen Buchsbaumkugeln und Koniferen.

Und doch gab es eine Quelle der Fröhlichkeit in diesem Raum, die dem sterilen Purismus mit so viel Verve trotzte, dass Nora verstand, warum Krystina Stein ihren Blick nicht davon abwenden konnte. Selbstgebastelte Strohsterne, bemalte Kugeln, glitzerndes Lametta, knallbunte Figürchen und ausgeweidete Stanniolpapiere – ihre Kinder hatten den Baum geschmückt vor Weihnachten, dann geplündert Anfang Januar. Bevor der Alptraum begonnen hatte.

St. Pauli – Sonntag – 14:30 Uhr

Johan stand, die Hände in den Hosentaschen, schräg gegenüber des unscheinbaren Gebäudes in der Bernhard-Nocht-Straße und beobachtete die Männer, die sich einer nach dem anderen durch die Glastür im Erdgeschoss schoben. Etliche jüngere blieben stehen, begrüßten einander mit einem leichten Schlag der geballten Faust auf die Fingerknöchel, verschränktem Handschlag und anschließender Umarmung. Sie standen herum, quatschten, einige rauchten und verschwanden dann ebenfalls in dem Sechziger-Jahre-Rotklinkerbau. Keiner beachtete ihn. Gleich würde die Gesprächsrunde in dem Gebetsraum einer womöglich salafistischen muslimischen Gruppe beginnen. Bisher wusste man wenig über den Imam hier, aber überall wo junge muslimische Männer zum Beten zusammenkamen, wurden in Sichtweite immer wieder Observierungsbeamte des Staatsschutzes postiert und sahen zum Gebäude hinüber. Das war, was Lehmann ihm gesagt hatte. Er hatte nicht gesagt, er solle sich das selbst ansehen.

Dennoch stand er hier. Dass Lehmann ihm überhaupt von dem Ort erzählt hatte, war nicht ohne Hintergedanken gewesen, obwohl er ihn völlig informell in der Kantine abgepasst hatte. Ob er sich die Akten mal ansehen könnte? Jugendliche Straftäter, alle mit Migrationshintergrund, die irgendwann in letzter Zeit in und um diese Veranstaltung herum gesehen worden waren. »Du bist doch Psychologe. Vielleicht erkennst du was, was wir nicht sehen.«

Johan zweifelte daran. Er hatte keine Ahnung von den verschiedenen Gruppierungen islamischen Glaubens, von sozialen Ritualen zwischen den jungen Männern, den Hintergrundgeschichten potentieller Gefährder. Aber er war erst seit so kurzer Zeit in der Abteilung der Operativen Fallanalyse in Hamburg, dass er Lehmann, der ein hohes Tier beim Staatsschutz war, diese Bitte nicht sofort abschlagen konnte.

Und dann hatte er an diesem Sonntag einen Spaziergang gemacht und spontan entschieden, an dem Gebäude vorbeizulaufen, das Lehmann so beschäftigte. Er bezweifelte, dass jemand ihn mit seiner abgewetzten Hose und Nickelbrille für einen Mitarbeiter des Landeskriminalamtes halten würde, vermutlich nicht mal für einen Polizisten. Dies war jedenfalls die Einschätzung seiner Kollegen, die mit Spott nicht sparten. Johan war noch nicht lang genug hier, als dass die freundliche Häme sich ebenso hätte abnutzen können wie in Hannover. Er zog die Schultern hoch, um mit dem Kragen seiner Jacke den Hals zu wärmen. Zwischen den Gebäuden zog ein eisiger Wind vom nahe gelegenen Fischmarkt über die Hafenstraße zu ihm herüber, trotzdem genoss er den Moment. Die Woche über hatte er Schulungsgespräche geführt, Seminare vorbereitet, abends mit Lilly ferngesehen, die die ganze Zeit müde war. Er vermisste den Kontakt zur realen Polizeiarbeit, doch das schien der Preis gewesen zu sein, um in Hamburg genommen zu werden. Lilly hatte ihn zusätzlich gedrängt, beim Bewerbungsgespräch seine Arbeit in den Ermittlungsgruppen nicht zu sehr in den Vordergrund zu rücken, sondern mehr über seine wissenschaftlichen Veröffentlichungen zu sprechen. Mehr Ruhe, mehr erholsamer Nachtschlaf, mehr Liebe und Licht in seinem Leben, fand sie. Und Sicherheit. Am Schreibtisch.

Die Frage war jetzt: Was qualifizierte ihn, vom Schreibtisch aus, Profile von Jugendlichen anzufertigen, die kurz davor waren, sich vom IS oder Al-Nusra anwerben zu lassen und in den Heiligen Krieg zu ziehen?

Keiner von denen da drüben wirkte gefährlich und schien etwas anderes hier zu wollen, als zu beten und Freunde zu treffen. Die Stimmung schien locker.

»Und die anderen Psychologen aus der OFA?«, hatte Johan Lehmann gefragt. Immerhin war er hier der Neuling.

»Die haben keine Zeit.«

Die halten das auch für Schwachsinn, dachte Johan. Dabei hatte er kurz den Eindruck gehabt, vielleicht etwas bewegen zu können. Er langweilte sich seit seinem Wechsel in die Hamburger OFA fast zu Tode, weil das LKA ihn quasi ausschließlich als Dozenten eingestellt hatte. Ein saures Gefühl stieg in seiner Speiseröhre hoch. War das wirklich richtig gewesen? Alles aufzugeben, was ihm vorher wichtig gewesen war? Er schlug gereizt den Kragen des Parkas ein weiteres Mal hoch, drehte sich um und ging mit dem Eindruck, in dem halben Jahr in Hamburg gefühlte zehn Jahre gealtert zu sein. Aber vielleicht war das so, wenn man solide werden wollte. Erwachsen.

Alster – Sonntag – 15:00 Uhr

Nora warf einen Blick auf Brigitta Kamp, die mit den Augen und einer Drehung des Kopfes zu der Frau auf dem Sofa deutete, dabei die Stirn krauste und die Mundwinkel nach unten zog.

Die trauernde Mutter wirkte apathisch. Nora wunderte sich, dass sie direkt zu ihr und nicht zu Justus Stein oder in das Einsatzbüro ihrer Kollegen hier im Haus geführt worden war, und ging langsam auf Frau Stein zu, die unbeweglich blieb. Beim Näherkommen sah Nora, dass sie noch größer, schmaler und langgliedriger wirkte als auf den Fotos. Sie war schön, auf herbe, nordische Art, obwohl sie im Teenageralter als Fotomodell aus der Ukraine nach Hamburg gekommen war. Später hatte sie in russischer Literatur promoviert, als Dozentin an der Uni gearbeitet. Jetzt war sie achtunddreißig. Auch das hatte Nora auf der Fahrt im Zug gelesen. Die Karriere der Frau hatte sie fasziniert. Sie hatte fast erwartet, auf eine tobende, leidenschaftliche Intellektuelle zu treffen, doch auch wenn

Frau Stein das sonst sein mochte, war sie im Moment nur ein Schatten ihrer selbst. Ihre Augen waren rot gerändert, an ihrer Nase hing ein Tropfen. Nora kniete sich vor dem Sofa auf den Boden. »Ich bin Nora Klerner vom Bundeskriminalamt in Berlin.«

Frau Stein reagierte nicht.

War sie womöglich sediert? Doch als ihr Blick langsam zu Nora herüberflackerte, sah sie, dass ihre Augen klar und aufmerksam waren, wenngleich das Blau in ihnen vor Schmerz zu leuchten schien.

»Danke, dass Sie gekommen sind«, sagte Krystina Stein matt. Sie zog die Nase hoch, wischte den Tropfen am Ärmel ihres Kaschmirpullovers ab, zog die andere Hand unter der Decke hervor und reichte sie Nora. Sie war schlaff und eiskalt.

Dann wandte sie ihren Blick wieder dem Baum zu. Einige Sekunden lang tastete Nora ihr Gesicht mit den Augen ab. Die Lippen waren ausgetrocknet und aufgesprungen, die helle Haut um die Augen durchscheinend und zerknittert von Müdigkeitsfältchen. Sie schien wie ein Gefäß aus hauchdünnem Porzellan, das jeden Moment von der zähen Masse aus schwarzer Panik, die es erfüllte, bersten konnte. Keine Beruhigungsmittel oder wenn nur ein leichtes.

Nora warf einen fragenden Blick zu Kriminalhauptkommissarin Kamp, die mit einer Kopfbewegung andeutete, dass sie ihr jetzt in den Flur folgen sollte.

»Sie sitzt die ganze Zeit dort. Schläft manchmal sogar auf der Couch, geht nur zum Duschen nach oben. Aber es ist wichtig, dass wir sie nicht außen vor lassen«, flüsterte sie, kaum dass sie die Tür hinter ihnen geschlossen hatte. »Ihr Mann tut das, aber dann steht sie wie ein Geist in unserer kleinen Schaltzentrale oder wandert verloren umher.«

»Sind keine Verwandten hier? Eltern, Geschwister?«, fragte

Nora leise zurück. Dass Krystina Stein allein war, dauerte und wunderte sie. KHK Kamp schüttelte den Kopf, setzte sich langsam in Bewegung und flüsterte, während Nora ihr folgte: »Die Mitarbeiter des psychologischen Kriseninterventionsteams schauen täglich nach ihr. Sie schickt sie dann irgendwann wieder weg, aber es scheint ihr dennoch zu helfen. Vielleicht wäre sie sonst längst zusammengebrochen. Die Schwiegereltern und sein Bruder mit seiner Frau waren hier, aber die sind nicht sonderlich sensibel, was sie betrifft. Die Schwägerin brachte die beiden eigenen Kinder mit, eines davon ein Kleinkind. Da ist sie fast in Ohnmacht gefallen. Sie hat angeblich keine Familie mehr in der Ukraine, hier sowieso nicht, und zu ihren Schwiegereltern scheint sie ebenfalls kein besonders herzliches Verhältnis zu haben.«

Nora begann Brigitta Kamp zu mögen. Sie sorgte sich um Frau Stein. Sie tat das wenige, das ihr möglich war, um sie zu unterstützen, indem sie Nora zuerst zu ihr brachte.

Brigitta Kamp verstummte. Am Ende des langen Flures bogen sie um eine Ecke, betraten durch eine ebenfalls fast drei Meter hohe Tür einen weiteren Raum und schlagartig wechselte das Ambiente von steril zu opulent. Justus Steins Büro, Perserteppiche, Mahagonischreibtisch, eine dunkle Ledersitzecke, schwere Bücherregale, Ölschinken und dazwischen, fehl am Platz, Beamte des LKA mit auf Aluminiumtischen flimmernden Computerbildschirmen. Zahllose Kabel liefen von den Telefonbuchsen zu Aufnahmegeräten und Laptops. Drei weitere Männer und eine Frau saßen auf Klappstühlen an den improvisierten Schreibtischen.

Der Mann, der an Steins riesigem Schreibtisch gesessen hatte, kam Nora entgegen. »Meyer, Friedrich«, sagte er und gab ihr die Hand. Er zeigte auf die Frau und den anderen Mann: »Helene Diester, Demirel Akay.« Nora gab Helene

Diester, einer jungen Frau mit hochgewölbten Augenbrauenbögen, die ihr einen neugierigen Ausdruck verliehen, dann Demirel Akay, einem muskulösen kleinen Mann mit samtig braunen Augen und dunklen Ringen darunter, ebenfalls die Hand. Dann wandte sie sich wieder Meyer, Friedrich zu. Brigitta Kamp setzte sich an einen freien Platz. Friedrich Meyers Bartschatten war vielleicht Folge der Überstunden der letzten zwei Tage, womöglich trug er ihn aber auch sonst, denn er betonte seine ausgeprägten Wangenknochen und die hohe Stirn, von der das Haar langsam zurückwich, und passte zu seiner eng sitzenden Jeans und dem schwarzen Rollkragenpullover. Ein Mann, der weiß, dass er attraktiv ist, dachte Nora.

Er musterte sie aus kühlen grauen Augen, und sie überlegte, was ihm wohl durch den Kopf gehen mochte. Ob sie eine Hilfe oder eine Belastung sein würde, vermutlich. Ob die Hierarchien neu zu sortieren seien. Hinsichtlich dieser Frage, da war sie sich sicher, würde er erleichtert sein. Sie hatte vor, zunächst nur zu beobachten. Er lächelte plötzlich. »Danke, dass Sie so schnell kommen konnten.«

Meyer winkte Nora zu seinem Schreibtisch und zeigte auf eine Straßenkarte, die auf dem linken der beiden Monitore zu sehen war.

»Die Rekonstruktion der möglichen Entführungsorte. Wir bekommen über die Hotline noch neue Hinweise, leider sind die meisten Anrufer Spinner. Vorhin hat sich jemand gemeldet, der in dieser Straße«, er zeigte auf eine kleine Stichstraße, »gerade aus seinem Auto stieg, als womöglich Livia Stein an ihm vorbeiging. Ein Kollege nimmt die Aussage auf. Wenn er ihre Kleidung beschreiben kann und nicht nur ein blondes Mädchen gesehen hat, dann hätten wir einen Hinweispunkt mehr.«

Auf der Karte waren kleine Punkte eingetragen, an denen

jeweils Uhrzeiten standen und die entweder durch eine rote oder blaue Linie miteinander verbunden waren. Die jeweiligen Heimwege von Lasse und Livia. Vor sechs sollten sie zum Essen zu Hause sein, beide hatten sich gegen 17 Uhr 30 aus entgegengesetzten Richtungen von ihren Freunden aus auf den Weg gemacht. Beide Linien führten auf direktem Weg in die richtige Richtung, endeten jedoch einige hundert Meter vor ihrem Zuhause. Dort waren sie zuletzt gesehen worden. Weit hatten sie es nicht mehr gehabt. Nora mochte Meyers sachliche Art. Es half ihr, das Gefühl abzuschütteln, nicht ganz bei sich zu sein.

»Was vermuten Sie?«, fragte sie.

»Jemand hat angehalten, sie einsteigen lassen oder gewaltsam ins Auto gezerrt und ist dann weitergefahren. Davon gehen wir derzeit aus. Lasse hatte ein Handy dabei, das letzte Mal hat es sich hier orten lassen.« Er tippte mit dem Finger auf einen roten Punkt. »Livia hatte ihres leider zu Hause vergessen, wie meist, sagen die Eltern. Weil niemand etwas Ungewöhnliches bemerkt hat, mutmaßen wir, dass sie ihre Entführer kannten und freiwillig einstiegen. Aber wir haben bisher keine Verdächtigen.« Meyer zeigte seine Handflächen. »Es ist zwar erschreckend, aber das ist alles, was wir zurzeit haben. Umliegende Gebäude wurden durchsucht. Rund fünfzig Beamte im ganzen Stadtbezirk sind im Einsatz, durchkämmen die Orte, die die Kinder kannten, wo sie selbst hinfinden würden, weitere Kollegen befragen die bekannten Sexualstraftäter und jeden, mit dem die Kinder Umgang pflegten. Absolute Fehlanzeige. Wir haben die Mitarbeiter des öffentlichen Nahverkehrs befragt, der umliegenden Geschäfte, Verwandte, Lehrer, Freunde. Keiner weiß, wo die Kinder hingegangen sein könnten, wenn sie abgehauen wären. Was hier aber auch deshalb niemand glaubt, weil sie sich offensichtlich nicht auf dem Heimweg getroffen haben.« Er zeigte auf einen Punkt der Karte. »Hier war eine Nachbarin im betreffenden Zeitraum im Vorgarten. Sie schwört, sie hätte das Mädchen bemerkt, wenn es an ihr vorbeigekommen wäre. Und einen anderen Weg von hier«, er zeigte auf den letzten Punkt, an dem Livia gesichtet worden war, »in die richtige Richtung gibt es nicht.«

»Überwachungskameras?« Nora starrte auf die Karte. Alles kleine Seitenstraßen, Januar, die Sonne ging um halb fünf unter, es war bereits dunkel gewesen.

»Es gibt einige private, aber sowohl Livia als auch Lasse wurden nur ein einziges Mal erfasst. Eine vielversprechende Verkehrskamera war kaputt, und auf den Hauptverkehrsstraßen waren vor und nach der Entführung rund fünfhundert PKWs unterwegs. Berufsverkehr Freitagabend. Nur direkt zwischen den Villen, da war niemand.« Er klang wütend und rieb sich über das Gesicht, kratzte an den Stoppeln. Dann waren die wohl doch ungewohnt. Nora zog ihren Mantel aus und hängte ihn über die Lehne eines freien Stuhls.

»Wie kann ich helfen?«

St. Pauli – Sonntag – 15:15 Uhr

Tarek atmete tief durch, bevor er die Tür wieder öffnete. Doch als er aus dem Treppenhaus trat, das zu dem Gebetsraum im zweiten Stock führte, war der Typ mit der Lederjacke und der Nickelbrille weg. Er hatte eigentlich nicht ausgesehen wie ein Bulle, mit seinen windzerzausten Haaren und hochgezogenen Schultern, aber Tarek erkannte diese Typen, wenn er sie sah. Ihr Blick verriet sie. Dass der Mann direkt zu ihm geschaut hatte, hatte ihm kalten Schweiß den Rücken hinuntergejagt. Immer noch prickelten unzählige Signale wie fehlgeleiteter Strom durch seine Muskeln.

Er schob die Mütze tiefer und schlug die Kapuze über seinen Kopf. Mit eiligen Schritten bog er in die Silbersackstraße ein, ignorierte die Penner, die mit unzähligen aufgeblähten Plastiktüten um sich herum arrangiert auf Pappen unter Mauervorsprüngen trotz der Kälte ihren Rausch ausschliefen. Er machte kleine Schlenker um die Müllhalden aus Flaschen und Verpackungen und besonders große um dunkle eisige Flecken an Wänden und Türen, die man sogar in der Winterluft riechen konnte. Früher hatte er auch hier auf dem Kiez, in einer der Seitenstraßen zur Reeperbahn gewohnt. Auch in seinem Hauseingang hatte ein Schild »Urinieren verboten« gehangen, das niemanden beeindruckt hatte. Unter der Haustür war ein Spalt, so dass man sich sonntagmorgens um eine feuchte Lache auf den Gründerzeitfliesen herumdrücken musste. Seitdem nannte er die Pistengänger nur noch Pissegänger. Hier war alles voller Kakerlaken, mehr- und zweibeiniger. Ab und zu mochte er die Meile voller Leben und Touristen, Kneipen, Shisha-Bars. Aber zurzeit war Ende Gelände mit Entspannen. Er fühlte sich immer noch heiser von letzter Nacht, am Vormittag war er gegangen und hatte Leon und die anderen ihrem Spiel überlassen. Bis jetzt hatte er immer noch kein Auge zugemacht, sein Gesicht hatte sich noch nicht entkrampft, alles in seinem Blickfeld, das er versuchte zu fixieren, begann zu wabern, in sich zu zerfließen und sich neu zu ordnen. So wie jetzt hatte er sich bisher noch nie gefühlt – ein Nervenbündel, eine tickende Zeitbombe, ein hochexplosiver Brandsatz. Einfach gut.

Alster – Sonntag – 15:40 Uhr

»Alle Informationen laufen im Präsidium am Bruno-Georges-Platz bei einer neu gebildeten Sondereinheit zusammen«, erklärte Meyer. Sie waren mit der kleinen Einheit in der Villa, damit sie die Befragungen in der näheren Umgebung besser koordinieren und im Notfall eingreifen konnten.

»Außerdem hat Justus Stein darum gebeten.« Er lehnte sich mit den Händen auf den Schreibtisch und starrte auf den Bildschirm.

Nora musterte Meyer. Verkniff er sich zu sagen, *um sie im Auge zu behalten*? Im Raum war es warm und ruhig, ein Hauch verkniffener Verzweiflung stand in den Gesichtern der anwesenden Beamten, die zwar weiter ihrer Arbeit nachgingen, aber aus den Augenwinkeln immer wieder zu Nora schielten, als könne sie etwas daran ändern.

»Mindestens einer von uns schläft nachts in der Gästewohnung im Souterrain«, sagte Meyer, er klang frustriert. Er nahm die Maus und öffnete eine Audiodatei. »Dieser Anruf ist letzten Freitag um 22 Uhr 30 bei der Notrufzentrale eingegangen.«

Krystina Steins tränenerstickte Stimme klang aus dem Lautsprecher, und Nora bekam eine Gänsehaut. »Meine Kinder sind nicht nach Hause gekommen. Sie hätten spätestens um sechs hier sein sollen.« Mit ruhiger Stimme nahm der Beamte Frau Steins Name und Adresse auf, bevor er wieder nach den Kindern fragte. Als er hörte, wie alt die beiden waren, klang sein »Streife ist unterwegs« alarmiert.

»Was passierte dann?«, fragte Nora.

»Er hat auch den Kriminaldauerdienst informiert.« Meyer stockte. »Ich hatte als leitender Beamter Bereitschaft und bin sofort hierher gefahren. Das Ehepaar wirkte angesichts der Situation gefasst, es war wie eine Gefühlslähmung. Sie schilderten ganz ruhig, was passiert war.« Er schüttelte sich. »Es fühlte sich irgendwie surreal an, wie in einem Film.«

Er sah Nora kurz an, schien zu überlegen, ob die Schilderung seiner Gefühle hier fehl am Platz sei. Sie lächelte aufmunternd.

»Ich war erleichtert, als Krystina Stein anfing zu weinen«, sagte er und zog die Schultern hoch, als erinnere er sich an die Hilflosigkeit, die er empfunden haben mochte, weil Trauer und Angst zunächst nicht so ausgesehen hatten, wie er es gewohnt war oder erwartet hatte. »Psychologen des KIT, des psychologischen Kriseninterventionsteams kamen, eine großangelegte Suchaktion wurde in die Wege geleitet. Fast vierhundert Beamte waren Freitagnacht im Einsatz, Rettungstaucher in der Alster und Spürhunde im Viertel und im Park.« Meyer richtete sich auf und presste die Lippen zusammen. »Nichts.«

»So«, Meyer verschränkte die Arme, »jetzt wissen Sie, wie es losging. Seitdem haben wir wenig bis gar keine Ergebnisse erzielt.« Seine Stimme klang sarkastischer als zuvor. »Aber das wissen Sie bereits, sonst wären Sie ja nicht hier.«

Nora lächelte leicht. War sie deshalb hier?

»Und wie gehen Sie weiter vor?«, fragte Nora. Meyer deutete auf die Ledersitzgruppe, und sie setzten sich. Auf einem Tablett standen eine Thermoskanne und Tassen.

»Wir konzentrieren uns derzeit auf das Familienumfeld, die Freizeitaktivitäten, die Eltern der Freunde der Kinder, das Hauspersonal sowie die Freunde der Eltern und enge Geschäftspartner. Sie können ja entscheiden, ob Sie mit einigen Personen noch einmal sprechen möchten, wenn Sie die Protokolle der bisherigen Vernehmungen gelesen haben.«

Er öffnete den Deckel der Kaffeekanne, roch am Inhalt.

»Gerade noch genießbar. Möchten Sie?«

Nora nickte, und er schenkte Kaffee ein, der sich jedoch als lauwarm und bitter entpuppte. Während er trank, stellte Nora ihre Tasse auf den Tisch zurück.

»Was hat der Vergleich mit anderen Entführungsfällen ergeben?«, fragte Meyer. Sein Ton war ruhig, doch Nora spürte seine Anspannung, und man sah ihm die Erschöpfung an. Sie überlegte, was sie sagen konnte. Kindesentführungen, um Lösegeld zu erpressen, waren selten. Zwei Kinder gleichzeitig noch ungewöhnlicher. Meyer schlug die langen Beine übereinander und sah sie abwartend an.

»Wir konnten keinen vergleichbaren Fall in der jüngeren Vergangenheit finden«, sagte sie und Meyer nickte. Er hatte es nicht anders erwartet.

Nora hatte das Gefühl, es würde einfach sein, mit ihm zu arbeiten, er wirkte pragmatisch mit seiner aufmerksamen, aber zurückgenommenen Art, sympathisch durch einige Lachfältchen, die selbst jetzt noch zu erkennen waren. Sie konnten sich gemeinsam Gedanken machen.

»Was ich bisher weiß, zeichnet ein düsteres Bild der Gesamtsituation. Opfer von Entführungen werden über Facebook ausgespäht, ihre Telefone lokalisiert. Es gab in den letzten Jahren mehr Entführungen in der EU und in Deutschland mit dem Ziel, Lösegeld zu erpressen, als die Öffentlichkeit ahnt. Mit steigender Popularität von Personen steigt auch das Risiko für die Familienmitglieder. Zum Teil wurde tatsächlich für Einzelpersonen sehr viel Lösegeld bezahlt, was aus nachvollziehbaren Gründen nicht publik gemacht wurde. Die Aufklärungsrate liegt bei über achtzig Prozent, und es waren überwiegend professionalisierte Täter, die vorher schon straffällig geworden waren und jetzt auf einen großen Coup aus waren, keine Einzel- oder Ersttäter.« Sie sah Meyer eindringlich an. »Hier wird es ebenso sein. Dieses Verbrechen erfordert Planung, bei zwei Kindern doppelt so viele mögliche Probleme und mehr Mittel und Personen zur Finanzierung und Umsetzung. Aber es gibt keinen dokumentierten Fall einer Entführung, bei der nicht innerhalb der nächsten Stunden eine Lösegeldforderung auftauchte …«, sie machte eine Pause, »oder das Opfer tot aufgefunden wurde.«

Meyer seufzte und schaute auf seine Hände. »Wir müssen uns also Sorgen machen.«

Nora nickte. »Erpresserischer Menschenraub ist nach wie vor selten, aber drastisch und gewalttätig. Es wird derzeit eine Stelle zur Präventionsberatung im BKA erwägt, die meisten wirklich vermögenden Familien schützen sich nicht ausreichend. Haben die Steins eine Lösegeld-Versicherung?«

Meyer schüttelte den Kopf. »Nein, die Reederei ist gegen Piraterie versichert. Ich glaube, derzeit prüft die juristische Abteilung der Firma, ob die Klauseln der Verträge womöglich auch Kidnapping von Familienmitgliedern abdecken. Justus Stein rotiert und setzt alles in Bewegung.« Er blies nachdenklich die Backen auf.

Nora lehnte sich zurück. »Es ist eindeutig, was Entführer antreibt. Alles oder nichts. Bei Erfolg haben sie bis an ihr Lebensende ausgesorgt. Das hier lässt sich am ehesten mit der Entführung der Schlecker-Kinder 1987 vergleichen, damals flossen fast zehn Millionen D-Mark Lösegeld.«

Meyer kratzte sich gereizt über das stoppelige Kinn, er sah wie erschlagen aus. »Aber die waren nach einem Tag wieder frei …«

Einen Moment schwiegen sie angesichts der Tatsache, dass sich die Entführer von Lasse und Livia bisher nicht gemeldet hatten. Geld gab es hier augenscheinlich genug.

»Vielleicht melden sie sich, wenn sich die Wogen etwas geglättet haben«, sagte Nora. Ein winziger Lichtschein am Horizont.

Sie sah kurz das Bild vor sich, Kinder eingesperrt in einem schalldichten Kellergeschoss, Fernseher, Spielzeug, eine Toilette. Eine Konstruktion für längere Zeit. Aber auch ein großer Aufwand, höheres Risiko, längeres Leid und andauernde Anspannung. Und grausam. Ihr wurde ein wenig übel.

»Oder es ist etwas schiefgegangen«, sagte sie nachdenklich.

Friedrich Meyer kaute an seiner Lippe. »Die Kinder kamen aus unterschiedlichen Richtungen, das zeugt von guter Planung. Da geht nichts schief«, erwiderte er, nahm einen Schluck Kaffee und verzog dann angewidert das Gesicht. Sie schwiegen, sahen gemeinsam und doch jeder für sich auf das mögliche kleine Licht am Horizont. Ging die Sonne auf oder unter?

»Warum haben die Steins nicht eher die Polizei alarmiert?«, fragte Nora.

»Sie hätten Angst gehabt, die Entführer in Panik zu versetzen, sagen sie. Sie haben deutlich gemacht, dass sie jeder Forderung nachgekommen wären und sich aus Hoffnung auf ein schnelles Ende des Martyriums still verhalten haben.« Meyer hob die Schultern. »Doch niemand hat sich in den ersten Stunden gemeldet. Und irgendwann haben sie es nicht mehr ausgehalten.«

Seit sie den Anruf gehört hatte, vermutete Nora, dass Krystina Stein es nicht mehr ausgehalten hatte.

Nora wollte sich die endlosen Minuten nach dem Verschwinden der Kinder nicht ausmalen. Wie es gewesen sein mochte zu warten? Dafür musste man Nerven aus Stahl haben.

Außerdem gab es noch etwas. Vielleicht hatten die Entführer sich gemeldet, und sie wussten es nur nicht? Doch wer könnte eine solche Erpressung geheim halten, jetzt, wo Beamte sogar hier im Haus wohnten?

Nerven aus Stahl, dachte sie. Womöglich ging es gar nicht um Geld.

»Könnte es sich um ein Familiendrama oder einen Racheakt gegen Familienmitglieder handeln?«

Eine steile Falte erschien kurz auf Meyers Stirn, die jedoch schnell hinter einem eher zweifelnden Gesichtsausdruck verschwand. »Das glaube ich nicht. Und Rache nehmen an unschuldigen Kindern? Unwahrscheinlich.«

Er zog die Mundwinkel nach unten.

Nora lächelte verhalten. »Na ja, Sie können Justus Stein ja anscheinend auch nicht leiden.«

Meyer wirkte überrumpelt, lächelte dann mit einem Anflug von Bitterkeit. »Ich mag ihn nicht besonders und könnte mir vorstellen, dass es vielen so geht.«

Insgeheim aber fragte sich Nora, was Justus Stein so unsympathisch machte, dass jemand wie Friedrich Meyer, der ein umgänglicher Mensch zu sein schien, so schnell Antipathie gegen ihn entwickelte. Und wenn Justus Stein möglicherweise tatsächlich ein Widerling war, könnte es sein, dass seine Kinder doch gemeinsam weggelaufen waren? Wie lange konnte ein fast Zwölfjähriger sich mit seiner neunjährigen Schwester verstecken?

Doch dieses Szenario war von allen aus der Familie, den Angestellten und Eltern der Freunde negiert worden.

Die Tür zum Büro wurde aufgerissen, und ein kühler Luftzug wirbelte in den Raum.

Kirchwerder – Sonntag – 15:40 Uhr

Obwohl er ihr einen Schlüssel gegeben hatte, kam es Emna jedes Mal vor, als würde sie sich heimlich in Tareks Haus schleichen. Das riesige Vorhängeschloss am Gittertor mit Stacheldraht, die unscheinbaren Bewegungsmelder an der Hauswand und die zum Teil noch vernagelten Fenster verliehen dem Resthof mit seinem schlichten, unattraktiven Wohnhaus, zwei Schuppen, ehemaligen Stallungen aus roten Klinkern und einigen rostigen Containern, wie hingewürfelt im hohen Gras, etwas Unheimliches.

Der Hof lag in den Marschwiesen der Elbe bei Kirchwerder, einem stetig feucht klammen Gebiet, das zwar ländlich wirkte, aber im Grunde nur ein kleines Areal war, eingepfercht zwischen Ausläufern des Hafens, dem Industriegebiet Billbrook und Ortschaften ohne nennenswerte Infrastruktur, weit im Südwesten Hamburgs.

Emna überquerte den Vorplatz mit dem vor Nässe glänzenden Kopfsteinpflaster, in dessen Fugen Unkraut wucherte, und benützte den zweiten Schlüssel am Bund, um die Eingangstür zu öffnen. Sie musste dabei fest am Türknauf ziehen, nur selten stellte Tarek die Heizung in den Wohnräumen und der Diele an, und alles aus Holz verzog sich zusehends. Dass ausgerechnet Tarek, obwohl er ein so durch und durch urbaner Typ war, sich einen so gottverlassenen ehemaligen Bauernhof auf sumpfigen Wiesen als heimlichen Rückzugsort ausgesucht hatte, verwunderte sie immer wieder. Aber dann dachte sie an seine Geschäfte, von denen sie vermutlich nicht einmal etwas ahnen sollte, an alles, was er hier lagern und unterstellen konnte. Der Hof war im Grunde ein Spiegelbild seines zerrütteten Lebens und seiner Persönlichkeit, der freundliche Kiffer von nebenan, der in der netten WG wohnte, und dann dieser einsame Hof, wo er all das Dunkle aus ihrer Vergangenheit ablud und seine Trauer und unendliche Wut sich in der Weite des grauen nassen Himmels spiegelte. Deshalb hatte sie auch gehofft, ihn hier anzutreffen. Sie sehnte sich nach ihrem Bruder, so wie er wirklich war, wie nur sie ihn kannte. Aber er war seit einiger Zeit wie vom Erdboden verschluckt und rief auch nicht zurück, wenn sie ihm auf die Mailbox sprach. Seine Mitbewohnerin hatte gesagt, er sei auch nicht am Hansaplatz, der viel einfacher zu erreichen gewesen wäre.

Vor dem Gehöft lag eine Landstraße, die wenigen Autofahrer, die hier vorbeikamen, befanden es nicht für nötig, wegen eines vermeintlich unbewohnten Gebäudes den Fuß vom Gas zu nehmen. Emna hatte ihren silbernen Golf hinter den kahlen Holunderbüschen an der Längsseite des großen Grundstücks verborgen.

Tarek war es lieber so.

»Tarek?«, rief sie in die Stille, ahnte aber, dass er nicht da war und wohl auch schon länger nicht mehr hier gewesen.

Warum war sie hierhergekommen? Sorge?

Sinnlos, ihr Bruder war erwachsen. Sie war nur die nervige kleine Schwester, die ihm ständig vor Augen hielt, wie das Leben sein konnte, wenn man auf der Sonnenseite aufgewachsen war. Sie hatte Glück gehabt mit ihrer Pflegefamilie. Er Pech mit seiner.

Die Diele sah immer noch so aus, wie sie in den Fünfzigern eingerichtet worden war: Tapete mit braunen Sisalfäden, kunststofffurnierte Türen. Es war so still, dass Emna ihr Blut in den Ohren rauschen hören konnte. Sie lauschte, starrte auf die mit braunen Adern dekorierten Bodenkacheln und blinzelte gegen die müdigkeitsbedingte Sinnestäuschung an, als diese zu pulsieren begannen. Ihr schauderte. Sie hatte immer gefunden, dass dieses Haus mit den Artefakten einer fremden Vergangenheit eine feindselige Atmosphäre erzeugte. Als dürfe man es auf keinen Fall dabei stören, in Andacht an seine verstorbenen Besitzer zu vergammeln.

Über zwanzig Stunden war sie inzwischen wach. Sie hatte eindeutig nicht nachgedacht, als sie entschied, hierher zu fahren. Und alles nur, weil sie noch zu aufgekratzt war, um zu schlafen. Weil sie sich nach einer Umarmung sehnte, die ihr die nagende Sorge nehmen würde, die sie seit einiger Zeit wegen Tarek quälte.

Emna ging in die Küche und ließ ihre Tasche auf einen der grauen Stühle fallen. Tarek hatte auch hier weder die braunen Vorhänge noch die Resopalplatte des hellgrauen Küchenschranks entfernt. Nicht einmal die bemalten Teller, die an der Wand hingen.

Er ist eingezogen, als wäre gerade erst unsere Oma gestorben, dachte Emna. Vielleicht ging es darum. Eine andere Vergangenheit, eine andere Familie. Sie war so müde, dass die Frage, was sie jetzt tun sollte, ohne Resonanz in der Wattigkeit ihres Kopfes hängen blieb.

Kaffee war der einzige Impuls, der ihr logisch erschien.

Ob es sich lohnte auf Tarek zu warten? Obwohl sie den weiten Weg hier herausgefahren war, war sie nur mäßig enttäuscht. Ihre Besorgnis hatte im Laufe der Jahre ein relativ hohes, jedoch stagnierendes Niveau erreicht. Nur seit einiger Zeit irritierte es sie mehr als sonst, wenn sie ihn nicht erreichen konnte. Und seitdem sie ihr Medizinstudium beendet hatte, wünschte sie mehr denn je, er hätte ebenfalls eine Perspektive. Obwohl die unaufhörlichen, endlosen Schichten im Krankenhaus, der Notdienst während der Facharztausbildung nicht gerade etwas waren, das sie jemandem raten würde, der nicht ähnlich fanatisch vor etwas davonlief wie sie. Oder auf etwas zu. Das ist noch nicht geklärt, dachte sie.

Sie öffnete die Türen des Küchenschranks auf der Suche nach Kaffee und Zucker und stieß auf eine angebrochene Packung Kräcker, an deren Rand sich kleine Punkte bewegten. Sie warf sie in den Müll, öffnete die silberne Dose daneben, sog den Duft des Espressos ein, schüttete das Pulver in die Kanne, zerrieb zwischen ihren Fingern eine Kardamomkapsel aus dem Glas daneben und streute die Brösel auf das Kaffeepulver, wie es Tareks Mitbewohnerin Nadia immer tat, bevor sie den Aufsatz aufschraubte. Während der Kaffee zu sieden begann, ging sie die Treppe hinauf. Im ersten Stock, wo früher kleine, verwinkelte Räume von einem lichtlosen, engen Flur abgegangen waren, öffnete sich nun ein geräumiges Giebelzimmer mit Schrägen und hellem Kiefernboden, einer Büroecke und einem breiten Schlafplatz. Tarek hatte, ohne auch nur ein Mal einen Statiker zu konsultieren oder die Vermieter zu fragen, alle Wände herausgerissen und einen großen Raum geschaffen, der im Kontrast zum dunklen verwinkelten Erdgeschoss stand. Doch heute zeigte das fahle Licht des grauen Himmels, dessen Wolkendecke die Ziegel des Hauses niederdrückte, unerbittlich die Junggesellenbude, die daraus geworden war. Es roch nach Zigaretten und ungewaschener Kleidung, das zerwühlte schwarze Bettzeug auf der breiten Matratze unter dem Fenster war verwaschen und schmuddelig. Daneben stand ein überquellender Aschenbecher, eine vom Teer verfärbte Bong, mit braunem Wasser darin.

Nur ein Mal hatte Emna in der Vergangenheit hier übernachtet. Damals hatte sie geträumt, brauner Sand, gemischt mit irgendwelchem krabbelndem Getier, sei durch das Haus geweht und habe alles, auch ihren Körper, mit einer trockenen Kruste überzogen. Ohne Zweifel brachte Tarek mit dem dunklen Teil seiner Seele auch ihre verschütteten Ängste hierher.

Wenn Emna nicht Schuldgefühle empfinden würde, dass sie trotz ihres gemeinsamen schlechten Starts ins Leben dennoch ein veritables Sprungbrett bekommen hatte, würde sie einen weiten Bogen um solche Räume machen. Der Anblick der versifften Bude ihres älteren Bruders löste ein schmerzlich ziehendes Gefühl in ihr aus, als reiche die Hand, die sie ihm ausstreckte, nicht weit genug über den Abgrund, der ihre Leben trennte. Trotz der abgestandenen Luft roch Emna Tareks Duft, männlich schwitzig und vertraut. Sie setzte sich auf die Matratze und legte den Kopf in die Hände. Fast war sie dankbar, dass Tareks Bett so wenig einladend war und von unten das Zischen und Blubbern der Kaffeekanne ertönte. Sie wollte hier nicht einschlafen. Steifbeinig ging sie zurück in die Küche und füllte einen Kaffeebecher randvoll mit Espresso, tat drei gehäufte Löffel Zucker hinein und setzte sich an den kleinen Ecktisch. Von hier konnte sie in der Ferne ein paar Pferde sehen, die auf einer Wiese Gras rupften. Verdammt, Tarek, dachte sie, was machst du eigentlich, wenn du hier draußen bist?

Alster – Sonntag – 16:30 Uhr

Nora sah dem hochgewachsenen blonden Mann entgegen, der das Büro betrat. Ein Schwall kalter Luft zog hinter ihm her, stieg von seinem Mantel und seinen Lederhandschuhen auf, die er in der Hand hielt, als wolle er jemandem eine Fehde erklären, während er mit großen, festen Schritten den Raum durchmaß und sie mit seinem Blick fokussierte. Noch im Gehen streckte er die Hand aus, wie um diese Förmlichkeit schnell hinter sich zu bringen.

Und damit niemand Zeit hat, die Flucht zu ergreifen, dachte Nora. Er war ihr sofort unsympathisch. Ein konservativer Politiker wie er im Buche stand, einer, über den ein linker Bekannter aus Berlin sagen würde: »Warum sehen diese Arschlöcher immer so aus, wie man sie sich vorstellt?«

Nora war überrascht, dass sie zu so negativen Gefühlen in der Lage war, obwohl es sich hier um ein Opfer, einen sorgenden Vater, einen zutiefst verletzten Menschen in größter Not handelte. Sie stand auf, reichte ihm ihre Hand, während er sie einmal kurz mit seinen stechend blauen Augen musterte, und sagte: »Justus Stein, und Sie sind …?«

Doch ohne eine Antwort abzuwarten, nahm er Friedrich Meyer ins Visier. »Etwas Neues?«

Seine Stimme klang eher wie ein Knurren, ein wütender, eingeklemmter Laut, als müsse er an sich halten, nicht jemanden zu packen und zu schütteln, bis seine Kinder aus dessen Taschen fielen. Meyer schüttelte bedauernd den Kopf, und Nora beobachtete Steins Reaktion. Er starrte Kommissar Meyer an, als überlege er, wie er ihm sagen solle, dass diese Antwort inakzeptabel sei. Sie sah seine Kiefermuskeln arbeiten – aus Trauer, Wut, Ohnmacht oder Schmerz?

»Aber meine Frau haben Sie im Blick, oder? Ich möchte nicht, dass sie in dieser Situation allein das Haus verlässt.«

Meyer nickte. »Die Psychologin und ihr Hausarzt waren vorhin hier. Wir passen schon auf.«

Trotz des spontanen Widerwillens und Justus Steins Unhöflichkeit hatte Nora nun Mitleid. Auch mit Krystina Stein. Warum kollaborierte Meyer mit ihm? Frau Stein konnte hingehen wohin sie wollte, oder? Stein schien das erste Mal in seinem Leben mit einer Situation konfrontiert, die sich vollständig seiner Kontrolle entzog. Seine Haut zeigte deutliche Zeichen von Schlafmangel, dunkle Ringe, scharfe Falten um die Nase und seinen schmalen Mund. Er war ohnehin blass, groß und dünn, seine blonden Haare lagen glatt am Kopf, dazu ein hochnäsiges Gesicht wie gemeißelt. Nur unter dem Kinn verlor die Haut an Spannkraft, ein in die Jahre gekommener Burschenschaftler. Friedrich Meyer erläuterte, dass sich ein weiterer möglicher Zeuge gemeldet hatte, während Nora noch Zeit blieb zu sehen, wie sorgfältig gefärbt das blonde Haar war, wie ausgesucht die Qualität des Wollmantels und der handgenähten Schuhe, bis er sich wieder ihr zuwandte. Sein Blick war nach wie vor eisig.

»Nora Klerner, BKA«, sagte sie und sah ihm ihrerseits forschend in die Augen. Sie meinte Verzweiflung hinter der zur Schau gestellten Aggression zu sehen.

»Ah«, Justus Stein schien überrascht, dann fasste er sich. »Sehr gut, sehr gut. Dann haben Sie Ergebnisse?«

Nora schüttelte ebenfalls bedauernd den Kopf. »Es tut mir leid. Aber wir tun alles, was in unserer Macht steht.«

Er hob ein wenig das Kinn, als müsse er prüfen, ob diese Aussage ausreichend Gewicht für den Moment hatte, und nickte schließlich kurz.

»Gut, dann möchte ich Sie nicht länger aufhalten. Frau Klerner, Herr Meyer!« Er nickte noch einmal und verließ den Raum ebenso eilig, wie er ihn betreten hatte.

Nora sah ihm hinterher. Justus Stein hatte alle anderen Anwesenden ignoriert. Aber sie glaubte, dass es weniger ein Zeichen von Arroganz als vielmehr von Hilflosigkeit war. Dieser Mann hatte keine Strategie, mit Schmerz umzugehen, er vermied Kontakt, wahrte eine Fassade. Wie er im Polit-Zirkus zum Spitzenkandidaten einer Oppositions- oder Koalitionspartei hatte mutieren können, war schwer nachvollziehbar und doch verständlich. Er stand für persönlichen Erfolg, das Recht auf Privilegien. Nora blickte zu Friedrich Meyer, der von der Begegnung mit Justus Stein erschöpft wirkte. Interessant. Sie vermutete, dass der Hausherr seiner Verzweiflung bereits mehrfach durch lautstarke Anfeindungen Luft gemacht hatte.

»Ich würde gerne die Zimmer der Kinder sehen«, sagte Nora.

Friedrich Meyer saugte nachdenklich die Backen ein und nickte. »Brigitta wird Sie nach oben begleiten.«

Brigitta Kamp lächelte traurig und bedeutete Nora, ihr zu folgen. »Ich gehe da nicht gerne hoch«, sagte sie leise, als sie die Treppe im Eingangsbereich emporstiegen. Zu Justus Stein verlor sie kein Wort, obwohl Nora den Eindruck hatte, sie sei angespannter, seit der Hausherr wieder da war. Wo war er überhaupt gewesen?

Oben teilte sich das Treppenhaus noch einmal, von einer breiten Diele gingen etliche Türen und schmalere Treppen in weitere Geschosse ab. Die Zimmerfluchten wirkten verwinkelter, als Nora es bei einem Haus dieser Größe erwartet hätte.

»Die Kinder haben zusammen ein Badezimmer sowie je zwei Zimmer.«

Noch immer flüsterte Brigitta Kamp, und Nora fragte sich, ob sie versuchte, eine erneute Begegnung mit den Eltern zu vermeiden. Brigitta Kamp öffnete die Tür zur Rechten, und sie traten in das erste der Kinderzimmer. Augenscheinlich das Wohnzimmer von Lasse, wenngleich es wie das eines Teenagers wirkte, der er eigentlich noch nicht war. Das Auffälligste in dem Raum war ein riesiges Aquarium. Es gab helle Sessel und ein Sofa im skandinavischen Stil. In schwebend angebrachten Regalen, die sich bis zur Decke zogen, standen Bücher, einige kleine polierte Pokale und großformatige Bildbände zur Naturkunde. Eine Urkunde der Mathe-Olympiade seines Gymnasiums hing gerahmt an der Wand. Nora trat näher. Die Pokale waren Auszeichnungen aus Segelwettbewerben, ein kleines Foto zeigte Lasse in Rettungsweste an der Pinne eines winzigen Bootes, das blonde Haar vom Wind zerzaust und über beide Backen grinsend. Das Boot war ein Optimist – und auch Lasse wirkte optimistischer und weniger steif als sein Vater. Der Schreibtisch vor dem Fenster dagegen schien für einen Sechstklässler überdimensioniert, als sei die Verantwortung der Sprösslinge der Familie Stein schon früh umfänglicher als die anderer Kinder. Eine beige Lederauflage schützte das helle Holz. In einem schmalen Kistchen lagen etliche Stifte, hochwertige glänzende Füller und Kugelschreiber ebenso wie angekaute grüne Bleistifte. Nora ging zum Aquarium hinüber, bückte sich und sah Neonfischen zu, wie sie zwischen hohen, schlanken Pflanzen hin und her zischten. Ein Wels robbte auf seinen Lippen die Scheibe entlang.

»Gut in der Schule, sportlich und naturwissenschaftlich interessiert. Seine Eltern müssen sehr stolz auf ihn sein«, sagte sie zu Brigitta Kamp.

»Das sind sie bestimmt! Und warten Sie, bis Sie Livias Zimmer sehen.«

Sie gingen durch das angrenzende hellgraue Schlafzimmer, das durch die auf dem Boden und auf dem Lehnstuhl verteilten Jungsklamotten bedeutend unordentlicher wirkte, in ein mit hellem Stein gefliestes Bad mit Badewanne und Dusche, von dem auf der anderen Seite eine weitere Tür abging. Als Brigitta sie öffnete, schreckte eine junge Frau von dem Bett auf, setzte sich hastig auf und wischte ihr Gesicht mit einem bereits nassen, zerknautschten Papiertaschentuch ab. »Das ist Felicitas García«, sagte Brigitta Kamp. »Sie kommt aus Spanien und ist für ein Jahr als Au-pair in Deutschland.«

Nora betrachtete das Mädchen prüfend. Felicitas García war hübsch, sie hatte lange dunkle Haare, hohe Wangenknochen und einen vollen Mund. Ihre Unterlippe zitterte, als sie aufstand.

»Ich«, stammelte sie, »ich will nicht stören. Es ist nur so …« Sie brach in erneute Schluchzer aus, die ihren Körper schüttelten, und presste sich das Taschentuch vors Gesicht. »Kann ich …?«, fragte sie mit einem Blick auf Nora und deutete zur Tür.

Diese nickte, sah ihr nach, wie sie leise weinend mit gesenktem Kopf aus dem Zimmer floh.

»Ihre Eltern reisen aus Barcelona an, dann zieht sie in ein Hotel. Aber noch sind sie nicht eingetroffen. Wir würden sie auch gehen lassen, aber …« Sie ließ es offen, dass niemand in dieser Situation einfach abreisen konnte.

Nun standen die beiden allein in dem wahr gewordenen Traum jedes kleinen Mädchens, das lieber eine Fee wäre, oder dem seine Eltern weismachen wollten, es sei eine. Weiße Musselinvorhänge mit aufgestickten Blüten umwölkten das breite Himmelbett, der flauschige lindgrüne Teppich passte zu dem Sitzsack vor dem Fenster, der aussah wie der knubbelige Hügel einer Blumenwiese. Neben einem Bauernschrank befanden sich in die Wand eingelassene weiße Regale voller Spielsachen und Bücher. Obwohl es auch kitschig wirkte, strahlte das Zimmer durch die hochwertigen Materialien Behaglichkeit aus. Alles war liebevoll arrangiert und aufgeräumt, bis auf den Schreibtisch: Auf der breiten Fläche lagen unzählige Bilder, Buntstift- oder Wachszeichnungen und Tuschebilder in unterschiedlichen Phasen der Fertigstellung. Livia war aufgrund ihrer Umgebung vielleicht ein verwöhntes Mädchen, das seine Eltern auf das Leben vorbereiteten, indem sie ihr einen Prinzessinnenpalast bauten. Doch die

Bilder waren von kreativer, fröhlicher Farbigkeit, und die vielfältigen Tiere, die auf fast jedem zu sehen waren, schauten eigenwillig amüsiert und schienen geduldig und zielstrebig aufs Papier gebracht.

Wenn die Bilder Rückschlüsse auf das Temperament des Mädchens zuließen, war sie eine intelligente, glückliche und in sich ruhende kleine Person. Oder Fee.

Trauer schoss urplötzlich von Noras Brustkorb durch den Hals nach oben, so dass ihr Mund trocken wurde.

In Lasses Zimmer hatte sie Wehmut empfunden um den Jungen, der so reif und konzentriert zu sein schien und sich nun in einer Situation wiederfand, in der selbst Erwachsene seelisch zerstört wurden. Sie glaubte gespürt zu haben, dass Lasse nicht mehr das Gemüt eines kleinen Kindes hatte, sondern ein Junge war, der sich bereits Gedanken über die großen Fußstapfen machte, die vor ihm den Weg bereitet hatten.

Wenn er zurückkam, würde er alles, was er erlebt hatte, sehr bewusst wahrgenommen haben. Das letzte Stück Kindheit wäre ihm geraubt. Wenn er zurückkäme.

Bei Livia dagegen verspürte sie noch etwas Freies, Unschuldiges, als ob kein Körnchen Staub bisher den Blick des Kindes in die großartige Welt getrübt hätte, die sich ihr darbot. Ein Foto neben dem Bett. Livia und ihre Mutter, die blonden langen Haare flossen zu einem Fall, in Livias breitem Lächeln fehlten zwei Zähne.

Nora wandte sich von den Bildern ab, peinlich berührt von dem Kloß in ihrem Hals. Sie trauerte doch nicht nur um Livia, sondern auch um ihre eigene Kindheit. Was sollte das? Ja, vom Alter her korrespondierte die Zeit ihrer Schicksalsschläge. Und jetzt idealisierte sie Livias Leben, die Zeit vor der Grausamkeit und gaukelte sich selbst ein Bild von Glück vor, das ihnen beiden hätte erhalten bleiben können. Aber sie war nie Livia gewesen, vorher nicht und nicht danach. Wo war der Schalter, der ihr Fühlen abschaltete? Sie durfte sich nicht mit dem Kind identifizieren. Und auch Lasse war noch sehr jung, ein Kind.

»Lassen Sie uns das hier schnell zu Ende bringen«, sagte Nora matt zu Frau Kamp.

Brigitta Kamp streifte sie mit einem fragenden Blick, dann öffnete sie die Tür neben dem Bett

»Hier ist noch das Tobezimmer.«

Nora warf einen Blick in ein großes, helles Zimmer, in dem neben einigen großen Quadern und Würfeln aus buntem Stoff eine Sprossenwand mit Rutsche und ein Zimmertrampolin standen. Eine Stange vor einem flächigen Spiegel am Kopfende des Raumes zeigte auch Livias erste Schritte in die Leistungsgesellschaft. Ballettunterricht mit Vollkörperansicht. Diese beiden Kinder konnten nichts für die Welt, in die sie hineingeboren worden waren, und jetzt waren sie zum Opfer der besonderen Umstände geworden. Nora wünschte ihnen, sie hätten ein ganz normales behütetes Leben geführt.

Sie traten wieder in den Flur, Brigitta Kamp steuerte auf die Treppe zu. Nora zögerte kurz, dann öffnete sie im Vorbeigehen die nächste Tür und spähte hinein. Ein breites Bett unter einer cremefarbenen Tagesdecke, gemusterte Seidenkissen, ein moderner Frisiertisch mit Parfümflakons und einer eleganten Ladestation aus Holz und satiniertem Metall, ein großer Balkon mit geschwungenem Geländer hinter bodentiefen Fenstern, eine weitere Tür, vermutlich noch ein Bad. Sie hörte eine Stufe knarren, Kamp hatte bereits den ersten Absatz der Treppe hinter sich gebracht. Eilig schloss Nora auf.

Bedrückt und schweigend gingen sie hinunter. Friedrich Meyer sah auf, als sie das Büro betraten.

»Ich gebe Ihnen Kopien der Vernehmungsprotokolle, und

morgen erwartet Sie die Soko im Präsidium am Bruno-Georges-Platz. Lage um halb neun.«

Nora nahm schweigend einen großen Packen Mappen entgegen und ließ sie in ihre Umhängetasche gleiten. Dann nahm sie ihren Mantel und gab Friedrich Meyer die Hand. Sie drehte sich zu den Kollegen um. »Ich freue mich auf die Zusammenarbeit!« Freundliches Lächeln, nicht übertrieben, der Situation angemessen.

»Gleichfalls!« Brigitta Kamp hob die Hand, Demirel Akay und Helene Diester nickten. Dann schloss Nora die Tür hinter sich, fand sich allein in dem schweigenden Hausflur und war froh, schließlich das Portal der Villa hinter sich schließen zu können. Livias Zimmer hatte die Gaze, die ihre Erinnerung umschloss, weiter zerschlissen. Vielleicht würde es wirklich nicht so einfach werden, die Gedanken an ihre Mutter und ihre eigene Kindheit wieder abzustreifen.

Winterhude – Sonntag – 16:30 Uhr

Tarek stieg aus dem Bus, zog die Mütze tiefer und den Schal höher und war so nicht mehr zu unterscheiden von den letzten Spaziergängern, die in der Dämmerung, der zunehmenden Kälte und dem Wind dieses Januarabends in die sonntäglich anheimelnden Häuser flohen. Mit schnellen Schritten lief er den Mühlenkamp entlang. Die Weihnachtsbeleuchtung hing noch über der Einkaufsstraße, an einigen Geschäften wand sich künstliches Tannengrün mit Lichterketten um die Schaufenster. Einige Lämpchen waren an, doch die meisten Betreiber hatten darauf verzichtet, weiterhin Strom in den Geist der vergangenen Weihnacht zu investieren. Er bog in eine Seitenstraße, hier war es ruhig und er allein. Die Baustelle, die er zuvor ausgeguckt hatte, lag im Dunkeln; ein kleines Loch war ausgehoben worden, daneben in einem Container der Haufen Steine, die zuvor die Einfahrt bepflastert hatten. Tarek sah sich kurz um, dann steckte er im Vorbeigehen einen der Granitquader in die Jackentasche und ging zügig weiter. Jetzt kam der gefährlichste Abschnitt seines Weges. Heute Morgen war er lautlos gewesen, und es war menschenleer, jetzt gab es zumindest einige wenige Passanten. Ein kleiner Fußweg führte zwischen den Gebäuden hindurch, ein Drängelgitter gegen allzu schnelle Radler wurde von einer Straßenlaterne beschienen. Er durchquerte den Lichtkegel mit gesenktem Kopf und sprang dann im Schutz der Dunkelheit über den niedrigen Zaun, der das rückseitige Gelände des Mehrfamilienhauses umgab. Mehrere Hecken und Bäume bildeten eine langweilige, aber zweckdienliche Begrünung. Er sah zu dem Balkon im Hochparterre. In der Wohnung brannte kein Licht. Neben den großen Scheiben befand sich das kleinere, mehrgeteilte Fenster des Schlafzimmers. Aus seiner Position etwa einen Meter unterhalb der Fensterbank konnte er das winzige Loch in der Scheibe gerade so erkennen. Er nahm etwas Abstand, sah sich sicherheitshalber noch einmal um, und als es so ruhig und einsam war wie zuvor, warf er mit Schwung den Granitbrocken. Die Übung hatte sich ausgezahlt, statt die ganze Scheibe zu sprengen, war jetzt ein gezacktes Loch im Glas. Der Lärm war dennoch nicht unerheblich gewesen. Doch Tarek wusste: Hier lebten fast nur Rentner, die nicht schnell genug reagieren würden. Als in der Nachbarwohnung das Licht anging, war er bereits zurück über den Zaun, den Fußweg in die andere Richtung weitergegangen und mit den Schatten zwischen den Häusern verschmolzen.

Alster – Sonntag – 17:20 Uhr

Am Alsterrundweg blieb Nora stehen und schaute auf das Wasser, das nun ohne die glitzernden Reflexe des Sonnenlichts braun und abgründig wirkte. Eine kurze und schmerzhafte Visite im Leid anderer war das gewesen. Wolken waren aufgezogen, die von dem allgegenwärtigen Licht der Stadt angestrahlt wurden. Der Himmel hatte eine bleierne, fast schwarze Tönung angenommen und war tiefer gesackt. Daran erinnerte sie sich, in Hamburg änderte sich das Wetter schneller als in Berlin. Die Sonne war schon längst hinter dem Horizont verschwunden, und es roch nach Schnee, am Ufer glitzerte eine dünne Kruste Eis im Schein der Parkbeleuchtung.

Sie dachte an ihr eigenes Kinderzimmer. Nicht so üppig eingerichtet wie das von Livia, aber sie hatte es dennoch gemocht. Bis dahin. Sie dachte an die Gestalt, die an der halb geöffneten Tür vorbeigegangen war und ihre durch seine Hand gedämpften Schmerzenslaute und Weinen nicht hatte hören wollen. Sie dachte an die Weichen, die damals gestellt wurden. Würde die Machtlosigkeit wieder zu einem Teil ihres Lebens werden, ein dickes Loch in ihre Ersparnisse reißen und danach jeden Monat schwarz auf weiß auf ihrem Kontoauszug beweisen, dass sie nachgegeben hatte? Bis das Elend ein natürliches Ende fand. Würde sie das ertragen?

Würde sie die Alternative durchstehen? Sich auflehnen? Und wer war die Frau, um die es da ging, inzwischen? Es war so lange her und doch so erschreckend nah.

Sonst genoss Nora es, in einer fremden Stadt allein zu sein. Sich befreit vom Büromief ganz in eine Ermittlung zu geben, und das zu tun, wofür sie lebte und atmete: andere retten, damit das Schicksal ihnen nicht so übel mitspielen konnte wie ihr. Doch in diesem Augenblick fühlte sie sich einsam, schwach und orientierungslos. Bevor sie heute Livias Zimmer betreten hatte, hatte sie geglaubt, die Arbeit würde sie wie immer vor ihren eigenen Dämonen bewahren. Hier zählte jede Minute. Doch die Zeichnungen auf dem Tisch und das Foto des Mädchens mit seiner Mutter hatten ihr gezeigt, dass das im Moment nicht funktionierte. Nora wünschte, es gebe einen Menschen, bei dem sie sich ihre Gefühle über den unerwarteten Brief und ihre Sorge über dessen Auswirkungen auf ihre Ermittlungen von der Seele reden konnte. Jemand Normales, der das Ausmaß ihres Geheimnisses begriff und sie dennoch nicht verurteilte. Ein Gespräch, durch das sie wieder in die Spur kam. Ihre ehemaligen Therapeuten würden wenig hilfreich sein. Sie hatte keinen von ihnen in den letzten Jahren gesehen, und sie würden nur fragen, wie sie sich fühlte, keinen eigenen Standpunkt vertreten, und Zeit für eine solche Krisenintervention hatte sie auch nicht. Freunde, die um ihre Vergangenheit wussten, gab es nicht. Kollegen kamen erst recht nicht in Frage.

Oder? Sie kannte einen Psychologen im Polizeidienst, den sie obendrein sehr mochte. Mit dem sie intensiv zusammengearbeitet hatte, der sie schon einmal gegen seine innere Überzeugung unterstützt und damit seine Loyalität bewiesen hatte. Sie sah zum Ufer auf der gegenüberliegenden Seite der Alster, nacheinander ging in den Fenstern die Beleuchtung an. Das Problem war nur, dass sie sich schämte. Sie war abgereist, ohne sich richtig zu verabschieden. Der Fall in Lüneburg war abgeschlossen, sie war gegangen, ohne den Erfolg zu feiern. Wie immer.

Und wenn sie ihn trotzdem anrief? Sie nahm doch lediglich unverbindlich wieder Kontakt auf, schaute, wie er zu ihr stand.

Nora zog ihr Telefon hervor, wischte durch die Kontakte und tippte auf den Bildschirm.

Der Wind blies laut in das Mikrophon und füllte das Gerät mit einem infernalischen Heulen, während sie dem Freizeichen lauschte.

»Nora?«

Johan klang überrascht.

Wie konnte es auch anders sein. Sie hatten sich seit Mai letzten Jahres nicht mehr gesprochen.

Nora presste das Telefon gegen ihr Ohr, suchte nach Worten, fühlte ihre Finger klamm werden. Morgen würde sie ihm im Landeskriminalamt ohnehin über den Weg laufen. Sie unterbrach die Verbindung und steckte das Telefon wieder in die Tasche.

Einige Laternen im Park flackerten verspätet auf, und Nora setzte sich in Bewegung. Blieb wieder stehen.

Dieses Schreiben hatte die Sogkraft eines schwarzen Lochs.

Johan war ihre beste, nein, einzige Option. Angst, ähnlich der vor dem Sprung vom Fünfmeterturm, und ein brennendes Gefühl in der Brust ließen sie scharf einatmen. Dann wählte sie erneut.

»Tut mir leid, die Verbindung wurde unterbrochen«, sagte Nora gezwungen fröhlich. Sie war erleichtert, dass man die Lüge ihrer Stimme nicht anmerkte.

»Nora, wie schön, von dir zu hören! Es ist lange her.«

Sie konnte Johans Lächeln sogar durch den Wind hören. Er nahm ihr ihr Verhalten nicht übel.

»Ich bin wegen der Entführung in Hamburg und habe wenig Zeit, aber vielleicht können wir uns morgen zum Essen treffen? Abends? Ich würde gerne deine Einschätzung hören.«

Das war nicht nur ein Vorwand. Er würde ihr tatsächlich etwas über das LKA und dessen Arbeit erzählen können.

»Ach, du weißt, dass ich inzwischen in Hamburg bin? Ich hoffe, ich kann dir etwas zu dem Fall sagen, viel bestimmt nicht. Aber ich freue mich, dich zu sehen. Also sehr gerne.«

Er klang so unverstellt, als sie sich verabschiedeten, dass Nora gerührt war.

Mit der Schuhspitze schob sie Sand auf dem Weg zusammen, zwischen dessen Körnern Eiskristalle glitzerten. Sie lächelte traurig. Ja, sie hatte im Blick behalten, wo Johan sich aufhielt. Keine große Sache, zufällig hatte sie jemanden vom LKA Hannover getroffen und nach ihm gefragt. Eigentlich nicht mehr.

Nora ging weiter. So musste sie es angehen. Diese Krise durchstehen, indem sie jemanden einweihte, dann würde das beklemmende Gefühl aus ihrer Brust weichen. Sie ging schneller, die Ermittlungsunterlagen zogen an ihrer Schulter, im Kreuz setzte sich ein Schmerz fest.

Hatte sie die Pflicht in Berlin zu bitten, einen Kollegen zu schicken? Die Kinder hatten jemanden verdient, der keinen eigenen dringlichen Ballast mit sich herumschleppte. Aber sie gab immer hundertfünfzig Prozent. Fünf Prozent, mehr nicht, würde sie davon abzweigen, um sich mit der eigenen Angelegenheit zu befassen. Höchstens. Sie war der Sache gewachsen.

Nora sah sich um, bog in die kleine Stichstraße. Vor einer Villa blieb sie stehen, eine kleinere Ausgabe des Stein'schen Anwesens, und immer noch ein imposantes Gebäude. Dunkelheit, eine knappe Stunde nach Sonnenuntergang, genau wie vorgestern. Um siebzehn Uhr fünfunddreißig war Lasse hier aufgebrochen, also genau jetzt in drei Minuten. Die Straßenlaternen waren an, dennoch gab es viele schattige Winkel. Sie sah ihn vor sich, in grauem Daunenparka, blauen Jeans und orangen Turnschuhen, das große Gartentor fiel hinter ihm ins Schloss. Es war so kalt gewesen wie heute. Handschuhe hatte er keine dabeigehabt und keinen Schal, also hatte er wahrscheinlich seine Hände in die Taschen seiner Jacke gesteckt und den Blick gesenkt. Er war nach rechts abgebogen. Nora folgte dem breiten Gehsteig. Autos parkten zwischen hohen Bäumen, fast jedes Haus hatte eine eigene Einfahrt. War er nah an den Vorgärten entlanggelaufen? Hatte er sich umgesehen? Schritte gehört? Auf den Verkehr geachtet? Es gab kaum Passanten, genau wie Freitag. Nur in der Ferne führte ein Mann einen Hund aus. In den Fenstern brannte bereits Licht, aber nirgendwo konnte Nora jemanden hinter der Scheibe entdecken. Es war still, bis auf das entfernte Rauschen des Verkehrs. Die Menschen hier legten Wert auf Privatsphäre, hohe Bäume und Hecken versperrten den Blick in die Räume. Und hinaus.

Lasse war zügig gegangen. Bereits wenige Minuten später hatte er eine Einfahrt passiert, wo er von einem alten Mann gesehen worden war. An der nächsten Kreuzung blieb Nora stehen. Sie sah sich um. Die Straßen lagen still vor ihr. Hamburg hatte fast 1,8 Millionen Einwohner, aber keiner von ihnen war hier zu sehen.

Enckeplatz – Sonntag – 17:30 Uhr

Johan stand noch einen Moment mit dem Telefon unschlüssig im Flur. Dann legte er es wieder auf die Anrichte zurück, wo bereits ein ganzes Sammelsurium aus Unterhaltungselektronik an den verschiedenen Kabeln hing, die aus der Ladestation wuchsen. Lasse und Livia Stein. Er wäre so gerne bei den Ermittlungen dabei. Nora würde ab morgen Teil der Soko sein. Er war gestern mit den anderen Kollegen der Operativen Fallanalyse um eine kurze Einschätzung gebeten worden, und sie hatten das in einem Krisenmeeting diskutiert. Sie hatten anhand der Datenlage nur ein knappes Resümee ziehen können. Dennoch hatte er sich endlich mal wieder nützlich gefühlt, und die Dringlichkeit hatte sie alle gepusht.

Johan hatte spekuliert, dass eine Lösegeldforderung auftauchen würde, wenn die Polizeipräsenz nachließ und das Vertrauen der Familie in die Exekutive bis in die Grundfesten erschüttert war. So dass sie zahlten, ohne die Behörden zu informieren. Die Entführer waren skrupellos und riskant vorgegangen. Wer so kaltblütig handelte, war womöglich auch in der Lage, Wochen oder sogar Monate auszuharren. Vermutlich hatten Profis die Tat verübt, eine gut organisierte Gruppe Krimineller, die schon vorher die Familie ausgespäht hatte.

Johan dachte daran, dass er stattdessen morgen Vormittag die Akten der wegen leichter Vergehen festgenommenen Männer mit Migrationshintergrund auf dem Tisch haben würde, die sich an der Moschee in der Bernhard-Nocht-Straße hatten blicken lassen, und morgen Nachmittag eine Gruppe Studenten der Kriminalistik in der Polizeiakademie über die Grundlagen der OFA aufklären sollte. Nichts davon war besonders verheißungsvoll. Die Studenten würden ihn nach der in den Medien allgegenwärtigen Entführung fragen. Seine tiefe Sorge würde zu einem Lehrbuchtext verkommen, in dem er die mögliche Gewalt erläuterte, wenn die Allmacht der Entführer ihre moralischen Regeln und Normen verschob. Seine Gefühle würden in Phrasen verpuffen, während die Kinder da draußen tatsächlich litten und seine Kollegen nach ihnen suchten. Am liebsten würde er Lasse und Livia unerwähnt lassen, den neugierigen Augen die Gegenwart nicht zum Fraß vorwerfen, sondern sich im Unterricht mit alten Fällen befassen. Aber er musste sie auch sensibilisieren, ihnen klarmachen, dass Fehler oder Versäumnisse von Polizisten den Tod von Menschen bedeuten konnten. Er stellte sich das kratzende Geräusch der Stifte auf dem Papier vor, die von der Sensation aufpolierte Aufmerksamkeit.

Würden sie fühlen, was er fühlte? Oft wurden die Opfer misshandelt, allein gelassen in engen Verliesen, ohne zu wissen, wo sie waren und wie lange schon. Sexueller Missbrauch... Diese Extremsituation wirkte auf die Psyche beider Seiten, machte Bewacher zu Sadisten, Kleinkriminelle zu Mördern. Nicht wenige dieser Freiheitsberaubungen endeten tödlich.

Johan biss sich auf die Unterlippe. Würde er den Studenten sagen, dass im letzten Jahr in Deutschland zweiundachtzig Menschen entführt worden waren, um Lösegeld zu erpressen?

Johan schaute zur Küche. Von solchen Gedanken bekam er Bauchweh, so als würden die zigmillionen Nervenzellen im Gastrointestinaltrakt Pogo tanzen. Er war zweifellos nervöser als sonst. Er konnte Lilly von hier aus nicht sehen, doch er roch den süßlichen Curryduft, der unter den klappernden Topfdeckeln an der Abzugshaube vorbei zur hohen Decke ihrer Altbauwohnung aufstieg. Aber Noras Anruf hatte den Konflikt wieder aufgewühlt: Konnte er seinen Job als Dozent nicht akzeptieren? War er ein Adrenalinjunkie oder besessen von dem Gedanken, Probleme besser lösen zu können als andere? Er sollte die Finsternis nicht ständig nach Hause tragen, so hatten sie es besprochen. Das weiße Licht der Halogenlampen spiegelte sich in den polierten Pitchpinedielen. Hier war die Welt in Ordnung.

Das lag wohl doch vor allem an den Hormonen, der Co-Schwangerschaft, der unaufhaltsam auf sie beide zuwachsenden unbekannten Zukunft – das alles verunsicherte ihn.

Er ging in die Küche und drückte Lilly, die sich zur Zubereitung des Salats an den kleinen Ecktisch gesetzt hatte, einen Kuss auf den Scheitel. Sie war im Moment ständig müde, auch jetzt hatte sie Ringe unter den Augen. Als Erzieherin hatte sie fast sofort Berufsverbot bekommen, wegen irgendwelcher fehlender Antikörper gegen Krankheiten, von denen Johan noch nie zuvor gehört hatte. Eine komfortable Situation, aber sie war auch viel allein, weil ihre Freundinnen alle arbeiteten. Sie lächelte ihm zu. »Wer war das eben?«

Johan nahm den Reis vom Herd, rührte im Wok, gab Erdnusssauce hinein. »Eine Kollegin, Nora, mit der ich in Lüneburg ermittelt habe.«

»Ach die …« Johan hatte Lilly den Rücken zugewandt und konnte nicht erkennen, ob der Unmut, den er in ihrer Stimme zu hören glaubte, sich auch in ihrem Gesicht spiegelte. Ja, er hatte Lilly von Nora erzählt und den widersprüchlichen Gefühlen ihr gegenüber. Dass er sie schwierig fand, aber auch sehr mochte. Das hätte er wohl besser lassen sollen.

»Soll ich mal lüften?!« Johan stellte das Fenster auf Kipp. Die Küche war, wie in vielen Hamburger Altbauten, eher ein Schuhkarton mit Blick in einen Häuserschacht, der Flur der Wohnung ein langer Schlauch, aber alles wirkte durch die hohen Decken geräumig und durch den Stuck edel. Angesichts des verschwindend geringen bezahlbaren Wohnraums in der Stadt hatten sie großes Glück gehabt. Historische Kacheln in der Wohnküche, drei Zimmer, zentrale Lage. Klein, und trotzdem teuer, Hamburg eben.

Und weil Lilly die Vormieter kannte und sie plötzlich ganz oben auf einer Bewerberliste standen, war der nächste Schritt in ihrer noch frisch entflammten Beziehung ziemlich schnell vollzogen. Einmalige Gelegenheit. Eine erfolgreiche Bewerbung beim LKA vor Ort – und jetzt war Lilly schon im dritten Monat schwanger.

Bisschen fix. Aber sie hatte Humor, sah wunderbar aus, sie verstanden sich prächtig. Johan war jeden Tag aufs Neue fasziniert, wie leicht alles mit ihr war. Wie würde Nora mit ihrem stets alarmierten Blick, ihrem Hang zu dramatischen Vorahnungen und der Dunkelheit, die sie zusammen mit ihrer kühlen Effizienz wie ein Umhang umwehte, in diese helle warme Umgebung passen?

Gar nicht, sagte er sich.

Während er Teller auf den Tisch stellte, spürte Johan, wie ihn Lillys forschender Blick verunsicherte. Er konnte sich Nora und Lilly nicht zusammen in einem Raum vorstellen.

»Oh Mann«, sagte Lilly, als sie aufstand, um das Schneidebrett auf die Arbeitsplatte zu stellen, »bin ich froh, dass das angeblich nach drei Monaten besser wird. Ich hab Hunger, aber mir wird von dem Geruch schon wieder schlecht.«

Johan lächelte und küsste sie wieder, dieses Mal auf die Lippen. Der Anflug von Irritation verschwand. Ständig hatte er das Bedürfnis, sie zu berühren. Lilly verteilte Dressing über den Salatblättern. »Hast du dir jetzt eigentlich überlegt, wie viel Elternzeit du nehmen möchtest?«, fragte sie. Noch so etwas. Der Gedanke an den kleinen Wurm, der noch bohnengroß in Lillys Bauch wuchs, erfüllte Johan mit unbändigem Stolz. Aber mehr als sechs Wochen Elternzeit? Im Grunde gerne. Doch was war dann mit den anderen Kindern, Menschen, die es nicht so gut hatten wie er und Lilly? Seine Abteilung waren hoffnungslos unterbesetzt. Dann fiel ihm ein, dass nur seine Studenten ihn vermissen würden. »Ich weiß noch nicht«, sagte er und tat sich ernüchtert Reis auf. Das war alles nicht so einfach.

Pöseldorf – Sonntag – 17:45 Uhr

Nora trat auf die leere Straße und sah sich um. Der Heimweg von Livia war kürzer gewesen, allerdings auch noch schlechter beleuchtet. Von hier führte er über einen Fußgängerweg zwischen zwei Gebäuden hindurch. Nora sah zu der Laterne hoch, die die Hecken zu beiden Seiten des schmalen Streifens Asphalt beschien. Nein, das war kein optimaler Heimweg für ein kleines Mädchen. Andererseits war Livia neun. Ein Alter, in dem Eltern sich übervorsichtig verhielten, wenn sie von ihren Kindern verlangten, vor Einbruch der Dämmerung zu Hause zu sein, oder darauf bestanden, sie abzuholen. Sie wollten jetzt mehr Freiheit, trauten sich mehr zu und sollten das auch ausleben dürfen. Aber sie waren auch noch ganz schön klein.

Nora war in dem Alter etwa mehrfach von Exhibitionisten abgepasst worden, sogar am helllichten Tag. In der Phase der ersten Autonomie und vor der Fähigkeit der vorausschauenden Vorsicht war sie mindestens drei Blankziehern und zwei richtigen Grabschern begegnet, die sie in Angst und Panik versetzt hatten. Vor allem der Kerl, der sie mit dem Fahrrad an eine Hauswand gedrängt hatte. Sie hatte seine Worte noch im Ohr. »Willst du mal anfassen?«

Während sie im Halbdunkel in der schmalen, uneinsichtigen Gasse stand, erinnerte sie sich mit Schaudern. Oder der Mann, der Fotos von ihr und ihrer Freundin machen wollte. Oder der im Schwimmbad … War sie wegen ihrer geringen Körpergröße besonders anfällig gewesen? Oder gab es wirklich so viele Männer, denen kleine Mädchen als unwiderstehliches Freiwild erschienen? Ihre Mutter hatte damals nie die Polizei benachrichtigt. Sie zog den Schultergurt der schweren Tasche höher. Vermutlich, weil sie nicht wollte, dass die Beamten mit ihrer Tochter sprachen und weitere Fragezeichen auftauchten. Oder hatte sie selbst über die Erlebnisse geschwiegen? War sie zu dem Zeitpunkt schon verstummt gewesen? Nora konnte sich nicht erinnern.

Enckeplatz – Sonntag – 23:30 Uhr

Johan lag mit offenen Augen neben Lilly im Bett, und seine Gedanken wanderten zu den entführten Kindern zurück. Wenn er die Augen schloss, wurde die spontane Beklemmung, die er vorhin verspürt hatte, größer, breitete sich im Zimmer aus und schnürte ihm den Brustkorb zu.

Das Gespräch mit Lehmann, der gesagt hatte, dass sie nicht genug Personal hätten, jeden der potentiellen Gefährder zu überwachen. Dann die Akten. Vom Schreibtisch aus den Experten mimen. Die Seminare. Er stand nicht gern vor so einem großen Publikum, das hatte er inzwischen gemerkt.

Von draußen fiel ein wenig Licht der Straßenbeleuchtung durch den Spalt im Vorhang, der gedämpfte Lärm der Stadt drang durch das geschlossene Fenster.

Er hatte nur selten bewusst an Nora gedacht, seitdem sie aus Lüneburg abgereist war, als wolle sie etwas abschütteln. Aber sie war ihm nicht ganz aus dem Kopf gegangen. Nicht als Frau und auch nicht als Warnung, auf sich selbst aufzupassen. Der Täter wurde gefasst, das Mädchen gerettet. Aber Nora hatte am Ende so ausgesehen, als sei für sie nichts davon ein Erfolg gewesen. Als seien sie zu langsam gewesen, um die anderen zu retten, obwohl sie erst nach deren Tod überhaupt hinzugezogen worden war. Er hatte dadurch selbst letztes Jahr an einem inneren Scheideweg gestanden: Wollte, konnte er sich weiter mit Haut und Haaren auf diesen Job einlassen? Oder musste er, damit er ein erfülltes Leben leben konnte, den emotionalen Abstand zwischen sich und den Gräueln der Verbrechen vergrößern?

Dann kam Lilly, und sie hatte ihn zusätzlich gedrängt, sich aus dem »operativen Geschäft«, wie sie es nannte, zu verabschieden. Sie wollte keine Angst um ihn haben müssen, was nur zu verständlich war.

Das und nicht zuletzt Noras aufgewühlte Verbissenheit hatten ihn dorthin geführt, wo er jetzt war.

Nun, dachte er, wollte er diese Welt täglich besser machen, indem er einen kleinen Ort der Zufriedenheit schuf, ein Stück Geborgenheit abseits des Elends. Er sollte anderen helfen, besser darin zu werden, Verbrechen aufzuklären. Er agierte aus der zweiten Reihe heraus. Und er sollte sich nicht permanent fragen, wie viele weitere gequälte, verlorene Menschen und gewaltbereite Zyniker es da draußen gab.

Johan schloss die Augen, um endlich das Gefühl von Ruhe und Geborgenheit zu finden, auf das er gehofft hatte, doch stattdessen lastete sein schlechtes Gewissen auf ihm wie eine dicke Decke.

Glück nur für sich allein war ein egoistischer Gedanke. Nora gab sich nie der trügerischen Sicherheit hin, was sie tat, könnte genug sein.

Pöseldorf – Montag – 05:00 Uhr

Wieder zeigte der Wecker erst kurz nach fünf. Zu früh für die Lagebesprechung im Präsidium, dachte Nora gereizt. Nur die Nachtschicht, der Kriminaldauerdienst, wäre dort. Aber Schlafen ging auch nicht mehr. Nächtliche Schritte im Treppenhaus, durch die dünnen Vorhänge wischende Autoscheinwerfer, aber vor allem ihre innere Unruhe hatten sie fast die ganze Nacht wach gehalten. Sie hatte die Unterlagen gelesen, jetzt wollte sie zu den Ermittlungen dazustoßen. Bilder der Kinder, die irgendwo in der Dunkelheit kauerten, waren durch ihre Gedanken gegeistert. Also stand sie auf, duschte, erst heiß, dann eiskalt. Mit einer flachen Bürste kämmte sie die Haare aus dem Gesicht, die ihr gerade bis zu den Ohren gingen, aber dennoch ungewohnt lang waren. Zeit für den Friseur. Bald. Sie wählte eine dunkle elegante Hose, dazu eine weiße Baumwollbluse mit passendem Blazer. Flache schwarze Stiefeletten. Aus dem Schrank zog sie ihren alten grünen Parka und ließ den Wollmantel hängen. Die Mappen, die ihr Meyer gestern gegeben hatte, lagen noch auf dem geräumigen Schreibtisch vor dem Fenster. Obwohl nicht viel Mühe in die Einrichtung der Wohnung verwendet worden war, gab es hier alles, was sie brauchte, Scanner, Drucker, zwei Flachbildschirme und eine Dockingstation für diverse elektronische Geräte mit gängigen Verbindungssteckern. Ebenso einen Waffentresor mit elektronischem Schloss, aus dem Nora nun ihre Walther entnahm, dann den Innentresor mit dem Bartschlüssel öffnete, die Munition herausholte und lud.

Als sie die Kopien der Vernehmungen mit den engsten Familienmitgliedern der Kinder mit einer Hand packte, verharrte sie einen Augenblick. *Nein, ich kann mir nicht vorstellen, wer meine Kinder entführt hat.* Die Worte Krystina Steins, meine Kinder, nicht unsere.

Der Bruder von Justus Stein, Jürgen Stein. *Ich habe immer gesagt, dass sie zu viele Freiheiten haben.*

Nora steckte die Mappen in ihre Umhängetasche.

Das Au-pair Felicitas: *Ich kann nicht aufhören zu weinen. Wer tut denn so etwas?*

In einem Ordner waren auch Vernehmungen mit den Eltern der Freunde. Die Mutter von Livias bester Freundin schien aufgelöst gewesen zu sein. *Wenn ich das gewusst hätte, hätte ich sie nach Hause gebracht. Aber es sind ja nur ein paar Meter. Wir schreiben uns eine SMS, dass sie losgegangen sind, und eine, wenn sie angekommen sind.*

Ein an den Rand gekritzelter Vermerk, dass es keine Kurznachricht auf Krystina Steins Telefon gegeben habe. Frau Stein sagte später aus, sie habe Iris Klamm kurz nach sechs angerufen und gefragt, ob Livia noch bei ihnen sei. Eine weitere Notiz in anderer Handschrift: Auf Nachfrage räumte Frau Klamm ein, sie könne die SMS an diesem Tag möglicherweise vergessen haben.

Iris Klamm hatte gelogen. Schon bei der Befragung hatte sie gewusst, dass sie keine Nachricht geschickt hatte, schließlich war sie später angerufen worden. Sicherlich aus Scham, vielleicht aus Panik, dennoch würde auch sie sich mit ihr darüber unterhalten, warum sie ausgerechnet an diesem Tag das eingespielte Ritual vernachlässigt hatte. Vielleicht hätte Krystina Stein schneller reagiert. Vielleicht wäre sie ihrer Tochter entgegengegangen, wenn diese mehr als die üblichen bummeligen zehn Minuten gebraucht hätte.

Nora zog die Tür hinter sich zu. Im Hausflur war es dunkel, doch ihr reichte das kleine Licht, das anzeigte, wo die

Treppenhausbeleuchtung anging. Auf der Straße schlug ihr kühle Morgenluft entgegen, und sie war froh, den vier Wänden entkommen zu sein. Im Grunde war das Appartement gut geschnitten, klein, aber funktional mit einem Zimmer in L-Form, in dessen Winkel eine winzige Küche untergebracht war, nur kam es ihr zu dieser düsteren Jahreszeit finster und unpersönlich vor. Neben der Einbauküche stand ein Bartresen mit zwei Edelstahlhockern, auf einem Regalbrett lagen zerfledderte Taschenbücher, fast ausnahmslos Thriller. Nachdem sie die Heimwege beider Kinder abgelaufen war und etwas gegessen hatte, hatte sie noch einige Stunden am Schreibtisch verbracht. Jetzt war ihr Kopf vollgestopft mit Daten, Namen, Zahlen, Meyer hatte ihr eine Menge Material gegeben. Doch kein Fingerzeig war ihr entgegengesprungen, nichts hatte aus dem Informationsdickicht aufgeleuchtet.

Der inzwischen abgeflaute, aber nach wie vor eisige Wind kam ihr gerade recht, pustete er doch Unruhe und unwillkommene Gedanken fort. An der U-Bahn-Station Hallerstraße kaufte Nora einen Milchkaffee und ein Croissant, aß und trank auf dem zugigen Bahnsteig des gekachelten Bahnhofs. Während der fünf Stationen mit der U1 bis Alsterdorf sah sie müde Gesichter: Arbeiter, die von der Nachtschicht kamen, Angestellte der Flughafensicherheit, die in die gleiche Richtung mussten wie sie. Nora nippte an ihrem Kaffee. Durch ihr frühes Auftauchen in der Zentrale würde sie sich vermutlich unnötigen Smalltalk ersparen. Klarer Vorteil.

Die beiden Beamten an der Besucherschleuse waren ziemlich überrascht, als sie um sechs ihren BKA-Ausweis in das Fach unter der dicken Trennscheibe schob.

»Sie sind aber früh dran. Weiß nicht, ob der Leiter der Soko jetzt schon da ist.«

Nora nickte, neigte lächelnd den Kopf. Die Beamten wechselten einen ratlosen Blick, dann griff der eine zum Telefon. Als Nora einer Kommissarin des Kriminaldauerdienstes in den Fahrstuhl folgte, beglückwünschte sie sich ein weiteres Mal zu ihrer Entscheidung. Das übernächtigte Schweigen der Frau mit den weichen Rundungen in engen Jeans, die sich als Karin Herz vorgestellt hatte und sich nicht für sie zuständig fühlte, gab ihr einen Moment, sich auf die neuen Räumlichkeiten einzustellen. Im dritten Stock angekommen traten sie in einen breiten Gang mit hellem Linoleumboden, dessen Krümmung verriet, dass dies der ringförmige Mittelteil des Gebäudes war, an dem die Anbauten wie an ein Mutterschiff andockten. Karin Herz öffnete die Glastür zum LKA 44, Kommissionsermittlungen, und hielt ihr die Tür auf. Nora sah, wie sie auf ihre Armbanduhr schielte, die dabei unter dem Ärmel ihrer Bluse zum Vorschein kam.

»Sie können sich auch zu uns setzen. Ich habe wirklich keine Ahnung, in welchem Büro Sie untergebracht werden sollen.« Wieder schielte sie auf die Uhr. »Auf mich wartet noch der Abschlussbericht von heute Nacht. Es gibt für die Soko Stein einige neue Aktennotizen mit Hinweisen aus der Bevölkerung, die nach den Veröffentlichungen der Artikel gestern Abend reingekommen sind, aber es ist bisher nichts Substanzielles dabei.«

Nora nickte. Sie würde ihnen nicht auf den Wecker fallen.

»Ich komme schon zurecht!« Ganz hinten vor dem Fenster stand ein runder Tisch mit einem einzelnen Stuhl davor. Nora nickte in diese Richtung. Karin Herz hob sichtlich erleichtert die Hand und verschwand Richtung Fahrstuhl.

Als sie allein war, ließ Nora die Stille des eigenwilligen Gebäudes auf sich wirken. 2001 war das Polizeipräsidium hier eingezogen. Als sie vor rund achtzehn Jahren in Hamburg hospitiert hatte, war es noch in einem Hochhaus nahe des Bahnhofs Berliner Tor untergebracht gewesen, an einem tristen Verkehrszubringer zur Autobahn. Jetzt lag es etwas abseits des Zentrums in der Nähe des Stadtparks und war durch Bäume vor neugierigen Blicken abgeschirmt. Das Bauwerk hatte einen beachtenswert skurrilen Charakter. Der Architekt hatte den zehnstrahligen Hamburger Polizeistern zum Vorbild für den Grundriss genommen, obendrein war die Fassade in den früheren Polizeifarben Grün und Khaki geklinkert.

Nora fragte sich bei einem Blick aus dem Fenster, von dem aus sie rechts und links die weiteren Gebäudeteile an dem Ring hängen sehen konnte, ob sie diese Architektur eher geschmacklos oder praktisch fand und ob besagter Architekt in seiner Jugend gerne Marvel-Comics gelesen hatte.

Während sie ihre Unterlagen aus der Tasche holte und auf den Tisch ausbreitete, kam HK Herz überraschend zurück und stellte ein Tablett mit einer Thermoskanne Kaffee, einer Tasse, Zucker und Milch, sowie einigen Keksen vor Nora ab.

»Wenn Sie mehr möchten, die Glastür raus, zweite Tür links ist die Kaffeeküche. Uns finden Sie im ersten Raum auf der linken Seite ein Stockwerk tiefer.«

Nora bedankte sich. Schob Papiere, Laptop und Tablett zurecht.

HK Herz musterte sie noch einen kurzen Moment. »Es ist gut, dass Sie da sind!«, sagte sie knapp.

Nora lächelte ihr zu. Allen setzte das Verschwinden der Geschwister zu, und Nora fand sympathisch, dass Herz auch dieses Mal kein Gespräch begann, sondern ging, ohne zurückzublicken.

Nora schenkte sich Kaffee ein, der dampfte und frisch roch. Sie dachte an Justus Stein. An die Mutter, Krystina. Die weitere Familie. Und die Firma. Die Angestellten kannten Justus Stein. Sie musste auch ins Rathaus, dort gab es ebenfalls Mitarbeiter. Und in der Villa. Eine Menge Menschen arbeiteten für die Steins.

Punktuell kletterte fahles gelbes Licht die Kronen der kahlen Bäume des Stadtparks empor. Wenn Nora die Augen zusammenkniff konnte sie trotz der Dunkelheit frühe Krähen über den Himmel ziehen sehen.

Vor ihr auf dem Tisch lagen die Porträtfotos von Livia und Lasse. Nora spürte der Spannung nach, die sich mit dem heraufdämmernden Tag langsam in ihr ausbreitete, ein aufdringliches Ziehen in jedem Muskel, Wut, Schmerz, altvertraute Ohnmacht. Hamburg kam ihr grausam vor und so riesig, dass zwei Kinder hier verloren gehen konnten, ohne je wieder aufzutauchen.

Nora fühlte die Nadelspitzen in ihrem Herzen. Sie kannte ihren Schmerz genau, wusste, dass die Wut sie zu Höchstleistungen anspornte und sie ihren Zorn in glasklare Effizienz verwandeln konnte. Das musste sie jetzt tun und sich nicht von Erinnerungen ablenken lassen. Lasse und Livias Lächeln war fröhlich, ihre bisherige Vergangenheit eingefroren in einem Foto. Ihre Zukunft hatten sie in der Hand.

Hafen – Montag – 6:00 Uhr

Jetzt war der richtige Augenblick. Das stete Zwielicht des Hafens bot Tarek Deckung, bevor die Sonne aufging. Er konnte von seinem Platz in der Rinne eines brachliegenden Kanals sehen, wie die Nachtschicht den Kai verließ. Die Ablösung würde in weniger als einer halben Stunde die Arbeit aufnehmen, und solange sie sich innerhalb des flachen Bürogebäudes befand, Verladepläne besprach, war das Gelände mit Schuppen, Garagen, Hallen und endlosen Reihen gestapelter Container verwaist. Er warf den Bolzenschneider auf den Betonboden, zog sich an der Metallkante der Rinne hoch, wuchtete den Rucksack mit der Gasflasche hinterher, hob ihn auf den Rücken und rannte geduckt auf den Maschendrahtzaun zu. Mit schnellen, gezielten Bewegungen schnitt er eine Reihe des Drahts auf, bog den Zaun zur Seite und robbte darunter hindurch. Adrenalin pumpte durch seinen Körper, der galoppierende Rhythmus seines Herzens füllte den gesamten Brustkorb. Wohin jetzt?

Dafür, dass er bereits so oft auf dem Betriebsgelände gewesen war, war es von hier aus ganz schön unübersichtlich. Sonst parkte er den Sattelschlepper vor der Halle oder an der Verladestation und wartete, bis die Fracht aufgebockt war. Tarek quetschte sich zwischen älteren, rostigen Containern hindurch, sah frisch aufgestapelte Reihen tonnenschwerer leerer Stahlkisten, bereit zum Bepacken, die Tausenden fertigen Frachteinheiten, die wartenden Kräne. Er huschte mit gebeugtem Rücken zwischen den Reihen hindurch und drückte sich an die Schuppen an der Längsseite des Grundstücks. Die Muskeln seiner Oberarme schmerzten, als er die Schenkel des Werkzeugs zusammenpresste, bis der Bügel des Vorhängeschlosses knirschend nachgab.

Er warf einen Blick hinter sich. Das Schiff, das unter Flutlicht an den Pollern vertäut lag, war bereits entladen, das Deck war leer. Ein mittelgroßer Frachter der Reederei und Logistik Stein, was aber nach Maßstäben der modernen Containerschifffahrt immer noch bedeutete, dass er so groß war wie drei Wohnhäuser. Auch dessen Mannschaft würde demnächst wieder auftauchen. Der Frachter würde an einem der Liegeplätze von den Zwillingskränen neu beladen werden, Lascher im

Minutentakt Container über die Reling schwingen. Aber wenn Tarek sich jetzt auf das Schiff schleichen und sich dort verstecken würde, wäre das ganz einfach. Dass ein Frachter dieser Größe auf der Elbe havariert, Stadtgebiete überflutet und der Hafen lahmgelegt wurde, war seit vielen Jahren das größte Schreckensszenario der Hamburger Binnenhafenbetreiber. So wie er jetzt, konnte eigentlich auch jeder andere auf das Gelände kommen.

Tarek fummelte das Schloss ab und schlüpfte in den Lagerraum, schaltete eine kleine Taschenlampe an und sah sich um. Haufenweise Gerümpel. Hydraulikteile, Schläuche, Kanister. Zeug, das man überall im Hafen fand. Er hob den Rucksack von seinem Rücken, zog vorsichtig den Beutel ab. Der Aufkleber an der Gasflasche war bereits entfernt, nun zog er den Plastikbecher ab, den er über die Ventile gestülpt hatte und schob sie anschließend hinter ein paar Kartons. Er schlich nach draußen, knackte ein paar weitere Schlösser an den Schuppen. Er sollte keine Ahnung haben, was hier vorging, keinen Grund, misstrauisch zu werden. In einer Abseite lagerte Werkzeug. Tarek packte ein paar hochwertige Zangen und kleinere Akkugeräte in den Rucksack und rannte geduckt zurück zu dem Loch im Zaun.

Polizeipräsidium – Montag – 7:30 Uhr

Nora hörte zügige Schritte im Gang hinter sich und das rhythmische Klappern eines hin- und herschwingenden Schlüsselbundes, das aufhörte, als er in die Handfläche geschnappt wurde.

»Wollen Sie zu mir?« Der Mann, der vor ihrem Tisch auftauchte, war groß, breitschultrig, trug hellblaue Jeans, weißes Hemd und Sakko, sein Lächeln brachte seine blauen Augen zum Leuchten. Er dünstete frisch rasierte, mit dezentem Aftershave abgerundete Gesundheit und Sportlichkeit aus, nur seine gerötete Bindehaut verriet Schlafmangel.

Nora erhob sich und gab ihm die Hand. »Nora Klerner, BKA. EKR Böhm hat mich angekündigt.«

»Hauptkommissar Felix Reitner. Wir freuen uns, Sie hierzuhaben!«

Nora konnte nichts in seinem Lächeln erkennen, das diese Aussage Lügen strafte, und lächelte zurück. Er hielt ihre Hand und den Augenkontakt etwas länger als üblich, bis er mit einem fast tadelnden Blick auf ihre Unterlagen sagte: »Kommen Sie, ich bringe Sie in ein freies Büro.« Mit einem entschuldigenden Blick auf die leeren Flure fügte er hinzu: »Ich habe gestern Nacht die Kollegen aus der Soko nach Hause geschickt. Sie hatten seit Samstagfrüh durchgearbeitet und auf Sonntag im Büro geschlafen. Der KD hat die Stellung gehalten, und alle Hinweise sind bei der Nachtbereitschaft eingegangen und in die Akte eingepflegt worden. Man hätte mich angerufen, wenn…«

»Natürlich«, sagte Nora.

Also hatte er doch Sorge, dass sie bewertete, was er bisher geleistet hatte.

Während Nora ihre Unterlagen einsammelte, kribbelte ihre Handfläche. Wie viele selbstbewusste Männer hatte er ein winziges bisschen die Grenze überschritten. Gerade so weit, dass man ihm höchstens Faszination vorwerfen konnte, ein aus der Begegnung mit einer attraktiven Kollegin rührendes, fast unumgängliches Kompliment. Nora mochte das nicht.

Das Büro war geräumig, mit blauem Teppichboden, einem

riesigen grauen Schreibtisch und einer Sitzecke mit zwei Besucherstühlen. Das Fenster nahm fast eine ganze Wand ein, man sah hinter den Parkplätzen die Dächer einiger Häuser und in der Ferne Baumwipfel und die Kuppel des Planetariums im Stadtpark.

Nora probierte den ledergepolsterten Drehstuhl. Er war bequemer als ihrer in Berlin.

Reitner beobachtete sie, und Nora schenkte ihm ein weiteres, nun etwas gezwungeneres Lächeln. Sie öffnete die oberste Schreibtischschublade, entnahm einen Stift und Klebezettel und legte die Akten auf den Tisch. Dann stöpselte sie ihren Laptop an das Kabel des Displays und an das Ethernet-Kabel, das aus einem Loch in der Arbeitsplatte ragte.

Als sie Reitner fragend ansah, diktierte er ihr das Passwort für den Server.

»Kann ich noch etwas für Sie tun?« Reitner stand da wie ein Fels. Nora schüttelte den Kopf. »Halb neun ist Lage, oder?«

»Korrekt!« Bei dem Wort straffte sich seine Haltung.

Ah, ehemaliger Militär, dachte Nora, und daran, dass während einer Offiziersausbildung gelehrt wurde, immer ein Taschentuch und ein Feuerzeug für rauchende oder weinende Damen bereitzuhalten. Das passte.

Sie klappte den Laptop auf. Reitner drehte sich um und ging, eine halbe Minute später trug er das Tablett mit der Kaffeekanne und den Keksen zu ihr herein und stellte es am Rande des Schreibtischs ab.

»Kann ich sonst noch etwas für Sie tun?«

»Ich muss noch telefonieren. Ich würde mich freuen, wenn Sie mir später zeigen, wo der Besprechungsraum ist.« Er nickte und ging, die Hand zum Abschiedsgruß hebend.

Als er weg war, öffnete Nora den Ordner *Stein* auf dem Server. Fast fünfzig Unterordner mit etlichen Gigabyte und

Hunderten von Dokumenten und E-Mails waren in der kurzen Zeit zusammengekommen. Die Entführungen hatte alle deutschen Polizeidienststellen in Alarmbereitschaft versetzt. Nora klickte auf die Übersicht und Zusammenfassung der aktuellen Ereignisse, die vom aktenführenden Beamten angefertigt wurde. Auch in der internationalen Presse waren gestern Fotos der Kinder erschienen, und von anderen europäischen Polizeidienststellen trudelten nun vereinzelt Aktennotizen ein. Jemand wollte Kinder ähnlichen Aussehens in Oslo und Liechtenstein gesehen haben. In beiden Fällen hatte es sich um Verwechslungen gehandelt, wie die örtliche Polizei feststellen konnte. Sie klickte sich zu Anwohnerbefragungen und den Kontaktpersonen der Kinder durch. Sie fand Gespräche mit Lehrern, Trainern im Sportverein und der Klavierlehrerin von Livia sowie Segelvereinsmitgliedern von Lasse. Ein anderer Ordner: Überprüfungen von ortsansässigen registrierten Sexualstraftätern.

Es gab Unterlagen zur Unternehmenshistorie, anscheinend aus einer Imagebroschüre, den Grundriss der Villa, Handelsregisterauszüge, ein Organigramm des Unternehmens, dem folgte eine Liste enger Mitarbeiter der Geschäftsführer Justus und Jürgen Stein. Nora kniff die Augen zusammen. Jemand hatte das Dokument vor dem Einscannen handschriftlich mit den Funktionen der Personen ergänzt. Die Schrift war steil und zackig, und Nora tippte auf Justus Stein. Er hatte auch vermerkt, wer seinen Kindern persönlich begegnet war; es gab eine Gästeliste des Betriebsjubiläums. Für die Kürze der Zeit hatte das Hamburger LKA ganze Arbeit geleistet.

Drohungen gegen die Familie Stein hatte es in der Vergangenheit angeblich nicht gegeben. Mails an das Abgeordnetenbüro Justus Steins im Rathaus zeigten, dass nicht jeder damit einverstanden war, dass er für Hamburg als Olympiastadt Werbung machte. Hamburg hatte ein Feierabendparlament. Justus Stein hatte seinen Beruf als Geschäftsführer der Reederei weiter ausgeübt und, quasi in Teilzeit, für sich als nächster stellvertretender Bürgermeister geworben – und als Koalitionspartner rechts der Mitte. Damit hatte er eine Menge Gegner. Ging es um Politik? Doch Anfeindungen und Kritik, soweit hier dokumentiert, ließen sich zurückverfolgen. Nora nahm sich vor zu fragen, ob und wie weit es in den Kommentaren bei seinen Interviews negative Äußerungen gegeben hatte oder Beschwerden gegen ihn in den Redaktionen. Und ob Justus Stein noch andere umstrittene Projekte befürwortete. Wobei sie die Olympischen Spiele nicht unbedingt als besonders heißes Eisen einstufte. Sie begann sich Notizen zu machen.

Polizeipräsidium – Montag – 8:00 Uhr

Johan betrat die Büros der OFA. Fünf Beamte gehörten in Hamburg der Operativen Fallanalyse an, doch noch war keiner außer ihm da. Sie waren eine so kleine Abteilung, dass sie noch nicht mal eine eigene Dezernatsnummer hatten, sondern dem LKA 21, der Kriminalpsychologischen Einsatz- und Ermittlungsunterstützung zugeordnet waren. Drei der Kollegen hatten den Ausbildungsweg durchlaufen, der seit der Etablierung dieses Ermittlungsverfahrens in den Landeskriminalämtern für Analytiker vorgesehen war: Polizeihochschule, praktische Erfahrungen bei der Kripo, fünfjährige Zusatzausbildung im Ausbildungszentrum des BKA, strenges Auswahlverfahren. Psychologen, so wie er, reingerutscht in die Abteilung durch ein erweiterndes Studium an der Polizeihochschule gab es nicht mehr, auch wenn sie noch Anfragen von angehenden Psychologen bekamen. Seit über dreizehn Jahren wurde Operative Fallanalyse in Hamburg eingesetzt, geleitet von einer Psychologin, Lise Elkmann. In ganz Deutschland arbeiteten überhaupt nur rund achtzig Fallanalytiker. Johan empfand es als Ehre, einer von ihnen zu sein. Er legte seine Tasche ab, hängte seine Daunenjacke auf und betrachtete die aufgeräumte graue Fläche seines großen Schreibtischs. Ganz anders als das vollgekramte Kabuff vorher, in dem die Regale von Akten unaufgeklärter Verbrechen aus drei Jahrzehnten überquollen. In Hannover war er der gefragte Experte für die kniffligen Fälle gewesen. Hier war er zuständig für die Erweiterung des fallanalytischen Methodenrepertoires sowie der Informationsveranstaltung für Anwärter auf den höheren Polizeidienst. Die anderen in der OFA ermittelten. Johan war sich sicher gewesen, er würde hier seine Erfahrungen einbringen können. Pustekuchen.

Johan hatte sich vorgestellt, da sie beide aus der Uni-Ecke kamen, würde Elkmann ihn mehr einbinden, egal, was die Stellenbeschreibung ausgesagt hatte. Aber bisher hatte sie nie durchblicken lassen, dass sie ihn für einen aktuellen Fall brauchte. Im Gegenteil. Freundlich hatte sie sich erkundigt, wie er mit den Studenten zurechtkäme. Hätte er sagen sollen, dass sie ihn langweilten?

Johan fuhr den Rechner hoch und dachte an Nora. Ob sie schon da war? Sie schätzte ihn so, wie er war: manchmal etwas chaotisch, aber immer voll dabei. Er hatte sich auf die Zusammenarbeit mit Kollegen gefreut, in Hamburg wurden bei größeren Ermittlungen OFA-Teams gebildet. Er hatte unterschätzt, wie entbehrlich er dadurch werden würde.

Johan knallte die träge Maus ein paar Mal auf den Schreibtisch, betrachtete den ruckelnden Pfeil auf dem Display.

Jetzt war er zurück in seiner Heimatstadt, die Arbeit war eintöniger, und seine früheren Freunde waren, bis auf Mike, familiär so eingebunden, dass er sie genauso selten zu Gesicht bekam wie zuvor. War Nora eine Freundin? Irgendwie schon. Er gab seinen Versuch auf, den Ordner mit den Seminarunterlagen zu öffnen, und stand auf.

Polizeipräsidium – Montag – 8:00 Uhr

Nora klickte sich hastig durch weitere Dokumente und versuchte, sich ein Bild der Systematik der bisherigen Ermittlungen zu machen. Einige Bereiche schienen besonders personalintensiv zu sein: die weit verzweigten Handelsbeziehungen der Familie Stein sowie die Befragungen der Anwohner und die Hinweise aus der Bevölkerung. Die Medien wurden informiert, als nach vierundzwanzig Stunden immer noch kein Kontakt zu den Entführern bestand. Die Informationssperre war zugunsten möglicher Hinweise aufgehoben worden.

Doch keine Aussage zog Noras Interesse auf sich – zu vage, hysterisch, örtlich zu weit entfernt, falsche Angaben. Sorgfältig las sie die Transkriptionen der Anrufe bei der eigens eingerichteten Hotline durch, aber Nora war sich sicher, dass Meyer ihr gesagt hätte, wenn sich hier interessante Ermittlungsansätze verbargen.

Noch zwanzig Minuten bis zur Besprechung. Nora griff zum Telefon.

»Carsten? Wie weit bist du?« Carsten Mandowski war Nora vor einigen Jahren als Sonderermittler der Financial Intelligence Unit des BKA vorgestellt worden, der Zentralstelle für

Verdachtsmeldungen bei dubiosen Geldgeschäften, gegründet 2001 nach dem Terroranschlag auf das World Trade Center. Zuletzt hatten die Anzeigen wegen möglicher Geldwäsche jährlich um fast ein Viertel zugelegt. Carsten war ihr im Gedächtnis geblieben, ein besonnener und sensibler Mann, der gut in den wissenschaftlichen Mittelbau einer Uni gepasst hätte. Gestern hatte Nora ihn gebeten nachzuforschen, was er über die Geschäfte und Finanzen bei Stein auch ohne Gerichtsbeschluss herausfinden konnte.

Sie lehnte sich befriedigt zurück, als sie hörte, wie er Papiere hin- und herschob und nachdenklich sagte: »Wo soll ich anfangen?«

Carsten hatte seine Quellen.

»Zuletzt belief sich das zu versteuernde Einkommen als Geschäftsführer und Vorstandsmitglied auf etwas über zwei Millionen Euro. Gleichzeitig fuhr die Firma Stein GmbH & Co KG einen Verlust ein, allerdings, so wie es aussieht, eher durch Investitionsrücklagen und Abschreibungen auf die Schiffe, seitdem Panamax-Maße von rund dreihundert Metern Länge und über dreißig Metern Breite Standard werden.«

»Was hat das für Auswirkungen auf die Firma?«

Nora hörte, wie Carsten Luft durch die Lippen blies. »Die Schiffe sinken rapide im Wert.«

Wenn den Steins eine Pleite drohte oder sie größere Geldbeträge bräuchten … Wären sie in der Lage, eine Entführung zu fingieren?

»Hast du noch was für mich?« Nora hörte weiteres Papiergeraschel.

»Im Amtsgericht in Hamburg sind derzeit etliche Fälle anhängig, das meiste sind säumige Zahler, die von der Reederei verklagt werden, Empfänger von Containerfracht.« Wieder schlug er offenbar Seiten um. Erstaunlich, was er an einem einzigen Nachmittag alles in Erfahrung gebracht hatte. Oder hatte er sich auch die Nacht um die Ohren geschlagen?

»Bei einem dieser Fälle geht es um angebliche Vertragsverletzung, die zu transportierenden Container waren nicht da, als das Schiff anlegte. Das hat einen immensen Schaden verursacht, und jetzt zahlt der Vertragspartner keine Entschädigung. Klingt, als gebe es böses Blut, wer eigentlich verantwortlich für das Dilemma war.«

»Auch eine Hamburger Firma?«, warf Nora ein.

»Ein Logistikunternehmen aus Süddeutschland. Ich mail dir die Notizen. Aber ich muss dich warnen, bei einem Unternehmen dieser Größe wirst du viele kleine und größere Ärgernisse finden.«

»Ich weiß, aber jede Information zählt. Danke, ich bin dir was schuldig.«

Er klang fast schroff, als er sagte: »Ich hoffe einfach die Kinder tauchen unbeschadet wieder auf. Es ist so verdammt traurig.«

»Das hoffen wir alle.«

Als sie aufgelegt hatte, ging auch schon seine Mail ein. Nora kopierte die wichtigsten Informationen in ein Dokument, das sie in den Ordner für weiterführende Ermittlungen legte. Dann schrieb sie mit einem Kugelschreiber *Amtsgericht*, *Arbeitsgericht* und *Geld* auf je ein weißes Blatt. Sie sah sich die Wände des Büros an und entschied sich für die rechts von der Tür. Sie musste ihre Impulse in die richtigen Bahnen lenken, sie war nur ein winziges Rädchen in dieser Ermittlung, aber sie konnte sich frei bewegen und einen Blick von oben auf die verknoteten Schnüre werfen. In der schieren Masse der Informationen durfte sie sich nicht verlieren. Sie klebte die Porträtfotos von Lasse und Livia mit Tesafilm in die Mitte der großen weißen Wand.

Hafen – Montag – 08:00 Uhr

»Ich will nach Hause, es stinkt hier.« Livias Stimme war nur ein Piepsen. Sie hatte ihren Kopf auf seinen Schoß gelegt, und Lasse strich ihr über die warme Stirn und das Haar. Er nickte zustimmend, obwohl Livia ihn im Halbdunkel des trüben Lichts, das jetzt in schmalen Streifen aus den Containerlüftungsschlitzen fiel, kaum erkennen konnte. Aber was sollte er sagen? Es stimmte, es stank, obwohl es eisig war, und seine Nase fast vollständig verstopft. Lasse ekelte sich vor sich selbst und allem anderen. Vorhin hatten sie beide geschlafen, doch seit er wach war, war das Gedankenkarussell wieder im Gang. Warum kam niemand?

Er wollte sich gar nicht vorstellen, wie es Livia gehen musste, denn sie hatte es nicht geschafft, in die Ecke zu gehen wie er, und ihre Hose trocknete in der Kälte nicht. Er hatte versucht, sie ihr auszuziehen und Livia in eine der Decken zu wickeln, doch sie weigerte sich beharrlich. Wenigstens sauber machen durfte er sie, während sie still weinte, vor Scham und Heimweh. Lasses Furcht war im Laufe der zwei Tage zu einer Eisenklammer geworden, die sein Herz zerquetschte, so stark wie ein Schraubstock, der ihm den Atem nahm. Aber er würde dennoch, wenn sie das nächste Mal die große Eisenklappe öffneten, um Chips und Wasser hineinzuwerfen, darum bitten, ihnen trockene Kleidung zu geben, vielleicht noch eine Decke, wenigstens für seine Schwester. Und noch mehr Feuchttücher. Er hasste sie inzwischen mit solcher Inbrunst, dass er glaubte, nie wieder etwas anderes empfinden zu können.

Er hörte ein Geräusch, draußen. Ab und zu klirrte etwas, das war die meiste Zeit so, aber jetzt brummte es obendrein.

An der Längsseite des Containers gab es ein kleines Guckloch, eine Schraube musste einmal darin gesteckt haben. Er legte Livias Kopf auf der Decke ab, sie wehrte sich nicht, mit jeder Stunde war sie apathischer geworden.

In winzigen Schritten, den Körper steif vor Kälte, zog er sich an der Wand entlang zum Guckloch.

Draußen rumpelte es wieder. Lasse presste seine Wange gegen den kalten Stahl und spähte hinaus. Doch er sah, wie zuvor, nur die Wand eines weiteren Containers. Noch immer war er in Panik, weil Container dazu da waren, etwas über das Meer zu bringen. Aber doch keine Menschen. Menschen würden dabei sterben, oder? Plötzlich war es wieder still.

Polizeipräsidium – Montag – 08:15 Uhr

Johan hatte ein leicht mulmiges Gefühl, als er die Glastür zum LKA 44 öffnete. Er steckte den Kopf in Felix Reitners Büro, dessen Tür halb offen stand. »Moin. Ist Nora Klerner schon da?«

Felix Reitner sah ihn mit mildem Erstaunen an. Johan kannte ihn nur vom Sehen. Und Hörensagen. Er habe seine Leute im Griff, hieß es. Reitner deutete mit dem Daumen nach rechts. »Zwei Türen weiter.«

»Danke!« Johan klopfte nur kurz und öffnete dann die Tür. Nora war dabei, eine Wand mit Notizzetteln zu bekleben. Sie war kleiner, als er sie in Erinnerung hatte, richtig zart. Was vermutlich daran lag, dass ihr forsches Handeln und ihr analytischer Verstand sie in seiner Erinnerung hatte wachsen lassen. Johan wurde warm ums Herz, er freute sich ungemein, sie wiederzusehen. Die Haare trug sie nach wie vor kurz, nun aber als symmetrischen Bob, der ihre feinen Züge und hellblauen Augen, die sich jetzt überrascht weiteten, wie einen dunklen Rahmen umgab. Wie immer war sie ungeschminkt, aber mit ihren langen Wimpern auf der hellen Haut musste man da schon genau hinschauen.

»Johan!«

»Nora.«

Er tat einen Schritt auf sie zu und nahm sie in den Arm, ließ aber schnell wieder los, als er spürte, wie sich ihr Körper anspannte. Einen verlegenen Augenblick lang sahen sie sich nur an. Johan konnte nicht aufhören zu grinsen.

Auch Nora lächelte. »Das ist aber eine schöne Überraschung. Ich dachte, wir treffen uns später zum Essen.«

»Ja, das war der Plan«, sagte Johan. »Aber weißt du, es geht doch ziemlich rund wegen der Kinder. Es fällt mir schwer, mich auf etwas anderes zu konzentrieren.« Er zuckte mit den Achseln. »Außerdem wollte ich einfach schon mal Hallo sagen.«

Nora freute sich, Johan wiederzusehen. Auch die Umarmung war fast akzeptabel gewesen, vor allem, weil er gleich losgelassen hatte. Und er sah gut aus. Seine zerzausten Haare und die freundlichen, klugen Augen rührten sie. Er trug immer noch dieselbe schmale Brille, deren Metallrand leicht abgeschabt war, doch der braune flauschige Pulli wirkte neu, wie auch die Hose. Bei seinen vorherigen war der Saum durch ständiges Darauf-Herumtreten ausgefranst gewesen. Nora kam es vor, als habe ihn jemand gestriegelt und entfusselt. Eine Frau? Der Job? Er strahlte.

Also nicht gestriegelt, gestreichelt, dachte sie. Ja, er sah richtig glücklich aus.

Felix Reitner steckte den Kopf herein. Er streifte Johan mit einem flüchtigen Blick und sah dann Nora an. »Kommen Sie?«

Nora lächelte Johan entschuldigend zu. Er steckte verlegen

die Hände in die Taschen seiner Jeans, während sie Laptop und Notizblock packte. Reitner hielt ihnen die Tür auf. Seine morgenfrische Dynamik ließ kleine Muskeln in Noras Nacken anspannen, sie fühlte sich seltsam hohl und papieren neben ihm. Auf dem Flur hielt Reitner inne, damit sie sich verabschieden konnten. Sein Blick huschte von Nora zu Johan und zurück, offensichtlich versuchte er zu erfassen, welcher Art ihre Beziehung war. Zu Johan gewandt sagte er: »Ihre Chefin ist bei der Lage dabei, Lise Elkmann. Sie ist wirklich eine Koryphäe.«

Johan lächelte erstaunt. »Das ist sie«, sagte er. Er sah Nora an. »Wir sehen uns heute Abend.«

»Ich ruf dich heute Mittag auf dem Handy an, dann können wir die genaue Zeit ausmachen«, sagte Nora.

»Wir müssen«, sagte Reitner, plötzlich ungeduldig, weiter hinten verschwanden Männer und Frauen eilig durch eine Tür. Nora nickte Johan zu, der ein wenig verlassen wirkte, als sie ihn stehen ließen, und folgte Reitner.

»Sie kennen Johan Helms?«, fragte Reitner, als Johan außer Hörweite war.

»Mhm«, machte Nora. Reitners Neugier war ihr unangenehm. »Wir haben letztes Jahr gemeinsam in Lüneburg ermittelt.«

»Ah«, erwiderte Reitner, »ich dachte, der sei nur Psychologe.« Dann lachte er auf. »In Lüneburg, als Sie undercover nach Tschechien gefahren sind …«

Ärger gemischt mit Scham schoss Nora die Wirbelsäule herauf. Woher wusste er von Tschechien?

Sie hatte keinen Auftrag gehabt, sich bei einem Hippiefestival im Ausland einzuschleusen, um ein entführtes Mädchen zu finden, und es dennoch getan. Dass Reitner immer noch grinste, zeigte ihr, dass die Gerüchte über ihren Alleingang es bis nach Hamburg geschafft hatten.

Hatte womöglich Johan sich verplappert? Er war der Einzige, der das Ausmaß ihrer Risikobereitschaft damals kannte, und neigte dazu, manches nicht so ernst zu nehmen, wie es war. Der freundliche Kommissar aus Tschechien hatte ihren Vorgesetzten dankenswerterweise nur eine geschönte Version der Ereignisse aufgetischt. Dass ihre Waffe dort zeitweise in den Händen eines Verdächtigen gewesen war, war beispielsweise in der Kommunikation mit Deutschland verloren gegangen.

Sie hatte ein unangenehmes Prickeln in der Magengegend. Die Wahrheit konnte durchaus auch jetzt noch unangenehme Folgen haben; vielleicht nicht rechtlich, aber ihre Reputation könnte Schaden nehmen. In Kombination mit dem Schweigen über ihre Vergangenheit, das sie jetzt womöglich brechen musste, könnte man sie für instabil halten, wenig belastbar oder renitent. Halbwahrheiten und Vertuschung – kein guter Leumund.

Sie ärgerte sich über Reitner und seine süffisante Bemerkung, aber ein Teil des Unmuts erstreckte sich auch auf Johan. Konnte sie ihm vertrauen?

Sie betraten den Besprechungsraum. Nora hatte es zwar erwartet, aber es war dennoch erschreckend zu sehen, wie angespannt und ausgelaugt die meisten Beamten der Soko bereits aussahen. Es war anzunehmen, dass sie alle bereits zuvor Überstunden vor sich hergeschoben hatten. Sie ließ ihren Blick über die rund dreißig Mitarbeiter wandern, die in den Stuhlreihen saßen, und sah sich nach einer Frau um, die Lise Elkmann sein könnte. Selten war eine Ermittlungsgruppe so groß, der Lärmpegel entsprechend, aber wie fast immer waren deutlich weniger Frauen als Männer anwesend. Hinten in der Ecke erkannte sie Friedrich Meyer, der in ein kleines Notizbuch kritzelte. Seine graue Gesichtsfarbe ließ scharfe Falten um seinen

Mund hervortreten. In der gleichen Reihe saß eine hochgewachsene Frau um die fünfzig mit kurzem braunem Haar, Adlernase und auffallend strengen hellgrauen Augen. Sie war schlicht und elegant gekleidet. Das wird sie sein, dachte Nora.

Sie erblickte einen freien Stuhl an der Fensterseite des Raumes, schlängelte sich hin und ignorierte die Blicke, die ihr folgten. Sie legte ihren Laptop auf die Knie, den Notizblock obenauf und wartete.

Ihr Herz schlug schneller. Zwei Tage, drei Nächte. Lebten die Kinder noch? Sie durften von nichts anderem ausgehen. Hatte Johan wirklich über sie und Tschechien geredet? Sie musste ihn fragen.

Reitner trat nach vorn und fummelte an dem Laptop, der an das Whiteboard angeschlossen war, die Gespräche verebbten. Eine Reihe von Stichpunkten erschienen. Ganz oben stand: OK, Organisierte Kriminalität. »Irgendwelche Ergebnisse von den V-Leuten und Informanten?«, fragte Reitner in die Runde. Ein Mann in ausgebeulter Jeans und kariertem Hemd stand auf. »Wir haben mit Leuten aus der Rockerszene gesprochen, es gibt keine Hinweise auf erpresserischen Menschenraub. Keine direkten oder indirekten Verbindungen zu Familie Stein.« Er setzt sich, sprach aber weiter. »Es scheint unwahrscheinlich, dass die Drahtzieher der Entführung aus diesem Milieu stammen. Die Banden haben vielleicht die Mittel, aber nicht die Veranlassung. Die Reederei scheint bis dato auch sauber.«

Reitner nickte mit zusammengepressten Lippen. »Wir bleiben da trotzdem dran.« Sein Blick blieb an einer Frau mit langen schwarzen Haaren hängen. »Was ist mit diesem Troll, der Online-Interviews mit Stein mit Hass-Kommentaren attackiert hat? Dieser München72-Typ?« Nora hob das Kinn und spähte zu der Kollegin. Also war bereits in diese Richtung ermittelt worden. München72? Damals hatten Palästinenser während der Olympischen Spiele israelische Sportler als Geiseln genommen, es endete in einem Blutbad.

Die Frau stand auf. »Wir haben mit ihm gesprochen. Ein Student. Er ist der Meinung, Hamburg würde die Sicherheitslage unterschätzen. Er sagt, Deutschland würde vermehrt zum Anschlagsziel fundamentalistischer Islamisten. Und dieses Mal seien sie besser ausgebildet als die Kofferbomber von Köln 2006. Solche Großereignisse in einer dicht besiedelten Stadt wie Hamburg zu planen sei unverantwortlich. Er war sehr eindeutig in seinen Motiven.«

Reitners Gesicht verwandelte sich in eine skeptische Grimasse, gefurchte Stirn, das Kinn gegen den Hals gedrückt, die Lippen gekraust. Alles an ihm drückte aus, dass er es für übertrieben hielt, die Bewerbung für die Olympischen Spiele wegen Terroristen auszusetzen.

»Könnte er Kinder entführen, um zu zeigen, wie ernst er die Lage einschätzt?«

»Nein, höchst unwahrscheinlich. Außerdem hat er ein Alibi.« Die Kollegin setzte sich wieder.

Schweigen erfüllte den Raum. Nora sah sich um, einige der Beamten kramten verlegen in ihren Taschen. Eine Frau putzte sich die Nase.

»Es muss doch irgendetwas geben, verdammte Scheiße!«, entfuhr es Reitner, und er schlug mit der Faust gegen die Wand. Einige Kollegen zuckten zusammen, doch niemand schien es ihm krummzunehmen. Er war kein autoritärer Typ, sein Ausbruch war Ausdruck der Verzweiflung, die sie alle teilten.

»Wir können die Anwohner noch einmal vernehmen, und es sind noch«, die Frau, die das gesagt hatte, blätterte in ihren Unterlagen, »vier Wohnungen in der Umgebung offen, bei denen wir die Bewohner bisher nicht angetroffen haben.«

»Gut!«, blaffte Reitner frustriert. »Noch was?«

»Ich finde, es wird Zeit, dass wir die Familie mehr unter Druck setzen. Vernehmungen, hier auf dem Revier.« Der korpulente Mann, der dies gesagt hatte, presste die Lippen zu einem schmalen Strich zusammen und sah sich nach seinen Kollegen um. »Die wurden nicht zufällig ausgewählt, und selbst wenn sie nichts wissen, womöglich haben sie irgendwie gespürt, wie sie ausgespäht wurden. Oder sie haben sonst irgendwie Dreck am Stecken.«

Hier und dort wurde zustimmend gemurmelt, Lippen geschürzt, einigen Anwesenden schien dieser Vorschlag aber auch nicht zu behagen. Nora konnte das verstehen. Die Familie machte viel durch. Doch sie dachte ebenfalls, dass sie keine Wahl hatten.

Reitner sah nachdenklich aus. »Wir besprechen später im kleinen Team, wie wir da genau vorgehen«, sagte er und wechselte einen Blick mit Friedrich Meyer. Der lange Schatten Justus Steins.

Eine Frau hob die Hand. »Wo haben die Kinder zuletzt eingekauft? Das haben wir bisher außer Acht gelassen. Mit ihrem eigenen Geld oder zusammen mit ihren Eltern? Gab es besondere Ausflüge? Und in den Herbstferien waren sie doch Ski fahren in der Schweiz. Das ist fast drei Monate her, aber wir sollten das Personal des Hotels überprüfen. Wenn sie dort mit jemand Kontakt hatten, könnte er sie auch in ein Auto gelockt haben.«

Reitners Blick wanderte von einem zum nächsten. »Wir weiten den Zeitraum der Kontaktmöglichkeiten der Kinder mit ihren Entführern aus. Wir werden bei allen Familienmitgliedern nachhaken, welche Geschäfte sie in Begleitung der Kinder im letzten halben Jahr besucht haben, gehen noch mal alle Bekannten und Freunde durch, Schulkameraden, Ballett-

und Segelschullehrer, die Eltern der Freunde, das tägliche Umfeld, vielleicht hat jemand an der Schule herumgelungert, die Fotos, die in letzter Zeit von den Kindern gemacht wurden, ob verdächtige Personen im Hintergrund zu sehen waren.« Er zeigte auf die Frau, die den Skiurlaub erwähnt hatte. »Yvonne, kannst du die Schweiz übernehmen?« Sie nickte und machte sich eine Notiz. »Du solltest im Hotel nachfragen, welche Mitarbeiter nach der Abreise der Steins ihren Arbeitsplatz verlassen haben, und herausfinden, wo sie sich jetzt aufhalten. Die Kinder werden vermutlich einen Skilehrer gehabt haben.« Er zeigte auf einen jungen Mann in der zweiten Stuhlreihe, der aufschreckte. »Niko. Dein Job ist es, die sozialen Netzwerke nach Fotos der Kinder zu durchforsten. Vielleicht waren sie irgendwo abgebildet. Oder in irgendwelchen Klatschmagazinen.« Niko nickte und machte sich ebenfalls eine Notiz.

Reitner sah zu Nora. »Außerdem haben wir seit heute eine Kollegin vom BKA aus Berlin bei uns.« Er machte eine Geste mit seiner geöffneten Hand in Richtung Nora. »Nora Klerner. Wir freuen uns, dass Sie uns ab sofort unterstützen werden.« Nora nickte und lächelte in die Runde. Als sie den Kopf wieder senken konnte, war sie erleichtert, keine Ressentiments, zumindest keine offensichtlichen. Eher leuchtete Hoffnung aus den Augen mancher Kollegen. Sie richtete ihren Blick wieder nach vorn, schluckte trocken. Immer das Gleiche, die Nervosität wich nicht, und im Moment war sie sogar noch ausgeprägter als sonst. Felix Reitner sah aus, als sei er fertig und warte auf weitere Wortbeiträge seines Teams. Es kamen keine.

»So, da wir jetzt alle wissen, was wir zu tun haben, schließe ich die Sitzung. Frau Klerner, vielleicht begleiten Sie mich zu den Kollegen vom Fachkommissariat Cybercrime. Sie überprüfen, ob die Familie digital ausgespäht wurde.«

Nora überlegte kurz, dann schüttelte sie den Kopf. »Ich spreche noch einmal mit den nächsten Angehörigen.«

Reitners irritiertem Gesichtsausdruck nach zu urteilen hatte er erwartet, dass sie seinem Vorschlag Folge leisten würde. Sein Adamsapfel hüpfte kurz, dann lächelte er wieder. »Okay, wir wollten das ja noch näher besprechen, dann sehen wir uns gleich im Kernteam.«

Nora lächelte wieder und schüttelte abermals den Kopf. »Meine Besprechungen mit den Angehörigen werden nicht die Befragungen durch die Kollegen Ihrer Soko ersetzen. Deshalb würde ich vorziehen, mir erst einmal unabhängig ein Bild zu machen. Ich maile Ihnen dann meine Notizen als Ergänzung.«

Ihre Soko. Als sei sie nicht Teil der Ermittlungskommission. Reitners Verblüffung ließ auch die anderen im Raum gespannt die Köpfe recken. Nora wusste, wie das klang. Als wolle sie die Ermittlungen überprüfen, bevor sie sie an sich riss.

»Ähm, okay, das ist auch in Ordnung.«

Nora sah zufrieden, wie er eine weitere Replik hinunterschluckte. Sie wusste auch so, was ihn bedrückte: War sie zu kontrollieren? Kontrollierte sie ihn? Würde sie womöglich erwarten, dass er sich irgendwann ihren Wünschen unterordnete, wenn sie wusste, wie es lief?

Sie fing einen amüsiert hochachtungsvollen Blick von Friedrich Meyer auf, der sich schnell wieder über sein Notizbuch beugte. Die Frau, die Nora für Lise Elkmann hielt, musterte sie nachdenklich.

Nora wäre nicht so weit gegangen, ihre Kompetenzen derart frei zu gestalten, wenn ihr Bauchgefühl ihr nicht sagen würde, dass Reitners Beflissenheit sich zu diesem Zeitpunkt noch ausnutzen ließ. Aber nicht mehr viel länger. So, wie sie ihn einschätzte, gehörte er zu den Typen, die alle im Blick und in Reichweite haben wollten. Da hielt sie lieber gleich Abstand.

Ein Glück, dass Böhm keine zwei Beamten geschickt hatte. Ein Kollege hätte nicht zugelassen, dass sie das BKA in einem solchen unkollegialen Licht erscheinen ließ und einfach tat, was sie wollte.

Polizeipräsidium – Montag – 08:30 Uhr

Johan betrachtete die Akten. Während seiner Abwesenheit war jemand in seinem Büro gewesen und hatte einen ganzen Stapel Strafanzeigen gegen überwiegend recht junge muslimische Männer auf seinem Schreibtisch deponiert.

Die Büros der OFA lagen nach wie vor verwaist, er war der Einzige, der Innendienst schob.

Er zog den Stapel Mappen zu sich. Seit gestern hatte er umso mehr das Gefühl, dass Lehmanns Anfrage sinnlos war.

Ich bin auf der Ersatzbank, dachte er finster. Es war still im Raum, und in einem Anflug von Müdigkeit rieb Johan sich über das Gesicht. Dann nahm er die erste Mappe und öffnete sie. Die Männer, hatte Lehmann gesagt, seien zwischen achtzehn und sechsundzwanzig. Einbrüche, Sachbeschädigung, Raufereien, kleinere Vergehen hatten sie auf seinen Schreibtisch katapultiert. Eine Festnahme, dazu die spätere Information, dass sie auf dem Kiez die Predigten eines Mannes besuchten, dessen Auslegung des Koran und Glaubensrichtung niemandem so recht klar war. Sie waren alle bei ihrer Festnahme, die zum Teil schon lange zurücklag, erkennungsdienstlich behandelt worden: Fingerabdrücke, Fotos, das ganze Programm.

Johan sog geräuschvoll Luft ein. Das roch nach Racial Profiling. Fingerabdrücke wurden nicht bei Ladendiebstahl genommen, aber es gab einen Ermessensspielraum zur Prävention weiterer Straftaten. Deutsche Pässe oder gültige Aufenthaltsbescheinigungen hatten die Männer alle. Johans Gedanken begannen bereits abzuschweifen. Es war peinlich gewesen, dass er nicht gewusst hatte, dass die OFA bei der Lage vertreten war. Lise Elkmann hatte er Samstag noch im Büro gesehen – kein Wort von ihr über eine Beteiligung an der Entführungsermittlung, ob wohl sie deshalb zusammensaßen.

Er seufzte und blätterte weiter. Johan glaubte, dass ein entschlossener Attentäter die Aufmerksamkeit der Polizei wegen Lappalien eher vermeiden würde. Aber es gab natürlich auch tendenziell gewaltbereite Menschen mit hoher Willfährigkeit, die man manipulieren konnte. Und so könnte jemand in Konflikt mit dem Gesetz geraten sein und sich erst anschließend radikalisieren. Keine Straftat lag weniger als ein Jahr zurück. Religiöse Obhut im Islam zu finden, konnte sich also auch positiv auf ihr Leben ausgewirkt haben. Die Anklagen? Alles Kinkerlitzchen. Johan blätterte durch die Mappe. Zwanzig Jahre alt, Sohn türkischer Migranten, Sachbeschädigung. Der Beschuldigte gibt an, dass er versehentlich gegen den Seitenspiegel des geparkten PKW gestoßen sei. Johan konnte es vor seinem inneren Auge sehen: junge Typen mitten in der Nacht in Altona unterwegs und dann stand da diese fette Limousine. Zack, ein gezielter Fußtritt. Er hatte als Teenager selbst gesehen, wie schnell so etwas ging. Erschrocken, aber auch aufgeregt hatte er nichts unternommen, wenn Mercedessterne abgebrochen wurden oder Fahrräder geklaut. Da ging es um Bonzenkarren, Frust und Testosteronüberschuss. Man musste schon paranoid sein, um einen direkten Zusammenhang zum Terrorismus zu sehen. Waren sie da bereits angelangt?

Es gab etwas, das Johan noch mehr langweilte als alles andere: Arbeitsbeschaffungsmaßnahmen. Aus diesen Akten würde er nie Hass und den abgrundtief finsteren Wunsch herausdestillieren können, so viele Menschen wie möglich mit sich in den Tod zu reißen. Das hier roch nach einem Versuch, spätere Rechtfertigungen vorwegzunehmen und, sollte der schlimmste Fall tatsächlich eintreten, einen Mitverantwortlichen präsentieren zu können: *Johan Helms hat's auch nicht erkannt, und der ist Psychologe.*

So ging das nicht. Er musste mit Lehmann reden. Johan griff den Stapel und blätterte die jeweils erste Seite auf: bemüht ausdruckslose Gesichter, einige wenige der jüngeren Männer lächelten verlegen, manche sahen wütend oder zumindest aufmüpfig auf, einer, als kämpfe er mit Tränen. Einer hatte eine verfärbte Stelle an der Wange und ein Pflaster auf der Stirn, alle dunkle oder sehr dunkle Haut, das Raster war weiterhin eindeutig. Johan klopfte mit den Fingern nachdenklich auf die Schreibtischplatte. Er würde Lehmann einen Gegenvorschlag machen: Er würde ihm ein Dossier mit Manipulationsstrategien verfassen. Ein Profil von jemandem erstellen, der auf die Versprechungen der Dschihadisten positiv reagieren könnte. Das Pferd von hinten aufzäumen. Johans Verdacht, zum Sündenbock gemacht zu werden, falls etwas schiefgehen sollte, ließ ihm die Galle höher steigen, und er schob den Stapel von sich fort und öffnete auf dem Rechner die Folien für das heutige Seminar. Die Maus war wieder intakt. Als sich ein Dokument nach dem anderen aufbaute, sank seine Laune auf den Nullpunkt.

Das Telefon klingelte, Johan schnappte sich den Hörer und schnauzte: »Ja?«

»Äh, Ludwig Serdrich, Kripo Oberaltenallee. Wir haben einen ungeklärten Todesfall, von dem ich glaube, wir könnten ihre Hilfe gebrauchen.«

Johan stutzte. Wenn ein Kollege von der Kripo die OFA

direkt kontaktierte, dann war irgendetwas an den Todesumständen sehr merkwürdig. Die anderen Schreibtische waren leer, Lise Elkmann war bei der Lage.

»Hier ist zurzeit niemand verfügbar«, sagte er. Zögerte dann. Doch, er war hier. »Worum geht es denn?«

Nach dem Gespräch hielt Johan den Hörer noch einen Moment in der Hand. Jurij Kondraschin. Tot in seiner Wohnung, anscheinend auf perfide, ungewöhnliche Art getötet. Und Serdrich wollte möglichst früh eine Einschätzung, ob es sich um einen Mord im Milieu handeln könnte.

Es gab wohl kaum einen Polizisten in Hamburg, der Kondraschins Namen noch nicht gehört hatte. Er war in den frühen Neunzigern einer der Männer gewesen, die das Karussell der illegalen Zwangsprostitution maßgeblich am Laufen gehalten hatten. Es war eine brutale Zeit gewesen, Frauen in Modellwohnungen – was für ein verharmlosender Begriff – aus Litauen, Russland und der Ukraine, ausgebeutet unter schlimmsten Bedingungen, ohne Pass und Geld, von der russischen Mafia eingeschleust, gebrochen durch zahllose Vergewaltigungen und Schläge. Erst ein umfangreiches Zeugenschutzprogramm und die Änderung des Prostitutionsgesetzes, das die Frauen aus der Illegalität holte, hatten dazu geführt, dass die Mafia ihr Schattengeschäft weitestgehend einstellen musste. Dann kam die Osterweiterung der EU und mit ihr Frauen, die aus Elendsvierteln vermeintlich freiwillig nach Deutschland kamen und zusätzlich die Zahlen schönten. Johan hatte schon gehört, wie Beamte die Meinung äußerten, alles sei viel besser als früher. Aber er glaubte das nicht. Gigantische Puffs mit »*All you can fuck*-Flatrate«, das konnte nicht gut sein. Die Betriebe waren zwar hygienisch sauber, weil vor und nach dem Gangbang mit Desinfektionsmittel herumgesprüht wurde, aber was die Frauen durchmachten und wie es in ihren Seelen aussah, wollte er sich kaum vorstellen. Befragungen hatten gezeigt: rund sechzig Prozent der Frauen, die anschaffen gingen, sind bereits als Kind Opfer sexueller Übergriffe geworden. Johan hatte von einer befreundeten Psychologin erfahren, die viele ehemalige Prostituierte behandelte, die Posttraumatischen Belastungsstörungen seien oft so heftig wie bei Kriegsrückkehrern. Geschlagen wurde im Milieu nach wie vor. Geschwiegen auch. Gegen Kondraschin hatte niemand aussagen wollen, die Drecksarbeit hatte er seinen Handlangern überlassen, und die Polizei konnte ihn nicht dingfest machen. Vielleicht hatte er jetzt das bekommen, von dem jemand meinte, dass er es verdient habe? Johan tippte eine kurze Mail an Lise Elkmann, er sei zum Seminar am Nachmittag wieder da.

Polizeipräsidium – Montag – 10:00 Uhr

Nora besah sich die Route auf der Karte. Von hier aus würde sie zu dem Bürogebäude der Reederei auf der Kehrwiederspitze in der Speicherstadt fahren, anschließend zum Containerterminal am unteren Ende des Reiherstiegs, einem Nebenarm der Elbe. Es gab eine Menge Möglichkeiten, die frisch erkämpfte Freiheit zu nutzen. Bei einer Ermittlung dieser Größenordnung war es leicht, den Überblick zu verlieren. Deshalb musste sie auch dafür sorgen, dass sie weiterhin über alles informiert wurde. Außerdem brauchte sie ein Auto.

Nora ging zu Reitners Büro und klopfte. Er wirkte angespannt und deutlich weniger zuvorkommend als vor dem kleinen Intermezzo in der Besprechung.

»Ja?« Er sah sie an.

»Ich wollte sagen, ich bin dann unterwegs.«

»Alles klar.« Reitner wandte sich wieder den Unterlagen zu, die auf seinem Schreibtisch lagen.

»Ich würde mir gerne einen PKW aus dem Fuhrpark leihen.«

»Natürlich. Ich werde gleich dort anrufen und Sie ankündigen.« Dann lächelte er plötzlich. »Wir haben einige ganz neue Wagen. Möchten Sie jemanden mitnehmen, der sich in Hamburg auskennt?«

Nachtragend scheint er nicht zu sein, dachte Nora.

»Nein, ich werde zurechtkommen. Würden Sie mich bitte weiterhin über alles informieren?«

Er nickte nachdenklich. Nora stellte sich vor, wie er überlegte, was für sie von Interesse sein könnte. Alles? Das wäre wohl kaum machbar. Dann schien es, als gebe er sich einen Ruck. »Könnten Sie sich vorstellen, demnächst mit mir essen zu gehen? Vielleicht morgen oder übermorgen? Oder wenn das alles hier vorbei ist?«

Nora versuchte zu verhindern, dass ihr die Mimik entglitt, und er ruderte zurück.

»Ich dachte, wir unterhalten uns ausführlich über den Fall! Wir arbeiten ja täglich fast zwanzig Stunden, essen muss jeder, wir sollten auch das Angenehme mit dem Nützlichen verbinden«, setzte er schnell hinzu.

»Doch, ja«, sagte Nora, obwohl sie überhaupt keine Lust hatte, nicht jetzt und vermutlich auch später nicht.

»Gut, wir besprechen dann noch, wann genau.« Er lächelte zufrieden.

Aha, taub für Zwischentöne. Mal sehen, ob er darauf zurückkam. Nora dachte an ihre Verabredung mit Johan. Ob das Reitner auf die Idee gebracht hatte, sie würde Freizeit abzweigen?

Auf dem Weg zurück in ihr Büro überlegte Nora, woher ihr Unbehagen gegenüber Reitners Avancen rührte. Zum einen vermutete sie, schob er den Fall nur vor und wollte sich bei ihr nach einer Karriere in Berlin erkundigen. Er wirkte wie jemand, der jede Aufstiegschance prüfte und sein Netzwerk erweiterte, wo es nur ging. Zum anderen bestand die Möglichkeit, dass er sie tatsächlich anziehend fand. Nora attestierte sich auf dieser Ebene keine gute Intuition. Über das Unbehagen hinaus, das ihr körperliche Intimität verursachte, fiel es ihr schwer, die Motive hinter Berührungen zu erkennen. Ein blinder Fleck, der schon dazu geführt hatte, dass sie andere verletzte.

Aber sollte er tatsächlich erfahren wollen, wie die Frau hinter der Kommissarin tickte, würde der Abend eine herbe Enttäuschung für ihn werden. Ein weiterer Grund, Reitner aus dem Weg zu gehen.

Nora schulterte ihre Tasche. Draußen war es eisig und die Luft fast so klar wie im Gebirge.

»Wo finde ich den Fuhrpark?« Der Beamte, der schon am frühen Morgen in dem Glaskasten gesessen hatte, zeigte mit dem Finger in Richtung Parkplatz. »Rechts und wieder rechts.« Nora spürte seinen neugierigen Blick im Rücken.

Vor der großen Garage sprach sie einen Mann in Uniform an, der mit einem Klemmbrett in der Hand den Lack eines Wagens untersuchte. »Ja, klar. Augenblick.« Er malte eine Markierung auf seine Vorlage, wo der Wagen beschädigt war. Dann öffnete er ein Garagentor. »Reitner hat darauf bestanden, dass Sie einen von denen hier bekommen.« In der Garage standen einige kleine, rundliche Wagen mit vielen Plastikelementen an der Karosserie. Ihre gedrungene Form erinnerte an ein Bobbycar, in den Kunststoff waren Muster geprägt, die diesen Eindruck unterstrichen. Nora warf dem Beamten einen konsternierten Blick zu. »Und wenn die Batterie alle ist?«

»Sie haben doch nicht vor, weitere Strecken zu fahren, im Stadtverkehr sind die unschlagbar.«

Seufzend warf Nora ihre Tasche auf den Beifahrersitz und stieg ein. Vielleicht war Reitner doch nachtragend?

Winterhude – Montag – 10:00 Uhr

Kondraschin wohnte in einem Appartementhaus mit einem Stück raspelkurzem Rasen davor. Hatte gewohnt, korrigierte Johan sich, während er über die Gehwegplatten auf den Eingang zuging. Das Stück Rasen in dieser hochpreisigen Gegend Uhlenhorsts zeichnete das Gebäude als luxuriöses Mietobjekt aus, ansonsten war es tendenziell hässlich, mit den für die Achtziger typischen überdachten Balkonen und breiten Fensterfronten. Für einen ehemaligen russischen Zuhälter fand Johan den Bau allerdings durchaus passend, er hatte vage Ähnlichkeit mit sozialistischen Kommunehäusern, Wohnghettos, die Wohlstand repräsentieren sollten.

Johan betrat das Treppenhaus, ein weiß gekleideter Mitarbeiter der Spurensicherung kam ihm entgegen, in der Hand einen großen Koffer.

Johan hielt ihm seinen Ausweis entgegen. »Ist die Leiche schon abtransportiert?« Der Mann zeigte mit einer Kopfbewegung an, dass Johan sich beeilen sollte. »Gleich geht der in den Sack. Dr. Lanzer wartet nur noch auf Sie.«

Johan nahm zwei Stufen auf einmal, im Hochparterre stieß er auf die geöffnete Wohnungstür, Männer in weißen Ganzkörperoveralls rollten die Plastikfolie vom Teppichboden ein. Johan drückte sich an ihnen vorbei, durchquerte einen engen

Flur mit eingelassenen Halogenlichtern an der dunkel getäfelten Holzdecke und betrat das geräumige Wohnzimmer: Protz und mondäne Düsternis. Dicker hellbrauner Teppich, in Gold gerahmte Ölgemälde mit russischen Winterlandschaften über einer klobigen dunkelbraunen Ledercouch, überall Fingerabdruckpulver, selbst auf den bodenlangen Vorhängen aus changierendem gelblichem Damast. Johan bezweifelte, dass Kondraschin selbst die Möbel und Dekoration aus silbernen Leuchtern und Kristallschalen mit Glasobst und sonstigem Nippes ausgesucht hatte. Doch es war niemand zu sehen, der ihm sagen konnte, wer hier außer Kondraschin noch wohnte.

Johan hielt inne, als er im Schlafzimmer auf dem Kingsize-Boxspringbett aus hellem Kunstleder die Leiche liegen sah. Jurij Kondraschin war dürr, fast ausgezehrt und hatte vermutlich schon vor seinem Tod eine recht graue Farbe gehabt, denn er wirkte für seine knapp sechzig Jahre uralt, fast wie mumifiziert. Der Eindruck wurde dadurch verstärkt, dass sein Mund offen stand und die Haut an der Wangenpartie spannte. Groß, kantig und hager. Er hatte keine Ähnlichkeit mehr mit dem muskulösen Mann, dessen Foto sich Johan auf dem Computer angesehen hatte. Kondraschin trug einen Morgenrock, der am Schenkel aufklaffte und den Blick auf graue Haare auf grauen Beinen und ein verschrumpeltes graurosa Geschlechtsteil frei gab.

Johan schauderte es. Die Toten erinnerten ihn an das, was letztlich für alles galt: Wir bestehen nur aus einer Reihe organischer Verbindungen. Aber er wurde Vater. Er wollte seinen Blick mehr auf den Beginn des Kreislaufs lenken und nicht auf dessen sicheres Ende. Kinder, das spürte er bereits jetzt, ließen das Leben auf einen kleinen Punkt zusammenschnurren. Weg vom Pathos des großen Ganzen, hin zum Klein-Klein des persönlichen Glücks. Er zwang seinen Blick weg vom Körper des Toten.

Dr. Lanzer stand mit dem Rücken zu ihm am Fenster und sah hinaus, neben ihm war ein großes gezacktes Loch in der Scheibe, Glassplitter lagen auf dem Boden. Er rauchte.

»Johan Helms«, sagte Johan, stellte sich neben ihn und hielt ihm die Hand hin.

»Angenehm!« Lanzers Hände waren glatt und noch seidig vom Talkumpuder der Handschuhe.

»Warum bin ich hier?«, fragte Johan.

Lanzer, der silbergraues Haar und ein freundliches Oberarztgesicht hinter randloser Brille hatte, deutete hinter sich. »Da ist einiges merkwürdig. Die Obduktion wird die Todesursache eingrenzen, aber ich glaube nicht, dass wir abschließend sagen können, was genau ihn umgebracht hat. Ich habe bereits für ein toxikologisches Screening Proben genommen.«

Er deutete auf den Fußboden. »Wäre der Pflasterstein nicht, wäre ich nicht hier und Sie auch nicht. Unter anderen Umständen würde ein Arzt auf Herzstillstand oder dergleichen tippen.«

Johan warf wieder einen Blick auf Kondraschin. Äußerliche Verletzungen waren nicht zu erkennen. »Und könnte es ein Herzstillstand gewesen sein, und der Stein wurde anschließend ins Fenster geworfen?«

»Schauen Sie hier …« Lanzer drehte sich um und ging zur Schlafzimmertür. »Hier ist eine aufgeklebte Gummierung. Es sieht so aus, als habe jemand versucht, die Tür möglichst luftdicht zu versiegeln.«

Johan spürte ein Kribbeln in den Händen. »Gas?«

Lanzer zuckte die Achseln, nahm einen weiteren Zug von der Zigarette. »Könnte sein. Das Problem ist, dass Gas bereits wenige Stunden nach Eintritt des Todes aus dem Körper diffundiert. Die Proben müssten spätestens innerhalb von vierundzwanzig Stunden nach dessen Aufnahme genommen werden. Ich fürchte, der hier«, er zeigte mit der Zigarettenspitze auf Kondraschin, »ist schon seit etwas über vierundzwanzig Stunden tot. Ohne mich festlegen zu wollen, würde ich sagen, der Tod ist in der Nacht von Samstag auf Sonntag eingetreten. Ich habe einige Blutproben verplombt, so dass sich mögliche verbliebene Rückstände eines Gases jetzt in dem Röhrchen sammeln. Aber die Messungen sind kompliziert, weil man immer nur auf bestimmte Gase oder Gasgruppen testen kann.«

Johan starrte auf die Scheibe, dann auf den Toten. »Haben Sie so etwas schon mal erlebt?«

»Ja, bei einer Kohlenmonoxidvergiftung, wenn zum Beispiel ein Kamin nicht ordentlich zieht. Oder Selbstmord durch Rauchgasvergiftung.«

Johan warf einen Blick auf die inzwischen fast aufgerauchte Zigarette in Lanzers Hand. Der sog ein weiteres Mal daran. »In Ursensollen in der Oberpfalz wurde Sulfuryldifluorid eingesetzt, um eine antike Kirche von Holzschädlingen zu befreien. Anschließend war ein Anwohner tot und zehn weitere verletzt.« Ein erneuter Zug von der Zigarette. Johan hatte das Gefühl, die Luft im Raum wurde zusehends dünner.

Lanzer drückte die Zigarette in einer Petrischale aus, die auf der Fensterbank stand, und begann seine Arzttasche zuzuklappen.

»Kann ich den jetzt mitnehmen?«, fragte er mit einer Kinnbewegung Richtung Kondraschin. »Ich sehe mir Lunge und andere Organe auf Verätzungen hin an und die Pleura auf Tardieu-Flecken.« Er bemerkte Johans verständnislosen Blick. »Ich schaue, ob es im Brustfell punktförmige Einblutungen gibt.«

Johan nickte. Er verstand jetzt, warum Serdrich angerufen hatte. Er sah sich um. Der Tatort bildete immer die Ausgangsbasis für eine Fallanalyse. »Niemand hat ihn berührt?«

Lanzer schüttelte den Kopf. »Keine Einblutungen in den

Augäpfeln, keine Würgemale, überhaupt keine Zeichen eines Kampfes.«

»Nehmen Sie ihn ruhig mit«, sagte Johan nachdenklich und trat einen Schritt zurück, um die Männer mit der Bahre durchzulassen.

Er beobachtete, wie der schwarze Leichensack über Kondraschins grauem Gesicht geschlossen wurde.

Die Umstände dieses Todes entsprachen nicht den Gepflogenheiten des Milieus. Kondraschin war nicht der Einzige, der sich mit dem vielen Geld aus den dubiosen Geschäften einen soliden Ruhestand aufgebaut hatte.

Johans erster Impuls war, an einen einzelnen und sehr abgefeimten Täter zu denken. Jemand, der sorgfältig plante und dann alles daransetzte, seine Spuren zu verwischen. Jemand, der nicht die körperliche Kraft hatte, es mit Kondraschin direkt aufzunehmen.

Die Bahre mit Lanzer im Schlepptau, wie der einzige Teilnehmer eines makabren Trauerzugs, verschwand durch den Flur. Lanzer drehte sich um. »Sperren Sie ab, wenn Sie gehen. Der von der Kripo kommt gleich wieder, zusammen mit der Zeugin, die den Toten gefunden hat!« Er warf Johan mit Schwung einen Schlüsselbund zu. Dann hob er die Hand und verschwand im Dämmerlicht des Flures. Die Leuchten waren ausgeschaltet worden, Stille und Schatten legten sich über die schweren Stoffe und samtenen Sofakissen. Die Vinyltapete und der ganze Plunder verursachten Johan Beklemmungen. Wirtschaftliche Probleme hatte Kondraschin offensichtlich nicht gehabt. Johan fand die Einrichtung geschmacklos, sie war ein wenig in die Jahre gekommen, doch zweifellos teuer gewesen. Er öffnete die Tür zum Kleiderschrank. Auf der rechten Seite hingen farbenfrohe Seidenblusen, viele davon mit dem Muster verschiedener Tierfelle. Zebra, Leopard, Tiger.

Womöglich hatte Kondraschin sogar noch ein paar Pferdchen laufen?

Er begann im Wohnzimmer herumzuwandern. Wenn man in Hamburg aufgewachsen war, war es leicht, so über das horizontale Gewerbe zu denken. Schon als Jugendlicher hatten die Bordsteinschwalben als skurrile Dekoration zu samstäglichen Ausgehabenden dazugehört. Die Frauen standen auf dem Kiez an den neuralgischen Punkten, Reeperbahn Ecke Davidstraße, am Hans-Albers-Platz. Meist hatte er den Eindruck gehabt, die Straßenhuren seien vor allem eine Touristenattraktion, hielten die Bordelle und Stripclubs wie die Ritze oder das Dollhouse am Laufen und den Mythos der Reeperbahn am Leben. Aber ab und zu hatte Johan auch einen Mann mit einer von ihnen verschwinden sehen. Er selbst hatte sich nie vorstellen können, mit einer dieser Frauen zu schlafen, deren Blick zwischen waidwund und unterschwelliger Aggression wechselte. Die Frauen hatten sich den jungen Männern in den Weg gestellt, sie an den Jackenzipfeln festgehalten. Er hatte weggesehen und den Kopf eingezogen, ihre zotigen Sprüche ignoriert. Der ein oder andere seiner Freunde hatte irgendwann geprahlt, tatsächlich Sex gekauft zu haben. Johan hatte dazu geschwiegen. Und Kondraschin war auch dort gewesen, zur gleichen Zeit, als Johan sein erstes Bier getrunken, in der Soulkitchen, der Prinzenbar oder dem Mojo-Club gefeiert hatte, hatte er irgendwo um die Ecke Frauen wie Dreck behandelt.

Kehrwiederspitze – Montag – 11:30 Uhr

Auf der Kehrwiederspitze am Hafen stand Hamburgs schönste Polizeiwache. Das rot geklinkerte Gebäude erinnerte an ein kleines Schlösschen. Nora parkte auf dem Parkplatz davor und stellte sich ans Wasser, um sich für die bevorstehenden Gespräche zu sammeln. Zunehmend kehrten Erinnerungen an ihre drei Monate in dieser Stadt zurück. Die Kehrwiederspitze zum Beispiel. Jemand hatte erwähnt, sie hieße nicht so, weil Frauen dort Abschied von ihren zur See fahrenden Männern genommen hatten, sondern weil das Wort im Norddeutschen eine Sackgasse bezeichnete. Unnützes Wissen, das sich eingebrannt hatte. Die Fahrt hierher hatte sie bereits durch den Stadtpark, wieder an der Alster entlang und schließlich sogar mitten durch die imposanten roten Speicherhäuser geführt. Schön, mondän, Hamburg hatte viel davon. Sie trat näher an das Geländer. Die grünkupferne Turmspitze des Michels ragte hinter dem grauen Bau des Gruner-&-Jahr-Verlagsgebäudes auf. Mit vielen Balkonen, Außentreppen und runden Fenstern sollte der Bürokomplex an ein Schiff erinnern. Aus dieser Perspektive hatte er eher Ähnlichkeit mit einem Bahnhof, vor der Fassade des Gebäudes fuhr die U3 auf einem Eisengerüst mit hohen Stelzen. Dass der Großteil der Hamburger Untergrundbahn oberirdisch fuhr, die S-Bahn dagegen überwiegend durch Tunnel, zählte zu den weiteren Hamburg-Trivia, die hängen geblieben waren.

Der Wind zauste Nora durchs Haar und bauschte ihren Parka. In einem kleinen Yachthafen lagen ein Feuerwehrschiff, Polizeiboote und ein Schiff mit Theaterreklame vertäut. Hinter den Bürohäusern linker Hand sah Nora die Elbphilharmonie.

Das Gebäude war zu großen Teilen schon mit gewölbtem Glas verschalt. Es hieß, das Projekt sei ein langes Fallrohr für Geld und Zeit, von dem man nicht wusste, wo es endete. Womöglich in einer Kloake aus Misswirtschaft und Korruption.

In der Ferne konnte Nora die kupfernen Kuppeln der Landungsbrücken ausmachen, gegenüber dümpelten Trockendocks, dahinter ragten Kräne auf. Eine Hafenrundfahrt hatte damals zum sozialen Pflichtprogramm gehört. Sie erinnerte sich an den Geruch von Metall und Schlick, riesige Schiffe, zotiges Geschwätz eines Kapitäns in bestem Hamburger Missingsch, im Hintergrund begleitet von Gelächter und Gemurmel, aber die Erinnerung an die Gesichter und Namen ihrer damaligen Begleiter blieb verschwommen.

Es zog. Nora steckte die Hände in die Hosentaschen, ihr Blick verlor sich über der brackigen Wasserfläche. Sie dachte nicht gern an die Zeit, es war ihr unangenehm. Sie war zu sehr damit beschäftigt gewesen, ihre innere Beschädigung zu verbergen und nach außen zu funktionieren, und damals hatte sie das noch mehr Kraft gekostet als heute. Noch randvoll mit Wut und Schmerz, hatte sie sich sehnlichst gewünscht, davon frei zu sein und dazuzugehören. Mit dem heutigen Abstand sah Nora eine junge Frau, blitzgescheit, engagiert, voll bei der Sache, aber verkrampft, unfähig im Kontakt mit anderen Menschen gelassen zu bleiben, die aneckte und sich ausgeschlossen fühlte. Alles hatte sie Überwindung gekostet; in normaler Lautstärke sprechen, Blickkontakt halten. Heute stand sie viel stabiler im Leben. Sie war hier, sie hatte durchgehalten. Denn auch damals hatte sie für ihre Arbeit schon genauso gebrannt wie heute.

Nora dachte, dass ihr Hamburg womöglich wegen ihrer damaligen seelischen Konstitution so ausgesprochen gewalttätig vorgekommen war. Sie war an einer Ermittlung gegen

Zwangsprostitution und Menschenhandel im großen Stil beteiligt, das Thema der Neunziger. Fast alle größeren Gewaltverbrechen hingen in Hamburg mit dem Milieu zusammen. Der Kiez hatte sein vermeintliches Glamour-Porno-Image der Siebziger und Achtziger abgelegt, und Luden wie der »schöne Klaus« und dessen Lamborghini mit aufgesprühtem Regenbogen verkamen zu der Seifenoper, die sie immer gewesen waren.

Das überwiegend siffige und menschenunwürdige Gesicht der Sexarbeit und ihrer Profiteure war hinter der aufgemotzten Fassade auch für diejenigen offensichtlich geworden, die ihm einen romantischen Anstrich hatten verleihen wollen. Brutale Zuhälter, Aids, die Hamburger hatten begonnen, am heimlichen Wahrzeichen der Stadt zu zweifeln. Sozialarbeiter und Frauenrechtsorganisationen erhöhten den Druck, die Polizei begann härter durchzugreifen, und die Rechte der selbständigen Frauen im Gewerbe wurden gestärkt.

Diese Seite Hamburgs hatte einen starken Eindruck bei ihr hinterlassen, und Nora fiel es schwer, die Hamburger Oberschicht, in der sie sich jetzt bewegte, davon zu trennen. Die septische Reinheit der Villen würde sie nicht wieder in heruntergekommene Kiezhäuser führen, aber der Betrieb in einem der größten Häfen Europas hatte die Entstehung des riesigen Rotlichtviertels ebenso hervorgebracht wie den Reichtum der Reeder. Alles gehörte zusammen.

Hafen – Montag – 11:30 Uhr

Etwas Schweres, Metallenes schlug mit voller Wucht auf das Dach über ihnen, der Lärm war so ohrenbetäubend, dass Lasse zusammenzuckte. Livia krabbelte steif und auf allen vieren zu ihm. Lasse stieß sie von sich und hechtete zu dem kleinen Loch in der Wand. Livia begann zu wimmern, jetzt hallten klickende blecherne Geräusche um sie, und der Containerboden hob sich. Lasse kannte dieses Gefühl von Karussellfahrten, doch hier war es, als stürze die Welt zur Seite. Beinahe hätte er das Gleichgewicht verloren und wäre auf Livia gestürzt, die sich jetzt an seine Beine klammerte. Lasse wölbte seinen Mund um das kleine Loch und schrie: »Hilfe, Hilfe, wir sind hier drinnen.« Es klang dumpf, viel zu leise. Er stupste Livia an. »Du auch!« Und sie kreischte, so hoch und spitz, dass in seinem Kopf kein Platz mehr war für Gedanken. Das Gefühl hochgehoben zu werden, hielt an. Doch dann ruckte der Container, Lasse purzelte über Livia, dann stand wieder alles still. Er wartete. Alles schien wie zuvor. Nur Livia hörte nicht auf zu schreien.

Kehrwiederspitze – Montag – 11:35 Uhr

Nora wandte den Blick vom Wasser ab. Sie spürte noch vage die jüngere, verunsicherte Nora in ihren Gedanken herumspuken, dennoch war sie jetzt bereit.

Das moderne schnittige Bürogebäude auf der Kehrwiderspitze schob sich passgenau bis ans Wasser. Im obersten Stockwerk residierte die Reederei Stein. Nora öffnete die Glastür, bestieg den Fahrstuhl. Aus dem Spiegel darin sah ihr eine blasse Version ihres Gesichts entgegen. Das Fuder dunkler Erinnerungen ließ ihre Augen riesig wirken.

»Ist Justus Stein da?« Nora trat vor den glatt gelackten Empfangstresen, an der getäfelten Wand stand in goldenen Buchstaben der Name Stein.

»Es tut mir leid. Haben Sie einen Termin?« Die Empfangsdame, die Nora auf fünfzig schätzte, eine leicht verhuschte Frau mit onduliertem silberfarbenem Haar, musterte besorgt den Ausweis, den Nora ihr hinhielt. »Wäre Ihnen auch mit Herrn Jürgen Stein gedient? Er ist der zweite Geschäftsführer.«

Nora nickte knapp und folgte ihr durch einige Büros zu einer geschlossenen Tür.

Sie klopfte: »Eine Frau Klerner vom Bundeskriminalamt!«

Ihre Stimme klang gepresst, fast tonlos. Nora dachte, dass sie später noch mit ihr sprechen sollte.

Sie trat in ein lichtdurchflutetes Büro mit einem beeindruckenden Blick über die Elbe und den Hafen.

»Frau Klerner«, der Mann, der aufstand und ihr entgegenkam, sah aus wie Justus Stein, nur etwas beleibter um die Taille, weniger charismatisch und zackig, seine Haare grau statt blond und sein Blick vorsichtiger. Er deutete kurz ein Lächeln an, dann wechselte sein Gesichtsausdruck zu ernster Trauer, als könne er sich nicht entscheiden, welche Reaktion angemessener sei.

»Ich bin Jürgen Stein, Justus Steins Bruder. Bitte, setzen Sie sich doch«, sagte er und deutete auf eine schwarze Ledercouch mit zwei Sesseln. »Frau Sögebosch, bringen Sie uns bitte Wasser?«

Nora wusste noch, was Jürgen Stein in der Vernehmung gesagt hatte. Dass er es nicht gutheißen würde, wenn seine Kinder im Dunkeln allein nach Hause gingen. Sie setzte sich auf das Sofa.

»Sie sind der ältere, ja?«

»Das ist richtig«, sagte er, zupfte an seiner Hose, damit die Knie keine Dellen in dem edlen Stoff bilden konnten, und knöpfte gekonnt mit zwei Fingern einer Hand sein blaues Jackett auf, während er im Sessel Platz nahm. Was bedeutete, dass er es, als er vom Schreibtisch aufgestanden war, zugeknöpft haben musste.

Was für eine Familie.

»Was kann ich für Sie tun?« Er musterte Nora nachdenklich, die Falten um seine blaugrauen Augen ließen ihn erschöpft wirken. Dennoch schaute er sie aufmerksam an. Interesse gepaart mit hanseatischer Zurückhaltung und professionellem Auftreten.

»Ich spreche noch einmal mit den Angehörigen. Zurzeit prüfen wir, ob die Bundesbehörde helfen kann. Wir verfügen über größere Kapazitäten im Bereich der organisierten Kriminalität.«

»Glauben Sie, dass meine Nichte und mein Neffe von einer organisierten Bande wie der Mafia entführt wurden?« Jürgen Stein lehnte sich bei diesen Worten ein wenig zurück, als würde ihn dieser Gedanke schockieren.

»Was denken Sie?«

»Ausgeschlossen! Ich möchte mir gar nicht vorstellen, was für Menschen zu so einem Verbrechen fähig sind, aber was haben wir mit dieser Art von Leuten zu schaffen? Warum sollten die auf uns kommen?«

Nora registrierte, dass er davon ausging, dass organisierte Banden nur dann in Aktion traten, wenn sie bereits zuvor aus irgendeinem Grund Kontakt aufgenommen hatten. Damit lag er nicht ganz falsch. Die Mafia entführte in Italien Familienangehörige, wenn es sich um eine Fehde handelte, um politischen Druck auszuüben oder aus Rache. Selten oder so gut wie gar nicht aus finanziellen Gründen. Woher wusste er das? Oder wusste er es nicht und konnte sich nur nicht vorstellen, dass sich solche großkalibrigen Gangster mit ihnen abgeben würden? Als ließe die blütenweiße Fassade seines Unternehmens einen solchen Schluss gar nicht zu?

»Wenn Sie an die Firmen denken, deren Waren Ihre Schiffe transportieren, kommt Ihnen da jemand Spezielles in den Sinn?«

Sein Gesicht legte sich in angestrengte Falten. Für den Bruchteil einer Sekunde hatte Nora den Eindruck, er müsse nicht überlegen, doch er ließ sich mit der Antwort Zeit.

»Alles seriöse Geschäftsleute. Aber wir haben gelegentlich Container für einen Makler transportiert, der in Fernost die Stückgüter kleinerer Händler aufnimmt und sie dann über uns als Gesamtlast anmeldet. Mit ihm gab es Zahlungsprobleme, da auch einige seiner Auftraggeber angeblich nicht solvent waren. Wir haben die Geschäftsbeziehungen aufgekündigt.«

»Würden Sie mir Namen und Firmensitz geben?«

»Natürlich.« Er wollte aufstehen, doch Nora hielt ihn mit einer Handbewegung zurück.

»Gleich. Zunächst würde ich gerne noch wissen, was Ihnen an der Familie Ihres Bruders zuletzt aufgefallen ist. War er glücklich? Seine Frau?«

»Wann? Seitdem die Kinder verschwunden sind?« Er gab sich jetzt keine Mühe mehr, seinen Zynismus zu verbergen oder die dahinter lodernde Wut. Nora schwieg, sah die Parallele. Beide Brüder Stein hatten wenige oder keine Strategien mit den heftigen Gefühlen umzugehen, die dieses Leid in ihnen auslöste. Nora war gespannt, die Großeltern der Kinder kennen zu lernen. Kein besonders gutes Verhältnis der restlichen Familie zu Krystina Stein, das hatte Brigitta gesagt.

»Oder davor? Davor waren sie ein ganz normales Ehepaar mit Höhen und Tiefen«, sagte Jürgen Stein schließlich.

»Warum ist Krystina Stein gerade jetzt allein? Kümmert sich Ihre Frau nicht um sie?«

»Die beiden haben nicht viel gemeinsam. Aber doch, sie kümmert sich trotzdem um Krystina, soweit ich weiß.«

»Ihre eigenen Kinder sind ein und vier Jahre alt?«

»Ja. Seit gestern haben wir Sicherheitskräfte eingestellt. Meine Frau und sie werden jetzt von einem Personenschützer begleitet, ein Wachmann ist bei uns zu Hause postiert.«

Er krauste plötzlich skeptisch die Stirn, als ob es peinlich sei, so ein Brimborium zu machen. Als deute er dezent an, die Polizei sei nicht in der Lage, seine Familie zu schützen. Was sie ja auch nicht gewesen war. Aber dennoch, Nora war überrascht. Er hatte schnell reagiert.

»Tatsächlich?«, fragte sie. Natürlich waren die Steins reich. Aber schlug der Blitz zweimal ein? Andererseits konnte sie seine Angst verstehen. Noch hatten sie nicht herausgefunden, wie die Familie ins Visier der Entführer geraten war.

Er rutschte auf der Sitzfläche nach vorne. »Kann ich sonst noch etwas für Sie tun?«

»Ja, ich würde gerne mit Ihnen zusammen die Anlagen der Firma im Hafen besuchen.«

Sie hatte das ja ohnehin vorgehabt, aber Jürgen Stein war ein Bonus. Es könnte nützlich sein, etwas mehr Zeit mit ihm zu verbringen. Nur nicht im Rahmen eines Gespräches, bei dem er sie an seiner distinguierten Art abgleiten lassen konnte. Im Gegensatz zu Justus Stein, den sie für herrisch und emotional überfordert hielt, machte Jürgen Stein einen gefassteren Eindruck, auch wenn es unter der Oberfläche ebenfalls brodelte. Wie ein Mann, der es gewohnt war, sein Innerstes der Umwelt vorzuenthalten, und dem das auch sehr gut gelang. Was nichts heißen mochte, aber dennoch interessant war.

»Ich…«, er zögerte, »wenn es den Ermittlungen dienlich ist.«

Nora lächelte unverbindlich, indem sie nur die Mundwinkel etwas hob. »Wenn Sie jetzt gleich Zeit hätten… Ich würde mich nur noch gerne kurz mit Ihrer Angestellten unterhalten, dann können wir fahren.« Nora hob die Mundwinkel ein wenig höher. Jedoch nicht so weit, dass er meinen könnte, ihr Anliegen wäre verhandelbar.

Die steile Falte auf seiner Stirn zeigte ihr, dass noch keiner der Kollegen ihm gegenüber ein derart kompromissloses Verhalten an den Tag gelegt hatte. Was sie nicht verwunderte. Er war nicht verdächtig, und er war reich.

»Die Adresse des Maklers wäre noch hilfreich«, sagte sie.

Sie nickte ihm zu, stand auf und ging zurück zum Empfangsbereich.

Nora hatte den Unterton in ihrer Stimme richtig gedeutet, in der Zwischenzeit waren die Lider der Empfangsdame angeschwollen, ihre Iris schwamm und glänzte vor unterdrückten Tränen.

»Gibt es einen Ort, an dem wir uns unterhalten können, Frau Sögebosch?«, frage Nora. Die Frau rührte sie. Sorge und Anspannung waren wie ein Mahlstrom, der alle Familienmitglieder in Schockstarre gepresst zu haben schien. Nur die Menschen am Rand, das Au-pair, die Sekretärin, zeigten ihre Trauer offen.

Nora folgte Frau Sögebosch in eine kleine Kaffeeküche mit Sitzgelegenheit. Sie dachte an das stille Grauen, das sie bei Krystina Stein wahrgenommen hatte. Sie hatte sich in Apathie geflüchtet. Flüchten müssen. Hoffte sie? Natürlich! Fühlte sie? Wahrscheinlich mehr als ein Mensch ertragen konnte.

»Ich muss die ganze Zeit weinen«, schniefte Frau Sögebosch, nahm die Brille ab und wischte sich mit einem Papiertaschentuch über die Augen. »Möchten Sie einen Kaffee? Cappuccino? Ich brauche jetzt einen.«

Nora nickte. Frau Sögebosch nahm Tassen aus einem Schrank, drückte auf zwei Knöpfe einer futuristisch anmutenden Kaffeemaschine, und während sie ihren Blick auf den einlaufenden Milchschaum heftete, beobachtete Nora, wie sie ihre Fasson wiederzuerlangen suchte.

Nora setzte sich, wartete bis Frau Sögebosch einen Schluck genommen hatte. Erst dann trank sie selbst. Der Schmerz der Frau bekam in der gedämpften Atmosphäre der Büroetage etwas Intimes. Frau Sögebosch schluckte verlegen.

»Wird hier der normale Betrieb aufrechterhalten? Kommt Justus Stein ebenfalls?«

Sie blinzelte. »Es muss ja weitergehen. Er war ganz kurz hier, heute Morgen. Sein Bruder kümmert sich jetzt um alles.«

»Kannten Sie die Kinder gut?«, fragte Nora.

Frau Sögebosch seufzte. »Nicht wirklich. Aber ich mag sie sehr. Sie sind entzückende kleine Wesen, so neugierig, aufgeweckt und freundlich. Livia kam manchmal nach dem Kindergarten hierher. Oder in den letzten Ferien, da war Lasse da, hat gemalt, Computer gespielt, sich gelangweilt.« Sie lächelte traurig. »Sein Papa meinte, er könne eine Art Praktikum machen, aber eigentlich musste Herr Stein viel telefonieren, und der Junge hatte nichts zu tun. Dann hat er sich zu mir gesetzt.« Ihr Blick verlor sich an der Wand hinter Nora. Die Erinnerungen waren schwer zu ertragen.

»Wo war Krystina Stein zu der Zeit? Soweit ich weiß, arbeitet sie nicht.«

Frau Sögebosch zuckte die Achseln. »Ich weiß es nicht, aber gefragt habe ich mich das auch.«

Nora ließ die Aussage einen Moment sacken. »Kriselte es in der Ehe?«

Frau Sögebosch sah aufgeschreckt und etwas konsterniert aus, als stehe es ihr nicht zu, über solche Dinge nachzudenken.

»Dazu kann ich beim besten Willen nichts sagen«, antwortete sie spröde.

Nora lächelte verbindlich.

»War Krystina Stein denn häufig hier?«

»Eigentlich nie. Sie schien sich nicht sehr für die Arbeit ihres Mannes zu interessieren.«

Hier ein Urteil zu fällen, fiel ihr anscheinend leichter.

»Und für ihre Kinder?«

»Doch, sie scheint eine liebevolle Mutter zu sein. Aber ich habe sie auch nur selten mit den Kindern zusammen erlebt.«

»War Krystina Stein häufiger krank? Oder ihr Mann?«

Vehement schüttelte Frau Sögebosch den Kopf. »Keinesfalls, sie treiben viel Sport, sie sieht immer blendend aus. Sie reisen gern.«

»Was denken Sie? Könnte es Missstimmungen zwischen Justus Stein und seiner Frau gegeben haben?«, fragte Nora nach.

»Ich denke, sie führten eine sehr glückliche Ehe.« Der Satz kam schnell und mit Nachdruck, die Betonung lag auf dem *sehr*, gleichzeitig fixierte Frau Sögebosch Nora nun missbilligend. Dann verfiel sie in nachdenkliches Schweigen, die Lippen trotzig nach außen gestülpt. *Ich sage nichts mehr.*

Sie hatte in der Vergangenheitsform gesprochen, ihre Körpersprache drückte aus, dass ihr die Frage missfiel, aber vor allem, weil sie selbst schon darüber nachgedacht hatte.

»Arbeitete Justus Stein häufig lang?«

»Ja.« Frau Sögebosch fand wieder in ihre geschult freundliche Professionalität zurück. »Sehr viel, oft bis spät in die Nacht.«

Nora stand auf. »Danke für den Kaffee. Und würden Sie mir einen Ausdruck seines Kalenders und eine Liste seiner Termine mit den Namen der Gesprächspartner der letzten Wochen zur Verfügung stellen?«

»Da muss ich erst Rücksprache halten.« Frau Sögebosch schien jetzt leicht verärgert.

Nora verstand das. Sie hatte sie in einem Moment erlebt, in dem ihre Gefühle bloßlagen, obwohl sie sonst eine eher verschlossene Frau zu sein schien. Und Nora hatte das zarte Band aus Anteilnahme brüsk zerschnitten, als sie ihr persönliche Dinge aus der Nase zog, ohne dabei mitfühlend zu lächeln oder anstandshalber Trost zu spenden. Aber das war nicht ihr Job.

Winterhude – Montag – 11:40 Uhr

»Danke, dass Sie gekommen sind.« Johan drehte sich um. Er war ganz in die Betrachtung einer Winterwaldlandschaft in Öl versunken gewesen, über die sich im Laufe der Jahre ein gelber Firnis aus Nikotin gelegt hatte. Ein Mann mit Bart und salopper Trainingsjacke trat auf ihn zu. Hinter ihm standen zwei Frauen. Eine war blondiert, ihr umfangreiches Make-up auf dem unnatürlich glatten Gesicht verlaufen. Sie trug eine rosa Daunenjacke, die zu dem Farbspektrum im Kleiderschrank passte, ihre Lippen waren aufgespritzt und die Wimpern künstlich verlängert. Nur die Falten an ihrem dünnen Hals verrieten ihr wahres Alter, sie musste mindestens fünfzig sein. Kondraschins Lebensgefährtin, die Frau mit einem Faible für Kristall-Nippes. Serdrichs Kollegin dagegen war ungeschminkt, ihren Zopf hatte sie in den Kragen ihrer Daunenjacke gesteckt. Sie hielt Johan die Hand hin. »Fourier, Kripo.« Ihr Händedruck war fest. Als hätte er etwas verpasst, reichte ihm nun auch der Kollege die Hand. »Serdrich. Wir haben telefoniert.«

Kondraschins Freundin blickte Johan dagegen nicht an, sondern musterte angewidert die dunklen Flecken Fingerabdruckpulvers auf der Glasplatte des Couchtischs und den Lampen. »Wo soll ich denn jetzt hin? Hier kann ich doch nicht bleiben.«

Ihre feuchten Augen huschten zwischen Serdrich und Fourier hin und her. Fourier sah sie an. »Sie sollten Freunde oder Verwandte anrufen, ob Sie für einige Zeit bei ihnen unterkommen können.«

Der verletzte Ausdruck in dem Gesicht der Frau spiegelte ihre Empfindungen. Sie hatte gerade die Leiche ihres Lebenspartners entdeckt. Sie war ein Opfer. Und eine Zeugin. Da war doch etwas mehr zu erwarten, als nur ein guter Rat.

»Geht es Ihnen gut?« Fourier bemerkte, dass sie zu weit vorgeprescht war. »Wir können auch den Kriseninterventionsdienst rufen, ein Psychologe kann sich mit Ihnen unterhalten.«

Auf der Stirn der Frau stand nun eine steile Falte.

»Danke. Es geht schon.«

Die Verwandlung, die mit ihr vorging, überraschte Johan nicht wirklich. Ein Leben mit jemandem wie Kondraschin war bestimmt eine harte Schule. Sie streckte den Rücken durch, hob das Kinn, wirkte von einem Moment auf den anderen unnahbar. Mit einem herablassenden Blick auf die Polizisten holte sie ein iPhone in glitzernder Hülle aus ihrer Tasche, dazu eine Packung Eve-Zigaretten und ein goldenes Feuerzeug.

Alle schwiegen, während sie sich eine Zigarette zwischen die Lippen steckte, gereizt die Schachtel aufs Sofa warf und mit der anderen Hand durch ihre Kontakte scrollte. Dann verschwand sie rauchend in Richtung Badezimmer. Johan bemerkte erstaunt, wie schnell man mit Fingernägeln dieser Länge einen Touchscreen bedienen konnte. Er war unangenehm berührt. Menschen, die gerade ihren Partner tot aufgefunden hatten, sollten eigentlich fürsorglicher behandelt werden. Ihm war, als hätten sie jemandem, der sein Leben lang geschubst worden war, einen weiteren Tritt verpasst.

Sie gab sich keine Mühe, leise zu reden: »Hol mich hier ab, okay? Die Bullen sind noch da, ich will hier raus.« Der Rest ihrer Worte wurde durch die Tür des Badezimmers gedämpft, die sie hinter sich zuzog.

»Mhm«, machte Serdrich. »Ich glaube, die ist härter im Nehmen, als sie tut.« Frau Fourier krauste die Stirn und flüsterte. »Wir hätten gleich das KI informieren sollen. Sie hat bestimmt früher als Prostituierte gearbeitet, und Kondraschin war nach allem, was ich gehört habe, nicht gerade ein netter Kerl.«

Johan lächelte ihr zu, und sie steckte verlegen die Hände in die Jackentaschen. Sie sah jung aus. Und hübsch.

»Ach was«, sagte Serdrich. »Sie hat geheult, aber sonst war sie ganz gut beieinander.«

Fourier schwieg, aber wie ihr Kollege die Frau aburteilte, schien ihr nicht zu gefallen.

Johan sah Fourier genauer an. Sie war auf zarte Art schön. Dass sie nicht geschminkt war, unterstrich ihre ebenmäßigen Gesichtszüge. Sie erinnerte ihn ein wenig an Nora, wie sie einmal ausgesehen haben mochte, als sie jünger, womöglich unsicherer und unbedarfter gewesen war. Dann verwarf er den Gedanken. Nora mochte physische Ähnlichkeit mit Fourier haben, aber unsicher oder unbedarft war sie sicher nie gewesen.

»Gehen wir irgendwo hin, wo wir reden können? Ich habe Hunger«, sagte Serdrich. Johan zögerte. Er hörte die Stimme hinter sich im Bad. Sie klang fest und wütend. Serdrich klopfte gegen die Badezimmertür, und Kondraschins Freundin öffnete. Sie hielt das Telefon weiterhin an ihr Ohr, die Zigarette hatte sie in den Mundwinkel geklemmt und musterte Serdrich ungeduldig.

»Wir behalten einen Satz Schlüssel, werden uns aber melden, wenn wir noch einmal in die Wohnung kommen. Bitte halten Sie sich erreichbar und teilen Sie uns mit, wo Sie sich aufhalten. Wir würden es begrüßen, wenn Sie in nächster Zeit nicht verreisen würden.« Er reichte ihr seine Karte, lächelte ein wenig entschuldigend. »Ich wünsche Ihnen alles Gute!«

Die Frau nahm die Karte mit einem giftigen Blick. »Danke! Und auf Wiedersehen«, sagte sie unwirsch und schloss die Tür. Sie hörten gedämpft ihre Stimme, als sie das Telefonat wieder aufnahm.

»Sie ist nicht verdächtig?«, fragte Johan, als sie das Treppenhaus betraten. Serdrich schüttelte den Kopf. »Nein. Sie war bei einer Freundin in München, Flugtickets, wasserdichtes Alibi.«

»Was glauben Sie, was passiert sein könnte?«

»Ich denke, das hat was mit Kondraschins alten Geschäften zu tun«, sagte Serdrich und sah Johan an, während sie die Straße hinuntergingen. Fourier folgte ihnen.

»Inzwischen denke ich, dass es etwas übereilt war, Sie anzurufen. Diese Gummidichtungen an den Türen, nicht gerade typisch. Aber jetzt werden wir ein paar seiner früheren Leute befragen. Vielleicht war einer im Nachhinein sauer, dass er für ihn den Kopf hinhalten musste. Oder die ehemalige Konkurrenz. Wir stochern ein bisschen, werden das Ganze mit moderater Besetzung weiterverfolgen. Bei Kondraschins Vergangenheit und dem, was damals alles abging, ist es, als würden wir in einer Jauchegrube Frischfisch angeln wollen. Sinnlos, wenn wir da viel Personal binden würden.« Er grinste über seinen Witz und blickte sich nach Fourier um.

»Dann glauben Sie, wir werden das nicht aufklären können?«, sagte Johan.

Serdrich zuckte die Achseln und öffnete die Glastür einer Bäckerei. »Wer weiß. Wir werden es versuchen, einen angemessenen Zeitraum lang.«

Johan blieb nachdenklich stehen, während Fourier Serdrich folgte. Das war doch nur wichtigtuerisches Gehabe. Den harten Hund spielen vor seiner jüngeren Kollegin. Oder? Er hinderte die Tür daran zuzufallen.

»Ich hab keinen Hunger. Ich melde mich!«, rief er, drehte sich um und ging eilig zurück zu Kondraschins Wohnung.

Hafen – Montag – 12:15 Uhr

Nora hatte den Elektro-Knubbel an der Kehrwiederspitze stehen gelassen. Jürgen Stein erläuterte ihr die verschiedenen Dienstleistungen des Unternehmens, während er seine große Limousine routiniert durch unübersichtliche und hässliche Straßen im Industriegebiet vor den Hafenanlagen steuerte. Vier mittelgroße Containerschiffe der dritten und vierten Generation, in den Achtzigern erbaut mit fast dreihundert Metern Länge, gehörten der Reederei. »Immerhin Panamax«, sagte er. Dann die Spedition mit eigenem Universalterminal im Hafen. Seit über neunzig Jahren betrieb seine Familie Schifffahrt, seit über fünfzig Jahren gab es die neuen Lagerhallen und den Kai. Sie verpackten Waren fachgerecht, entpackten, stauten und komplementierten, Umfuhren und Palettieren gehörten zum Portfolio ebenso wie Probenentnahme und Containerreinigung sowie alle Formalitäten mit dem Zoll bei Ein- und Ausfuhren. Es gab klimatisierte Hallen für verderbliche Waren wie Tabak oder Kautschuk, außerdem löschten vier mobile Kräne verschiedenste Ladungen von kleinen bis mittelgroßen Frachtern, auch Schwerlast und Anlagen. Weshalb man sich zuletzt auch immer mehr auf das Verschicken von Maschinen spezialisiert hatte, die sogar noch vor dem Weitertransport per Binnenschiff, LKW oder Bahn montiert werden konnten. Jürgen Stein konnte einen gewissen Stolz nicht verhehlen. Nora dachte an Lasse. Er war das älteste der Kinder, war ebenso wie sein Onkel in diesen Reichtum und die daran gebundene Aufgabe hineingeboren worden. Die Kinder von Jürgen Stein waren noch klein. Wir würde das Erbe später aufgeteilt?

Jürgen Steins BMW passierte das Tor des Firmengeländes, als ein Wachmann in Uniform im Schweinsgalopp zu ihnen aufschloss. Aufgeregt klopfte er an die Scheibe. »Gut, dass Sie da sind«, rief er laut. Stein ließ die Scheibe herunter. Der Wachmann beugte sich vor. »Ich hätte Sie auf jeden Fall gleich angerufen. Kommen Sie!«

Nora sah aus dem Fenster. Ähnlich imposant wie die Ausführungen war auch das Areal selbst. Aufeinandergetürmte Container, über denen zehn Meter hohe mobile Verladekräne standen, die mit ihren langen Stelzen an vierbeinige Ungetüme erinnerten. »Jeder Container wird zigmal umgestapelt, bis er weitertransportiert wird, per Schiff, Schiene oder LKW«, hatte Stein gesagt. »Eine unglaublich komplizierte logistische Aufgabe, dafür zu sorgen, dass die nächste Fracht nicht etwa ganz unten liegt.« Am Rand der drei großen Lagerhallen standen Stapler und Paletten. Zwischen Nora und dem Wasser war ein graues Gebäude mit Sichtturm, und erst dahinter konnte sie die Aufbauten eines Frachters sowie die Spitzen einiger Kräne erkennen. Doch im Moment war alles verdächtig still.

Alsterdorf – Montag – 12:15 Uhr

Der Hubschrauber kreiste über den rechteckigen Parzellen, der Hamburger Flughafen war ganz in der Nähe, die Flughöhe entsprechend niedrig. Emna sah erschrockene Gesichter vorbeiwischen, Menschen, die zu ihnen hinaufstarrten. Der Pilot suchte nach den Peterwagen, die die Alsterkrugchaussee für sie gesperrt hatten. Emna hatte das mobile EKG bereits auf dem Schoß, ihr Kollege trug die Tasche mit dem Defibrillator. Erst wenige Minuten waren seit dem Notruf in der Zentrale vergangen. Jemand hatte sich an einen Stromkreis angeschlossen, für wie lange war unklar. Mit einem Ruck setzte der Heli auf, sie sprangen heraus, rannten zu dem Streifenwagen und mit Blaulicht ging es in eine schmale Straße, die zwischen den Gärten verlief. Ein Labyrinth, an einer Kreuzung wedelte jemand hektisch mit den Armen. Emna war zuletzt im Sommer hier gewesen, nur wenige Gärten weiter hatte sich jemand eine Axt ins Schienbein geschlagen.

Kleingärtner werkelten häufig einfach drauflos, ohne Sicherheitskleidung, mähten in Flipflops den Rasen. Emna war froh, dass sie, im Gegensatz zu ihren Kollegen, noch nie zu einem Kettensägenunfall gerufen worden war. Als sie die Unfallstelle erreichten, lag der Mann zuckend auf dem nassen Boden, eine veraltete Kabeltrommel aus Stahl und ohne Gummierungen stand daneben, überall ringelten sich Kabel, eine Bohrmaschine war noch angeschlossen. Der Mann war kreideweiß und stöhnte, eine Frau fühlte seinen Puls, eine andere stand daneben, die Hand vor dem Mund und die Augen aufgerissen. »Wir haben den Stecker rausgezogen«, murmelte sie. Emna hockte sich neben den Verletzten. »Können Sie mich hören? Wie geht es Ihnen?«

Er schlug die Augen auf. »Es geht«, stöhnte er.

Der Rest war Routine. Sie schlossen das EKG an und sahen, dass sein Herz noch regelmäßig schlug. Emna atmete auf. Er würde heute nicht sterben. Reines Glück, dass bei dieser Witterung überhaupt jemand in der Nähe gewesen war. Die alten Stromleitungen in den Kleingärten hatten keine Sicherungen, die den Stromkreis unterbrachen, wenn ein Körper einen Teil der Leitung stellte. Wussten die das alle nicht? Zehn Prozent aller Stromunfälle verliefen tödlich. Sie war gerne Notärztin, weil man schnell reagieren musste und Leben retten konnte. Aber wenn Menschen unter ihren Händen starben, setzte ihr das mehr zu als alles andere.

Hamburger Hafen – Montag – 12:30 Uhr

Jürgen Stein parkte und sprang aus dem Wagen, Nora folgte ihm. Der Wachmann war ihnen zu Fuß gefolgt und stützte sich mit rotem Gesicht auf seinen Knien ab. Schnell kam er wieder in die Senkrechte. »Hier entlang.«

»Warum wird nicht gearbeitet?«, blaffte Stein. Männer mit neongelben Westen und Helmen standen herum und schienen auf etwas zu warten.

»Wir haben Einbruchspuren am Zaun gefunden.« Der Wachmann setzte sich schnaufend in Bewegung.

Nora fragte sich, ob Jürgen Stein froh war, dass die Polizei vor Ort war – oder eher nicht. Die Sicherheitsbestimmungen für den Zugang zu den Terminals waren hoch. Sie hatten eine Schranke passiert, das Gelände war von hohem Maschendraht umgeben, es gab Überwachungskameras.

»Wird hier häufig eingebrochen?«, fragte Nora den Uniformierten. Er drehte sich verwirrt zu ihr um. »Nein, eigentlich nie. Die Container sind verschlossen und verplombt, das Stückgut verpackt, es gibt also nichts zu klauen, außer man bringt einen großen LKW mit.«

Jürgen Stein war blass um die Nase, seine Augen suchten irritiert das Gelände ab. Zu Fuß wirkten die langen Reihen von Containern noch höher. Am Kai entlang, vorbei an den Pollern für die dicken Schiffsseile, gelangten sie zum Rand der ausgedehnten Betonfläche, auf der rote und gelbe Linien die Fahrspuren der Transporter und Kräne markierten. Stein warf einen Blick zu dem Schiff, er schien zu überlegen, ob er nicht zuerst dafür sorgen sollte, dass es weiter entladen werden würde. Zeit war Geld. Er warf einen Blick auf Nora und ging weiter, auf seiner Stirn stand eine scharfe Falte.

Wie war das Protokoll für solche Situationen? Durfte die Ladung gelöscht werden? Nora wusste es nicht, doch wenn man hier nichts stehlen konnte, kamen noch Vandalismus oder Terror in Betracht. Beides konnte die Sicherheit der Arbeiter gefährden. Und sie hatte noch einen Gedanken, aber sie wollte Stein nicht zusätzlich beunruhigen.

Als sie den Maschendrahtzaun erreichten, sah Nora die Stelle, an der sich jemand mit einem Bolzenschneider zu schaffen gemacht hatte.

»Nichts anfassen. Ich lasse die Spurensicherung kommen.« Sie zog ihr Handy aus der Tasche.

Während sie warteten, sah Nora sich um. Die Reihen der

Container reichten bis zum Zaun, nur schienen sie hier älter und schon länger zu liegen. Das Gelände war riesig. Aussichtslos.

»Haben Sie sonst noch etwas bemerkt?«

Der Wachmann schüttelte den Kopf.

»Haben Sie die Gebäude durchsucht?«

Er schüttelte abermals den Kopf. »Wir haben das gerade erst entdeckt.« Nora spürte, wie ihr heiß wurde, ihre Hände feucht. Aber sie musste auf die Kollegen warten.

»Was befindet sich dahinter?« Nora sah überwucherte kleine Schienen im Beton, Rinnen, die mit rostigem Metall eingefasst waren, dünne Bäume, die sich an aufgewehte Sandhügel klammerten, und nach einigen Metern erhob sich ein mit Gras und Unkräutern bewachsener Erdwall.

»Das ist Brachland«, sagte Stein. »Hinter und unter dem Wall liegt eine alte Deponie, deshalb ist das Gelände nahezu wertlos. Vor einer Baugenehmigung müssen erst diverse Schwermetalle abgetragen werden.«

Und dafür ist kein Geld da, dachte Nora.

»Sie bleiben hier!« Sie zog Handschuhe aus ihrer Tasche und bog vorsichtig den Draht weiter auf. Dann schlüpfte sie durch das Loch, ohne mit ihrer Kleidung oder dem Kopf das Gitter zu berühren.

Sand knirschte auf den verwitterten Platten unter ihren Füßen. Sie suchte nach Fußabdrücken, konnte aber keine erkennen und folgte dem langgezogenen Hügel auf ungefähr vierzig Metern Länge. Sie erreichte ein Gestrüpp, dahinter lag die Straße. Nora suchte auf dem Boden nach Reifenspuren, doch der Wind hatte den Sand zu einem dünnen, glatten Film verweht. Sie umrundete den ehemaligen Schuttabladeplatz. An der anderen Seite war das Gelände ebenfalls von einem Containerlager mit Maschendrahtzaun getrennt. Zur Elbe hin war der Kai geborsten, die eiserne Kante verrostet. Durch das braune Wasser sah sie den schlammigen Grund.

Nora drehte sich um. Es war sicherlich kein Problem, hier zu parken, vorausgesetzt man kannte sich gut aus. Der Wall bot Schutz vor neugierigen Blicken. Mit den Angestellten der anderen Firma mussten sie sprechen. Sie ging langsam zurück. Der Wachmann stand immer noch da, Jürgen Stein war nicht mehr zu sehen. Nora kletterte zurück durch das Loch. Könnte man die Körper zweier Kinder hier hindurchzwängen? Möglich wäre es.

»Der Chef ist hinten bei den Büros.« Der Mann wies mit dem Daumen hinter seinen Rücken. Er hatte offenbar die Aufgabe, den zerstörten Zaun zu bewachen.

Nora nahm den Weg, den sie zuvor gegangen waren. Vor dem Schiff blieb sie stehen und lauschte, konnte aber nichts hören, außer dem Heulen des Windes in den engen Schächten zwischen den Containerstapeln und dem Glucksen des Wassers am Rumpf. Das Areal kam ihr gigantisch vor.

Sie ging weiter, an der Limousine und einigen LKWs vorbei zu dem dahinter liegenden grauen Gebäude. Eine Tür stand offen, und die Blicke der Arbeiter folgten ihr, als sie hineinging.

Sie trat nach einem schmalen Flur in ein nach kalter Zigarettenasche riechendes Büro, das sich deutlich von den gediegenen Räumlichkeiten der Firma in der Innenstadt unterschied.

Jürgen Stein saß an einem der Schreibtische. Vor ihm ein riesiges Display, neben dem Klemmbretter mit Zetteln lagen. Aus einem übervollen Aschenbecher waren graue Krümel über die Tischplatte und das herumliegende Papier geweht.

»Ein einziger Saustall«, sagte Stein mit Blick auf Nora. »Ich weiß schon, warum ich selten hier bin.«

Er klang vorwurfsvoll, als sei es ihre Schuld, dass er sich jetzt mit einem Einbruch und Dreck auseinandersetzen musste.

»Fehlt etwas?« Nora trat näher und warf einen Blick auf die Klemmbretter. Es schien sich um Listen der verschiedenen Ladungen und lange Reihen von Containernummern zu handeln. Ein Netz aus Linien und Nummern flimmerte auf dem Bildschirm. Nichts, aus dem man auf den ersten Blick schlau wurde. Dennoch zog das Chaos sie an. Als würde sich unter den Stapeln etwas verbergen, das vielleicht mehr über den Einbruch, die Kinder und ihren Verbleib verraten könnte.

Jürgen Stein schien es unangenehm, in welch schlechtem Licht sich sein Unternehmen gerade präsentierte.

»Das ist natürlich alles geordnet. Herr Baltruschek hat alles im Griff.«

Er zeigte auf einen Stapel rechts von ihm. »Da liegen die Listen für die Schiffe der nächsten Woche. »Da die von letzter.« Er wies nach links. »Das ist auch alles im Computer. Und wir sind in Verhandlung mit einer Softwarefirma, die Logistiksysteme mit WiFi-Tablets anbietet. Dann wird das alles vollelektronisch erledigt und vernetzt.« Er stöberte in den Papieren. »Außerdem waren die Angestellten hier in den Räumen. Kein Unbefugter konnte hier rein«, sagte er mürrisch.

»Welchen Grund sollte jemand haben, hier einzubrechen?«

Er zuckte die Achseln. »Woher soll ich das wissen? In den Schuppen, wo wir unser Werkzeug lagern, ist auch nichts von realem Wert.«

Nora nickte leicht, betrachtete die vielen Ordner an den Wänden. Dann hatte er also noch nicht darüber nachgedacht, dass jemand die Kinder, ob lebend oder tot, oder eine Nachricht für die Familie Stein auf das Gelände gebracht haben könnte. Aber vielleicht sah er nicht die möglichen Motive, die ihr in den Sinn kamen. Vielleicht konnte er sich nicht vorstellen, dass jemand seine Familie quälen oder demütigen wollte.

Nora ging wieder nach draußen und zog ihr Telefon aus der Tasche. Sie vergewisserte sich, dass niemand in Hörweite war. »Carsten, hast du Kontakte zum Hamburger Finanzamt? Kannst du eine Steuerprüfung bei der Reederei Stein anstoßen?«

Er fragte, wie schnell es gehen müsste.

»Umgehend! Dank dir!«

Sie beendete das Gespräch. Ein Funke von schlechtem Gewissen regte sich. Ausgerechnet jetzt eine Buchprüfung. Aber viel half viel, manchmal. Folge dem Geld. Eine gute alte Regel.

Ein Konvoi aus zwei Streifenwagen, einem Bus der Wasserschutzpolizei, die auch für die Hafenanlagen zuständig war, sowie zwei Zivilfahrzeugen der Kripo fuhren mit Blaulicht, aber ohne Sirene auf den Hof. Endlich!

Brigitta Kamp stieg aus dem schwarzen VW. Sie gaben sich hastig die Hand.

»Felix hat mir Bescheid gesagt, dass hier alles durchsucht werden muss. Er sprach von einem Einbruch.« Sie sah verwirrt aus.

»Denken Sie, das ist nicht notwendig?« Aus den Augenwinkeln sah Nora, wie sich die uniformierten Polizisten über das Gelände verteilten und Jürgen Stein aus dem Büro trat. Sein Gesichtsausdruck zeugte von Entsetzen, als er die vielen Beamten sah. Aus dem Laderaum eines Kombi sprang ein Schäferhund.

Brigitta Kamp schürzte die Lippen. »Doch durchaus. Wir haben hier keine Leute. Wenn man die Familie direkt kontaktieren möchte, wären die Anlagen hier eine Option.«

Jürgen Steins Miene, der sich ihnen näherte, erstarrte, sein ausholender Schritt wurde unentschlossen, und er blieb stehen. Er hatte Kamps Worte gehört, und sichtlich angestrengt schluckte er etwas hinunter, das er ursprünglich hatte sagen wollen. Wahrscheinlich, dass er sich verbitte, ohne entsprechenden Beschluss das Firmengelände durchsuchen zu lassen. Jetzt drehte er ab, sein Gesicht war kalkweiß. Was hätte er jetzt auch noch sagen können?

Nora nickte knapp. Sie hatte Angst, dass sie die Leichen der Kinder finden könnten. Es war möglich, dass es nie um eine Erpressung, sondern immer um Rache gegangen war. Um Eltern, die die schlimmste Zeit ihres Lebens durchmachten, bevor sie mit dem Schrecklichsten überhaupt konfrontiert wurden. Eine Botschaft dieser Art konnte nur übermittelt werden, wenn sie eindeutig war.

»Kommen Sie«, sagte Nora. Sie und Brigitta Kamp schlossen sich den uniformierten Beamten an, die begannen systematisch das Gelände zu durchforsten. In die Container konnten sie nicht hineinsehen, aber es gab dennoch unzählige Nischen und Winkel zu durchsuchen.

Winterhude – Montag – 12:30 Uhr

Kondraschins Freundin schien enttäuscht, als sie Johan sah. Wieder nur die Polizei.

»Ich habe mich noch gar nicht vorgestellt«, sagte er. »Johan Helms, LKA.« Er hielt ihr die Hand hin. Sie zog an der Zigarette, machte keine Anstalten, seine Hand zu schütteln, sondern musterte ihn aus schmalen Augen. Dann blinzelte sie. Sie wirkte kraftlos. »Sybille Flechter, kommen Sie herein.« Johan sah, dass sie in der Zwischenzeit wieder geweint hatte. Ihre Züge wirkten jetzt trotz Botox schlaff und faltig. Sie öffnete die

Tür weiter. Inzwischen hatte sie auch die Sofakissen vom Boden aufgesammelt und lieblos auf die Couch geworfen. Johan setzte sich, während sie stehen blieb und rauchte. Er wusste, dass er nicht viel Zeit hatte, bis jemand kam, um sie abzuholen. Er fand es wichtig, einen Menschen, der ein solches Trauma erlitten hatte, nicht allein zu lassen. Das war ein Grund, warum er zurückgegangen war. Der zweite waren Serdrichs Andeutungen, dass sie nur in eine Richtung ermitteln würden.

»Was glauben Sie, was passiert ist?«, fragte er mitfühlend.

Sie schnaubte leise. »Jurij hatte mit all dem Zeug von früher abgeschlossen. Er hatte keine Kontakte mehr zu seinen alten Kumpels. Ab und zu war er mal in den alten Clubs. Aber sonst …«, sie hob die Schultern, »ich habe keine Ahnung!«

Ihre Augen füllten sich wieder mit Tränen. »Wissen Sie, ich hätte auch hier sein können, als er …« Sie drehte den Kopf zur Tür des Schlafzimmers. »Gas, ich hab das vorhin gehört, als der Kripo-Typ drüber gesprochen hat.«

Johan verfluchte Serdrich innerlich.

»Das wissen wir nicht«, sagte er höflich. »Die Obduktion wird Näheres ergeben. Ihr Partner könnte auch einen Herzinfarkt gehabt haben, und der Stein ist zufällig durchs Fenster geworfen worden.«

»Es haben schon vorher Leute versucht, ihn umzubringen.« Sie sah ihn herausfordernd an. »Wussten Sie das?«

Johan setzte eine mitfühlende Miene auf. »Aber er war ja auch in einer angreifbaren Position!«

Sie schüttelte den Kopf, das Gesicht plötzlich verschlossen. »Alles Blödsinn. Die Polizei hat sich das ausgedacht, weil er die falschen Leute kannte. Jurij war kein Verbrecher, er wurde auch nie verurteilt.«

»Nein, das wurde er nicht«, sagte Johan leise.

Oder erst jetzt, dachte er.

Hafen – Montag – 14:00 Uhr

»Hier ist nichts«, sagte der Einsatzleiter, der sich mit Vollmer vorgestellt hatte. Das Gelände der Firma Stein war gründlich durchsucht worden. Es war schneller gegangen als erwartet. Alles folgte hier dem übersichtlichen Gesetz des rechten Winkels. Gefunden wurden nur aufgebrochene Schlösser zu Schuppen, in denen Arbeitsmaterialien oder Gerümpel lagerten. Werkzeug fehlte, sonst aber nichts. In den Hallen gab es breite Gänge und bis unter die Decke gestapelte Kisten, keine Einbruchsspuren. Nora stand neben einem Poller, um den dicke Taue liefen, die leise knarzten, und sah zu dem Schiff hinauf. Auch dort war alles durchsucht worden, in den schmalen Gängen hatten die Polizisten nach einem eventuellen blinden Passagier gefahndet, der Zoll war alarmiert.

Doch es schien, als habe der Einbrecher lediglich schnelles Geld mit Kleinkram machen wollen, wobei Nora nicht in den Kopf wollte, warum dies den ganzen Aufwand rechtfertigte. Wer immer sich auf dem Gelände aufgehalten hatte, war gut informiert gewesen. Er hatte den Schichtwechsel genutzt, in dem alles für einen kurzen Zeitraum stillstand, und war den Kameras ausgewichen. Nur eine hatte kurz eine schlanke, vermutlich männliche Person in dunkler Kleidung erfasst, das Gesicht war unter einer Tarnmaske verborgen gewesen.

Noch einer mit guten Nerven, dachte Nora.

Sie ging wieder zurück zu dem Betonbau, wo Brigitta Kamp inzwischen in Baltruscheks Büro die Angestellten vernommen hatte und nun dabei war, ihre Sachen zu packen. Mit Blick auf Nora sagte sie: »Niemand hat etwas Ungewöhnliches bemerkt.«

Nora lehnte sich in den Türrahmen. »Vielleicht ist es doch nur ein Zufall«, antwortete sie. Sie war erleichtert, dass keine ihrer Befürchtungen eingetroffen war. »Nehmen Sie mich mit zur Kehrwiederspitze? Dort steht mein Wagen.«

»Natürlich.« Brigitta lächelte. Sie passten Jürgen Stein ab, der in ein Gespräch mit Baltruschek verwickelt war und gereizt wirkte.

»Ich melde mich«, sagte Nora zu ihm.

»Ich stehe jederzeit zur Verfügung.« Seine Antwort war zuvorkommend, doch seine Mimik drückte das Gegenteil aus.

Er ist auf der Hut, dachte Nora. Die Personenschützer fielen ihr ein, sie bewachten eine gebeutelte Familie, deren Mitglieder arbeiteten, selbst wenn Neffe und Nichte sich seit drei Tagen womöglich in den Händen skrupelloser Entführer befanden. Sie gab Stein zum Abschied die Hand, und sie stiegen in den Wagen, mit dem Brigitta Kamp gekommen war. Nora wartete, bis sie das Tor passiert hatten. Dann musterte sie Brigitta. Sie sah müde aus, ausgelaugt, ihre kurzen, gelockten Haare standen in verschiedene Richtungen ab.

»Wir können uns gerne duzen«, sagte Nora.

Brigitta Kamp lächelte überrascht. »Ja, gern.«

»Wie ist die Situation in der Villa?«, fragte Nora, während draußen die Containerstapel in Rot, Grün, Weiß und Braun vorbeiglitten, bevor sie in das Wohnviertel abbogen, das unmittelbar hinter den Kaianlagen lag. Wilhelmsburg gehörte zu den ärmeren Gegenden Hamburgs, doch direkt hinter dem Industrieviertel lagen hier kleine Einfamilienhäuser mit Gärten.

»Unverändert.« Brigittas Gesicht verdüsterte sich. »Frau Stein schleicht durch die Flure, und Justus Stein ist gereizt. Und sonst ist kaum jemand da.«

»Mhm«, machte Nora, »könnte sie ein schlechtes Gewissen haben?«

Brigitta sah sie überrascht an. »Weshalb?«

Nora zuckte die Achseln. »Nur so ein Gefühl …«

Brigitta konzentrierte sich auf den Verkehr, sie wirkte nachdenklich. Rechts und links waren Parkanlagen, Nora sah einen Kinderspielplatz mit rostigen Spielgeräten.

»Vielleicht. Sie duckt sich weg, wenn er in ihre Nähe kommt. Aber das könnte auch etwas mit seiner Persönlichkeit zu tun haben. Alle ducken sich weg, die Angestellten, seine Frau«, sagte Brigitta und starrte auf die Straße. »Obwohl er nicht gewalttätig zu sein scheint. Er ist einfach jemand, dem man nicht gerne in die Quere kommt, der immer glasklare Ansagen macht und das auch von anderen erwartet. Und er hat diese unterschwellig aggressive Art.« Sie schnaubte leise. »Er kann vage Aussagen nicht leiden, so viel ist klar. Aber wir können ihm nun mal nichts versprechen.«

Nora schwieg einen Moment. Sie dachte an Meyer und seine Konflikte mit dem Hausherrn an der Alster.

»Könnte es sein, dass sich Krystina Stein in der Vergangenheit woanders Trost gesucht hat?«, fragte sie.

»Ein anderer Mann?« Brigitta zog eine Grimasse. »Na ja, da hätte sie sich ganz schön was trauen müssen. Ich möchte mir nicht vorstellen, wie Justus Stein auf Untreue reagiert.« Sie spitzte die Lippen. »Andererseits ist er durch und durch rational. Vielleicht würde er eine Statistik konsultieren und beschließen, dass das in den besten Ehen vorkommt. Er ist schwer einzuschätzen. Aber ich vermute, er hätte das nicht auf sich sitzen lassen. Wie kommst du darauf?«

»Die Kinder waren gelegentlich bei ihm in der Firma, weil seine Frau nicht da war. Das passt irgendwie nicht so recht zu der Tatsache, dass sie inzwischen ausschließlich Mutter und Hausfrau ist. Zumal ihr Haushalt ja nicht gerade viel Eigenleistung erfordert. Ich möchte noch mal mit ihr sprechen.«

Brigittas Brauen zogen sich zusammen, aber sie sagte nichts. Vielleicht hörte sie eine unbeabsichtigte Wertung in ihren Worten. Nora vermutete ihr Beschützerinstinkt gegenüber Krystina Stein hatte sich gemeldet. Nora sah eine kleine Gruppe Kinder mit Ranzen oder Rucksack in Begleitung eines Lehrers.

»Hast du Kinder?«, fragte sie.

Brigitta nickte. »Zwei, mein Mann arbeitet Teilzeit.«

Danach hatte Nora nicht gefragt, aber es erklärte dennoch einiges.

»Ich fahre zur Villa. Willst du gleich mit? Du kannst den Wagen auch abholen lassen.«

Nora schüttelte den Kopf. Sie hatte gerade genug und fühlte sich überreizt und angestrengt. Jetzt wollte sie allein sein, und sei es nur für eine kurze Autofahrt.

Sie wandte den Blick zum Fenster.

Der Teil Wilhelmsburgs, durch den sie jetzt fuhren, ähnelte zwar den beschaulichen Innenstadtvierteln mit typischen Hamburger Altbauten, drei bis vier Stockwerke mit schönen Fassaden, die sich gelegentlich mit Bausünden der Sechziger abwechselten. Aber im Vergleich zu Eppendorf oder Winterhude sah alles grau und heruntergekommen aus. Vor einer Hofeinfahrt lagen eine gammlige Matratze, Bretter von einem kaputten Schrank aus Pressspan.

Auch Brigitta schwieg für den Rest der Fahrt.

»Bis gleich.« Sie parkte direkt vor Noras Wagen; offensichtlich kannte sie die Neuzugänge des Fuhrparks bereits. Ihr Lächeln war nach wie vor herzlich, dennoch fürchtete Nora, sie gekränkt zu haben, weil sie keine weiteren Fragen zu den Kindern gestellt hatte. Sie lächelte bemüht verbindlich, während sie ausstieg. »Danke! Bis gleich.«

Ihr Lächeln verblasste, als sie sich abwandte. Warum war

es wichtig, was andere über sie dachten? Erst Frau Sögebosch, jetzt Brigitta Kamp. Sie hatte sonst keine Probleme, Verbindlichkeiten einfach abzuschneiden und aufzulösen, als hätte es sie nie gegeben. Dieser Brief macht mich so verdammt schwach, dachte sie. Plötzlich behauptet ein Amt, es gebe eine Verpflichtung. Dabei schulde ich ihr gar nichts. Als sie einstieg, dachte sie an die Verabredung mit Johan. Vielleicht würde das etwas nutzen. Sie brauchte Rat und eine abschließende Entscheidung. Ihre Erinnerungen zersetzten ihre Konzentration, das musste ein Ende haben.

Sie zwang ihre Gedanken zu dem Szenario heute Morgen. Wer wollte den Steins Schaden zufügen? Was hatte der Einbrecher auf dem Gelände gewollt?

Nora hatte die Hände schon auf dem Lenkrad, konnte den Wagen jedoch nicht starten. Sie starrte durch die Windschutzscheibe, voller Wut auf sich selbst, die schwärende Finsternis in ihrem Inneren und ihre Hilflosigkeit. Es war nur Geld. Verdammt. Es war nur ein Verfahren. Es war nur …

Mit einem Ruck riss sie ihren Kopf nach vorne, knallte ihre Stirn mit voller Wucht auf das Plastik des Lenkrades. Der Schmerz war wie ein heilsamer Schock. Zischend sog sie Luft ein, während sich Tränen in ihren Augen sammelten. Dann startete sie den Wagen, wendete und fädelte sich in den Verkehr ein. An der nächsten Ampel wischte sie sich mit dem Ärmel ihres Parkas resolut das Gesicht ab, zog die Nase hoch, unterdrückte das Zittern in ihren Händen und rekapitulierte die heutigen Ereignisse.

Jemand hatte sich auf dem Firmengelände der Steins zu schaffen gemacht und Gegenstände von geringem Wert entwendet. Die Ehe der Steins warf Fragen auf. Das Band zwischen den beiden schien zerrüttet. Natürlich könnte auch er eine Geliebte gehabt haben, und sie hatte sich rargemacht.

Die sachlichen Überlegungen beruhigten sie ein wenig. Oder sie war krank gewesen, und niemand sollte davon wissen. Und vielleicht war Jürgen Stein mit seiner distinguierten Art ein verkappter Choleriker, der sich gut im Griff hatte. Noras Schmerz verebbte, sie spürte, dass da etwas war, an dem sie ansetzen konnte. In dieser Familie brodelte es, und zwar nicht erst, seitdem Livia und Lasse verschwunden waren.

Polizeipräsidium – Montag – 14:00 Uhr

Johan trat in den Fahrstuhl. Er hoffte, die Ermittlungsakte im Archiv zu Kondraschins Vernehmungen könnte auch Aufschluss darüber geben, wer in der Vergangenheit versucht hatte, ihn zu töten. Wenn nicht, musste er beim LKA 41 für Tötungsdelikte und 63 für Deliktübergreifende Organisierte Kriminalität fragen. Er erwartete nicht, dass Serdrich ihm zuvorgekommen war, auch wenn er zweifellos die Akte irgendwann ebenfalls einsehen würde. Inzwischen hatte Johan Serdrich regelrecht gefressen, es juckte ihn in den Fingern, ihm die Ermittlung zu entreißen. Was natürlich nicht ging, aber er fühlte sich in der Pflicht gegenüber seiner Geburtsstadt. In seiner Jugend war Zwangsprostitution ein medienbeherrschendes Thema gewesen. Einmal auf die verräterischen Zeichen aufmerksam gemacht, hatte er die illegalen Bordelle überall erkannt. Alles, was damit zu tun hatte, widerte ihn einfach an.

Wenn er versuchen würde, Serdrich in eine bestimmte Richtung zu drängen, würde der ihn ganz schnell aus dem Fall herauskomplimentieren. Also musste er es alleine angehen.

Serdrichs Anruf bei der OFA ließ sich so interpretieren, dass er Ermittlungsunterstützung erbeten hatte, dachte Johan.

Der Fahrstuhl hielt im tiefsten Geschoss. Der Keller unter dem Keller, der Aktensammelplatz. Lange Reihen auf Rollen gelagerter Regale. Er hoffte, schnell etwas zu finden, bevor Serdrich ihn direkt aufforderte, sich nicht mehr einzumischen.

Gestern, als er Lilly in den Arm genommen hatte, hatte er sich in einem eifersüchtigen Moment so ähnlich gefühlt. In ihrem Bauch wuchs das Baby, und sie war eine unabhängige Frau. Wenn er seinen Job als Vater und Partner nicht gut machte, dann könnte sie ihn mir nichts dir nichts verlassen und das Kind mitnehmen. Er hatte Rechte, aber sie die Macht.

Johan glaubte nicht, dass sie so etwas tun würde. Aber was wäre in ein paar Jahren? Viele Beziehungen gingen in die Brüche. Die Väter zahlten, und die Mütter hatten die Oberhoheit über die Kinder und ihr Verhältnis zum Erzeuger. Man konnte schnell aussortiert werden, wenn man nicht aufpasste.

Johan hatte die Reihe und das Ablagefach gefunden. Als er die graue Pappschachtel in die Hand nahm, die etliche Ordner enthielt, schienen ihm die zahlreichen Staubflusen darauf wie die vergessenen unzähligen Schicksale von Frauen, die Kondraschin und seine Leute gequält hatten. Hatte sich eine von ihnen gerächt? Er zögerte. Und wäre es dann nicht besser, die Vergangenheit in all ihrer Brutalität ruhen und sie in Frieden ziehen zu lassen? Er musste sich nicht engagieren.

Doch er war immer noch Polizist.

Johan setzte sich mit dem Ordner an einen der Tische, die vor den Regalreihen standen. In der ersten Mappe waren Protokolle von Durchsuchungen in verdächtigen Modellwohnungen im Zeitraum von 1995 bis 1997. Von rund fünfzig dieser Appartements 1990 war die Zahl bis 1997 auf etwa neunhundert in die Höhe geschnellt. Soweit Johan wusste, hatte das zum einen damit zu tun gehabt, dass schmuddelige Clubs rund um den Kiez geschlossen wurden, zum anderen aber auch damit, dass immer mehr kriminelle Banden ihre Claims absteckten und ihre Reviere blutig verteidigten. Das Geschäftsmodell boomte, weil sich Gewalt über Frauen in Wohnungen außerhalb der Rotlichtbezirke noch unkontrollierter ausüben ließ. Ihre Zuhälter waren nicht selten auch Besitzer der Häuser. Sie lebten und arbeiteten in den Wohnungen ihrer Peiniger, hatten Angst, weil sie sich illegal in Deutschland aufhielten, und wenn sie nicht spurten, schickte die Russenmafia »Subotniks«, Männer, die sie so lange vergewaltigten, bis ihr Widerstand gebrochen war. Ihre Hoffnungslosigkeit war das Blut, das immer wieder mit Gewalt durch den kranken Körper des Systems gepumpt wurde.

Besonders perfide war, dass das russische Wort Subotnik einen ehrenamtlichen Dienst im sozialen Bereich bezeichnete. Johan war als Jugendlicher eine ganze Weile sporadischer Gast in einer Kneipe in Altona gewesen, die Planet Subotnik hieß. Der Wirt hatte vermutlich ebenso wenig wie er damals gewusst, was der Name seines Lokals im Kiez-Jargon bedeutete. In Hamburg gab es viele solcher nahezu unsichtbaren Schnittstellen, man lebte neben- und miteinander.

Je länger Johan über das Elend dieser Frauen oder minderjähriger Mädchen in der Akte las, desto schlechter wurde ihm. Da gab es Zimmer, deren Tür durch Laken ersetzt wurden, damit es keine Chance gab, mit einem Freier allein zu sein. Da waren Achtzehnjährige, die aussagten, sie hätten fünfzig Männer pro Tag bedient und nur zu essen bekommen, wenn sie genug eingenommen hatten. Er betrachtete die Bilder: fleckige Laken und abgeblätterter Putz, blaue Flecken und aufgeplatzte Lippen.

Angewidert schob Johan die Mappe wieder in den Schuber. Er nahm die nächsten Ordner, in den Vernehmungsprotokolle geheftet waren, mit deren Hilfe die Kollegen versucht hatten, Kondraschin für all das dranzukriegen. Er war bei Observierungen gesehen worden. Er hatte mit Männern gesprochen, die in den Etablissements ein und aus gingen. Sein Telefon war abgehört worden, und es gab zweideutige Äußerungen. Nach interner Einschätzung liefen bei Kondraschin alle Fäden zusammen. Doch bei Vernehmungen seiner »Subotniks« hatten diese stets vehement alles abgestritten und die Muskeln an ihren Unterarmen spielen lassen, deren Tätowierungen sie als Mitglieder der russischen Mafia auswiesen. Omertá hieß das Schweigegelübde bei den Italienern. Die Russen hielten so dicht, dass sie noch nicht einmal ein Wort dafür hatten. Das, wonach Johan suchte, fand er erst im letzten Ordner. Ein dünner Streifen Papier, auf dem die Nummer einer Akte stand und handschriftlich ein Datum notiert war, der 15.05.2002.

Die Nummer selbst wies auf eine Ermittlung des LKA 41 hin, der Mordkommission. Er sah auf die Uhr. Verdammt. Noch zwanzig Minuten, dann musste er in der Polizeiakademie am Pult stehen. Er fotografierte das Aktenzeichen und stopfte die Mappen hektisch wieder in den Ordner.

Alster – Montag – 15:00 Uhr

Nora parkte in der Einfahrt der Villa, nachdem sich das Tor für sie elektronisch geöffnet hatte. Es ging ihr besser. Sie hatte an einem Schreibwarengeschäft gehalten und bei einem Gemüsehändler einen Apfel und ein Simit gekauft, das sie während der Fahrt gegessen hatte. Sie würde das Auto mit Sesamkrümeln darin zurückgeben.

Jetzt war sie bereit, mit den Angehörigen und Zeugen zu sprechen. Zuerst mit Krystina Stein, anschließend mit der Mutter von Livias Freundin, die gelogen hatte, dann womöglich mit dem Rest der Familie. In dieser Reihenfolge. Nora wollte sich zunächst auf die weiblichen Familienmitglieder konzentrieren und hoffte, dass sie in diesem von Männern dominierten Umfeld mehr preisgaben. Jemanden wie Justus Stein müsste man vermutlich zum Verhör einbestellen, um etwas über seine Ehe zu erfahren. Nora verschwendete ihre Gedanken nicht darauf, dass Krystina Stein in einer elenden Verfassung war. Sie musste es ertragen, um ihrer Kinder willen.

Brigitta Kamp nahm Nora an der Haustür in Empfang. Die gedämpfte Atmosphäre in der Villa war unverändert, die Luft vollgesogen mit angespannter Stille und Sorge, selbst der Staub, der in dem Sonnenlicht tanzte, das sich in den großen Fenstern im Flur brach, schien sich in Zeitlupe zu bewegen. Im Büro arbeiteten Friedrich Meyer und Demirel Akay leise und konzentriert an ihren Computern. Als Nora das Zimmer betrat, schauten sie auf.

»Was war das für ein Einbruch am Hafen? Was gefunden?«, fragt Meyer.

Nora schüttelte den Kopf. »Falscher Alarm. Nur ein kleiner Diebstahl.« Er hob die Augenbrauen. »Komisch ist das schon.«

»Ja, finde ich auch.« Nora hängte ihren Mantel an die Garderobe. »Wir werden sehen. Jetzt werde ich mich erst näher mit der Familie befassen.«

»Justus Stein ist stinksauer. Vor einer halben Stunde hat jemand vom Finanzamt angerufen und eine Buchprüfung angekündigt. Normalerweise hat der Betrieb eine vierwöchige Frist, sich darauf vorzubereiten, doch der Finanzbeamte möchte gleich morgen anfangen. Er schäumt. Wenn er sich jetzt auf die Frist beruft, vergiftet er die Stimmung, und dann wird die Behörde kleinlicher, sagt er.«

Friedrich Meyer schaut Nora argwöhnisch an. »Ehrlich gesagt finde ich das zu diesem Zeitpunkt auch eher unpassend.«

»Haben Sie schon Konteneinsicht gefordert?«

Er schüttelt irritiert den Kopf. »Natürlich nicht. Warum sollten wir?«

»Gut, dann wird der Finanzbeamte sehen, ob es Unstimmigkeiten gibt, nicht wahr. Gelder, die ins Ausland geflossen sind, hohe Verbindlichkeiten.«

Meyer schloss die Augen und öffnete sie erst nach einem Moment wieder. Nora sah, dass er mit sich rang, auch die Aufmerksamkeit der anderen war jetzt auf sie beide gerichtet. »Das stimmt«, sagt er schließlich. Nora nickte nur kurz. Sie hatte kein Problem damit, dass die anderen ihr Vorgehen verurteilten. Nicht, wenn es etwas nützte.

»Ist Krystina Stein da?«

Brigitta Kamp nickte. »Sie sitzt jetzt in der Küche. Im Wohnzimmer wird der Weihnachtsbaum abgebaut. Er hat angefangen zu nadeln.« Sie sah traurig aus.

Krystina Stein vor dem geschmückten Gerippe der Tanne, das war ein niederschmetterndes Bild. Nora war froh, dass Krystina in Brigitta eine Schutzpatronin hatte. Die würde sie womöglich auch noch brauchen, denn sie selbst hatte eine andere Rolle.

»Da lang?« Nora zeigte auf den Flur. Brigitta nickte, krauste die Nase.

Jetzt traut sie mir auch nicht mehr, dachte Nora, während sie den langen Flur entlang und durch das Entree ging. In dem schwarzweißen Kachelboden wechselten Licht und Schatten ebenso wie in den Nischen des hohen Treppenhauses. Sie fand die Küche, wo sie sie vermutet hatte, spiegelbildlich zum Büro im rechten Flügel der Villa. Dort, wo links das Wohnzimmer lag, befand sich im anderen Flügel das Esszimmer. Nora sah im Vorübergehen einen riesigen antiken Esstisch, an dem mindestens sechzehn Personen Platz hatten. Das polierte Holz glänzte, ein Blumenarrangement mit weißen Amaryllis stand in der Mitte des Tisches.

In der Küche wurde das allgegenwärtige Weiß durch friesisch blaue Muster auf glänzenden Kacheln aufgemuntert. Auch die Schränke mit ihren Zierleisten und blauen Porzellanknöpfen wirkten anheimelnder als der Rest des Erdgeschosses. Krystina Stein saß an einem großen weißen Tisch und blickte starr in den Garten. Durch die Terrassentür konnte Nora in einen geräumigen Wintergarten sehen, in dem Korbstühle und hohe Topfpflanzen standen. Vor Krystina Stein standen eine dünne weiße Porzellantasse und eine Teekanne auf einem silbernen Stövchen. Als sie den Kopf wandte und Nora bemerkte, fragte sie mit tonloser Stimme:

»Möchten Sie auch eine Tasse Tee?«

Nora betrachtete sie genau. Sie wirkte zwar immer noch apathisch, aber etwas wacher.

»Sehr gerne«, sagte Nora und lächelte. Krystina Stein stand auf, holte eine weitere dünne Tasse und Untertasse aus der Vitrine hinter ihr. Sie zog bedächtig ein gläsernes Teesieb aus der Kanne und setzte es in einen dafür vorgesehenen Behälter.

»Shi Fong Loong Tseng«, erklärte Krystina Stein, »der Drachenbrunnen vom Löwenberg. Eine seltene Teesorte, die sonst nur einer kleinen Kaste hochrangiger Politiker in China vorbehalten ist.« Welche Ironie des Schicksals, schienen ihre Worte zu sagen, dass sie zwar diesen edlen Tee trank, aber nicht in der Lage war, ihre Kinder zu beschützen, und dass eben diese Art des Luxus der Grund dafür war, dass man sie ihr entrissen hatte.

Nora konnte verstehen, das Krystina Stein ihr privilegiertes Leben gerade verfluchte, sich irgendwo hin, weit weg wünschte, ihre Kinder nah bei sich.

Nora setzte sich, kostete den Tee, befand, dass er nach Gras schmeckte.

»Hat ihr Mann Handelsbeziehungen nach China?«

»Möglich, er hatte eine Zeitlang immer mal wieder eine Gruppe Chinesen getroffen.« Sie schnaubte leise. »Er hat sich beschwert, dass die schwierig seien.« Sie machte eine wegwerfende Handbewegung. »Ich glaube, es ist nie was draus geworden. Oder Jürgen kümmert sich jetzt um sie. Er ist diplomatischer. Wäre er nicht so ein Langweiler, wäre er der bessere Politiker.«

Nora horchte auf. Ihre Frage hatte mehr darauf gezielt, Krystina zu entspannen, indem sie beiläufige Themen anschnitt. Dass sie ihren Schwager langweilig fand, war allerdings eine interessante Information. Was war das Spannende an Justus Stein? Seine Ignoranz? Sein Charisma?

»Waren Sie zwischendurch mal draußen?«, fragte sie, als sie sah, wie Frau Stein wieder in sich versank.

»Nein, kein einziges Mal. Ich muss doch hier sein!«

Dem war nichts hinzuzufügen. Sie schwiegen, während Nora überlegte, wie sie ihre eigentliche Frage formulieren könnte. Sie entschied sich für den Holzhammer.

»Führen Sie eine glückliche Ehe?«

Frau Stein runzelte die Stirn und sah sie missmutig an. Nora sah widerstreitende Gefühle, Widerwillen, aber auch aufblitzendes Interesse für den Grund ihrer Frage. Als sehe sie sie plötzlich in einem neuen Licht. Nora dachte daran, dass sie ein erfolgreiches Fotomodell gewesen war, bevor sie studiert, promoviert und an der Uni unterrichtet hatte. Krystina Stein war eine kluge Frau. Warum hatte sie ihre Tätigkeit aufgegeben?

»Wieso fragen Sie mich das?« Der Ton war nur eine Nuance anders als zuvor, aber jetzt schwang eine unterschwellige Wachsamkeit mit.

Nora rührte Zucker in ihren Tee und ließ sich Zeit damit. »Alles, was wir besprechen, bleibt hier in diesem Raum«, sagte sie dann. »Ihre Ehe interessiert mich nicht wirklich. Aber mal rein hypothetisch. Wenn einer von Ihnen beiden ein außereheliches Verhältnis hätte und die Person, mit der dieses Verhältnis besteht, wäre nicht glücklich … es ist schon vorgekommen, dass dann schlimme Dinge passieren.«

Sie trank einen Schluck, musterte Krystina Steins konsterniertes Gesicht, ohne zu lächeln.

»Außerdem könnten wir in diesem Fall eine Person aus Ihrem näheren Umfeld nicht in unsere Ermittlungen einbeziehen. Weil wir nichts von ihr wüssten.«

Frau Stein griff nach ihrer Tasse, hob sie zum Mund, ihre Hand blieb auf halbem Weg stocken, und Nora sah, dass sie leicht zitterte. »Das kann doch nicht Ihr Ernst sein«, sagte sie leise.

Nora zuckte die Achseln. »Was? Dass einer von Ihnen ein Verhältnis haben könnte? Das kommt in den besten Ehen vor. Oder dass ein Mensch, der sich verletzt fühlt, zu drastischen Maßnahmen greift, um jemanden zu bestrafen oder zu verletzen?« Nora behielt ihren Plauderton bei, doch die Drohung war unverkennbar. »Glauben Sie, das kommt häufiger vor, als Sie sich vorstellen können.«

Krystina Steins Hand zitterte jetzt heftiger, und sie stellte die Tasse ab. Dann schloss sie die Augen und sagte, ohne sie wieder zu öffnen: »Gehen Sie! Lassen Sie mich in Frieden!«

Nora stand auf, verließ die Küche. Im Flur blieb sie stehen und lauschte. Sie hörte ein leises Weinen, gefolgt von einem Klirren. Nora drehte sich um, setzte sich wieder zu Frau Stein an den Tisch. Sie hatte ohnehin nicht die Absicht gehabt, sie so billig davonkommen zu lassen. Die Teetasse lag auf dem Boden, und Krystina Stein hatte ihr Gesicht in den Händen vergraben.

»Gehen Sie, habe ich gesagt«, fauchte sie, als sie ihren Kopf wieder hob.

»Erst wenn Sie mir sagen, um wen es sich handelt.«

»Da gibt es niemanden!«

»Geben Sie mir Bescheid, wenn Sie bereit sind, darüber zu reden«, sagte Nora. Dann stand sie auf. »Wir beide wissen, dass Sie etwas verschweigen. Wie können Sie sicher sein, dass Ihr Geheimnis nicht Livia und Lasse das Leben kosten kann?«

Hafen – Montag – 15:00 Uhr

Dumpf hallte das Signalhorn in ihren Ohren, doch das hohe Piepsen des EKG im Inneren des Krankenwagens übertönte alles. »Anhalten«, schrie Emna. »Herzstillstand.«

Sie rissen die Uniformjacke des Patienten und das Hemd darunter weiter auf, mit einer Schere durchtrennte der Sanitäter das Unterhemd, das sie für die kleinen Sensoren links und rechts des Jochbeins nur heruntergeschoben hatten, während Emna die beiden Elektroden des Defibrillators gegeneinanderrieb. Den ganzen Tag waren sie, bis auf bei den Mann, der sich unter Strom gesetzt hatte, zu keinem lebensbedrohlichen Unfall gerufen worden. Und jetzt das. Der Mann hatte einen Infarkt gehabt, aber war stabil gewesen, als sie ihn eingeladen hatten.

»Und weg!« Auf den zähneknirschenden Klang ihrer

Stimme, zuckte der Rettungssanitäter einen Schritt zurück. Emna presste die beiden flachen Metallplatten auf die weiße, haarige Brust, sah wie der Körper sich aufbäumte und hielt dagegen. Dann riss sie die Elektroden weg. Ein Blick auf den Monitor zeigte ihr, dass die Herzaktivität nicht zurückgekehrt war. »Adrenalin supra«, bellte sie. »Und weg!« Der Rettungswagen hatte eine Parkbucht gefunden, rollte aus. Emna sah für einen Sekundenbruchteil durch die Heckscheibe ihren Notarztwagen hinter dem Rettungswagen, ein leeres Zollhäuschen daneben, dann war sie wieder bei dem Mann vor ihr auf der Trage. »Noch mal. Weg!« Der zweite Schock war stärker als der erste, der Rumpf des Mannes drückte sich gegen die Gurte, doch das durchgängige fiepende Geräusch blieb, keine Ausschläge, die anzeigten, dass das Herz wieder zu schlagen begonnen hätte. Emna begann mit der Herzmassage, drückte mit den Händen den Brustkorb herunter, während der Sanitäter mit dem Beatmungsbeutel Luft in die Lunge pumpte. Sie war vor Anstrengung durchgeschwitzt, nasse Strähnen hatten sich aus ihrem Pferdeschwanz gelöst und hingen ihr ins Gesicht. Immer noch kein Herzschlag. Sie griff wieder nach dem Defibrillator.

»Weg!«

Doch auch dieser Versuch brachte den Mann nicht wieder zurück, ebenso wie die drei weiteren. Emna hängte die Paddles des Defibrillators schließlich zurück in die Halterungen, griff hinter sich, klappte den Sitz aus und ließ sich erschöpft zurückfallen. Sie schaute auf ihre Armbanduhr. »Zeitpunkt des Todes elf Uhr fünfundvierzig.« Dann schlug sie dreimal mit der flachen Hand gegen die Scheibe am Fahrerhäuschen und stellte das EKG aus. Das Flackern des Blaulichts verschwand aus dem Heckfenster, der Wagen beschleunigte, fuhr in normaler Geschwindigkeit die Rampe zur Köhlbrandbrücke hinauf. Die plötzliche Stille dröhnte in ihren Ohren, und frustriert barg Emna den Kopf in den Händen. Sie wartete einen Moment, bis sich ihre Atmung normalisiert hatte, und sah zu dem jungen Sanitäter, der sich ihr gegenüber gesetzt hatte. Auf dem höchsten Punkt der Brücke hörten sie eine Windbö pfeifen, als wolle sie sie über die schmale Betonmauer am Saum der Hängebrücke in die Tiefe schieben. Grauer Himmel und Stahlstreben tauchten hinter ihnen auf und verschwanden. Emna vermied den Blick auf den leblosen Körper.

»Wir haben alles getan«, sagte sie.

Er nickte tapfer, aber sie sah, dass er mit den Tränen kämpfte. Er war noch nicht lange dabei. Gut möglich, dass es das erste Mal war, dass jemand unter seinen Händen starb. Wenn sie Tote transportieren, waren es meist Patienten, die bereits am Unfallort verstorben waren, viele Schwerverletzte überlebten zumindest die Fahrt ins Krankenhaus. Auch, weil sie sie erst in den Wagen hoben, wenn sie sicher waren, dass sie die Fahrt überstanden. Emna nahm das Klemmbrett mit dem Formular, den Werten, die sie dort eingetragen hatte. Sie hatte alles richtig gemacht.

Er war aufgrund akuter linksseitiger Brustschmerzen an seinem Arbeitsplatz, dem Zollamt Waltershof direkt neben der großen Röntgenanlage für Container, bewusstlos geworden. Er hatte eine Spritze bekommen, danach hatte das Herz wieder regelmäßiger geschlagen. Sie hatten ihn für weitere Untersuchungen im Krankenhaus St. Georg eingeladen. Dann Herzstillstand.

Sie hatten eine ganze Weile gebraucht, bis sie vom Krankenhaus bei der Zollstation gewesen waren. Viel Verkehr in den Hafenanlagen. Und jetzt das. Waren sie zu spät gekommen? Sie vervollständigte den Bericht, setzte Todeszeitpunkt und ihre Unterschrift darunter. Jetzt spürte sie ihre Erschöpfung, sah durch das Fenster die hohen Kräne über den Docks hängen. Dürre Riesen, wie aus einer Gruselgeschichte für Kinder, aus deren langen schmalen Nasen eine Neonboje hing wie ein orangefarbener Tropfen Rotz.

Sie dachte daran, dass auch Tarek jetzt vermutlich dort drüben war, irgendwo zwischen den Containern, und etwas ab- oder auflud. Emna war ein einziges Mal bei dem Terminal der Firma gewesen, bei der er als LKW-Fahrer arbeitete. Es war ihr so vorgekommen, als habe sich das schlammige Wasser der Elbe wie ein Schleier über alles gelegt. Die vorherrschende Farbe war rostiges Braun, die Luft schmeckte nach Abgasen und Schiffsöl, und der Lärm der Verladekräne und Vancarrier, wenn die Greifer an den Containern einrasteten, war ohrenbetäubend gewesen. Nur wenige Menschen hielten sich dort auf, feiste Typen in dicken Jacken, die ihr neugierige Blicke zugeworfen hatten.

Sie sah auf das blasse, aber friedliche Gesicht des Toten. Er hatte auch im Hafen gearbeitet. Kein schöner Ort, um zu leben, und kein schöner Ort, um zu sterben. Wieder einmal wünschte sie sich, sie könne ihrem Bruder irgendwie aus seiner Wut und Trauer heraushelfen. Ihm ermöglichen, endlich damit aufzuhören, sich immer wieder in die Scheiße zu reiten. Und irgendwo tief in ihrem Inneren wusste sie: solange er nicht mit der Vergangenheit abgeschlossen hatte, würde sich auch die brennende Wunde in ihrem eigenen Herzen nicht schließen können. Der Wagen hielt vor dem Eingang der Notaufnahme, Helfer kamen und übernahmen die Bahre mit dem Toten.

Emna und ihr Kollege bückten sich, hoben die Verpackungen der Spritzen auf, sammelten die verbliebenen Stofffetzen des Hemdes und einen verlorenen Knopf im Wageninneren ein. Dann warf der junge Sanitäter alles in den dafür vorgesehenen Mülleimer und zündete sich ein paar Meter entfernt eine Zigarette an, während Emna unentschlossen stehen blieb. Der Wagen würde desinfiziert werden. Sie hatte noch eine weitere Stunde Schicht. Sie könnte jetzt nach einer Vertretung fragen, aber das taten die Kollegen auch nicht. Die chronische Unterbesetzung mündete in folgender Logik: Wenn jemand gestorben ist, riskiere keinen weiteren Tod, indem du schlappmachst. Hunger? Ihr grauste davor, etwas zu essen, aber sie hatte heute viel zu wenig zu sich genommen.

Sie warf einen letzten Blick in das Innere des Wagens. Ein zusammengefalteter Zettel lag unter der Schiene für die Bahre. Sie griff danach, faltete ihn auf und sah eine Reihe Zahlen und Buchstaben, handschriftlich notiert.

Brauchte der Tote noch sein WLAN-Passwort? Seine Angehörigen vielleicht? Das Gekritzel könnte auch etwas anderes sein. Emna war zu erschöpft. Hätte sie nicht einfach eine Einkaufsliste finden können?

Sie ging mit dem Zettel zum Empfang und hielt der Schwester das Papier unter die Nase. »Könnten Sie diese Notiz bitte zu den Sachen des Verstorbenen bringen, er heißt Leonard Meyer.« Die Schwester, einen Telefonhörer zwischen Ohr und Schulter geklemmt, warf ihr einen irritierten Blick zu, schüttelte den Kopf und wedelte mit der Hand in Richtung des langen Ganges, der von hier aus tief in die Eingeweide des Krankenhauses St. Georg führte. Emna seufzte. Sie ging den Flur entlang, wurde von der sterilen Stille verschluckt, die irgendwo hinter den Desinfektionsmitteln und dem Edelstahl nach Blut und Angst roch und blickte in angrenzende Räume. Alle leer. Ein Krankenpfleger in grüner Kluft kam ihr entgegen.

»Pathologie, wo finde ich …?«

Doch in diesem Moment piepte das Gerät in seiner Brusttasche, und er hob entschuldigend die Hände und eilte davon.

Im gleichen Augenblick fiepte es auch an ihrem Gürtel. Emna steckte den Zettel in die Jackentasche und drehte sich um. Sie würde sich später darum kümmern, so wichtig konnte er ja nicht sein, wenn sein Besitzer tot war.

Polizeiakademie – Montag – 16:00 Uhr

Johan schaute auf die Uhr. Das Seminar war noch lange nicht um, doch die Minuten zogen sich jetzt schon wie Kaugummi. Die Nachwuchskriminologen waren engagiert bei der Sache, schrieben alles mit, was er sagte, betrachteten die Folien. Aber er merkte einmal mehr, wie wenig ihm die exponierte Position vorne an der elektronischen Tafel behagte. Rund fünfzig Augenpaare hingen an seinen Lippen, während aus seinen angespannten Nackenmuskeln ein vager Kopfschmerz heraufzog.

»Eine Fallanalyse funktioniert interdisziplinär, der Analytiker bezieht alles mit ein, die Erkenntnisse der Rechtsmedizin, das Umfeld und die Vergangenheit des Opfers, sein Beziehungsgeflecht, die Art und Weise des Todes und natürlich den Tatort, ganz besonders den Tatort und alle dort vorhandenen Spuren. Häufig kann man anhand der Todesumstände erkennen, ob der Täter Gewaltfantasien ausgelebt hat oder ob die Tat im Affekt geschah. In den allermeisten Fällen ist eine Tötung nicht geplant. Der klassische Mord ist selten.« Bei diesen Worten musste Johan an Kondraschin denken.

»Anders als bei der Mordkommission können über längere Zeit mehrere Ansätze verfolgt werden, weil der Analytiker nicht immer selbst ermittelt. Schon am Anfang stellt man Weichen. Wenn man bei der ersten Analyse des Tatortes feststellt, dass der Täter unüberlegt gehandelt hat, liegen andere Grundvoraussetzungen vor, als wenn der Täter planvoll und systematisch vorgegangen ist. Es stellt sich die Frage: Warum dieses Opfer? Oder wenn es sich um eine Triebtat handelt. Hat er in diesem Fall schon vorher Fantasien ausgelebt, die nicht bis zum Tod des Opfers führten? Was könnten das für Fantasien gewesen sein? Einer Triebtat mit Todesfolge ist meist eine langsame Steigerung vorausgegangen, manchmal nur im Hirn des Täters. Ging es ihm um den Tod des Opfers? Oder war dieser aus seiner Sicht notwendig, um seine zuvor ausgelebten Handlungen zu verschleiern? Ziel der Operativen Fallanalyse ist es, diesen feinen Unterschied zu erkennen, zu bewerten und dann die richtigen Schlüsse aus dem Umfeld des Opfers zu ziehen.«

Johan dachte an einen Report, den er gemailt bekommen hatte. Einer der grausamsten Serientäter der Neunziger hatte nach seiner Verhaftung unlängst einem Psychologen umfänglich seine Wünsche und Träume gestanden. Ein erschütterndes Dokument, das Johan daran zweifeln ließ, dass der Mensch sein Schicksal tatsächlich selbst in der Hand hatte.

»Vielleicht haben Sie von dem LKW-Fahrer Volker E. gehört, der im Laufe seines Lebens sechs Frauen getötet hat und des Mordes an sieben weiteren verdächtigt wird. Er wurde bereits als Jugendlicher das erste Mal straffällig und tötete eine Klassenkameradin, die in der Schule vor ihm saß und deren Haare er so schön fand, wie er später erzählte. Er wollte sie anfassen, aber sie wies ihn ab, und er erwürgte sie. Da war er selbst gerade erst vierzehn Jahre alt. Später wollte er immer wieder diesen Todeskampf der Frauen erleben. Geschah der erste Mord noch aus dem Affekt, damit sie ihn nicht verraten konnte, steigerte sich sein Bedürfnis dahingehend, dass der qualvolle Tod der Frau durch Ersticken Teil seines Rituals wurde.« Johan zögerte kurz. »Wir werden diese Art des Fetischismus nie ganz verstehen, aber der Zwang, die Tat auf eine immer wiederkehrende Weise zu wiederholen, hilft uns, den Täter zu finden. Die Menschen, auch Mörder, sind nur bedingt kreativ oder frei, sie suchen nicht nach Varianten und Möglichkeiten, sondern danach, den direktesten Weg zu ihrer Befriedigung zu finden.«

Durfte er über Kondraschin sprechen?

Solange ich keine Namen nenne, dachte er.

»Was würden Sie denken, wenn Sie hören, ein Mensch wurde durch Gas getötet? Und Sie können davon ausgehen, dass es kein Unfall war?«

Das Schweigen im Seminar war mit Händen zu greifen. Gas. Vergasen, ein Tabu. Sie alle trugen diese Bilder unauslöschlich in sich.

Die erste Meldung kam von einer jungen Frau: »Dass der Täter feige war.«

»Feige oder vorsichtig?«, fragte Johan.

Sie zögerte. »Na ja, er wollte nicht gesehen werden, vielleicht.« Sie machte ein nachdenkliches Gesicht. »Aber er hatte auch keine hohe Meinung vom Getöteten. Hat ihn für wertlos erachtet.«

»Weil er sich nicht einmal die Mühe machte, ihm in die Augen zu sehen?«

In der ersten Reihe steckten zwei junge Männer die Köpfe zusammen. Dann meldete sich einer. »Es war zumindest nicht notwendig, dass der Getötete wissen sollte, dass er nun sterben würde. Das klingt nicht nach Rache. Da würde der Täter doch wollen, dass sein Opfer bereut, was es getan hat, bevor es stirbt.«

»Möglich«, sagte Johan, »oder die Rache ist so drastisch, dass das Opfer einfach nur ausgelöscht werden soll.«

»Es sollte aufhören zu existieren, weil dann seine Taten auch aufhören zu existieren«, warf eine dunkelhaarige Frau ein, die ganz rechts am Fenster saß.

»Vielleicht wusste der Täter oder die Täterin auch, dass er nicht bereuen würde«, sagte eine andere.

Johan nickte. Die waren wirklich gut.

»Oder das Opfer hätte womöglich in der direkten Konfrontation die Macht, den Täter oder die Täterin zu demütigen oder lächerlich zu machen. Vielleicht fühlte er sich nicht imstande, seinem Peiniger in die Augen zu sehen«, sagte die Frau mit den dunklen Haaren und suchte seinen Blick einzufangen.

Johan sah sie kurz an. Sie war ziemlich attraktiv. Und anscheinend klug. Dann ließ er den Blick über seine Studenten schweifen und empfand das erste Mal so etwas wie Stolz. Er dachte an all die Frauen, die Kondraschin so gequält hatte, dass sie sich nicht mehr wehren konnten. Zuhälterei funktioniert wie eine Geiselnahme. In der Beziehung entwickelte sich ein Stockholm-Syndrom mit Zuckerbrot und Peitsche. Oft wurden die Frauen in dem Glauben gelassen, sie könnten eine vermeintliche Schuld abarbeiten und seien danach frei. Ohne die Hintergründe des Opfers zu kennen, waren die Studenten schnell zu einem brauchbaren Ansatz gekommen. Er sollte vielleicht häufiger an den aktuellen Ermittlungen arbeiten und sie einbeziehen, dann würde es auch ihm besser gehen.

»Wenn Sie zu Rache tendieren? Würden Sie dann glauben, dass der Mörder oder die Mörderin schon vorher versucht hätte, Reue oder eine Entschuldigung einzufordern, und es hat nicht geklappt?«

Die meisten nickten.

Ja, dachte Johan, diese Art jemanden zu töten wirkte wie der Abschluss einer sehr langen Geschichte.

Alster – Montag – 16:30 Uhr

Nora stieg die kleine Treppe hinunter, die sich, versteckt unter der breiten Treppe in der Eingangshalle der Villa ins Souterrain schraubte. Sie trat auf einen kleinen Flur mit Teppichboden, von dem einige schmale Türen abgingen, hinter einer rappelte eine Waschmaschine. Im Gegensatz zu den Jugendstilelementen im Erdgeschoss wirkten die Räume hier moderner, mit in der Decke eingelassenen Halogenlichtern und Raufasertapete. Nora klopfte an die Tür zur Rechten, neben der auch eine Klingel angebracht war, und nach einigen Sekunden öffnete Felicitas. Sie war nicht so verheult wie beim letzten Mal, aber zweifellos hatte sie seitdem viel geweint.

»Darf ich?« Felicitas nickte, und Nora folgte ihr durch einen kleinen Flur mit eingebauter Pantryküche in ein geräumiges Schlafzimmer mit Doppelbett, Schreibtisch und Wandschrank. Eine winzige, aber vollständige Wohnung, die an ein Hotelappartement erinnerte. Allerdings ließen die halbhohen Fenster wenig Licht herein, obwohl sie zum Garten lagen.

Felicitas setzte sich auf das Bett und wischte sich verlegen eine Haarsträhne aus dem Gesicht. Sie wirkte wie ein Kind, das in einem Alptraum aufgewacht war, in dem es obendrein so tun müsste, als sei es erwachsen.

»Wie geht es dir?« Nora setzte sich auf den Schreibtischstuhl und blickte sie nachdenklich an. Das junge Mädchen hatte vermutlich niemanden gehabt, mit dem es reden konnte.

»Nicht so gut«, Felicitas beäugte sie vorsichtig, als suche sie nach Zeichen, ob sie Anteilnahme oder ein Verhör zu erwarten hatte.

Nora lächelte ihr zu. »Ich denke, meine Kollegen haben schon einiges gefragt. Du warst ja an dem Sonntag mit einer Freundin aus, einem Mädchen aus Spanien, nicht wahr?«

Felicitas nickte. »Schön, dass du hier Freundinnen gefunden hast, und ich hoffe, deine Eltern treffen bald ein. Niemand sollte in einer solchen Situation alleine sein.«

Felicitas ließ den Kopf hängen und wischte eine Träne ab.

»Was mich interessiert ist, wie du die Stimmung hier in der Familie empfunden hast, bevor all das passiert ist?«

Auf Felicitas Stirn erschien eine tiefe Falte. *Warum fragt sie mich das, was kann ich sagen, was darf ich sagen …* Nora sah, wie es in ihrem Kopf arbeitete, und blickte sie weiterhin unverwandt lächelnd an. Sie wickelte die junge Frau in einen Kokon aus Wohlwollen und Verständnis ein. Und Felicitas Widerstand schmolz dahin, als sie spürte, dass jemand tatsächlich sie ganz persönlich meinte und nach ihren Ansichten und Gefühlen fragte. Sie zog die Nase hoch, zuckte leicht die Achseln und pulte an einer Fluse ihrer Jogginghose herum. »Alles funktioniert hier sehr gut …«, sagte sie mit ihrem aparten Akzent.

»Aber?«, hakte Nora nach.

»Sie nicht immer freundlich!« Die Aufregung brachte Felicitas ansonsten fast perfektes Deutsch durcheinander.

»Wer ist nicht so freundlich zu wem?«

»Na ja, ein wenig, wie sagen, kalt, Herr und Frau Stein.«

»Mit den Kindern?« Nora hoffte, dass es nicht so war.

»Nein, nein«, Felicitas schüttelte vehement den Kopf, »sie lieben sie sehr, sie tun alles für Kinder. Nur sie beide … Sind nicht glücklich, glaub ich«, sagte sie zögernd und brach erneut in Tränen aus. Nora verstand. In dem Alter hatte sie auch gewollt, dass immer alle glücklich waren.

Polizeiakademie – Montag – 16:30 Uhr

Als das Klopfen der Fingerknöchel auf den Tischen erklang, stopfte Johan seine Folien in die Tasche, schaltete den Beamer aus und machte sich auf den Weg durch die Reihen, ohne auf Einzelnachfragen zu warten. Er bemerkte, dass der Blick der jungen Frau mit den dunklen Haaren und den intelligenten Gedankengängen ihm folgte.

Dann dachte er an seine Verabredung mit Nora. Am Morgen hatte er Lilly gesagt, dass es später werden würde, weil er noch eine Kollegin traf.

»Nora?«, hatte sie gefragt, und für einen Moment hatte er sich ertappt gefühlt, weil er gestern nicht weiter auf Noras überraschenden Anruf eingegangen war. Lillys Tonfall nach zu urteilen hatte seine Beziehung zu Nora, der Ärger über ihre Distanziertheit ebenso wie seine Sympathie für sie, bei ihr einen bleibenden Eindruck hinterlassen.

»Lad sie doch mal ein!« Ihre Worte. »Ach«, hatte er abgewinkt, »sie kann echt ein bisschen anstrengend sein.« Ja, das stimmte. Und nein, es stimmte eigentlich nicht. Als er das Gebäude der Polizeiakademie verließ, das ihn auf irritierende Art an sein früheres Gymnasium erinnerte, fühlte er wieder Lillys nachdenklichen Blick auf sich ruhen. Aber er freute sich auf das Treffen mit Nora, weil er ihr von Kondraschin und dessen mysteriösem Tod erzählen könnte. Und sie würde ihm von der Familie Stein berichten.

Johans Magen knurrte, als er mit dem Fahrstuhl ins Archiv fuhr und auch während er die langen Reihen entlanglief und nach der Mappe suchte, deren Kennziffer er in seinem Handy gespeichert hatte. Wer auch immer die Notiz in der Laufakte hinterlassen hatte, hatte ihm einen großen Dienst erwiesen. Sein Hunger war vergessen. Wie er gehofft hatte, enthielt die Akte Ermittlungsunterlagen über einen tätlichen Angriff gegen Jurij Kondraschin, der im weiteren Verlauf als versuchter Totschlag gewertet worden war. Über zehn Jahre lag das zurück. Der Richter war der Einschätzung der Staatsanwaltschaft gefolgt, dass der Täter Kondraschin bereits mit der Absicht aufgelauert hatte, ihn schwer zu verletzten oder zu töten. Der Mann war zu einer Gefängnisstrafe von vier Jahren verurteilt worden. Der eigentliche Tathergang war recht simpel: Tarek Barusha, damals gerade zwanzig Jahre alt, hatte Kondraschin Ende 2002 vor seinem Wohnhaus aufgelauert und versucht, ihm mit einem Springmesser in den Hals zu stechen.

Dümmer gehts kaum, dachte Johan. Obwohl. Gelegentlich waren genau solche brutalen Angriffe erfolgreich, keine Mitwisser, keine Zeugen.

Barusha hatte nicht mit einem zufälligen Zeugen gerechnet, und auch nicht mit der unglaublichen körperlichen Kraft seines Opfers. Der Zeuge hatte wahrscheinlich verhindert, dass Barusha hätte dran glauben müssen, folgerte Johan aus den Beschreibungen der Polizisten, die als Erste vor Ort waren. Kondraschin hatte ihm bereits einige Zähne ausgeschlagen und Rippen gebrochen. Ein Krankenwagen wurde gerufen. Johan blätterte weiter. Im Verhör hatte Barusha gestanden, dass er versucht hatte, Kondraschin zu verletzen, Tötungsabsichten bestritt er jedoch. Das Transkript der Vernehmung offenbarte interessante Details. »Ich wollte mich rächen. Das Schwein hat meine Mutter vergewaltigen lassen. Sie sollte für ihn anschaffen gehen, wir haben sie nie wieder gesehen.« Der Vernehmungsbeamte hatte notiert, dass der Täter geweint habe und emotional aufgewühlt war.

Tatsächlich hatte sich herausgestellt, dass Barusha bereits

zuvor einige Male Anzeige gegen Kondraschin erstattet hatte. Doch was er ihm vorwarf, lag selbst damals schon etliche Jahre zurück. Er war noch ein Kind gewesen, als er angeblich Zeuge dieser Ereignisse wurde und wollte Kondraschin Jahre später erkannt haben. Man konnte auf seiner Aussage basierend keine weiteren Ermittlungen gegen Kondraschin anstrengen, zumal der Ring der Russenmafia bereits zerschlagen war. Kondraschin wurde aus Mangel an Beweisen nie angeklagt. Barushas Aussage wäre spätestens vor Gericht zerpflückt worden wie ein Schmetterling im Sturm. Es würde sich wahrscheinlich lohnen, einmal mit diesem Tarek zu sprechen, dachte Johan. Reue von Kondraschin hatte der jedenfalls nicht mehr erwartet.

Alster – Montag – 16:45 Uhr

Nora betrat das Büro, sah Friedrich Meyers Kopf hochfahren, die Blicke der Kollegen, die danach sofort angestrengt wieder auf ihre Bildschirme starrten. Helene Diester lächelte kurz. Sie hatten über sie geredet. Die Kollegen hatten ihrem Unverständnis Luft gemacht, dass sie die Steuerbehörde eingeschaltet hatte.

»Ich habe jetzt einen Termin mit Frau Klamm.« Nora nahm ihren Mantel. Abschiedsgrüße wurden gemurmelt. Nora war erleichtert, als sie den Raum verließ. Mochten die anderen denken, was sie wollten – die Zeit lief ihnen davon. Im Flur blieb sie kurz stehen. Die Atmosphäre war gespenstisch ruhig, der Pegel an Verzweiflung schien gestiegen, als habe das Haus eingeatmet und seit dem Streit mit Frau Stein die Luft angehalten. Ich kann dich denken hören, dachte Nora. Du fragst dich, ob ich Ärger machen will.

Sie öffnete die Tür zum Wohnzimmer. Der Baum war verschwunden, winterliche Abendsonne fiel auf das golden glänzende Stäbchenparkett. Einige Tannennadeln lagen noch darauf, ein Staubsaugerkabel schlängelte sich über den Boden. Die Haushälterin war nicht zu sehen. Sie schloss die Tür wieder.

Im Eingangsbereich hörte Nora das leise Rauschen alter Rohre, die Wasser führten. Sie zögerte, dann stieg sie die Treppe hinauf, vermied die knarrende Stufe. Das Prasseln wurde deutlicher, wenngleich immer noch gedämpft. Krystina Stein duschte, in dem Badezimmer neben dem elterlichen Schlafzimmer. Vor der Tür verharrte Nora. Sie dachte an die Ladestation, an die zweite Tür neben dem Bett. Sie hatte bei ihrem ersten Besuch keinen Riegel innen an der Schlafzimmertür gesehen. Bei so vielen Fremden im Haus war anzunehmen, dass Krystina das Bad absperren würde.

Nora öffnete die Tür zum Schlafzimmer. Das Rauschen klang durch die geschlossene Badezimmertür. Auf einem Stuhl lagen Kleidungsstücke, und auf der Ladestation steckte das iPhone von Krystina Stein.

Bevor sie es an sich nahm, fotografierte Nora das Display. Dann griff sie sich das Gerät und schlüpfte leise in Livias Turnzimmer und schloss die Tür hinter sich. Sie aktivierte den Bildschirm und gab 0000 und 1234 in das Zahlenfeld ein. Nichts passierte, dabei konnte man tatsächlich mit dieser Zahlenkombination jedes achte Gerät entsperren, nahezu zwölf Prozent. Nora aktivierte Siri und die Sprachsteuerung meldete sich. Kaum jemand schränkte den Zugriff darauf vom Sperrbildschirm aus ein. Es war einfach zu praktisch.

»Zeige Nachrichten«, sagte Nora.

»Du hast keine ungelesenen Nachrichten.«

Okay, dachte Nora, nichts zu holen.

»Rufe Mailbox an.« Siri wählte die Mailbox. »Du hast zwei neue Nachrichten.« Nora spielte die erste ab, der Anruf war heute Morgen gekommen. Eine sympathische Stimme, männlich, rau. »Hallo, hier ist Jerome. Ich wollte Sie an Ihren Trainingstermin morgen erinnern. Würden Sie mich bitte zurückrufen!« Die zweite. »Hallo, hier ist noch einmal Jerome.« Nora versuchte die Zwischentöne der Nachricht zu analysieren, war da Sehnsucht, Wehmut? War der Sporttrainer die fingierte Identität eines Liebhabers? Und wusste der Trainer – falls es denn einer war – nicht, was im Hause Stein los war? Nora hoffte, dass es Krystina nicht auffallen würde, dass sie neue Nachrichten hatte.

Weiteren Zugriff auf sensible Daten ließ auch Siri nicht zu.

Nora huschte zurück in das Schlafzimmer. Das Rauschen war inzwischen verstummt, und mit klopfendem Herzen stellte sie das Telefon zurück auf die Station. Das Ganze hatte nicht mehr als drei Minuten gedauert, doch Nora atmete erst auf, als sie die Schlafzimmertür wieder hinter sich zuzog. Ein schlechtes Gewissen hatte sie nicht. Wer hatte schon Anrecht auf Privatsphäre, wenn Kinder litten?

Polizeipräsidium – Montag – 16:45 Uhr

Johan betrat das Büro der OFA und sah Lise Elkmann hinter ihrer offenen Bürotür am Schreibtisch sitzen. Sie starrte über den Rand ihrer Lesebrille hinweg konzentriert auf den Bildschirm, ihre Finger schwebten nachdenklich über der Tastatur. Johan klopfte, trat ein und zog sich einen Stuhl heran.

Überrascht blickte sie auf.

»Ah, Johan, was gibt's? Ist das Seminar gut gelaufen?«

»Ja, ist es. Aber es gibt ein paar Dinge, die ich gerne mit dir besprechen würde. Nur bevor ich anfange: Gibt es etwas Neues von den entführten Kindern?« Er lehnte sich vor, stützte die Hände auf die Oberschenkel. Es wäre so gut. Es wäre so wichtig.

Sie schüttelte den Kopf.

»Nein, Überprüfungen ja und weitere Vernehmungen. Es wurde beschlossen, die Anwohnerbefragung auf einen größeren Radius auszuweiten.« Sie seufzte. »Du kannst dir vorstellen, wie viele Menschen in dem Gebiet wohnen.« Sie nahm die Hände von der Tastatur und sah ihn forschend an. »Was willst du mit mir besprechen?«

Johan holte tief Luft. Er spürte, dass von ihrer Antwort viel abhing, und war selbst überrascht, wie wichtig ihm die Freiheiten waren, die sie ihm gewähren sollte. Er hatte Dienst nach Vorschrift gemacht, dokumentiert, analysiert und die Vorgehensweise bei der Operativen Fallanalyse für Seminare anschaulich aufbereitet. Wenn er nicht an Ermittlungen teilnehmen konnte, dann war das hier in Hamburg doch nicht die richtige Stelle für ihn. Plötzlich verunsichert, suchte er nach den richtigen Worten und spürte vorauseilende Sorge, sie könne ihn auf seine Schreibtischtätigkeit einnorden, kritisieren, dass er Lehmans Auftrag nicht wollte und dass er sich eigenmächtig in eine Ermittlung eingemischt hatte. Noch dazu eine Ermittlung, die nicht in den Zuständigkeitsbereich der OFA fiel. Er dachte an Nora. Sie würde jetzt nicht hiersitzen, sondern weitermachen ohne Rücksprache. Aber er wollte lieber im Team spielen. Es würde schon gutgehen.

»Ich werde keine Profile von potentiellen Attentätern erstellen.« Johan lehnte sich zurück. »Lehmann versteht nicht, was wir hier eigentlich tun, und es gibt Beamte bei der Staatssicherheit, die dafür viel besser qualifiziert sind.«

Lise Elkmann nickte. »Das sehe ich genauso. Es ist gut, wenn du ihm das sagst.«

Johan lächelte. Fast ein halbes Jahr arbeitete er jetzt mit Lise Elkmann zusammen, aber es war ihm bisher nicht gelungen einzuschätzen, was sie von ihm erwartete. »Da ist noch etwas. Heute Morgen rief einer von der Kripo an. Jurij Kondraschin wurde tot in seiner Wohnung aufgefunden.«

Lise Elkmanns Augenbrauen schossen in die Höhe. »Der russische Zuhälter?«

»Genau.« Johan setzte sich bequemer hin. Das lief doch wie am Schnürchen. Er fühlte sich mit Lise das erste Mal richtig wohl. Sie wirkte oft wie eine Lehrerin, die schon alles gesehen hatte und bei der die Schüler sich richtig anstrengen mussten, um sie zu beeindrucken.

»Ich bin zum Tatort.« Wieder hob sie die Brauen.

»Es war sonst keiner hier…« Johan zögerte. »Wie dem auch sei, der Beamte, Serdrich, fand es gut, wenn jemand von uns dazukommt. Vielleicht könnte der Fall sich zu einem für die OFA entwickeln.« Plötzlich hatte Johan den Gedanken, dass er Serdrich vielleicht unterschätzte. Dass er sie angerufen hatte, weil er schon geplant hatte, den Fall an sie loszuwerden. Er würde keine Ergebnisse erzielen, das hatte Serdrich ja selbst gesagt. Und dann… Sei es drum, Johan wischte den Gedanken fort. »Die Todesumstände waren sehr seltsam, es könnte Gas im Spiel gewesen sein, jemand hatte die Türen des Schlafzimmers abgedichtet. In der Fensterscheibe war ein Loch.«

»Tatsächlich, Gas?« Lise wirkte noch überraschter als zuvor.

»Ja. Es hat schon einmal jemand versucht, Kondraschin zu töten. Mit diesem Mann müsste man natürlich sprechen.«

»Aber das macht doch die Kripo, oder? Steht schon fest, wer zuständig ist?«

Johan zögerte. Diskreditieren wollte er Serdrich nicht. »Ich würde gerne noch ein wenig tiefer bohren, mehr über das Opfer herausfinden, und dann überlegen, ob wir ein Team bilden sollten. Das ist ein interessanter Fall und könnte in der Operativen Fallanalyse ein großartiges Anschauungsobjekt für Studenten darstellen. Ich könnte sie sogar in meine Überlegungen mit einbeziehen, heute haben sie mir recht schlüssige Theorien präsentiert.« Warum war ihm das nicht eher eingefallen? Das stimmte ja immerhin.

»Das klingt nach einer interessanten Herangehensweise«, sagte Lise nachdenklich. »Allerdings darfst du nicht die Studenten mit internen Ermittlungshinweisen versorgen.«

»Das ist mir klar, ich müsste …« Johan zögerte. Er war so weit vorgeprescht, sie hatte ihm kein Hindernis in den Weg gelegt, im Gegenteil.

»Allerdings würde ich noch viel lieber bei dem Entführungsfall mit eingebunden werden.«

»Was? Warum?« Lise Elkmann sah verwirrt aus, Johan konnte es ihr nicht verdenken, für sie musste es wie eine Kehrtwende aussehen.

»Das Ganze geht mir nahe. Und die Kollegin vom BKA, die dem Fall jetzt beigestellt wurde, ist dieselbe, mit der ich vor neun Monaten in Lüneburg ermittelt habe. Ich könnte mir vorstellen, dass es hilfreich wäre, wenn ihr jemand zur Seite gestellt wird, der sich in Hamburg gut auskennt.« Er zögerte, legte den Kopf schief. »Und der sie kennt.«

Lise Elkmann war nicht umsonst eine erfahrene Analytikerin. »Wird sie Probleme machen?«

Johan hatte fürsorglich wirken wollen, jetzt wirkte es, als wäre Nora eine Art tickende Zeitbombe. Er zog die Stirn kraus. Seine ambivalenten Gefühle zu ihrer irritierenden Persönlichkeit hatten sich in seine Mimik geschlichen, ohne dass er es beabsichtigt hatte. »Nein, sicher nicht.«

Er schwieg. Alles, was er jetzt noch sagte, würde weiter in die falsche Richtung führen. Aber womöglich half ihm das zu bekommen, was er wollte? Nein, so ein Mensch bin ich nicht, dachte er. Er wollte gerade dazu ansetzen, Nora zu loben. Wenngleich halbherzig, denn er wusste, dass es bei aller Effizienz durchaus möglich sein könnte, dass sie Probleme mit Kollegen verursachte, und das nicht zu knapp.

»Mhm«, machte Lise Elkmann in dem Moment. »Weißt du, das ist eine gute Idee. Dadurch, dass du nicht direkt zur Soko gehörst, fühlt sie sich nicht überwacht, aber du kannst sie trotzdem im Auge behalten.« Sie schüttelte den Kopf. »Wie sie das heute in der Lage gesagt hat, dass sie sich unabhängig machen wolle …«, murmelte sie, und Johan horchte auf.

»Geh zu Frau Klerner und biete deine Hilfe an. Gib der Kripo deine bisherigen Informationen zu Kondraschin und bitte sie, dich auf dem Laufenden zu halten. Der Fall scheint tatsächlich unter mehreren Gesichtspunkten interessant.«

Johan hätte am liebsten seine Faust in die Luft gereckt. Dann fiel ihm etwas ein. »Felix Reitner hat gesagt, dass du bei der Lage warst.«

Lise drehte den Kopf und sah ihn mit gefurchter Stirn an. Ihr schien plötzlich klar zu werden, was Johan heute schon alles getrieben hatte. Ein leises Lächeln schlich sich in ihre Mundwinkel.

Johan grinste. Die OFA war ein kleines Team. Aber ein Team.

»Ich kümmere mich darum. Und ich übernehme auch die Einführungsveranstaltung in der Akademie morgen früh.«

Das war weit mehr, als er erwartet hatte.

»Danke!«, sagte er und meinte es so. Erst als er mit schwungvollen Schritten in sein Büro ging, fiel ihm auf, dass er jetzt womöglich ein Spitzel des Hamburger LKA war, der Nora an die Fersen geheftet wurde. Der verantwortlich sein würde, wenn sie sich zu irgendwelchen Alleingängen entschied. Und er musste sie überzeugen, ihn mitzunehmen, wo immer sie hinging. Ihm wurde heiß und kalt zugleich bei dem Gedanken, dass sie ihn abweisen könnte. Oder irgendwie aus der Reihe tanzte. Wo hatte er sich da nur hineinmanövriert?

Alster – Montag – 17:10 Uhr

Die Familie Klamm wohnte nicht in einer der freistehenden Villen, sondern im Erdgeschoss eines prächtigen Altbaus mit museumsreifem Treppenhaus: ovale Spiegel rechts und links im Hausflur, flankiert von Art-déco-Kacheln mit Ornamenten. Nora gab der Frau, die an der Eingangstür der Wohnung auf sie wartete, die Hand und sah ihr neugierig ins Gesicht. Sie hatte dunkle Haare, einen sehr blassen Teint, und ihre Augen waren rot, als habe sie eine leichte Bindehautentzündung. Sie hatte ebenmäßige Züge, ebenso wie Krystina Stein, und trug dunkle Jeans, schmale schwarze Ballerinas und eine weiße Bluse, fast als sei es Sommer. Frau Klamm bat Nora herein, und sie trat in einen breiten, langen Flur mit Holzboden, an dessen Ende sie in ein großes lichtdurchflutetes Wohnzimmer sehen konnte. Frau Klamm führte sie nach rechts in die Wohnküche. Obwohl die Möbel ebenfalls hell waren, unterschied sich die Einrichtung gewaltig von der sterilen Eleganz im Hause Stein. Bunte Kinderzeichnungen hingen an dem gigantischen silbernen Kühlschrank, auf dem Holztisch stand buntes Melamingeschirr mit Blümchen und Vögelchen darauf. Nora sah aus dem Fenster, während Iris Klamm hektisch begann aufzuräumen. Von der Terrassentür führte eine kleine Treppe in einen langgezogenen Garten, in dem sich hinter einer Terrasse ein Spielplatz erstreckte, der jedem städtischen Konkurrenz machen konnte. Das Spielhäuschen im viktorianischen Stil mit Veranda, das Klettergerüst mit Boulderwand und Schaukel sowie die große Sandkiste waren gut einsehbar platziert, ein Trampolin gegen die winterliche Witterung mit einer Abdeckhaube versehen. Diese Kinder hatten Eltern, denen es lieber war, ihr Nachwuchs spielte zu Hause, oder einfach kein Maß beim Kauf von Spielgeräten. Soweit Nora wusste, hatte Iris Klamm eine Tochter in Livias Alter und einen fünfjährigen Sohn. Nora drehte sich um: »Wo sind Ihre Kinder gerade?«

»Mit Marika, unserem Au-pair zum Sport.« Fast als habe sie vergessen, wer Nora war und was sie von ihr wollte, plapperte Frau Klamm weiter. »Lara macht Rhythmische Sportgymnastik, und Otto ist in der Kinderbewegungsschule, bevor er sich für einen Sport entscheidet. Da lernen die Kinder erst einmal gute Motorik.« Sie seufzte. »Rhythmische Sportgymnastik, damit muss man natürlich ganz früh anfangen, weshalb Lara …« Sie brach ab, bemerkte, wie unpassend ihre Bemerkungen waren.

»Was rede ich«, sagte sie nervös. »Setzen Sie sich. Möchten Sie Kaffee? Tee?«

»Ein Glas Wasser wäre nett, danke.« Iris Klamm hielt eine Glasflasche unter den Wasserhahn. »Mit Sprudel?«, fragte sie und legte einen Hebel an der Montur um, als Nora nickte. Sie stellte zwei Gläser und die Karaffe vor ihr ab. Ihr Blick blieb an Buntstiften und einem Blatt Papier hängen, das noch auf der anderen Hälfte des Tisches lag. »Wir können auch ins Wohnzimmer gehen.« Fast wäre sie wieder aufgesprungen. Nora ahnte, wie das Wohnzimmer aussah. Wie geleckt.

»Lassen Sie ruhig«, sagte Nora, schenkte sich ein und trank. Frau Klamms Bemühen, alles richtig zu machen, ging ihr auf die Nerven. Die Präsentation ihrer Bullerbü-Wohnküche mit Blick auf das Spieleparadies im Garten erschien ihr kalkuliert. Es war klar, warum Iris Klamm spontan in der Vernehmung gelogen hatte, nichts durfte an ihrem Image als Supermutter kratzen.

»Erzählen Sie mir etwas über das Verhältnis von Livia zu ihren Eltern«, sagte Nora.

Iris Klamm sah schockiert aus. »Gut, ganz wunderbar. Sie war ein tolles Mädchen.« Sie schlug die Hand vor den Mund. »Ist ein tolles Mädchen«, sagte sie und fing an zu weinen.

Als Nora eine halbe Stunde später die Wohnung verließ, wusste sie, dass Iris Klamm in einer Welt lebte, in der alles perfekt war. Das vielköpfige Böse war irgendwo da draußen, außerhalb der teuren Wohngegenden und wurde mit einem Wall aus Komfort abgewehrt. Dass Kinder hier in der Gegend zum Opfer eines Verbrechens werden konnten, hatte sie trotz ihrer vorauseilenden Ängste schwer erschüttert. Sie hatte sich und ihre Welt für unantastbar gehalten, und Livia und Lasse für perfekte Kinder einer perfekten Familie. Ritter Kato war in Bullerbü eingeritten.

Nora hatte wenig Mitleid mit ihr. Einmal kurz, eingehüllt in die warme Atmosphäre der mit allen Annehmlichkeiten ausgestatteten Küche, hatte sie sich gefragt, ob ihr Misstrauen gegen diesen ungetrübten Anspruch auf Sicherheit und Glück, den Iris Klamm ausstrahlte, nicht von Neid herrührte. Doch Nora verwarf diesen Gedanken wieder. Sie hatte so viele Kinder im Elend gesehen, dass das latente Gefühl der sozialen Ungerechtigkeit unter ihrer Haut juckte, und kein Vermögen könnte ihr das Wissen um die wahren Verhältnisse nehmen. Das Leben war nicht gerecht. Iris Klamm hatte es gut getroffen, aber das war kein Verbrechen. Hilfreich war sie dagegen nicht gewesen. Das Einzige, was bei dem Gespräch herauskam, war, dass sie kein enges Verhältnis zu Krystina Stein hatte. Etwas, das sie nach ihrer Aussage mit den anderen Müttern teilte. Krystina sei für sich geblieben.

Polizeipräsidium – Montag – 17:30 Uhr

»Ja, Schatz, ich dich auch. Bis später!« Johan legte auf, betrachtete den aufgeräumten Schreibtisch. Es war schön zu hören, dass es Lilly besser ging, heute hatte sie sich nur einmal übergeben müssen und einen winzigen Strampler gekauft. »Weiß. Wir wissen ja noch nicht, was es wird!«

Lehmann hatte brummelnd akzeptiert, dass er derzeit andere Aufgaben hatte und seine Herangehensweise löchrig war. Reitner hatte laut Lise Elkmann zugestimmt, dass er Nora unterstützte, wenn sie einverstanden war. Ob widerwillig, wusste Johan nicht, aber das war ihm egal.

Er war in Hochstimmung. Nur Serdrich hatte er noch nicht informiert. Das Gefühl, Serdrich würde kein Interesse an dem haben, was er herausgefunden hatte, ärgerte ihn schon jetzt. Er würde Noras Entscheidung abwarten, bevor er sich da ganz herauszog.

Johan warf sich seine Jacke über. Zunächst würde er sich von Nora ins Bild setzen lassen. In einem netten syrischen Restaurant am Mittelweg. Er hatte gleich heute Morgen reserviert. Und danach wären sie hoffentlich ein Team. Sollte er Nora erzählen, dass er Vater wurde? Bisher hatten sie es noch nicht offiziell gemacht, im dritten Monat konnte ja noch was passieren. Nur Mike wusste Bescheid, auf seiner Geburtstagsparty hatten sie sich letztes Jahr kennen gelernt. Hatte sich einen süffisanten Gesichtsausdruck nicht verkneifen können, als er ihm auf die Schulter geklopft hatte. »Dass ich das noch erlebe …«

Johan war gerade dabei, seine Sachen zusammenzupacken, als sein Telefon erneut klingelte.

»Ja?« Nora. Lass sie bloß nicht absagen, dachte er, nicht jetzt. Doch sie wollte nur Bescheid geben, dass sie sich verspätete.

Billbrook – Montag – 17:30 Uhr

Tarek folgte den beiden Männern in die große Garage und wartete, bis sich das große Tor hinter ihnen geschlossen hatten und die Halogenröhren an der Decke aufgeflammt waren.

Dann kamen sie auf ihn zu. Dieser Blick. Hätte er bloß nichts gesagt. Keinen Scherz zur Begrüßung gemacht.

»Ich hoffe, das ist nicht die letzte Lieferung«, hatte er gewitzelt. Ein Fehler, das merkte er jetzt.

»Warum glaubst du, in Zukunft sei der Nachschub nicht gesichert?« Die ölige Stimme seines Gegenübers ließ ihm den Schweiß den Rücken herunterlaufen. Der Mann war gedrungen, muskulös und hatte die Haare mit Gel an die Kopfhaut geklebt, nur vorne fielen sie ihm in einer Tolle über die Stirn. Was ihn aber keineswegs freundlicher wirken ließ.

Zum Glück war Tarek schon lange genug dabei, um keine Miene zu verziehen. Es war kalt in der Halle, durch die dreckigen Scheiben fiel nur ein kleiner Schimmer der funzeligen Hofbeleuchtung, und sie wollten es alle schnell hinter sich bringen. »Mir war so, als habe jemand gesagt, dass die Seewege uneben werden. Aber da hab ich mich wohl geirrt.«

Er winkte ab und grinste unschuldig über seinen eigenen Scherz, die Frechheit gleichzeitig entschuldigend. Er wusste, dass es für sein Gegenüber genauso schwer war, sein Mienenspiel zu durchschauen wie umgekehrt. Er war der alberne Typ, der immer gut drauf war. Der das Leben nicht so ernst nahm. Der kleine Fisch, den es nicht lohnte zu köpfen.

Die beiden wechselten einen Blick. Schauten ihn unter zusammengezogenen Brauen an.

»Ach, vergesst es. Hauptsache, das hier läuft.« Er hob die Tasche an. Tarek hatte im Knast eine ganze Reihe von Männern wie diese beiden gesehen. Kontakt hatte er nicht mit ihnen gehabt, denn wer in einem kriminellen Clan aufgewachsen war, der blieb mit seinen Leuten unter sich. Die Jungs hatten das Ziel, in der Hierarchie ihrer Vereinigung höher zu klettern. Ihr Wertesystem lief darauf hinaus, dass alles, was der selbstgewählten Familie nutzte, gut war. Und jeder, der ihr schadete, musste weg.

Tarek wuchtete die große Reisetasche auf den Klapptisch an der Seite des Raumes. Ein neues Teil, aus Leder. Keine besonders sichere Strategie, aber eine kleine Möglichkeit. Wer schmiss so etwas schon weg?

Was er sicher wusste war, dass diese Menschen gefährlich waren. Sie waren gut organisiert, weniger laut, weniger auffällig als die Albaner oder Russen, die Italiener oder Deutschen. Sie hatten Macht. Und sie waren grausam. Es hatte Schlagzeilen gegeben, früher. Was nur hieß, dass sie ihre Geschäfte nun besser unter Verschluss hielten.

Der Schweiß erreichte seinen unteren Rücken, er war klatschnass. Er sollte die ganze Sache positiv sehen. Er hatte sich immer gefragt, wie das Ganze für ihn enden sollte. In seiner naiven früheren Fantasie auf einem Berg von Geld. Und das erste Mal schien diese Perspektive zum Greifen nahe. Bisher war alles Willkür, Grausamkeit, bloß nicht nach oben oder unten schauen, seinen Platz verteidigen, ohne jemandem zu nahe zu kommen. Als Drogenkurier wurde man nicht reich. Er lebte in einer mit halbseidenen Gestalten bevölkerten Hölle.

Die beiden Männer entnahmen der Tasche eines der eingeschweißten Päckchen, bohrten mit einem Metallröhrchen ein Loch hinein und klopften es in einem Reagenzglas ab. Dann hielten sie ein TruNarc davor. Das laserbasierte Spektrometer spuckte die Ergebnisse der Analyse in Millisekunden auf dem Display aus. Kokain, 85 Prozent, ein wenig Lidocain und Levamisol. Der längere der beiden warf Tarek einen Blick zu. »Schon wieder dieser Wurmscheiß?«

Tarek schüttelt den Kopf. »Kommt nicht von uns. Aber, hey, 85 Prozent ist doch okay.« Er grinste.

Wieder wechselten die beiden einen Blick.

»Ich regel das«, sagte der bulligere und verstaute das Gerät. Säuberlich klebte er ein Stück Klarsichtfolie mit Klebeband über das Loch in dem Beutel.

Tarek wollte weg. Bald würde man den Schweiß auch am Kragen sehen oder auf der Stirn, wenn die Tropfen unter dem Cap herauslaufen würden. Er hatte vorsorglich eine Blousonjacke angezogen, darunter einen Hoodie, eine extraweite Hose, alles klebte. Das Gras, das er gegen die Nervosität geraucht hatte, half nicht. »Kann ich gehen?«

Sie sahen sich an. »Okay. Sag deinem Boss, das Geld ist auf dem Konto.«

Tarek warf noch einen hoffnungsvollen Blick auf die Tasche. »Bis zum nächsten Mal.« Er hob die Hand. Die Männer nickten, blickten unbewegt aus Augen, die wie tot wirkten. Der einzige Gesichtsausdruck, den er bei ihnen während ihrer Treffen je gesehen hatte.

Mittelweg – Montag – 18:00 Uhr

Pünktlich betrat Johan das Restaurant, stieg die drei Stufen in den kleinen Nebenraum mit den bunten Teppichen hinauf und setzte sich am Boden auf ein Kissen. Es war noch früh am Abend, er war der erste Gast. Schummriges Dämmerlicht fiel durch Holzornamente, die einen Teil der Fenster verdeckten, Kerzen in Messinglampen flackerten. Johan verdrehte seine Beine, bis er sie unter dem niedrigen Tisch verstauen konnte. Einen Moment schloss er die Augen. Die letzten Stunden waren aufregender gewesen als das gesamte halbe Jahr zuvor, und er fühlte sich aufgewühlt und lebendig. Der Kellner wischte den Tresen, stapelte die ersten Teller auf einem Beistelltisch. Auch hier war die Atmosphäre ruhig und konzentriert, der große Andrang des Abends stand noch bevor. Johan nahm die Kopie der Akte zu Tarek Barusha und ein Notizbuch aus seiner Tasche. Mit irgendetwas musste er sich ja beschäftigen. Er notierte sich einzelne Aussagen und versuchte, sich ein Bild der damaligen Situation zu machen. Barusha hatte seine Kindheit in verschiedenen Pflegefamilien verbracht, bis er in eine betreute Jugendwohnung gezogen war. Er galt als umgänglich, aber aufbrausend, hatte ein Problem mit Autoritäten und musste mehrfach wegen Drogenkonsums ermahnt werden. Die Beamtin des Jugendamtes, die bis zur Volljährigkeit die Vormundschaft verwaltet hatte, sagte, er litte unter dem

Trauma, so früh seine Mutter unter zweifelhaften Umständen verloren zu haben. Ihre Aussage hatte sich laut Urteilsbegründung strafmildernd ausgewirkt. Barusha hatte im Zorn Kondraschin angegriffen. Ob Kondraschin tatsächlich jemals der Mutter des Angeklagten begegnet war, war nicht Gegenstand des Verfahrens gewesen.

Billbrook – Montag – 18:00 Uhr

Nachdem er die Lagerhalle verlassen hatte und rund hundert Meter auf der menschenleeren Straße zwischen weiteren Hallen hindurchgegangen war, an alten Ölfässern vorbei, die Schichtarbeitern oder Obdachlosen als Feuerstelle dienten, erreichte Tarek seinen zerschrammten Golf. Er lehnte sich gegen die Kühlerhaube und zündete sich eine Zigarette an, zog einmal. Das war brenzlig gewesen. Ein Adrenalinstoß schoss durch seine Adern, er fröstelte plötzlich, schloss den Wagen auf und stieg ein.

Und jetzt kam erst der interessante Teil.

Er öffnete eine App auf seinem Telefon und beobachtete, wie ein kleiner Punkt in der Halle hinter ihm blinkte, warf die Zigarette aus dem Fenster, startete den Motor und drehte die Heizung hoch. Sie würden irgendwann den Stoff aus der Tasche herausnehmen, auch wenn sie sie, hoffentlich, nicht wegwerfen würden. Wenn er daran dachte, was er bekam, wenn alles glattlief, wie nah er an ihnen dran war, kribbelten seine Hände. Aber wenn sie die Tasche entsorgten, sollte er in der Nähe sein. Dann musste er auf Sicht fliegen.

Er wartete.

Mittelweg – Montag – 18:30 Uhr

Nora entdeckte Johan, bevor er sie bemerkte. Sie beobachtete, wie er konzentriert in einer Akte las, Notizen in ein kleines Büchlein schrieb. Sie freute sich, ihn zu sehen. Er blickte auf, sah sie, lächelte und klappte das Büchlein zu. »Ich würde ja aufstehen, aber…« Er deutete auf seine Beine unter dem kleinen Tisch und grinste.

»Nicht nötig.« Nora warf ihre Tasche in die Ecke, zog ihren Mantel aus und setzte sich im Schneidersitz ihm gegenüber. Sie atmete einmal tief ein. Keinen Augenblick hatte sie heute die Unruhe und Angst um die Kinder losgelassen. Sie brauchte jetzt eine Pause von der permanenten Anspannung, erst dann würde sie das Thema anschneiden. Und für den eigentlichen Grund ihrer Unterredung musste sie erst recht den richtigen Moment abpassen. Sie schaute Johan an und spürte einen Stich im Herzen darüber, wie fremd und vertraut zugleich er ihr vorkam, und griff nach der Karte. Vielleicht ist es doch keine so gute Idee, ihn einzuweihen, dachte sie zerknirscht. Aber was sollte sie sonst tun? Irgendwo musste sie ihre Gefühle lassen. Sie waren wie ein Stolperdraht, der sie straucheln ließ.

Johan schien zu spüren, dass etwas nicht stimmte, und nahm die Brille ab, putzte sie mit dem Zipfel des T-Shirts, das unter seinem Pulli hervorlugte. Nora gab sich einen Ruck und lächelte wieder. »Kannst du etwas empfehlen?«

»Eigentlich alles. Wir sollten auf jeden Fall einen großen Vorspeisenteller nehmen, da ist von allem was dabei. Sehr lecker.« Während Johan die Papiere zusammenschob, stellte Nora betroffen fest, dass es tatsächlich das erste Mal war, dass sie so zusammensaßen. In Lüneburg war sie einem gemeinsamen Kneipenabend aus dem Weg gegangen. Sie mochte Johan sehr gern, aber genau das machte sie nervös. Seltsam, wie sie ihre Begegnung in der Rückschau verklärt hatte, als hätten sie tatsächlich viel mehr Zeit miteinander verbracht.

Sie sah sich nervös um. »Gemütlich!«

Johan nickte, aber sie fühlte, dass sie ihn mit ihrer Unruhe ansteckte.

»Und köstliches Essen!«, sagte er, griff noch einmal nach der Karte. Eigentlich war sie immer nervös gewesen, sie hatte es nur besser verborgen als jetzt. Oder er konnte sich nicht daran erinnern.

»Es ist lange her.« Er sah sie an.

»Mhm«, machte Nora und senkte den Blick in die Karte. Sie hatte Schwierigkeiten, sich auf die Gerichte zu konzentrieren. Jetzt reiß dich zusammen, dachte sie.

Sie entschied sich für etwas und legte die Karte weg.

»Was ist das?«, fragte sie und deutete auf die Protokolle. Arbeit. Ein neutrales Bindeglied.

»Jurij Kondraschin wurde tot in seiner Wohnung aufgefunden. Dies ist die Akte zu einem Messerangriff auf ihn aus dem Jahr 2002. Damals ist er davongekommen. Dieses Mal nicht.« Johan nahm einen Schluck von seinem Bier und leckte den Schaum ab. »Womöglich ist er durch Gas umgekommen.«

Jurij Kondraschin. Nora zuckte zusammen. Sie konnte sich an ihn erinnern. Sie war ihm damals in Hamburg sogar begegnet, er hatte eine zentrale Rolle bei den Ermittlungen gespielt. Der große, hagere Ukrainer mit den slawischen Wangenknochen und grauen Augen hatte sie an eine Skulptur erinnert, hart und glatt.

»Ein Unfall?«

Johan schüttelte den Kopf.

»Ich habe einer Vernehmung mit ihm zugesehen«, sagte

Nora, »das muss Mitte der Neunziger gewesen sein, als ich in Hamburg war. Es wurden Wohnungen geräumt, er wurde vorgeladen. Er hat nichts gesagt, nur Tee geschlürft und die Kriminalbeamten eisig gemustert.« Sie konnte sich genau an diesen Blick erinnern. Wie ein Fisch. »Sein Anwalt hat zu jeder Frage den Kopf geschüttelt. Irgendwann hat Kondraschin ihn dann gefragt: ›Kann ich jetzt gehen?‹ Gerade so laut, dass es für den Vernehmungsleiter zu hören war. Und das Gespräch, wenn man es überhaupt so nennen konnte, war vorbei.« Nora schnaubte. Sie hatte damals körperlichen Widerwillen gegen den Mann empfunden. Selbst wenn er nur die Hälfte von dem getan oder angeordnet hatte, was man ihm vorwarf, hatte er es ihrer Ansicht nach verdient, lebendig begraben zu werden.

Johan nickte mit zusammengepressten Lippen.

»Er ist damals straffrei davongekommen, während einige seiner vermeintlichen Handlanger, Mitglieder der russischen Mafia, einfuhren«, sagte er und deutete auf die Karte. »Einmal große Vorspeise und danach? Was möchtest du trinken?«

Während er die Bestellung aufgab, Mezze mit Tabouleh, Mudjadara und anderen Spezialitäten und anschließend Tabakh Rahoo, Lammeintopf nach Damaszener Art, überlegte Nora, ob Kondraschins Tod etwas in ihr auslöste. War sie froh? Erleichtert?

Doch da waren lebendige Kinder. Irgendwo. Der Brief, der ihr Kindheitstrauma aufwühlte. Sie hatte wenig bis keine Emotionen für Kondraschin übrig.

»Jemand hat die Tür zu seinem Schlafzimmer abgedichtet und später einen Stein durch das Fenster geworfen.«

»Damit niemand anders zu Schaden kommt?« Nora sah sich durstig nach dem Kellner um.

»Möglich. Seine Lebensgefährtin war nicht da. Das Gas wäre auch so diffundiert, wäre wahrscheinlich durch verbliebene Ritzen nach draußen gelangt, aber es hätte sehr lange gedauert. Wenn jemand den Raum vorher betreten hätte, hätte das Gas ihn auch erwischen können. Der Pflasterstein hat das verhindert.« Johan nahm noch einen Schluck Bier. »Aber eigentlich ist das nicht mein Fall. Ich war heute nur zufällig der Einzige von der OFA, der da war, als die Kripo anrief, und bin direkt zum Tatort gefahren.«

»Klingt interessant.« Nora musterte ihn. Auch wenn sie keinerlei Gefühle für Kondraschin erübrigen konnte, Johan hatte begonnen, sich in den Fall zu verbeißen. Ihre Unruhe schwand ein wenig. Das konnte sie gut verstehen. Nun schaute er sie an, als wolle er etwas Wichtiges loswerden.

»Ist es. Aber die Kinder sind wichtiger. Wie kommt ihr voran?«, fragte er.

»Gar nicht«, sagte Nora. »Aber heute ist jemand in das Firmengelände der Steins eingebrochen. Komischer Zufall.«

Johan hob die Augenbrauen. »Tatsächlich?« Einen Moment schwiegen sie, während die Vorspeise und Noras Getränk aufgetragen wurden.

Nora ahnte, was Johan dachte, als er unruhig auf dem Sitzkissen hin und her rutschte. Er hatte verschiedene Seiten von ihr kennen gelernt, möglicherweise brüsk, manisch bei der Arbeit, rücksichtslos oder einfühlsam, aber vor allem war sie wach gewesen. Soweit sie sich erinnern konnte, hatte sie sich nie die Blöße gegeben schlappzumachen. Und er war ein guter Beobachter, er merkte, dass sie nicht ganz bei der Sache war. Sie konnte förmlich fühlen, wie die Falten sich um ihre Mundwinkel tiefer gruben, und war sicher, die Traurigkeit tief in ihr blieb Johan nicht verborgen.

Es entstand eine unbehagliche Pause.

»Alles in Ordnung mit dir?«, fragte Johan und runzelte die Stirn.

Sie griff nach einem dünnen Fladenbrot und tunkte es in den Joghurtdipp, musterte das Gemüse. Sollte sie oder sollte sie nicht? Smalltalk beim Essen war das nicht gerade. Aber er war Psychologe, verdammt. Er hatte schon alles gesehen und gehört. Sie sah sich um. Noch waren sie allein. Sachlich bleiben, dachte sie. Ein guter Rat, mehr nicht.

»Ich habe eine Unterhaltsforderung vom Sozialamt bekommen. Für meine Mutter …« Nora spürte, wie die Worte in ihr brannten, ein Loch in ihre Seele ätzten. Sie stockte, fühlte sich, als würde die Welt ein Stück abrücken und sie betrachten.

»Ah.« Johan schien ratlos. »Elternunterhalt steht wahrscheinlich den meisten von uns bevor …«

Nora legte das Brot auf den Teller, lehnte sich zurück, die Hände im Schoß, in ihrer Magengrube flatterte es, der Raum schien ein wenig zu schwanken. »Die Sache ist: Ich habe sie seit über fünfundzwanzig Jahren nicht gesehen, nicht gesprochen, versucht, nicht an sie zu denken.«

»Aha?« Johans Augen weiteten sich. Nora sah ihn an. Er wirkte besorgt, auch verwirrt. Was konnte so schlimm sein, dass man den Kontakt mit den Eltern komplett aufgab? Mit einem Mal wusste sie, dass sie es nicht sagen konnte. Es ging einfach nicht. Viel zu intim, zu … dramatisch.

»Ach lass, ist ja auch nicht so wichtig.« Sie griff nach dem Besteck auf der Vorspeisenplatte. Der Raum kippte langsam wieder in die Waagerechte, und sie atmete freier.

Was für eine wirre Idee, sie sei in der Lage, ihm von dem zu erzählen, was vorgefallen war. Wie sollte sie ihm klarmachen, was sie durchgemacht hatte? Er würde sie zukünftig als Opfer sehen und nie mehr als die Frau, die sie jetzt in seinen Augen gespiegelt sah. Nora verstand in diesem Moment, was sie so sehr an Johan schätzte, und es machte sie traurig, dass sie selten so empfand: Er mochte sie um ihrer selbst willen, einfach so.

»Also«, sagte sie und schob sich ein Stück Gemüse in den Mund, »wie ist es in Hamburg?«

Johan wirkte etwas konsterniert und warf ihr einen besorgt mitfühlenden Blick zu. Aber er respektierte ihre Entscheidung und begann, von sich zu erzählen.

Billbrook – Montag – 19:00 Uhr

Die beiden Typen luden die Tasche in einen SUV. Tarek sah zu, wie sie einstiegen. Als die Bremslichter aufflammten, fuhr er einige Sekunden später aus seiner Parklücke. An der nächsten großen Verkehrsstraße ließ er sich zurückfallen, folgte ihnen mit so viel Abstand wie möglich. Blieb der Sender in der Tasche und die Tasche im Wagen, konnte er sie nicht verlieren. Nur den Moment, an dem sie ausluden und weiterfuhren, durfte er nicht verpassen. Das Ziel der Drogen war nicht so wichtig. Was die Kerle anschließend vorhatten, war wesentlich. Der Punkt auf der virtuellen Karte schwebte über die Bille und am Einkaufszentrum Billbrook vorbei, durch Jenfeld, Tonndorf, Farmsen, jene gesichtslosen Stadtteile mit begrünten Einfamilienhäusern neben Betonghettos. In Farmsen-Berne, zwischen familienfreundlichen Wohnanlagen jüngeren Datums verlangsamte er sich. Tarek gab Gas und fuhr in dem Augenblick an dem SUV vorbei, als der hinter dem elektrischen Tor eines für diese Gegend großen Anwesens verschwand. Einen halben Kilometer weiter bog Tarek in eine Seitenstraße ein, wendete und postierte sich im Schutz der Dunkelheit an einer kleinen Abzweigung unter ausladenden Tannen mit Sicht auf die Einfahrt. Er überlegte, was nun zu tun war. Die Tasche hatte ihren eigentlichen Besitzer erreicht. Jetzt wurde ausgepackt, umgepackt, umfangreich gestreckt. Wahrscheinlich im Keller. Von wegen Wurmscheiß. Die waren verärgert, weil die Lieferanten ihnen die Möglichkeit genommen hatten, selbst noch mehr Waschmittel reinzumischen. Und dann? Würden die Jungs sich sofort wieder auf den Weg machen? Die Straße vor dem Haus war leer. Tareks Herz hämmerte. Wenn sie ihn hier erwischten, sah er alt aus. Dennoch gab es keine Alternative.

Mittelweg – Montag – 21:30 Uhr

Sie umarmten sich zum Abschied nicht, sondern hoben nur kurz die Hand, als sie sich vor der U-Bahn-Station Hallerstraße trennten. Johan lief im Trab die Treppen zum Bahnsteig runter. Er merkte, dass er es nicht gewohnt war, sich ohne Körperkontakt zu verabschieden, wenn er jemandem so zugetan war wie Nora. Im Grunde bin ich ein großer Umarmer, dachte er. Mit Kumpeln Ellenbogen angewinkelt, dabei auf den Rücken klopfen, so eine halbe Umarmung mit Handschlag, Wangenküsse, kurz drücken, mit Freundinnen. Bei Nora war es, als trüge sie einen Faraday'schen Käfig, der statt Blitze Berührungen fing. An ihrer gegenseitigen Sympathie zweifelte er nicht, aber womöglich hatte er unterschätzt, wie tief ihre Scheu gegenüber Berührungen war.

Nachdenklich starrte er in den dunklen Tunnel. Abgesehen von ihrer üblichen stillen Distanziertheit hatte sie bedrückt gewirkt. Traurig sogar. Sie hatte davon gesprochen, dass sie ihre Mutter lange nicht gesehen hatte. Seit über fünfundzwanzig Jahren. Da war sie ja noch ein Kind gewesen, gerade sechzehn.

Und dann: Block. Sie hatte nicht darüber sprechen können, obwohl er das Gefühl hatte, dass sie sich ihm eigentlich hatte anvertrauen wollen. Er wollte nicht darüber nachdenken, welche Möglichkeit sich ihm aufgedrängt hatte, deshalb hatte er ausführlich erzählt, was ihn gerade beschäftigte. Auch, dass er Vater wurde. Die ehrliche Freude in ihrem Gesicht war es wert gewesen. Trotzdem fühlte er sich jetzt, als habe er ihr nicht das geben können, was sie gebraucht hatte. Sie hatte sich nicht gesträubt, als er angeboten hatte, sie in Hamburg zu begleiten. Geschmunzelt hatte sie. Vielleicht wusste Nora, dass die Hamburger Kollegen sie im Blick behalten wollten? Ein Kribbeln im Nacken signalisierte ihm, dass ihm das Gefühl überhaupt nicht behagte, Nora hielte ihn für einen Spitzel.

Pöseldorf – Montag – 21:50 Uhr

Die weißliche Tönung des Deckenlichts machte die Wohnung nicht heimeliger. Nora stellte ihre Tasche auf den Boden. Sie knipste die Lampe über der Arbeitsplatte an und fuhr den Laptop hoch. Ihre Jacke behielt sie an, denn es war kühl hier drinnen, fast klamm. Sie drehte die Heizung hoch und holte sich an der Spüle ein Glas Wasser, bevor sie sich setzte, iPhone und Rechner verband und ihre Fotos auf den Computer lud. Einer Cloud würde sie sie nie anvertrauen. In rasender Geschwindigkeit tauchten Schlaglichter der letzten dreißig Stunden auf: die Villa, die Heimwege der Kinder, die Kehrwiederspitze, der Maschendrahtzaun, die Container. Sie wartete, trank einen

Schluck, scrollte durch die Bilder und vergrößerte die Abbildung von Krystina Steins Handy. Deutlich waren ihre Fingerabdrücke auf dem schwarzen Glas zu sehen. Nora stellte den größten davon frei und exportierte ihn in ein Bildbearbeitungsprogramm. Sie reduzierte die Farbe, erhöhte maximal den Kontrast und vervielfältigte die sich nun deutlich abzeichnenden Wirbellinien in einer weiteren Datei zehn Mal. Dann legte sie die Folie, die sie mittags im Schreibwarengeschäft gekauft hatte, in den Drucker und druckte in höchster Fotoqualität. Während das Gerät ratternd die Folie einzog, holte sie die Kopien der Vernehmungen heraus und legte sie auf den Schreibtisch. Der Drucker surrte leise, während sie sich zurücklehnte.

Sie hatte es also nicht über sich gebracht, Johan zu erzählen, warum sie ihre Mutter so lange nicht gesehen hatte. War sie froh darüber? Ja, irgendwie sogar erleichtert, die vermeintliche Entscheidung war gar keine gewesen, nur das unnütze Gefühl, allein zu sein. Außerdem hatte er hier zu viel zu verlieren, um sich in Loyalitätsfragen für sie entscheiden zu können. Sie würde bald wieder gehen. Er war hier nicht glücklich, doch das änderte sich sicher noch. Trotzdem hatte sie ihm seine Bitte, sie zu begleiten, nicht abschlagen können. Es war gut, weil vier Augen mehr sahen als zwei und er ein hervorragender Partner war. Aber seine bloße Anwesenheit, seine Empathie und Sympathie würden auch das filigrane Netz beschädigen, das sie im Moment noch gerade so zusammenhielt.

Sie musste ihre Gefühle für die Kinder kanalisieren und den Schwingungen nachspüren. Bisher hatte sie den Eindruck, diese ganze großbürgerliche Tünche, und das, was sie davon hielt, überdeckte alles, was dahinter lag. Fassaden waren meist dazu da, etwas besser zu präsentieren, als es eigentlich war. Davon konnte sie nun wirklich ein Lied singen.

In der Wohnung war es still, bis auf das Zischen der Flammen in der Gastherme. Auf der Straße fuhren nur noch wenige Autos. Hatte sie Sorge, dass Johan ihre Fassade zum Bröckeln brachte? Dieses Mal würde er nicht darauf stoßen, dass sie auf ihre Vorgesetzten pfiff. Er würde das Dunkle, Wütende, sehen, das sie umtrieb. Oder noch schlimmer, wie sie Inkompetenz und Unsicherheit überspielte.

Nora pulte mit dem Zeigefinger etwas Schmutz unter dem Daumennagel hervor und spürte wieder diese Mischung aus Panik, Schmerz und Hilflosigkeit. Dagegen half doch nur Arbeit, das müsste er doch verstehen können.

Sie nahm die Folie aus dem Drucker, betrachtete die winzigen Ovale, die der Laserdrucker minimal dreidimensional auf der glatten Oberfläche hinterlassen hatte, stand auf, holte Holzleim aus ihrem Koffer und ein kleines Fläschchen Glycerin. Auf einer Untertasse aus dem Schrank über der Spüle mischte sie etwas Kleber mit einigen Tropfen Glycerin und ließ auf jeden der Abdrücke einen kleinen Batzen der Masse laufen. Dann legte sie das Blatt zum Trocknen auf die Fensterbank. Einige Fenster hinter den kahlen Ästen der Alleebäume gegenüber waren erleuchtet, und in einem Ohrensessel unter einer Leselampe saß ein alter Mann in ein Buch vertieft. Nora stellte sich vor, dass er Klaviermusik hörte, während er las.

War er allein? Es war niemand sonst im Zimmer. Hatte er mal jemanden gehabt?

Würde sie immer allein sein?

Hafen – Montag – 23:00 Uhr

Livia lag, wie die meiste Zeit, in mehrere Lagen Wolldecken gehüllt am Boden und starrte vor sich hin. Ab und zu durchfuhr sie ein Zittern, und Lasse hatte Angst, dass sie immer kränker wurde. Er konnte nichts für sie tun, und in seinem Bauch rumorte es schmerzhaft, wenn er daran dachte, dass ihr Fieber steigen würde. Auch ihm war kalt, und er fühlte sich immer schwächer und hatte Halsweh. Immer wieder kuschelte er sich an seine Schwester, murmelte beruhigend alle Erzählungen, die ihm einfielen, ihr Körper war viel zu heiß, und sie reagierte nur schwach. Dann wieder saß er allein da, die restlichen Decken fest um sich gezogen, den Rücken gegen die Wand des Containers gelehnt, in dem diffusen Dämmer tagsüber oder der Finsternis der Nacht, wie jetzt. Die Zeit war endlos. Livia hatte angefangen, am Daumen zu nuckeln, etwas, das sie zuletzt als Kleinkind getan hatte. Lasse fand es nicht schlimm, wenn es sie beruhigte. Aber sie weinte jetzt vor Schmerz, wenn sie pinkeln musste. Sie hatte früher schon einmal eine Blasenentzündung gehabt. Er träufelte ihr Wasser in den Mund, denn trinken wollte sie auch nicht, dabei war es das Einzige, von dem er noch wusste, dass auch seine Mutter es damals getan hatte: ihr Flüssigkeit einflößen. Verwirrt und ratlos starrte Lasse in die Dunkelheit. Er fühlte sich so allein, dass es körperlich schmerzte. Er steckte sich ein Stück Schokolade in den Mund, doch es klebte an seinem Gaumen und schmeckte fast bitter. Es war, als passe inzwischen keine Nahrung an der Angst vorbei, die in seinem Hals saß wie ein Pfropfen. Es dauerte alles viel zu lange. Seit einiger Zeit wurde es kälter. Er bibberte. Er hatte versucht, näher an die winzigen Lamellen zu kommen und um Hilfe zu rufen, doch da war scheinbar niemand, der ihn hörte. Keiner hatte auf sein Weinen reagiert. Oder Livias schreckliches Schluchzen, das manchmal einsetzte, einige Minuten andauerte und dann wieder verebbte. Danach starrte sie leer ins Dunkel, saugte an ihrem Daumen, die Augen panisch aufgerissen. Er hatte sie vorhin wieder stundenlang im Arm gehalten, aber immer wieder musste er aufstehen und herumlaufen, um nicht völlig einzufrieren. Lasse schniefte, die Kälte biss ihn in der Nase. Es war so oft still hier, nur ganz entfernt hörte er das Sirren von Motoren. Lasse dachte nach, was er Livia morgen noch erzählen könnte. *Jim Knopf, Die unendliche Geschichte, Warrior Cats. Harry Potter*, immer wieder *Harry Potter*, aber ohne die grausamen Szenen, nur Quidditch und Zauberunterricht. Bloß kein Voldemort.

In der *Unendlichen Geschichte* hatte er den Geisterwolf weggelassen und selbst fast vor Angst geweint, als er ihm eingefallen war. Er hatte versucht, die Babygeschichten hervorzukramen, *Grüffelo, Peppa Wutz.* Warum fand er in seinem Kopf keine einzige heile Welt, in die er Livia mitnehmen konnte?

Erschöpft kaute er, schluckte, die Stille und Dunkelheit drückten wie ein Gewicht auf ihn, die Wände schienen immer näher zu rücken. Plötzlich kam ihm der Gedanke, es gäbe vielleicht gar keine Welt mehr. Alles sei ausgelöscht, wie bei einem Atomkrieg oder in Phantásien. Dass das Nichts Mama, Papa, sein Zuhause, die Schule, die Großeltern und Felicitas aufgefressen hätte. Er schniefte. Sie hätten doch sonst längst frei sein müssen, oder nicht?

Farmsen-Berne – Dienstag – 5:40 Uhr

Zwischen vier und fünf Uhr hatte Tarek kurz die Augen geschlossen, nachdem er die Heizung des Wagens eine Weile hatte laufen lassen. Sonst war es Essig gewesen mit Schlaf, und seine Nerven fühlten sich an wie die mottenzerfressene Decke, die er sich übergeworfen hatte. Jetzt war der Motor aus, und im Wagen war es entsprechend kalt. Er rieb sich die Arme. Neben der Kälte und dem nervigen Radioprogramm war der unablässige Gedankenstrom in seinem Kopf zermürbend. Er dachte daran, wie eine dumme Entscheidung nach der anderen in diese Sackgasse geführt hatte, in der er nun festsaß. Er dachte auch kurz an die Kinder, die ebenfalls festsaßen. Nun, sie würden noch ausharren müssen.

Er fragte sich, ob er, wenn er gewusst hätte, wohin das alles führen würde, nicht abgelehnt hätte, als sein Kumpel das erste Mal vorschlug, eine »Platte« zu kaufen und in der Schule zu verticken. Er hatte Geld gespart, und sie hatten gleich drei dieser schokoladetafelgroßen Haschplatten gekauft. Der Kerl, zu dem sie gegangen waren und an dessen Namen er sich nicht mal mehr erinnerte, wohnte in einer gammligen Bude hinter dem Operettenhaus, mit toten Kakerlaken hinter dem Ziffernglas der Uhr am Küchenherd. Er hatte fettige, lange Haare gehabt und die ganze Zeit Zeug gefaselt, bei dem man unmöglich ernsthaft zuhören konnte, wenn man nicht selbst völlig verrückt war. Aber über ein Kilo Bobel hatte er da liegen gehabt. Sie hatten eine Bong geraucht und später sogar noch eine Line gezogen auf eine erfolgreiche Zusammenarbeit. Aber weil sie nun mal selbst gerne rauchten und die ersten Einnahmen nun in Koks investierten, war aus dem Gewinn ein Verlust geworden. Und weil das Koks aufs Hirn drückte, hatte er dann auch noch die Dummheit schlechthin ausgeheckt. Zwei Jahre plus zwei Jahre Bewährung. Und wofür? Doch das Warten war nicht umsonst gewesen. Jetzt war es so weit. Die Weichen wurden neu gestellt, er würde sich nicht mehr abzocken lassen.

Tarek rubbelte sich ein weiteres Mal über die Arme. Er beugte sich vor und starrte durch die Dunkelheit. Da – das Tor öffnete sich, der schwarze Wagen fuhr heraus. Tarek drehte mit klammen Fingern den Zündschlüssel und heftete sich wieder an ihre Felgen. An der nächsten Ampel kontrollierte er das GPS-Gerät. Die Tasche war noch im Haus, aber in den morgendlich leeren Straßen konnte er dem Auto auch so folgen. Den gleichen Weg zurück, Tonndorf, Jenfeld, Billbrook, dann Abbiegen ins Hafengebiet, Halt an einer kleinen Import-Export-Firma, außerhalb der Zolllager. Tarek fuhr langsam vorbei, Container, Laster, Schuppen. Der Laden wirkte heruntergekommen und wie einer der Höker, die alles Mögliche aus Dritte-Welt-Ländern importierten, billigste Kleidung und Schmuck, Möbel aus Tropenholz. Es gab unzählige solcher Firmen, mit schnell wechselnden Besitzern. Eine gute Tarnung. Von hier verteilten sie das Koks in andere europäische Städte. Dennoch hatten sie es, oder zumindest die Tasche, im Haus gelassen. Er merkte sich die Adresse und wendete.

Polizeipräsidium – Dienstag – 08:00 Uhr

Mandowski hatte noch nichts von den Steuerprüfern gehört, die Protokolle ihrer Vernehmungen und eine kurze Zusammenfassung des Einbruchs auf dem Terminal aus ihrer Sicht hatte Nora bereits getippt. Sie hatte Friedrich Meyer gebeten, alle Liefer- und Kastenwagen, die zum fraglichen Zeitpunkt in der Nähe gewesen waren, gesondert aufzulisten. Eine solche Liste hatte sie in den Unterlagen nicht gefunden, auch wenn sie vermutete, dass sie irgendwo sein musste. Alles war dringend, alles war eilig, es war schwer Prioritäten auszumachen.

Nora lehnte sich zurück und schloss kurz die Augen. Tatsächlich war der Klumpen in ihrem Magen kleiner geworden, und sie fühlte sich fokussierter. Sie hatte sich in der Nacht entschieden. Der Satz gestern, *Ich habe sie seit über fünfundzwanzig Jahren nicht gesehen*, hatte ihr klargemacht, dass sie keine Verpflichtung verspürte, nicht nach allem, was damals passiert war. Nora atmete ein, aus, dann startete sie die Suchanfrage im Browser: Fachanwalt Sozialrecht, Berlin. Aus den Suchergebnissen suchte sie sich eine Frau heraus und wählte die Nummer des Büros. »Ich brauche eine rechtliche Vertretung in einem Unterhaltsfall«, sagte sie.

Sie wartete, bis sie durchgestellt wurde, umriss der Anwältin kurz die Situation.

»Ja, es eilt. Ich faxe Ihnen den Bescheid und bitte Sie, Widerspruch einzulegen aus schwerwiegenden persönlichen Gründen.«

Als die Anwältin wissen wollte, worum es ginge, wiegelte Nora ab, Hitze kroch ihre Wirbelsäule hoch. »Über die Gründe spreche ich mit Ihnen persönlich, wenn ich wieder in Berlin bin. Es geht jetzt darum, die Frist zu wahren.« Nora bat sie, ihr die Vertretungsvollmacht zu mailen, und beendete das Gespräch. Für einen Moment hielt sie sich mit beiden Händen am Schreibtisch fest.

Das Bild der strengen, kalten Frau zuckte durch ihre Gedanken, alt, aber sie wusste noch, was sie getan hatte. Sie würde wissen, warum sie sich wehrte.

Noras Magen kämpfte mit unverdaulicher Enttäuschung, Angst und alter, unerfüllter Sehnsucht. Sie schluckte, fasste sich, stand auf und ging in Reitners Büro.

»Johan Helms begleitet mich ab heute Mittag. Wir haben das gestern besprochen.«

Er sah sie skeptisch an. »Ich weiß. Woher der Sinneswandel? Ich dachte, Sie wollten allein unterwegs sein.«

Nora zuckte die Achseln. »Ist besser so.«

Nora sah winzige Muskeln um seine Lippen spielen, als wöge er das Verhältnis zwischen ihr und Johan neu ab. Passte ihm nicht, dass sie ihre Meinung geändert hatte?

»Ihre Entscheidung.« Er lächelte zögernd. »Wie sieht es mit dem Essen aus? Wenn Sie abends keine Zeit haben, ich kenne einen kleinen Italiener in der Nähe mit einem vorzüglichen Mittagstisch.«

Quid pro quo? Sie kriegte Johan, er ein Treffen unter vier Augen? »Meinetwegen. Aber ich habe gleich einen Termin. Mir wäre es lieber, wir verlegen das auf den frühen Abend.«

Ein freudiges Lächeln huschte über Reitners Gesicht. »Also abgemacht. Gegen sechs? Ich mache immer bis Mitternacht weiter, da muss eine Pause zwischendrin mal sein.«

Wollte er darauf hinweisen, dass alle bis zum Umfallen arbeiteten? Oder spielte er auf ihr gestriges Treffen mit Johan an? Nora hatte ebenfalls noch bis halb eins Akten gelesen, die neuen Dokumente, die auf dem Server lagen überflogen, war um halb sechs aufgestanden und ins LKA gefahren. Sie konnte es sich gerade noch verkneifen zu seufzen. »Gut, also bis später.«

In ihrem Büro schrieb sie Johan eine SMS. »Um elf Treffen Villa.«

Polizeipräsidium – Dienstag – 08:20 Uhr

Johan las Noras Nachricht. Elf. Noch fast drei Stunden. Jetzt musste er nur noch den Schreibtisch frei kriegen.

Bisher hatte er keine Lust gehabt, mit Serdrich zu sprechen, doch nun konnte er es nicht länger hinauszögern.

Er ging sofort ans Telefon. »Ach, dass ich von Ihnen höre. Ich dachte, Sie hätten etwas anderes vor.«

»Nicht direkt. Ich habe gestern noch von Kondraschins Lebensgefährtin Sybille Flechter erfahren, dass es bereits einen tätlichen Angriff auf ihn gegeben hat. Der Mann, der damals versucht hat, ihn zu erstechen, heißt Tarek Barusha. Ich kann Ihnen die Akte zukommen lassen.«

Serdrich schwieg. Johan versuchte sich vorzustellen, was in ihm vorging. Fand er ihn nervig?

»Wann war das?«, fragte er.

»2002. Er hat ihn mit einem Messer angegriffen.« Wieder dauerte es eine Weile, bis Serdrich antwortete.

»Warum sollte jemand so lange warten, um seine Tat zu vollenden? Das ist doch unwahrscheinlich, meinen Sie nicht auch? Und wissen Sie«, jetzt klang er unwirsch, »wir haben inzwischen herausgefunden, dass Kondraschin sich noch mit Leuten getroffen hat, die dick im Geschäft sind, wenn es um die Vermietung von überteuerten Zimmern an Nutten geht. Gegen die läuft eine Ermittlung wegen Menschenhandel, Nötigung und Körperverletzung. Vielleicht wusste Kondraschin einfach zu viel. Vermutlich geht das alles ans LKA 41.«

»Kondraschin wäre doch nie zur Polizei gegangen. Der Kodex gilt ein Leben lang, aber Sie meinen, Kondraschin könnte die erpresst haben?«

»Oder er wurde einfach lästig. Das ist genau, wie ich gesagt habe: alles ein riesiger Haufen Scheiße. Da kann uns jemand von vor über zehn Jahren jetzt echt nicht weiterhelfen. Schicken Sie mir die Akte, wenn Sie sich dann besser fühlen, aber ich verspreche nichts.«

»Okay, mach ich.« Johan legte auf. Er nahm die Kopie der Akte und steckte sie in einen Briefumschlag.

Er würde sie Serdrich schicken. Und sich besser fühlen. Er zögerte, zog die Papiere wieder hervor, stand auf, jagte sie durch den Kopierer und legte erst dann den Umschlag für Serdrich in den Postausgang. Dann setzte er sich an den Computer und gab Barushas Namen ein, laut POLAS war er noch in Hamburg gemeldet. Anschließend wählte er die Nummer des Rechtsmedizinischen Instituts und fragte nach Lanzer. Drei Stunden. Er musste das hier noch zu Ende bringen. Dann würde er sich besser fühlen.

Alster – Dienstag – 08:40 Uhr

Trotz des morgendlichen Berufsverkehrs hatte Nora keine Viertelstunde vom Präsidium bis zur Steinschen Villa gebraucht. Bei diesem Gespräch wollte sie Johan nicht dabeihaben. Es würde irritierend genug für Frau Stein sein, dass sie von Jerome wusste.

Die Villa wirkte belebter. Im Erdgeschoss wischte die Haushaltshilfe den Kachelboden, klassische Musik drang leise aus der Küche. Nora folgte der Musik, ohne zu Meyer und seinen Leuten abzubiegen. Wie gestern saß Krystina Stein am Tisch, vor sich eine Kanne Tee. Sie starrte ins Leere. Nora näherte sich ihr langsam, lächelte zurückhaltend und als Krystina Stein sie ohne erkennbare Gemütsregung kurz ansah, nahm sie ungefragt Platz. Krystina Stein starrte versteinert vor sich hin. Kurz hatte Nora das verwirrende Gefühl, sie habe sich in eine Statue verwandelt, mit porzellanener kalter Haut, als habe der Schock sie jetzt vollends gelähmt. Doch dann blinzelte sie, langsam, erwachte aus ihrer Apathie und blickte zu Nora. Sie hob die Mundwinkel zu einem Lächeln, ließ sie wieder fallen, als wisse sie nicht mehr, wie das ging, lächeln.

»Wer ist Jerome? Sie haben ihn nicht erwähnt, er ist bisher nicht vernommen worden.« Nora legte beide Hände flach auf den Tisch, signalisierte Hilfsbereitschaft.

Krystina Stein griff wie in Zeitlupe nach der Teekanne, goss sich ein und führte die Tasse an die Lippen.

Sie blickte an Nora vorbei Richtung Garten. »Ich habe niemandem von ihm erzählt.«

»Warum?« Zumindest leugnete sie es nicht.

»Weil dann alles rauskommt.« Ihre Augen wurden schmal. »Würde man uns nicht verdächtigen, Justus öffentlich vorzuführen, sollte etwas davon an die Öffentlichkeit gelangen?«

»Wovon?«, fragte Nora verwirrt. Lag sie mit der Vermutung einer Affäre falsch?

Die Muskeln in Krystina Steins Gesicht reflektierten in schneller Folge Trauer, Abscheu und Scham.

»Justus hat Probleme, irgendwie. Vielleicht auch ich, das ist schwer auszumachen. Er kann sich nicht gut in andere einfühlen, braucht strikte Ordnung. Er kann sehr kalt sein. Manchmal macht mich das fertig, manchmal kann ich damit umgehen. Jerome hilft mir dabei.«

»Er ist ihr Therapeut und kein Trainer?«

Sie zuckte die Achseln. »Eine Art Achtsamkeitstrainer. Aber Justus soll nichts davon wissen. Er versteht nicht, was mein

Problem ist. Und mit einem Therapeuten über ihn und unsere Beziehung zu reden, das wäre Verrat für ihn. Außerdem schwach, und das kann er auch nicht leiden.«

Nora lehnte sich irritiert zurück. Sie zweifelte, dass dies die wahren Beweggründe waren, warum Krystina Stein etwas so Wichtiges verheimlicht hatte. Hatte sie Angst vor ihrem Mann? Sollte die Therapie ihr helfen auszubrechen?

»Und die Kinder?«, fragte Nora langsam. »Hat er die auch tyrannisiert?« Bei dem Gedanken kochte Wut in ihr hoch, so unbändig, dass sie am liebsten Krystina Stein gepackt hätte. Warum haben Sie geschwiegen? Sie müssen doch Ihre Kinder schützen!

Die schüttelte den Kopf. »Nein, er ist sehr liebevoll zu den Kindern. Im Rahmen seiner Möglichkeiten.«

»Wie meinen Sie das? Im Rahmen seiner Möglichkeiten?« Nora kam ein vager Verdacht. Es deckte sich mit dem, was sie bisher über Justus Stein wusste.

Krystina Stein entließ hörbar Luft aus ihren gespitzten Lippen.

»Justus ist ein besonderer Mensch. Was immer er sich vornimmt, setzt er auch um. Er ist sehr kontrolliert, sehr reflektiert und sehr intelligent…«, sie zögerte, »aber nicht unbedingt warmherzig.«

»Sprechen wir hier über eine Persönlichkeitsstörung?«

Bei der Frage zuckte Krystina Stein zusammen und hob abwehrend die Hand. »Nein, nein, das kann ich auch gar nicht beurteilen. Außerdem liebe ich ihn und er mich.« Sie zögerte wieder, und Nora überlegte, wie sicher sie sich da sein konnte. Liebe und Warmherzigkeit gehörten doch zusammen. Frau Stein schaute sie mit gerunzelter Stirn an. »Vielleicht hat er eher die außergewöhnliche Fähigkeit, nur das zu fühlen, was er fühlen will? Besser kann ich es nicht ausdrücken.«

Jetzt bereute Nora es, Johan nicht mit zu diesem Gespräch genommen zu haben. Was wollte Krystina Stein ihr mitteilen? Dass ihr Mann ein Soziopath oder Psychopath oder einfach ein berechnendes, gefühlskaltes Arschloch war? Seelisch verkümmert? Könnte er den Kindern etwas angetan haben? Sie würde mit dem Therapeuten sprechen müssen. Wenn Jerome denn wirklich einer war. Wer duzte schon seinen Therapeuten? Sie zückte ihr Notizbuch. »Geben Sie mir Jeromes Nummer und vollen Namen. Ich werde die Information zunächst vertraulich behandeln.«

Durfte sie das tun?

Hansaplatz – Dienstag – 09:30 Uhr

Laut Einwohnermeldeamt wohnte Tarek Barusha im zweiten Stock eines schönen Altbaus in der zwielichtigen Gegend am Hansaplatz nahe beim Hauptbahnhof. Doch auf den Klingelschildern standen unzählige Namen mehrfach überklebt. Barusha war nicht dabei. Johan klingelte im Erdgeschoss.

»Ich möchte zu Tarek!«, sagte er laut, als es in der Gegensprechanlage knackte.

»Wohnt hier nicht«, erklang eine verzerrte Männerstimme. Johan klingelte sich von unten durch das Haus, nach dem fünften erfolglosen Versuch hörte er eine Frauenstimme: »Der wohnt im Vierten.«

»Können Sie mich reinlassen?«, fragte Johan. Einen Moment später summte der Türöffner. Johan war immer wieder verblüfft, wie unvorsichtig die Menschen waren. Am Hansaplatz gab es Dönerläden neben Erotik-DVD-Geschäften, Stundenhotels neben Kneipen und Elektronik-An-und-Verkauf. Die Seitenstraßen waren zwar schon seit 1980 Sperrbezirk, aber lange als »Babystrich« für minderjährige drogensüchtige Prostituierte verschrien. Hier standen schon ab nachmittags Frauen in den Hauseingängen, Drogendealer vervollständigten das Spalier. Der geräumige Platz um den Hansabrunnen, auf dessen Spitze eine große Bronzefigur prangte, war unlängst aufwendig saniert worden, doch geändert hatte sich wenig. Die meisten der Frauen waren Bulgarinnen, einige Slowakinnen und neuerdings, hatte er gehört, vermehrt Frauen aus Äquatorialguinea. Warum ausgerechnet aus diesem kleinen westafrikanischen Land, wussten sie noch nicht. Es war eine harte, brutale Szene, die Frauen, die aussteigen wollten. erhielten Morddrohungen. Vor wenigen Jahren war ein Wirt von zwei Schlägern totgeprügelt worden.

Aber ihn ließ man einfach in den Hausflur.

Es war dunkel trotz des Deckenlichts, das nur aus einer nackten Glühbirne bestand, die Sanierung hatte an der Fassade haltgemacht. Die rötlich braune Farbe der Wände ging kontrastlos in das rote, abgeschabte Linoleum des Bodens über. Im zweiten Stock schien eine junge Frau sich vergewissern zu wollen, wen sie eingelassen hatte. Immerhin. Er grüßte das Mädchen, indem er zwei Finger an die Stirn hob, sie schloss die Tür, und er stieg höher. Sie sollte glauben, er habe sich nur in der Klingel geirrt.

Johan entschied sich für die rechte Tür ohne Blumenrabatte. Er hörte sein Klingeln und kurz darauf das Knarren von Holzdielen. »Ja?« Der Mann, der öffnete, hatte einen kurzen Bart, seine dunklen Locken standen wirr vom Kopf ab, er trug nur Shorts und Shirt. Dass er nicht gerade aufgestanden war, verriet nur die fast heruntergebrannte selbstgedrehte Zigarette in seiner Hand. Eine dünne Schliere Rauch verirrte sich in den Hausflur, der von süßlichem Duft erfüllt wurde.

»Tarek Barusha?«

»Wer will das wissen?« Trotz seiner rot geäderten Augen musterte er Johan und seinen Ausweis sorgfältig und schien abzuschätzen, ob er ein Bulle war, der ihn wegen eines Joints verpfiff oder nicht. Er schien zu dem Schluss zu kommen, dass er keine andere Wahl hatte, als es herauszufinden.

»Das bin ich. Kommen Sie rein!« Er hielt die Tür auf. Trotz seines verstrubbelten Äußeren hatte Tarek Barusha einnehmende Gesichtszüge und freundliche braune Augen. Eigentlich sah er aus wie einer, mit dem Johan durchaus mal ein Bier trinken würde, wenn er nicht so viel über seine Knastvergangenheit gewusst hätte. Er folgte Barusha in die Wohnung.

»Was wollen Sie von mir?«, fragte der, während er Johan durch den engen, dunklen Flur in Richtung einer Tageslichtquelle vorausging.

Neugierig betrachtete Johan die Wohnung. Böden und Wände waren weiß gestrichen, an einer ebenfalls weißen Garderobe hingen farbenfrohe Jacken. Lebte er mit einer Frau zusammen? Er war ganz schön gelassen geblieben, obwohl er annehmen musste, dass Johan das Gras in seiner Zigarette gerochen hatte. Aber der Mann hatte wegen versuchten Totschlags gesessen. Wahrscheinlich war er einfach abgebrüht. Jetzt hatte Johan etwas in der Hand, um den Kollegen Bescheid zu sagen. Je nachdem, wie das Gespräch verlief. Johan bemerkte, dass er kein Unbehagen darüber verspürte, mit Barusha allein zu sein. Er hätte Serdrich mitnehmen können und Fourier, sie darüber unterrichten, dass er Barusha aufsuchen würde. Aber das hatte er nicht getan. Nur weil jemand vor über zehn Jahren versucht hatte, einen mutmaßlichen Mafioso und brutalen Zuhälter umzubringen, würde er nicht gleich gewalttätig werden, wenn man ihn über dessen nun tatsächlich eingetretenen Tod unterrichtete.

Johan blieb einen Moment in dem Türrahmen zur Küche stehen. Hier war der Boden blau, die alten Möbel liebevoll pastellbunt lackiert. Johan bezweifelte, dass es Barusha gewesen war. Der hatte sich an den Tisch gesetzt, auf der eine offene Packung Tabak neben einem Aschenbecher und einem Becher Kaffee lag. Er drückte die Zigarette aus, gebot Johan sich ebenfalls zu setzen, zog ein Blättchen aus der Verpackung, verteilte Tabak darauf und feuchtete die Rolle schließlich routiniert mit der Zungenspitze an, bevor er sie zwischen die Lippen steckte und anzündete. Johan setzte sich. Unvermittelt erinnerten ihn der würzige Geruch des losen Tabaks und die zusammengewürfelten, selbstrestaurierten Möbel an seine erste WG. Aber seitdem er mit Lilly liiert war, waren Zigaretten selten, und seit sie schwanger war tabu. Auch mit seinen Freunden hatte er sich selten getroffen in letzter Zeit.

Er lehnte sich vor. »Ich bin hier, weil Jurij Kondraschin tot in seiner Wohnung aufgefunden wurde.«

Barusha musterte ihn aus zusammengekniffenen Augen.

»Endlich ist das Schwein tot«, sagte er schließlich und nahm einen Zug von der Zigarette. Er hatte es also gewusst, dachte Johan.

»Wo waren Sie Samstagnacht zwischen dreiundzwanzig Uhr und fünf Uhr morgens?«

Barusha ließ sich mit der Antwort Zeit, blies genießerisch den Rauch in die Küche. »Ich bin mit ein paar Freunden hier gewesen. Wir haben bis in den Morgen gedaddelt, und dann habe ich auf dem Sofa gepennt, genau wie zwei andere. Soll ich Ihnen die Namen aufschreiben?« Ohne dass Johan etwas gesagt hatte, zog er einen Einkaufsblock zu sich, riss das oberste beschriebene Blatt ab und fischte aus einer Tasse mit verschiedenen Stiften einen Kugelschreiber heraus.

Johan wartete, bis er eine ganze Reihe von Namen notiert

hatte. »Der und der«, Barusha machte ein Kreuz vor zwei der Namen, »waren noch bis nach sechs Uhr da.« Er schob Johan mit Schwung den Block herüber und lehnte sich zurück.

»Danke!« Johan riss das Blatt ab und steckte es in seine Jackentasche. Eigentlich könnte er jetzt gehen.

»Was war das für eine Geschichte mit Ihrer Mutter, wegen der Sie Kondraschin 2002 angegriffen haben?«, fragte er stattdessen.

Ein Schleier legte sich über Barushas Gesicht. »Er war der Anführer einer Bande, die uns, meine Mutter, meine Schwester Emna und mich am Bahnhof aufgelesen hat. Wir kamen frisch aus Bosnien-Herzegowina, 1991, dem ersten Jahr, in dem bosnische Serben gezielt muslimische Bosniaken umbrachten. Wir wollten Asyl beantragen.« Er zog an der Zigarette, schaute in die Ferne. »Wissen Sie, die Stimmung war damals vergiftet. Es schwelte unter der Oberfläche und war nur noch eine Frage der Zeit, bis sich alle gegenseitig abschlachten würden.«

Er zog an seiner Zigarette. Johan bekam den Eindruck, dass er die Geschichte so oder ähnlich schon häufiger erzählt hatte. »Und dann kamen sie tatsächlich. Fünfzig Männer haben sie damals getötet.« Mit einem zynischen Grinsen schnaubte er leise. »Niemand hat uns vermisst, als wir in Hamburg ähnlich grausamen Schweinen in die Hände fielen.« Er zuckte die Achseln. Als er die Zigarette vehement ausdrückte, sah Johan, dass seine Hände zitterten. Was wiederum nicht dazu passte, dass er das Gesagte abspulte wie auswendig.

»Aber das ist lange her«, sagte er plötzlich mit ruhiger Stimme. Er nickte in Richtung der Namen. »Fragen Sie nach. Sie werden sehen, ich habe ein Alibi. Wenn der alte Sack zu der Zeit gestorben ist, kann ich es nicht gewesen sein, auch wenn ich es gerne getan hätte.« Er lächelte glücklich.

Johan fühlte sich benommen, als er nach draußen ging. Tarek Barusha war ein eindringlicher Mensch. Ein Verführer. Er war ihm in die Wohnung gefolgt, ohne Kollegen Bescheid zu sagen. Er hatte sich mit ihm unterhalten und hatte jetzt die Namen der Zeugen eines vermutlich wasserdichten Alibis. Und war im Besitz einer traurigen Geschichte. Er zweifelte nicht an dem, was Barusha gesagt hatte. Zaklopača – das erste Dorf, in dem die serbische Miliz bosnische Zivilisten brutal ermordet hatte. Johan sah auf die Uhr. Noch fast eine Stunde, bis er Nora treffen würde. Er sah zum Himmel. Noch war es klar und sonnig, wie an den meisten Vormittagen der letzten Tage. In ein paar Stunden wären die Wolken wieder da, Hamburger Hechtsuppe mit Schneeklößchen, wenn er Pech hatte. Er zog seinen Schal enger und ging in Richtung Hauptbahnhof. Kaffee. Dann zu Fuß zur Villa. Vom Hauptbahnhof nur ein Katzensprung über die Kennedybrücke, vorbei an Hamburgs schönstem Panorama mit Rathausturm und Kirchturmspitzen, den Nobelkaufhäusern und dem Hapag-Lloyd-Gebäude an der Binnenalster.

Hansaplatz – Dienstag – 10:00 Uhr

Natürlich hatte er sich gedacht, dass die Bullen hier auftauchen würden. Das war das Risiko, das er hatte eingehen müssen. Aber der Typ? Was hatte ausgerechnet der hier zu suchen, wenn er doch eigentlich für den Staatsschutz arbeitete? Er war sich sicher, dass er ihn Sonntag in der Bernhard-Nocht-Straße gesehen hatte. Tarek spürte den Schweiß von gestern Nacht wieder, das kalte, klebrige Gefühl auf der Haut und in den Eingeweiden. Außerdem war er hundemüde. Das Gras hatte ihn etwas entspannt nach der fast durchwachten Nacht, doch er spürte erneut Panik, diese paranoide Unruhe eines schlechten Trips.

Wenn der Typ hierhergekommen war, war er vielleicht sogar wegen ihm an der Moschee gewesen? Hatten sie ihn auf dem Radar? Oder hatte man ihn gesehen, als er in Winterhude war, und jetzt lief hier ein perfides Katz-und-Maus-Spiel? Warum war der Bulle allein gewesen? War die ganze Zeit allein?

Mit einem Mal hatte Tarek das unbestimmte Gefühl, in einen Strudel zu geraten. Er fluchte, während er in Hose und Hoodie schlüpfte. Der hatte einen Plan, der wollte was von ihm. Angst verwandelte seine Arme und Beine in Pudding und ließ sein Herz pumpen wie ein Presslufthammer. Die Mühlen der Behörden mahlten langsam, er war längst weg, bevor die schnallten, was los war. Aber einer allein, der sich auf ihn konzentrierte, der könnte alles zunichtemachen.

Er griff nach dem Schlüsselbund und seinem Handy, tastete die Jacke nach dem anderen Telefon ab und hetzte das Treppenhaus hinab. Er sah Johan gerade noch hinter einer Straßenecke verschwinden, fand eine Mütze in der Jackentasche, zog sie tief in die Stirn, die Kapuze darüber und setzte sich langsam in Bewegung. Immer dem Typen nach. Wo kam der her und wo wollte der hin?

Alster – Dienstag – 10:00 Uhr

Nora stand auf der Treppe, die vom Wintergarten hinter der Küche auf die große Rasenfläche zwischen Buchsbäumen und Sträuchern führte, und hielt ihr Telefon ans Ohr. Ihre Finger prickelten vor Kälte. Jerome Morin ging nicht ran. Dr. Morin, dachte sie.

Sie tippte eine Nachricht an Johan. »Wir treffen uns woanders: Großneumarkt 45.«

Es war zum Kotzen. Sie brauchte Krystina Steins Loyalität, wenn sie weiter zu dem vordringen wollte, was sie verbarg, aber sie durfte die Information über den geheim gehaltenen Therapeuten Schrägstrich möglichen Liebhaber nicht zu lange für sich behalten. Wer wusste schon, was das für einer war. Und ob nicht Justus Stein dahintergekommen war, dass seine Frau ihn hinterging. Ein erschreckendes Szenario. Sie überlegte, Meyer ins Bild zu setzen, aber dann würde sie auch erklären müssen, wie sie an die Informationen gekommen war.

Sie trat wieder in die Küche, zog die Tür des Wintergartens hinter sich zu. Krystina Stein war aus der Küche verschwunden. Nora sah sich um. Vorhin hatte ihr Telefon neben ihr auf dem Tisch gelegen, doch sie hatte es offensichtlich mitgenommen. Unwahrscheinlich, dass sie es noch einmal aus den Augen lassen würde.

Sie durchquerte das Entree und trat in den linken Flügel des Hauses. Die Weihnachtskugeln auf dem Konsolentisch waren mit dem Baum verschwunden, der helle Teppich frisch gesaugt. Nora öffnete die hohe Tür zum Wohnzimmer, auf der Suche nach der Putzfrau von vorhin, doch der Raum wirkte so leer, dass er ein Echo erzeugen würde, wenn man einen

Laut von sich gab. Durch das Fenster konnte sie Justus Stein im Garten telefonieren sehen. Nora zog die Tür hinter sich zu und ging langsam durch die septische Leere der Schneelandschaft des Couchensembles.

Sie trat an die Scheibe. Stein wirkte aufgebracht. Er trug einen Anzug, der sicherlich kaum Kälte abhielt, und gestikulierte beim Telefonieren. Seine Haut hatte hellrote Flecken, er redete schnell und lief dabei hin und her. Nora besah sich die Fenster: altmodische Klappgriffe, dennoch Doppelverglasung. Wie beim letzten Mal zog es hier von irgendwo. Der Griff ganz rechts stand etwas schief. Leise zog Nora daran und öffnete das Fenster.

»So kann das nicht mehr lange weitergehen! Die Polizei ist überall im Haus, und ich habe keine Lust mehr, mir von ihr auf der Nase herumtanzen zu lassen, ist das klar?« Justus Stein hielt während der Schimpftirade inne, hörte zu, sein Blick wanderte gereizt durch den Garten und blieb an dem geöffneten Fenster hängen. Er sah Nora, seine Lider verengten sich. »Ich muss auflegen!« Stein steckte das Telefon in die Tasche. »Was kann ich für Sie tun, Frau Klerner?«

Nora öffnete das Fenster weiter und lehnte sich hinaus. »Wir hatten noch keine Gelegenheit, in Ruhe miteinander zu sprechen.«

Er legte den Kopf ein wenig schief. »Das ist nicht nötig, tun Sie einfach Ihre Arbeit. Ich habe mich schon ausführlich mit Ihren Kollegen unterhalten. Wenn Sie mich dann …«

»Nein, ich würde gerne ein Gespräch mit Ihnen persönlich führen.« Er sah sie ausdruckslos an.

Obwohl Nora aus ihrer Position auf ihn herabschaute, fühlte sie sich, als sei es umgekehrt. Sie spürte das Bedürfnis den Blickkontakt abzubrechen, stattdessen horchte sie auf ihren Instinkt und versuchte zu ergründen, warum er sie so irritierte.

Wortlos maßen sie sich mit ihren Blicken. Irgendetwas verunsicherte sie auf persönlicher Ebene. Als Frau? Hatte es etwas mit dem zu tun, was Krystina Stein über ihren Mann gesagt hatte? Seine blauen Augen waren hell wie die eines Huskys, hart und gefühllos. Dann gab er nach.

»Ich habe zu arbeiten, aber fünfzehn Uhr wäre mir recht«, sagte er barsch. »Außer natürlich, Sie haben Neuigkeiten zu meinen Kindern, dann habe ich Zeit für Sie!«

Mit einem leichten Schütteln seines Kopfes wandte er sich ab, steckte das Telefon ein, blies in die Hände und rieb sie kraftvoll gegeneinander, während er mit schnellen Schritten über die Treppe verschwand, ohne sich umzublicken. Nora schloss das Fenster. Was für ein seltsamer, arroganter Mensch, dachte sie. Was für ein eigenartiger Vater. Wer sollte ihm nicht auf der Nase herumtanzen? Es blieb verwirrend, und die Atmosphäre im Haus wurde zusehends beklemmender.

St. Georg – Dienstag – 10:00 Uhr

Johan überquerte die Lange Reihe, lief über den Platz vor einer der beliebtesten Hochzeitskirchen Hamburgs. Er sah Rosenblüten zwischen den Plaketten im Pflaster steckten, mit denen der Aids-Opfer gedacht wurde. Ob Lilly hier heiraten wollen würde? Sie hatten nicht darüber gesprochen, wie es weitergehen würde. Oder ob ihr, wenn überhaupt, eine standesamtliche Trauung ausreichen würde. Sie waren dem Thema Heirat vorsichtig aus dem Weg gegangen. Der barocke, fast niedliche Turm weckte bei ihm Assoziationen an weiße Kleider, wirbelnde zartrosa Blütenblätter und Tauben. Nein, beschloss

Johan: Er würde auf keinen Fall so heiraten. Außerdem: Wer brauchte schon ein amtliches Siegel für seine Liebe? Da war ihm eine Steuerersparnis auch egal. Aber vielleicht sollte er mit einem Anwalt sprechen, ob das Sorgerecht sich für den Vater änderte, wenn man nicht …

Ein Muskel an seinem Kinn begann zu zucken. Was sollte das? War er Realist oder Pessimist, dass er über so etwas nachdachte, bevor das Kind überhaupt geboren war? Alles war gut, nur die Statistik nicht.

Er ließ sich von der kalten Luft die ungebetenen Gedanken aus dem Kopf fegen. Das war sein erster großer Fall in Hamburg, viele Beamte waren beteiligt. Johan kam an dem livrierten Portier des Hotel Atlantic vorbei, der den Seiteneingang bewachte.

Vor einigen Jahren hatte er Udo Lindenberg dort im Sessel sitzen sehen. Der hagere Mann mit den aufgeworfenen Lippen hatte selbst tagsüber eine Sonnenbrille getragen und seinen Hut tief ins Gesicht gezogen. Ganz Hamburger Unikat. Johan erreichte das Alsterufer, am Saum der Brücke verlief eine vierspurige Straße, am Ufer gegenüber konnte Johan einige der noblen Bauten und das amerikanische Generalkonsulat hinter den entlaubten Bäumen sehen. Das Telefon meldete eine Nachricht. Nora verlegte das Treffen an den Großneumarkt. Nachdenklich blieb er stehen, obwohl es gerade grün wurde. Er hatte noch Zeit. Der Großneumarkt ist direkt bei mir um die Ecke, dachte Johan.

Er drehte sich um. Vielleicht sollte er die Chance nutzen und Lilly persönlich sagen, dass er von jetzt an Tag und Nacht arbeiten würde. Schließlich musste er mit Nora Schritt halten.

St. Georg – Dienstag – 10:10 Uhr

Tarek bog gerade noch in den Eingang des Hotel Atlantic ab, als er sah, dass der Bulle kehrtmachte. Hatte er ihn gesehen? Tarek gab vor, die Zeichnungen von uns Udo zu betrachten. Der Livrierte am Eingang behielt ihn aus den Augenwinkeln im Blick.

Tarek ärgerte sich. Waren es seine Klamotten oder der schwarze Bart? Er steckte die Hände in die Hosentaschen. In den letzten Jahren hatten die misstrauischen Blicke zugenommen. Er hatte sich in diesem heuchlerischen Land nie wohl gefühlt. Zwar taten alle immer so human und saubermannmäßig. Aber in Wahrheit war das nur die Arroganz der Besitzenden, die sich noch besser fühlten, wenn sie auf jemanden herabblicken konnten.

Tarek konnte durch die in Messing gefassten Scheiben der Drehtür erkennen, dass der Bulle vorbeigegangen war. Er senkte den Kopf und heftete sich wieder an seine Fersen. Er knirschte mit den Zähnen. Die Paranoia ging direkt in die Kiefermuskeln.

Er hätte nicht grad heute Morgen das Amnesia Haze rauchen sollen, viel zu stark und verwirrend. Außerdem durfte er nicht hier sein. Er hatte einen Plan, und wenn er sich verzettelte, kostete das Leben.

Hauptbahnhof – Dienstag – 10:15 Uhr

Der Eingang zur U-Bahn befand sich außerhalb der Bahnhofshalle. Der Bereich war nicht annähernd so aufgehübscht wie die Wandelhalle am Haupteingang mit zweistöckigem Einkaufs- und Gastronomiezentrum. Es roch nach Backschmalz, Frittenfett, Urin und dem vollen Bukett des Blumenhändlers in einem Glaskasten zwischen den vorbeieilenden Fahrgästen. Johan wählte einen Bund helllila langstieliger Blüten, von denen er vermutete, es könnten Nelken sein. Er stellte sich auf die endlose Rolltreppe zur U2. Ihm war ein wenig mulmig zumute. Die nächsten Wochen würden anders werden als das, was Lilly bisher von ihrer Beziehung gewohnt war. Klar, in Hannover hatte er auch fast rund um die Uhr gearbeitet, war manchmal kaum dazu gekommen zu telefonieren. Aber die Entfernung war wie ein Puffer; denn wenn sie zusammen waren, hatte er frei. In Hamburg hatte er bisher geregelte Arbeitszeiten; sie waren ausgegangen, spazieren. Er hatte rechtzeitig Feierabend gemacht. Und zu dem Zeitpunkt hatte sie noch nicht morgens gekotzt, sich tagsüber gelangweilt und ihn gefragt, wann er nach Hause käme. Lilly würde seine Euphorie über die Ermittlungsarbeit nicht teilen.

Um nicht den vollen Windstoß abzubekommen, den die U-Bahn durch den weiß gekachelten Tunnel vor sich herschob, drehte Johan den Kopf. Er stutzte. War das dahinten Tarek Barusha? Doch der Mann drehte sich um, verschwand zwischen den Wartenden. Diese Bärte. Und mit der Kapuze, so sahen doch jetzt alle aus. Wirklich alle? Oder nur Männer, die er in letzter Zeit beobachtet hatte? Vielleicht war er nicht so unerkannt geblieben, wie er gedacht hatte. Oder er wurde paranoid.

Alster – Dienstag – 10:15 Uhr

Nora trat in das Büro, ohne anzuklopfen. Die Kollegen scharten sich um den Monitor auf Meyers Schreibtisch, bis auf die rotwangige Helene Diester, die lächelnd daneben stand und auf den Fersen wippte. Als Nora näher trat, hoben sich die Köpfe und Meyer winkte sie näher.

»Frau Klerner, kommen Sie!« Er wirkte aufgeregt. Nora trat zwischen Demirel Akay und Brigitta Kamp und sah, dass auf dem Bildschirm der Schwarzweißfilm einer Überwachungskamera lief. Er zeigte die kleine Kreuzung auf dem Heimweg von Lasse Stein. Nichts bewegte sich, nur der Sekundenzähler verriet, dass die Kamera aufnahm. Um halb sechs Uhr am letzten Freitagabend.

Nora fühlte ein Prickeln unter der Haut. Wie die anderen starrte sie angespannt auf das pixelige Bild. Eine Minute verstrich. Ein Mann mit einem Hund durchquerte den Ausschnitt, vier Sekunden, dann verschwand er aus dem Blickwinkel. »Jetzt«, sagte Helene Diester. Ein schmaler Junge folgte. Lasse Stein. Alle sogen geräuschvoll die Luft ein.

Er wirkte kleiner, als sie sich ihn mit seinen knapp eins fünfzig vorgestellt hatte, jünger. Seine Gesichtszüge waren weich und kindlicher als auf den Fotos. Seine Bewegungen durch die geringe Bildrate abgehackt. Lasse hielt den Kopf gesenkt, so wie sie es sich gedacht hatte. Nora verspürte ein Ziehen in ihrer Brust, als verweigere der Herzmuskel die Trauer, die sie in diesem Moment überflutete. Etwas erregte seine Aufmerksamkeit. Er hob den Blick, sah rückwärts in Richtung der Kamera. Dann senkte er den Kopf wieder und ging weiter.

Ein weißer Lieferwagen fuhr ins Bild, hielt, verdeckte den Jungen. Wenige Sekunden später fuhr das Auto weiter.

Der Bürgersteig war leer. Das Heck des Wagens bog links aus dem Bild.

Meyer räusperte sich. Seine Stimme klang belegt. »Der Winkel reicht nicht aus, um das Kennzeichen zu erkennen. Aber jetzt wissen wir, nach was für einem Fahrzeug wir suchen.«

Nora schluckte.

Da.

Weg.

Ein Kind hatte sich in Luft aufgelöst.

Sie hatte eine Vorstellung von dem, was hinter dem Auto vor sich gegangen sein mochte, von dem Schrecken.

»Woher stammt die Aufnahme?«, fragte Nora.

Helene Diester wippte immer noch aufgeregt auf und nieder. »Das Ehepaar in der Wohnung an der Ecke, das wir bisher nicht erreicht hatten, ist aus dem Urlaub zurück. Der Mann ist ein Technikfreak.« Sie blickte von einem zum anderen, sprach ruhiger weiter. »Er hatte sich neue Überwachungskameras besorgt. Kleine Standgeräte, die er auf der Fensterbank und in der Wohnung verteilt hatte. Winzig, fast unsichtbar. Er sagt auch, der Aufnahmebereich sei eigentlich anders gewesen. Er habe gar nicht die Straße, sondern nur den Vorgarten filmen wollen. Wir haben Glück gehabt.« Sie lächelte. »Anscheinend hat die Putzfrau beim Saubermachen den Blumentopf verschoben, in dem das Ding steckte.« Meyer schnaubte. »Ja, klar. Er wollte nicht wissen, was alles auf der Straße passiert, während sie weg sind.«

Alle grinsten. Meyer klopfte Diester wohlwollend auf die Schulter. Ein Durchbruch.

»Wir werden den armen Mann nicht weiter damit behelligen.« Er bückte sich, zog den USB-Stick ab, gab ihn Helene

Diester. »Mail die Datei der Technik. Sie sollen rausholen, was geht. Die Bilder der Verkehrskameras müssen noch einmal geprüft werden.«

»Wäre er nach rechts abgebogen, hätten wir jetzt das Kennzeichen«, sagte Akay. Daran hatte Nora auch gedacht.

Sie spürte ihr Telefon in ihrer Hosentasche vibrieren. Carsten. Nora verließ das Büro. »Ja?«

»Ich wollte einen Zwischenstand geben. Das Unternehmen ist recht groß, aber die Quartalsgewinne sehen nicht so rosig aus.«

»Wie schlimm ist es?«, fragte Nora.

»Es geht gerade noch, doch die Schiffe sinken stark im Wert. Ich habe das mal recherchiert. Die sogenannten Neopanamax-Maße machen den kleineren Reedereien zu schaffen. Schiffe mit fast fünfzig Metern Breite und über dreihundertfünfzig Metern Länge, die siebzehn Lagen Container übereinander transportieren. Die passen auch nicht mehr in einen Binnenhafen wie Hamburg, weshalb in Wilhelmshaven der neue Weser-Jade-Port gebaut wurde.« Er machte eine nachdenkliche Pause. »Eine Tochterfirma steht gut da, da sind die Frachtgebühren anscheinend höher.«

»Und die Firma gehört auch den Steins?«, vergewisserte sich Nora. »Nur der eine Bruder ist Geschäftsführer. Aber häng das nicht so hoch. Es kann alle möglichen Gründe für Bereiche geben, die steuerrechtlich als eigene Unternehmen agieren. In der Regel wird was kleingerechnet.«

»Welcher Bruder denn?«

»Jürgen Stein. Aber Justus Stein hat dafür anscheinend die Oberhoheit im Familienbetrieb, die meisten Schriftstücke hat er abgezeichnet.«

Nora bedankte sich. Was mochte das jetzt bedeuten? Auf der einen Seite finanzieller Druck, auf der anderen auch gute

Einkommensquellen. Das hatte wahrscheinlich etwas mit dem zu tun, was ihr Jürgen Stein gestern erzählt hatte: dass sich die Firma mehr auf Maschinenüberführungen spezialisierte, neue Geschäftsbereiche auftat. Klang ziemlich normal.

Sie ging zurück. Im Büro herrschte jetzt ein anderer Energiepegel als zuvor. Alle hatten neue Hoffnung geschöpft.

Hauptbahnhof – Dienstag – 10:20 Uhr

Tarek wich vom Bahnsteig zurück und hoffte, dass der Bulle ihn nicht gesehen hatte. Sein Vertrauen in seine Reflexe war ziemlich übersichtlich an diesem Vormittag. Doch er steckte von Kopf bis Fuß in Winterkleidung, drapierte den Schal höher, stieg in die U-Bahn und sah erleichtert, dass der Bulle keinen Verdacht geschöpft hatte. Der Mann setzte sich gleich hin, legte die Blumen auf den Schoß und starrte auf den Werbebildschirm, der von der Decke hing. Tarek setzte sich seitlich auf einen Platz und spähte immer wieder durch die dreckigen Scheiben zwischen den Waggons, ob er ausstieg. Was, wenn er ihn doch sah? Vorhin hatte der Bulle noch keine Verbindung hergestellt zwischen ihm, der Moschee und den Betbrüdern. Tarek hatte kein Anzeichen des Erkennens gesehen. Andererseits: Vielleicht wusste der Typ längst, wer er war? Vielleicht wollten sie ihn langsam in die Zange nehmen. Aber das würde er sich nicht gefallen lassen. Nicht gerade jetzt.

Enckeplatz – Dienstag – 10:35 Uhr

An der Haltestelle Messehallen stieg Johan aus, fuhr die schier endlose Rolltreppe nach oben, überquerte vor der gedrungenen Karolinenkirche die Straße. Er lief am Oberlandesgericht vorbei, das von Strafjustizgebäude mit Untersuchungsgefängnis und Zivilgericht flankiert wurde, allesamt untergebracht in imposanten historischen Gebäuden, nahm die Brücke über die Wallanlagen und bog hinter dem ehemaligen Gewerkschaftshaus gegenüber der Laeiszhalle ab. Der Sievekingplatz war beeindruckend. Und jetzt wohnte er hier um die Ecke.

Er überlegte, wie er Lilly ins Bild setzen sollte. Genervt? Als könne er nichts dafür, plötzlich mehr arbeiten zu müssen. Neutral? Als sei dies eine Aufgabe wie jede andere auch. Doch er fand es albern, sich eine Strategie auszudenken. Ja, er hatte noch nie eine so ernste Beziehung gehabt, und er wollte es nicht versemmeln. Und genau darum gab es doch nur eine einzige Strategie: Vertrauen und Ehrlichkeit. Nachdem er die Wohnungstür aufgeschlossen hatte, küsste er Lilly, die auf dem Sofa saß und las. Überrascht blickte sie auf.

»Wie geht es dir?«, fragte er.

»Ich habe nachher einen Arzttermin. Aber es geht.« Sie lächelte zufrieden, als er ihr die Blumen in den Schoß legte.

»Ich hab mir ein paar Minuten freigenommen, ich wollte mit dir reden.«

»Worüber?« Lilly legte das Buch auf die Seite. Neben ihr standen eine Tüte Mandeln und ein Glas Milch, was Johan verriet, dass ihr doch wieder schlecht gewesen war. Die Mandeln halfen gegen Sodbrennen.

»Ich habe mich in letzter Zeit beruflich unterfordert gefühlt und darum gebeten, aktiv bei einer Ermittlung dabei zu sein.« Er sah auf die Uhr. »In einer halben Stunde treffe ich Nora hier um die Ecke und werde sie ab heute bei ihren Vernehmungen unterstützen …«

Lilly sah ihn an, zupfte an den Blumen. »Du kommst extra hierher, um mir das zu sagen, und bringst Blumen mit. Muss ich mir Sorgen machen? Ist das gefährlich?«

Johan wiegelte ab. »Nein, natürlich nicht.«

Mist, zu große Welle. Er stand auf, nahm die Blumen. »Ich hol eine Vase.«

Dumm, dumm, dumm, dachte er, während er den Küchenschrank durchstöberte. So viel zu Strategien.

»Du musst dir keine Sorgen machen«, sagt Johan, als er den Strauß auf dem Couchtisch platzierte. »Ich hatte nur einige Minuten Zeit, bevor es losgeht, und da dachte ich, ich komm kurz vorbei …«

»Aha!«

Irgendwie hatte er das Gefühl, sie kaufte ihm das nicht ab.

Er setzte sich auf die Lehne des Sofas, sah sie lächelnd an und verkniff es sich, zu der Uhr neben dem Fernseher zu schielen.

Lillys dichte braune Haare waren zu einem Pferdeschwanz gebunden, und sie hatte ihre kleine schwarze Kastenbrille auf der Nase. Ihre Haut war strahlend und ebenmäßig. Das war in den letzten Wochen der Schwangerschaft immer stärker geworden. Dieses Leuchten. Er fand sie wunderschön.

Sie sah ihn neugierig an. »Was ist das für eine Ermittlung?«

»Es geht um die vermissten Kinder aus der Alstervilla.«

»Die entführt wurden?«

»Ja.«

»Wieso kommt das BKA dazu?«

»Es könnte sich eventuell um einen Terrorakt handeln oder organisiertes Verbrechen, schließlich ist der Vater Politiker.«

»Glaubst du das?«

Johan schüttelte den Kopf. »Eher nicht. Aber es ist gut, dass Nora da ist. Sie ist eine verdammt gute Ermittlerin.«

»Aha«, sagte Lilly wieder. Johan hatte das Gefühl, schon wieder etwas Falsches gesagt zu haben.

»Ich bin vor allem hier, weil ich dir sagen wollte, dass ich vielleicht in nächster Zeit ein wenig ...«, er suchte nach dem richtigen Wort, »... abgelenkt sein könnte.«

Lilly wirkte verwirrt. »Abgelenkt? Und lange arbeiten wirst du auch, nehme ich an?«

»Das machen alle bei solchen Ermittlungen. Die Kinder sind in Gefahr, wir müssen alles geben.«

Sie schlug die Decke zurück und seufzte. »Mir ist nach frischer Luft. Ich muss ja ohnehin gleich los. Wo trefft ihr euch denn?«

»Großneumarkt. Aber ...« Sie hob die Augenbrauen.

Johan wusste, dass er protestieren sollte. Sein Wunsch war gewesen, sein Arbeitsleben auf Abstand zu halten. Aber Lilly verfolgte eigene Pläne: Sie wollte teilhaben, verstehen, was er tat und mit wem. Bisher war alles immer eitel Sonnenschein gewesen, er wusste gar nicht, wie sie war, wenn es nicht so rundlief. War sie eher eifersüchtig? Aber das hatte sie doch gar nicht nötig. Nur war jeder Honeymoon unweigerlich irgendwann vorbei, warum sollte es bei ihnen anders sein? Lilly schlüpfte in ihre Stiefel, legte einen Schal um. »Gehen wir?« Sie schaute ihm in die Augen, und das warme Strahlen traf ihn bis ins Herz.

Nein, er konnte sich nicht vorstellen, dass es je anders sein würde. Er hatte nur Angst. Bloß wovor?

Enckeplatz – Dienstag – 10:35 Uhr

Als der Bulle an den Gerichten vorbeiging, war Tarek verwirrt, er hatte erwartet, dass er in einem der Gebäude verschwinden würde. Stattdessen war er in eine Wohnstraße abgebogen. Hier war es schwieriger, ihm zu folgen, weniger Menschen waren unterwegs. Tarek sah ihm nach, vergrößerte den Abstand und wechselte die Straßenseite. Allmählich wurde er ungeduldig. Ich sollte nicht hier sein, dachte er. Diese Schnapsidee, dass er mich verfolgt, ist nur meinem zugedröhnten Hirn entsprungen. Dennoch, ein hämmerndes Gefühl, dass etwas schieflief, dröhnte in seinem Kopf. Es sagte ihm: Sie sind überall. Sie haben uns im Blick, kleben uns an den Hacken.

Er wollte den Spieß umdrehen.

Tarek bog gerade noch rechtzeitig an dem kleinen Platz ab, um zu sehen, wie der Typ in einem weißen Altbau verschwand. Er ist nach Hause gegangen, dachte Tarek verblüfft. Mitten am Tag. Das wurde ja immer rätselhafter. Oder zu einer Geliebten? Die Blumen waren bestimmt nicht für seinen Schreibtisch bestimmt.

Was sollte er jetzt mit all dem anfangen?

Er wusste es nicht, dennoch kribbelte es in seinem Bauch, als habe er gerade eine magische Grenze durchbrochen, direkt hinein in das Leben dieses Mannes. Wer den Feind umarmt, macht ihn bewegungsunfähig, dachte er, drehte sich um und ging.

Großneumarkt – Dienstag – 11:00 Uhr

Nora sah Johan in Begleitung einer jungen Frau auf sich zukommen. Sie hielten Händchen.

Sofort war sie gereizt. Sie erwartete volle Konzentration, das war hier kein Kaffeeklatsch. Im nächsten Augenblick ermahnte sie sich. Sie hatte ihn warten lassen, und wenn sie sich recht erinnerte, wohnte er hier in der Nähe. Noch hatte er nicht mal Zugang zu den Akten, was hätte er tun können?

Nora steckte die Hände in den Parka, musterte die beiden, zwang sich zu einem Lächeln. Johan grinste verschämt, die Frau, die Lilly sein musste, lächelte breit.

»Hallo, ich bin Lilly«, sagte sie und streckte ihre Hand aus. Nora nahm sie und warf Johan aus den Augenwinkeln einen fragenden Blick zu. Er zuckte kaum merklich mit den Achseln. Also war das Treffen nicht seine Idee gewesen.

»Und Sie werden jetzt mit Johan zusammen ermitteln?«

»Ja«, sagte Nora. »Johan wird mich in den nächsten Tagen unterstützen.«

»Schön, Sie kennen zu lernen. Ich wünsche euch viel Erfolg«, Lilly lächelte noch einmal und wandte sich an Johan. »Tschüss, Schatz, ich gehe dann mal los«. Ein kurzer Kuss, sie winkte, während sie sich entfernte.

Nora sah Johan an. Er wirkte verlegen. »Das lag für sie auf dem Weg.«

»Sie sieht nett aus.«

Johan schmunzelte. Nora lächelte. »Okay, sie sieht umwerfend aus!«

»Was machen wir hier?« Johan sah sich um.

»Wir besuchen Frau Steins Therapeuten Dr. Jerome Morin«,

sagte Nora. Sie zeigte auf das Haus an der Ecke, »den sie vor ihrem Mann und der Polizei geheim gehalten hat. Deshalb habe ich uns auch nicht angekündigt. Aber um diese Zeit war sonst Frau Steins Termin, seinen Anrufen bei ihr nach zu urteilen wird er auf sie warten.« Nora freute sich über Johans überraschtes Gesicht, es kam Bewegung in den Fall.

Sie klingelte.

Es summte, und Nora drückte die Tür auf. Es war ein komisch vertrautes Gefühl, gemeinsam die Treppe hinaufzusteigen. Wieder in Hamburg, mit Johan. Das weckte Erinnerungen an ihre letzten gemeinsamen Ermittlungen. Es war schön, ihn an ihrer Seite zu wissen. Nur die Begegnung mit Lilly hatte zu viel von seinem Privatleben preisgegeben. Sie wollte nicht wissen, wie er die Zeit verbrachte, in der sie einsam war. Er hatte eine Partnerin und bald ein Kind. Sie dachte nicht gerne darüber nach, wie sehr sie sich in dieser Hinsicht unterschieden.

Im zweiten Stock wartete ein hochgewachsener Mann mit hellgrauem kurzem Haar an der Tür auf sie, der verwirrt blinzelte. »Ich erwarte eine Klientin.« Er schaute auf seine Armbanduhr. Nora zückte ihren Ausweis. »Es wäre nett, wenn Sie sich einen Moment Zeit für uns nehmen.«

Dr. Morin blinzelte wieder mehrmals, entweder war das ein nervöser Tick, oder er drückte damit seinen Unwillen aus. »Aber nicht lange. Wenn es um meine Klienten geht, unterliegen die Informationen ohnehin der Schweigepflicht.«

Nora nickte und folgte ihm in die Wohnung, über den polierten Holzboden eines langen Flures in einen großen offenen Raum, in dem lediglich eine Couch und zwei Sessel vor einem abstrakten Gemälde standen. Johan blieb neben Nora stehen, während sich Dr. Morin im Gegenlicht vor dem Fenster aufbaute. Nora schirmte die Augen mit der Hand ab.

»Es geht um Krystina Stein«, sagte sie und trat einen Schritt zur Seite, noch immer blendete sie die Sonne. Sie konnte gerade so erkennen, dass er die Arme verschränkte.

»Hat sie Sie geschickt?«

Nora schüttelte den Kopf. »Sie hat die Sitzungen bei Ihnen vor der Polizei und ihrem Mann verschwiegen. Warum?«

Morin machte einen Schritt auf sie zu. Hatte er bemerkt, dass sie geblendet wurde? Also doch kein Kalkül? Er krauste die Stirn. *Was geht Sie das an?*

Nora starrte, er starrte zurück.

»Da fragen Sie mich zu viel«, sagte er schließlich.

»Zu viel aufgrund Ihrer Schweigepflicht oder zu viel, weil Sie es nicht wissen?«

Der Therapeut nervte sie. Seine abwartende Attitüde. Er schien es so gewohnt, selbst die Fragen zu stellen, dass er offensichtlich nicht mehr wusste, wie das andersherum ging.

»Weil ich es nicht weiß«, sagte er schließlich.

»Sie hat Ihnen gegenüber also nicht signalisiert, dass ihr Mann von den Therapiestunden nichts weiß?«

»Das war nie Thema.«

»Und warum haben Sie sich dann auf der Mailbox als Sporttrainer ausgegeben und Ihren Vornamen benützt?«

Er sah sie verblüfft an, seine Nasenflügel weiteten sich.

»Weiß Krystina Stein, dass Sie ihre Mailbox abgehört haben?« Sein Blick glitt zu Johan. »Ihr Kollege hat es ja anscheinend auch nicht gewusst.«

Nora ließ sich nicht ablenken. Morin wollte sie aus dem Konzept bringen, beobachtete sie. Ruhig war er dabei nicht, noch immer blinzelte er häufig.

»Nein, und *Sie* werden es ihr auch nicht sagen, wenn Sie die Ermittlungen nicht weiter behindern möchten.« Nora war wütend.

Die steile Falte auf seiner Stirn wurde tiefer. »Es ist Krystina Steins Entscheidung, was sie der Polizei erzählt. Mir geht es vorrangig um das Wohl meiner Klientin.« Morin setzte sich in den Sessel am Fenster, faltete die Hände und schlug die Beine übereinander. »Als ich in den Nachrichten hörte, was passiert ist, war mir klar, dass sie nicht möchte, dass ihre Therapie zum Thema der Ermittlungen wird und ihr Mann so davon erfährt. Oder es gar in die Medien schafft. Das muss ich akzeptieren. Ich bin ihr allein verpflichtet. Ich habe mich gemeldet, um ihr zu signalisieren, dass ich für sie da bin. Weil ich ihr helfen kann, sich in dieser Extremsituation zu stabilisieren«, sagte er mit beleidigter Stimme. »Wäre das noch möglich, wenn ich gleichzeitig einen Ehekrach lostrete? Natürlich nicht.«

Nora hob die Augenbrauen. »Ich würde vorschlagen, Sie begleiten uns ins Präsidium, damit wir uns in Ruhe unterhalten können.«

»Ich habe doch gesagt, ich erwarte Klienten!« Er lehnte sich zurück, blinzelte. Dieses Mal hatte sie das Gefühl, er würde hinter seiner Brille gegen etwas anblinzeln. Tränen? Wut? Hochemotional das Ganze, und nicht nur für Frau Stein. »Ich fürchte, Sie haben keine Wahl«, sagte Nora.

Eppendorf – Dienstag – 11:35 Uhr

Emna tastete auf der linken Seite des Bettes nach Volkers warmem Körper, aber er war nicht da. Seit zwei Jahren lebten sie zusammen, doch es fühlte sich viel kürzer an. Als angehende Fachärzte absolvierten sie beide unzählige Überstunden und gaben sich nicht selten die Klinke in die Hand. Sie blinzelte zum Wecker. Sie hatte fast zwölf Stunden geschlafen. Emna schlug die Decke zurück und streckte sich. Helles Licht fiel durch einen Spalt der Jalousie des Dachfensters.

Volker hatte am Wochenende geputzt, das Bad blinkte und blitzte, alle Handtücher waren säuberlich gefaltet. Typisch Chirurg. Emna lief barfuß Richtung Küche. Der Flur der Maisonettewohnung war riesig, das gemeinsame Arbeitszimmer ebenso, ein großes helles Wohnzimmer, eine Küche mit steinernen Bodenkacheln, eine Dachterrasse. Alles war sauber. Und er hatte einen großen Blumenstrauß auf die Kücheninsel gestellt. Das tat Volker immer dann, wenn er sie vermisst hatte. Emna nahm die Notiz, die neben der Vase lag. *Heute Sushi und Film?! Bin spätabends wieder da. Kuss!* Wie immer, wenn Emna das Gefühl hatte, zu viel Glück auf eine einzige Person zu vereinen, fühlte sie sich wie eine Figur in einem Film. Sie sah die schicke Wohnung, sich selbst darin, und alles war wie ein wärmender Mantel, von dem sie fürchtete, er würde irgendwann zu Boden gleiten und sie nackt und schutzlos zurücklassen. Der Kontrast zu Tareks tristem, muffigem Hof könnte größer kaum sein.

Emna war froh, dass das Medizinstudium ihr das Gefühl gab, etwas Sinnvolles zu tun, um die Schuld, diese immerwährende Schuld, abzutragen. Volker kannte diese Gefühle nicht. Er hatte immer ein behütetes Leben geführt, während es ihr erst als Siebenjährige in den Schoß gefallen war wie ein unerwartetes Geschenk. Aber nur ihr, dem kleinen blonden Mädchen, das so schnell Deutsch gelernt hatte. Nicht dem älteren Bruder, der den Erziehern im Heim nur Probleme machte. Auch er lernte schnell: vor allem Schimpfwörter.

Emna legte den Zettel nachdenklich zurück auf die Anrichte, warf eine Kapsel in die Kaffeemaschine. Sie nahm das iPad vom

Tisch. Während sie ihren Kaffee trank, las sie die Hamburger Polizeimeldungen. Hier informierte sie sich, womit ihre Kollegen es in der Nacht zu tun gehabt hatten. Gestern hatte es keinen schweren Verkehrsunfall gegeben, nur einen Schusswaffengebrauch, bei dem aber niemand verletzt worden war. Sie scrollte weiter, als ihr ein Name ins Auge fiel. Ihre Hand zuckte vor Schreck, so dass ein Schwall Kaffee ihren Oberschenkel verbrühte, eisige Kälte kroch ihr in die Glieder.

Großneumarkt – Dienstag – 11:30 Uhr

Nora rief einen Streifenwagen, der Dr. Jerome Morin zur Vernehmung ins Polizeipräsidium nach Alsterdorf bringen sollte. Johan betrachtete ihn. Er fand, sein Zaudern wirkte aufgesetzt und manieriert. Der wahre Grund schien ihm offensichtlich: Der Mann hatte Angst.

Morin stand auf und nahm ein Mobiltelefon aus der Jacke an der Garderobe. »Ich muss unseren Termin leider verschieben.« Pause. »Ja, ich melde mich morgen noch einmal.« Die Worte blieben die gleichen, allerdings erreichte er bei den weiteren Klienten des heutigen Tages anscheinend nur die Mailbox, denn die Pause fehlte. Mit trotzig erhobenem Haupt folgte er ihnen anschließend auf den Gehsteig. Während sie warteten, sah Morin in die Luft, auf seine Füße, er streifte mit dem Blick ihre Gesichter, sah wieder auf seine Füße. Er wirkte verärgert und verunsichert.

»Welche Art von Therapie bieten Sie an?«, fragte Johan. Es gab etwas, das ihm nicht aus dem Kopf ging, seit Nora gesagt hatte, niemand habe von dem Therapeuten gewusst.

»Tiefenpsychologische Gesprächstherapie.« Morin blitzte ihn an, nach wie vor sichtlich gereizt.

Johan ließ sich nicht beirren. »Sind Sie auch Psychiater? Und rechnen Sie über Kasse ab?«

»Suchen Sie einen Therapeuten? Dann muss ich Sie enttäuschen, ich habe nur wenige Klienten, und die zahlen ausnahmslos privat. Meine Methode ist«, er blinzelte wieder mehrfach, nun aber wie ein nachsichtiger Professor, »etwas innovativer als die handelsübliche Feld-, Wald- und Wiesenpsychologie.«

»Tatsächlich?« Johan nickte langsam und mit Nachdruck. Du arroganter Sack, dachte er. »Was für eine Klientel kommt denn so zu Ihnen?« Er beugte sich leicht vor. »Wem ist Krystina Stein denn außer Ihnen hier noch begegnet?«

Morin guckte noch konsternierter als zuvor, wenn das überhaupt möglich war.

Eppendorf – Dienstag – 11:45 Uhr

Emna schöpfte mit der hohlen Hand kaltes Wasser auf ihr Bein, als ihre Glieder unkontrolliert zu zittern begannen. Sie ließ sich zu Boden gleiten und lehnte sich neben der Wasserlache auf dem frisch gewienerten Boden an die Kücheninsel. War Tarek deshalb unauffindbar? Dieser Zuhälter war tot. Dieser Mann, von dem Tarek glaubte, er habe ihre Mutter erst gequält und später getötet. Emnas Glieder schlotterten, als sie sich hochzog und nach dem Telefon griff. Aber Tarek ging nicht ran. Dreimal drückte sie auf Wahlwiederholung. Sie wählte die Nummer am Hansaplatz, aber auch seine Mitbewohnerin Nadine war nicht zu erreichen.

Danach wischte sie mit zitternden Händen das Wasser auf, saß in der Küche am Tresen und starrte ins Leere. Sie fühlte wieder Tareks Hand, die die ihre packte, hörte die entsetzlichen Schmerzenslaute hinter sich. Erst als Teenager war ihr klar geworden, was die Männer ihrer Mutter angetan hatten. Danach hatten Ekel und Grauen sie bis in ihre Träume verfolgt. Doch der Schmerz wurde langsam gemildert durch die Liebe, die ihr zuteilwurde. Tarek hatte schon als Kind verstanden, was geschah, das hatte er ihr später erzählt. Auch wenn er die Tragweite noch nicht hatte ermessen können, der alles zersetzende Hass kam mit dem allmählichen Begreifen. Emna hatte immer gespürt, dass Tarek etwas von sich selbst in dem Raum zurückgelassen hatte. Es war dieser Verlust, der verhinderte, dass er je wieder heil werden konnte. Sie musste ihn finden.

Polizeipräsidium – Dienstag – 12:05 Uhr

»Ich möchte Frau Stein zur Vernehmung hierhaben.« Nora hatte sich vor Felix Reitners Schreibtisch in Stellung gebracht, die Hände in den Taschen ihres Parkas vergraben, damit sie nicht unwillkürlich die Arme verschränkte. Er runzelte die Stirn. Sie hatte ihn kalt erwischt, als sie ihm von Dr. Morin berichtete und von Frau Steins Geständnis, seit einiger Zeit einen Therapeuten aufzusuchen. Sie konnte geradezu sehen, wie die Information in seinem Kopf wie eine Flipperkugel hin und her schoss und gegen bisherige Erkenntnisse über die Familie und ihre Situation prallte. »Verheimlicht, ja?«, fragte er.

Dann dachte er nach.

Nora drückte den Rücken durch. Reitners Zögern strapazierte ihre Geduld. Die Sache war doch eindeutig. Was auch immer die Steins für ein Süppchen kochten, jetzt mussten alle Karten auf den Tisch. Und das ging nun mal am besten in einem kargen, ungemütlichen Vernehmungsraum.

»Sie hat sich der Zusammenarbeit verweigert. Wir müssen an die Kinder denken«, setzte Nora nach.

Reitner stand auf. »Ich rufe Friedrich Meyer an, er soll Frau Stein hierherbegleiten.« Er zögerte. »Was meinen Sie, sollen wir ihren Mann ...?«

Nora schüttelte den Kopf. »Wir machen das getrennt. Ich rufe ihn an und sage, dass wir unser verabredetes Gespräch um drei hier führen. Dann wissen wir schon, was Frau Stein zu sagen hat, und er ist nicht gleich alarmiert.«

Sie registrierte befriedigt, dass er nicht zuckte bei dem Gedanken, dass sie die Vernehmungen führen würde. Nora wartete, während Reitner telefonierte. »Ja. So schnell wie möglich.« Er legte auf.

»Wie läuft es mit Johan Helms?«, fragte Reitner.

»Super!« Nora lächelte knapp. »Ich bring kurz meine Jacke weg, dann höre ich mir an, was Dr. Morin zu sagen hat.«

Sie sahen sich in einem Moment stiller Genugtuung an. Erst der Lieferwagen, jetzt der ominöse Therapeut. Das war gut.

»Wie geht es mit dem Video der Überwachungskamera voran?«, fragte Nora.

»Die Verkehrskameras werden weiter ausgewertet, und die Liste der weißen Lieferwagen wächst. Und es gibt einen Kratzer an der Seite des Wagens. Wir überprüfen Verkehrsunfälle und Anzeigen wegen Vandalismus. Allerdings ist der Schaden nicht besonders groß, die Chancen dementsprechend schlecht.« Er zuckte die Achseln. »Bisher ist das alles. Ein sehr verschwommenes Bild des Fahrers, wir versuchen da mehr herauszuholen.« Reitner sah Nora an, zögerte: »Auf jeden Fall hat er einen dunklen Bart.«

Nora legte den Kopf schief. Das war einer dieser Sätze, die mit Vorsicht zu genießen waren. Dunkler Bart gleich Terrorist. Die Assoziationsketten wurden kürzer und die Leitungen länger, wenn man sich auf bestimmte Muster fixierte.

Polizeipräsidium – Dienstag – 12:20 Uhr

Johan stellte den Kaffee vor Jerome Morin ab. Fast hatte er Mitleid mit dem Mann. Dem arroganten Sack, erinnerte er sich. Morin hatte geweint. Johan fand es irritierend, einen gestandenen Mann, einen Psychotherapeuten, weinen zu sehen. Er gab sich keine Mühe, die Tränen zurückzuhalten. Wollte er damit etwas erreichen?

»Taschentuch?« Johan hielt ihm eine Packung hin.

Morin zog eines heraus, putze sich die Nase.

Johan setzte sich an den schmalen Tisch, dessen Metallfüße am Boden verankert waren und dessen ehemals weiß gelackte Oberfläche inzwischen fleckig und zerkratzt war. Aber dieses Zimmer war mit Absicht so ungemütlich. Eigentlich sollte er Morin nur Gesellschaft leisten, bis Nora kam, aber Morins aufgelöstes Verhalten machte ihn neugierig, und er wollte den Moment nicht verstreichen lassen, in dem er womöglich zu reden bereit war.

»Was macht Sie so traurig?«, fragte er mitfühlend.

Morin sah ihn aus geröteten, wässerigen Augen an. Er nahm seine Brille ab und wischte mit dem Taschentuch über die Lider. »Ich weine nicht. Das ist eine Störung der Tränendrüsen.

Wenn ich aufgeregt bin, wird es schlimmer.« Er griff nach dem Kaffee, sah Johan streng an. »Warum sollte ich weinen?«

»Ich weiß nicht. Vielleicht, weil die Kinder Ihrer Patientin entführt wurden? Weil sie leidet? Weil die Kinder leiden?«

Morin sah nachdenklich aus. »Sie haben recht. Es ist zum Heulen.« Allerdings klang er nicht traurig.

»Warum sind Sie aufgeregt?«

»Ich hätte gerne meine Therapiestunden durchgeführt.« Er trank einen Schluck Kaffee.

»Das ist wichtiger, als uns zu helfen? Alles kann bedeutsam sein, um die Kinder zu finden.« Johan entschied, Noras Härte etwas abzumildern.

»Es klang, als hätte ich keine Wahl. Wäre sonst unkooperativ und damit in Zukunft ein Ziel ständiger Schikane.« Morin lächelte zynisch. »Der Klient, den ich heute empfangen hätte, ist suizidal. Wir hätten heute über die Einweisung in eine Klinik gesprochen. Wenn er sich etwas antut, weil ich nicht da war, dann habe ich einen großen Fehler gemacht. Oder Sie.«

Johan musterte Morin, der sich bei diesen Worten zurückgelehnt hatte. Er sah nicht aufgeregt aus, eher wie jemand, der seine Wichtigkeit ein weiteres Mal betonen wollte. Johan hatte den Eindruck, er überspitze die Situation absichtlich. Was bedeutete das für Krystina Stein? Einen Therapeuten zu haben, der so sehr von sich selbst überzeugt war?

Während sie auf Nora warteten, dachte Johan an sein Studium. Er selbst hatte nie als niedergelassener Psychotherapeut praktiziert und bis auf die Zeit, in der er in der Psychiatrie hospitiert hatte, wenig direkt mit Patienten zu tun gehabt. Aber er erinnerte sich noch genau an die Anweisung aus einem der Seminare zur Gesprächstherapie: Der Patient muss erkennen, was seine Situation für ihn bedeutet, und dass er sie selbst herbeigeführt hat. Er braucht keinen, der ihm gute Ratschläge erteilt.

Eppendorf – Dienstag – 12:30 Uhr

Emna hatte das unzweifelhafte Gefühl, dass das alles kein Zufall sein konnte und irgendetwas grundlegend nicht stimmte. Noch schlimmer und irgendwie anders als sonst. In ihrem Magen hatte sich mit jedem weiteren verzweifelten Versuch, Tarek zu erreichen, der kalte Klumpen darin vergrößert. Sie hatte online Zeitungen nach weiteren Informationen über den Tod des Zuhälters durchsucht, ohne Erfolg. Immer erwartete sie, dabei auf Tareks Namen zu stoßen. Dass sie sich in den letzten Tagen zunehmend um ihn gesorgt hatte, erschien ihr schicksalhaft. Sie war sich nie sicher gewesen, ob Tarek in seinem ungeheuren Zorn nicht einem Schwindel seines Gedächtnisses aufgesessen war. Er hatte ihr damals, schon vor seinem Angriff, ein Foto des Mannes gezeigt, aber bei ihr hatte der Anblick von Jurij Kondraschin nichts ausgelöst. Selbst wenn er der Mann gewesen sein sollte, sie konnte es nicht sagen, und ihre Sehnsucht nach ihrer Mutter hatte nichts mit diesem harten Gesicht in der Zeitung zu tun.

Tarek dagegen hatte immer Kondraschin vor Augen gehabt, wenn er den Stürmen in seinem Inneren nicht entkommen konnte. Er hatte sich an seinen Rachegedanken festgehalten. Zeitweise war er von der fixen Idee besessen gewesen, wenn er ihre Mutter gerächt hätte, würde der ganze Schmerz über den Verlust, die schwere Ankunft in dem fremden Land, sogar über die Schergen, die ihr Dorf niedergemetzelt hatten, all das würde sich auflösen, und er könnte endlich den Kopf Richtung Sonne drehen und wäre nicht mehr gezwungen, immer nur auf die Schwärze zu seinen Füßen zu starren.

Ein weiteres Mal griff Emna nach dem Telefon. Erfolglos.

Sollte sie noch einmal in die Marsch fahren, sich dieser morbiden Stille aussetzen, nur um festzustellen, dass er wieder nicht dort sein würde? Oder sie fuhr nach St. Georg. Es war möglich, dass Nadine irgendwann nach Hause kam, oder Tarek selbst.

Sie strich ihren Pullover glatt, fühlte, wie unwirklich weich die Kaschmirwolle sich unter ihren Händen anfühlte. Ob das kleine Mädchen, das damals weinend über die Pflastersteine gestolpert war, auch noch irgendwo in ihr existierte? Sie hatte es nicht vergessen. Sie hatte Hilfe gehabt, war getröstet worden. Nur Tarek war allein geblieben, immer noch auf der anderen Seite eines tiefen Grabens, und traute sich nicht zu springen – dorthin, wo es erlaubt war, glücklich zu sein. Sie musste ihn finden.

Polizeipräsidium – Dienstag – 12:35 Uhr

Nora kam in das Vernehmungszimmer, setzte sich neben Johan und sah Dr. Morin verwirrt an. »Warum weinen Sie?«

»Ich weine nicht, das ist eine Störung der Tränendrüsen.« Morin deutete auf Johan. »Das habe ich Ihrem Kollegen bereits erklärt.«

Nora nickte. »Okay. Fangen wir an. Wenn es Ihnen irgendwie möglich sein sollte, eine Frage zu beantworten, ohne Ihre Schweigepflicht zu verletzen, möchte ich Sie bitten, das zu tun. Sie können vermutlich verstehen, dass für uns alles hilfreich sein könnte, selbst wenn Sie dem keine Bedeutung beimessen.« Sie holte ein Diktiergerät aus ihrer Tasche. »Ich werde das Gespräch aufzeichnen.«

»Aber ich bin nicht verdächtig!«

»Haben Sie einen Grund anzunehmen, dass wir Sie verdächtigen?«

Morin schüttelte den Kopf. »Nein.«

Nora lehnte sich zurück. »Na, sehen Sie. Wir finden es lediglich befremdlich, dass Krystina Steins Therapie während der bisherigen Ermittlungen nicht erwähnt wurde.«

Morin senkte den Kopf. In ihm schien es zu arbeiten.

»Ich weiß nicht, was davon für Krystina zu vertraulich ist, und werde Ihnen gegenüber nur Andeutungen machen. Mir ist wichtig, dass Sie das verstehen und ihr nicht sagen, was ich Ihnen jetzt erzählen werde ...«

Nora lächelte Dr. Morin auffordernd zu. »Es geht um das Leben zweier Kinder, wir sind dankbar für alles, das uns weiterhilft.«

»Krystinas Mann, also Justus Stein scheint ein richtiger Despot zu sein, sehr kalt. In den Therapiestunden ging es im Wesentlichen darum, ob sie das aushält oder ihn verlässt.« Morin legte die Unterarme auf den Tisch und ballte die Hände zu Fäusten.

Sofort eingeknickt, dachte Nora. Er hatte sich vorher doch so geziert. Sie schrieb das der Motivation zu, einen möglichst großen Auftritt zu inszenieren. Und es schien, als habe er Gefühle für Krystina Stein.

Nora beugte sich vor. »Hatte sie schon eine Entscheidung getroffen? Gehen oder bleiben?«

Morin rückte seine Brille zurecht. »Sie wollte die Kinder nicht verlieren. Sie wusste nicht, wie es weitergehen soll. Wir waren noch mitten im Prozess.« Eine Träne lief aus dem linken Auge, doch er ignorierte sie.

Noras Gedanken verfingen sich in dem Satz. *Sie wollte die Kinder nicht verlieren ...* Sie war alarmiert. Wie gut konnte

Krystina Stein schauspielern? Wie lange würde sie so eine Inszenierung ertragen, um mit ihren Kindern aus einer psychisch gewalttätigen Ehe zu entkommen? Bei den meisten Kindesentführungen war es ein Elternteil, das dem anderen die Kinder entzog. Hatte Krystina Stein jemanden, der ihr helfen würde? Und wo waren Lasse und Livia dann? Doch Frau Stein war so aufgewühlt. Das passte nicht. War der Plan aus dem Ruder gelaufen? War Frau Stein womöglich wie gelähmt, weil sie etwas ganz anderes durchmachte, als sie bisher gedacht hatten?

»Erzählen Sie uns bitte, wie lange Krystina Stein bereits bei Ihnen in Therapie ist. Wer hat Sie empfohlen?«

Nora machte sich Notizen, während Morin sachlich die Zusammenhänge umriss. Sechs Monate Therapie. Sie hatte gesagt, sie habe ihn im Branchenbuch gefunden. Es sei ein langsamer Start gewesen, aber es liefe gut. Nora beobachtete ihn genau, er schien angespannt. Die Tränen, die aus seinen Augen liefen, irritierten sie.

Es klopfte. Ein junger Kollege steckte den Kopf herein. »Frau Stein ist jetzt da.«

Nora sah, wie ein Zucken durch Morins Körper ging, als ob er sich erheben wollte. Dann sackte er wieder auf den Stuhl zurück, faltete betont gleichgültig die Hände und schaute zu Boden.

Hansaplatz – Dienstag – 13:20 Uhr

Tarek sah den Rauschschlieren nach, die aus seinem Mund quollen. Er hatte kurz geschlafen, jetzt saß er mit einem starken Kaffee und einer Hallo-Wach-Line am Küchentisch, die Beine ausgestreckt, Füße überkreuzt und dachte nach. Das Schwein war tot. Doch das Gefühl der Genugtuung, das er erwartet hatte, blieb aus. Wenn das hier vorbei ist, wird die Erleichterung kommen, dachte er.

Er sah zu dem Blatt Papier mit der Adresse des Einfamilienhauses in Farmsen, das er vorhin, als der Bulle da war, von dem Block abgerissen hatte, und schnipste die Asche ab.

Wenn der Bulle gewusst hätte, was das für eine Adresse war, hätte er diesen Zettel sicher gern gehabt. Er lächelte.

Sein Alibi war wasserdicht. So zugedröhnt, wie die alle gewesen waren, war es mehr als unwahrscheinlich, dass sie sich an die kurze Phase seiner Abwesenheit erinnerten.

Tarek betrachtete das Telefon, das auf dem Tisch lag. Er hatte die Anrufe von Emna nicht beantwortet, und Nadine gebeten, ihn zu verleugnen. Dabei konnte niemand außer Emna ermessen, wie er sich jetzt fühlte. Kondraschin tot. Sie hatte es vermutlich in der Zeitung gelesen und rief deshalb dauernd an.

Es war ja auch nicht so, dass er nicht gerne mit ihr sprechen würde. Aber es gab ein Problem mit ihr: Sie würde spüren, dass noch etwas im Busch war. Sie würde ihn löchern, damit aufzuhören, was immer es war.

Er konnte sie nicht zurückrufen.

Tarek hob die Hand, ließ sie über dem Telefon schweben, zögerte, zog sie zurück.

Es tat weh, sich von ihr fernzuhalten. Sie war der einzige Mensch, den er liebte.

Aber sie würde keine Genugtuung empfinden, nur Entsetzen. So war das schon immer gewesen. Sie hoffte, dass Gewalt einfach vorüberging, wie ein Orkan, vor dem man sich verkriechen musste. Sie hatte nie begriffen, dass die Flaute nur im Auge des Hurricanes existierte und nur derjenige sie kontrollierte, der den Sturm kontrollierte.

Vorgestern war sie sogar auf dem Hof gewesen. Die Aufnahmen seiner Überwachungskamera aus der Cloud waren ihm nahegegangen. Wie verloren sie ausgesehen hatte … Sie hatte einen ganz schön weiten Weg auf sich genommen, um ihn zu finden. Er ging dort nur hin, wenn er Zeit für sich brauchte, einen Ort, der so weit von dieser Welt weg war wie möglich.

Tarek nahm einen weiteren Zug von der Zigarette. Dann drückte er die Kippe energisch aus und stand auf. Ein Blick auf das Display des Telefons bestätigte ihm, dass die Tasche immer noch in Farmsen-Berne war. Wenn das alles vorbei war, würde er sich bei Emna melden. Vielleicht würde er sie auch ihrer heilen Welt überlassen und ein für alle Mal mit allem abschließen. Er würde ohnehin nie nach Deutschland zurückkehren können, und es genügte ja, wenn einer von ihnen auf dem Vulkan tanzte. Wenn er einen Wunsch hatte, dann war es, dass sie in der Blase ihrer perfekten Welt blieb, Leben rettete und nicht wie er Leben zerstörte.

Polizeipräsidium – Dienstag – 13:30 Uhr

Nora blickte Krystina Stein an, ihr Gesicht war blass, die Lippen zusammengepresst, die Mundwinkel nach unten gezogen.

Warum weinte diese Frau nicht, sie hatte doch allen Grund dazu? Nora lehnte sich zurück und betrachtete sie schweigend. Viele Menschen hatten das Bedürfnis, Schweigen mit etwas zu füllen, doch Krystina Stein konnte Stille anscheinend ebenso gut aushalten wie Nora selbst. Sie starrte in ihren Kaffee, verschwand immer mehr aus dem ungemütlichen Vernehmungsraum und der bedrängenden Situation, löste sich auf wie der Zucker, den sie gerade in ihren Becher geworfen hatte. Sie trank langsam einen Schluck, starrte an die Wand hinter Nora, als sei sie gar nicht mehr da.

»Dr. Morin hat mir bestätigt, was Sie gesagt haben. Sie haben die Therapie gemacht, weil ihr Mann Ihnen gegenüber kalt war.«

Um Frau Steins Mund zuckte es, aus schmalen Augen sah sie Nora an. »Ich habe Ihnen vertraut.«

Nora beobachtete das feine Spiel in ihrem schönen Gesicht. Sie war sehr attraktiv. Als sie jünger war, muss sie bildschön gewesen sein, wie das Klischeebild eines Engels. Eine junge Frau mit viel Macht und gleichzeitig gefangen darin, diese hübsche Hülle nie ablegen zu können und die Aufmerksamkeit anderer auf sich zu ziehen.

Versuchte sie sich hinter dem Vorwurf zu verstecken? Ihre Nasenflügel blähten sich, die Hände lagen übertrieben ruhig. Kleine Falten tauchten für Millisekunden vertikal und horizontal an den Augenwinkeln auf. Die ganze Frau war in Aufruhr, wie ein Baum, durch den ein Sturm fegte. Nora hatte gelernt, diese Mikroexpressionen wahrzunehmen und zu deuten. Doch ihr wirkungsvollstes Werkzeug, um sich in andere hineinzuversetzen, war das Gefühl, das ihr Gegenüber in ihr selbst auslöste.

Angst, Trauer, Schmerz, bei ihr selbst dicht unter der Oberfläche, halfen ihr, diese Gefühle auch bei anderen zu orten.

Sie horchte in sich hinein. Krystina Stein tat ihr leid. Sie machte sie nicht wütend, obwohl das angemessener wäre, schließlich hatte sie wichtige Informationen verheimlicht. Da war Angst, vor allem Angst. Sie spürte auch ihren Trotz, ihre Mauern, und sie wollte, dass Kristina Stein ihr vertraute. Aber sie vertraute ihr nicht. Das Berechnende in ihren Augen war neu für Nora.

Nora hatte das Gefühl, zum ersten Mal wirklich der Frau gegenüberzusitzen, die sie war, bevor ihre Kinder entführt worden waren. Sie war jetzt weder eine kühle Statue noch ein zerbrechliches Gefäß. Sie war wach, eine Frau, die in einem fremden Land Model, Universitätsdozentin und Millionärsgattin geworden war. Wobei Nora sich auch fragte, ob Letzteres aus Liebe oder in erster Linie aus Kalkül geschehen war. Nun, das mussten sich schöne Frauen mit reichen Männern immer vorhalten lassen. Allerdings war Justus Stein weder alt noch hässlich, und die beiden passten zumindest rein optisch gut zusammen.

Aber sie hatte eine Therapie gemacht, weil sie ihre Ehe nicht mehr aushielt und nicht wusste, ob sie sich trennen sollte. Oder weil sie nicht wusste, wie?

»Sie haben mir nicht vertraut«, sagte Nora in das Schweigen. »Ich musste Sie zwingen, mir zu erklären, wer Jerome Morin ist.«

Sie nahm ebenfalls einen Schluck Kaffee. Was haben wir es doch gemütlich.

Krystina Stein presste die Lippen zusammen. »Mein Privatleben hat nichts mit dem Verschwinden meiner Kinder zu tun.« Eine Träne setzte sich in ihren Augenwinkel, und sie schob das Kinn vor. »Wenn jemand die Verantwortung dafür trägt, dann sind es Justus und Jürgen. Die beiden tuscheln immer wieder miteinander, verstummen, wenn ich den Raum betrete. Die haben Geheimnisse, die viel schwerer wiegen, als die Tatsache, dass ich woanders Verständnis suche, das ich zu Hause nicht bekomme.«

»Was könnten die beiden für Geheimnisse haben?«

»Woher soll ich das wissen? Aber in letzter Zeit waren sie ziemlich nervös.«

»Wenn Sie diese Beobachtungen schon vorher gemacht haben, warum haben Sie uns das nicht gesagt?«

Krystina Stein zuckte die Achseln, wandte das Gesicht ab, als Tränen ungehemmt zu fließen begannen. »Weil er mich dafür bezahlen lassen wird. Wenn nicht jetzt, dann später, wenn Lasse und Livia wieder bei uns sind.«

Nora war verblüfft. Sie schien sich dessen so sicher. Sowohl, dass die Kinder zu ihr zurückkamen, als auch, dass alles, was sie sagte, von ihrem Mann gegen sie verwendet werden könnte. Deshalb hatte sie geschwiegen. Wie weit reichte die Macht ihres Mannes, wenn das Leben ihrer Kinder in Gefahr war?

Polizeipräsidium – Dienstag – 13:40 Uhr

»Kann ich jetzt allmählich gehen?« Dr. Morin sah Johan mit zusammengekniffenen Augen an und rührte ungeduldig in seinem Kaffee. Kling, kling, kling. In den rund anderthalb Stunden, die Morin in dem Vernehmungszimmer verbracht hatte, teils allein, teils mit Nora und immer wieder in der schweigsamen Gesellschaft von Johan, hatte er mehrere Tassen getrunken, jedes Mal mit zwei gehäuften Teelöffeln Zucker. Morins Augenlider waren inzwischen so angeschwollen, dass sie wie rote Bänder um seine wässerigen Pupillen lagen. Er blinzelte noch häufiger als zuvor.

»Soll ich Ihnen ein Antihistaminikum besorgen?«, fragte Johan. »Ich müsste nur kurz hoch in mein Büro.«

Morin schüttelte den Kopf, trank wieder einen Schluck. »Hilft nichts. Mischung aus Neurodermitis und chronischer Entzündung des Tränenkanals.«

Johan sah ihn mitfühlend an. Obwohl er Morin immer noch arrogant fand, und er sich nach wie vor wunderte, warum ihn das Schicksal der Kinder so wenig zu berühren schien, war das wirklich keine schöne Erkrankung. Allerdings hatte sie auch etwas Gutes: Je ungeduldiger Morin wurde, desto eher konnten sie ihm etwas Verwertbares entlocken oder eine echte Emotion. Die Augenreizung schaltete den Turbo ein.

»Vielleicht ist es psychisch?«, sagte Johan provozierend.

Dr. Morin runzelte die Brauen und sah ihn mit einem spöttischen Lächeln an, antwortete aber nicht.

»Frau Klerner möchte sich ein umfassendes Bild über die Situation machen. Sie spricht noch mit Krystina Stein. Und Sie möchten schließlich *helfen*, nicht wahr?«, sagte Johan.

Am Aufblitzen in Morins Augen erkannte Johan befriedigt, dass die Information, Krystina Stein sei ebenfalls immer noch hier irgendwo, ihn geduldiger zu machen schien. Morin lehnte sich zurück.

Johan grinste, trank ebenfalls. Kaffee, noch mehr Kaffee.

Morin nickte. »Gut, dann warte ich.«

Johan lehnte sich leicht vor. »Wir können uns aber auch unterhalten. Die Frage, die ich Ihnen vorhin gestellt habe, wem Frau Stein bei Ihnen begegnet sein könnte. Was meinen Sie dazu?«

»Ohne Gerichtsbeschluss werde ich keine Patientennamen preisgeben.«

»Das erwarte ich auch gar nicht«, sagte Johan und lächelte verbindlich. »Aber wir sind ja quasi Kollegen. Und ich gehe davon aus, dass Sie, sollten Sie wissen, dass ein Patient eine Straftat plant, mir das natürlich sagen würden. Sie würden den Schutz der Privatsphäre eines Patienten ja nicht über den Schutz anderer Menschen stellen. Zumal Sie ja nach §138 StGB, verpflichtet wären, eine Tat wie eine Entführung oder Erpressung schon im Vorfeld anzuzeigen, wenn Sie davon Kenntnis hätten.« Er machte eine Pause. »Und wenn Sie es bisher nicht getan hätten, würden Sie es jetzt tun, weil das Leben zweier Kinder in Gefahr ist.«

Morin schüttelte leicht den Kopf und schürzte die Lippen. Er zögerte, dann sagte er: »So einfach ist das nicht. Nehmen wir, rein hypothetisch, einmal an, ich könnte mir vorstellen, dass jemand eine Straftat plant. Aber konkret ist da nichts. Dann hat er mir das ja noch lange nicht gesagt. Meine Fantasie entbindet mich nicht von meiner Schweigepflicht.«

Wo Eitelkeit anfängt, hört der Verstand auf, dachte Johan. »Ja, die Schweigepflicht. Man kann es sich so einfach machen, nicht wahr?« Johan lächelte verschwörerisch. »Zwei Kinder sind verschwunden, wie vom Erdboden verschluckt. Was sagt ihre Fantasie dazu?«

Morin hob das Kinn. »Meine Fantasie ist sehr stark. Ich vermeide es, daran zu denken, denn ich könnte diese Bilder nicht ertragen.«

Johan schnaubte. Ja, das Aushalten der Bilder, ein generelles Problem. Da gab es Kanäle, die vom Snuffvideo bis zum Hardcore-Porno alles ins Wohnzimmer lieferten, was das Internet hergab. Die kommerziellen Produktionen wiederum übertrafen sich ebenfalls in realistischen Gewaltdarstellungen. Und da war die Fantasie, die davor zurückschreckte, die Bilder der Wirklichkeit zuzuordnen. Johan schüttelte den Kopf. »Hätten Sie Mitgefühl, könnten Sie sich diesen Bildern nicht verschließen. Sie wären immer da, sie würden Sie nachts in den Schlaf verfolgen.« Er zeigte mit dem Finger auf Morin. »Ein Junge und ein Mädchen von elf und neun Jahren. Irgendwo in den Händen brutaler Erwachsener, die mit ihnen machen können, was sie wollen. Sie haben überhaupt keine Empathie, wenn Ihnen das nicht unter die Haut geht.«

Morin schüttelte nun seinerseits wütend den Kopf. »Ich schaue nur auf Krystina Stein. Sie ist bei mir in Behandlung.«

»Was sind Sie denn für ein Therapeut? Einer, der die Gefühle seiner Klientin wahrscheinlich einfach nicht ertragen kann, der sich weigert, sich das Schlimmste vorzustellen. Das ist Scharlatanerie!«

Morin hieb mit der Faust auf den Tisch. »Ich verfüge sehr wohl über Fantasie und Empathie, und deshalb kann ich mir lebhaft vorstellen, was passiert, wenn ich in alles irgendetwas hineininterpretieren würde.« Er atmete heftig aus und starrte auf die Tischplatte. Johan verkniff sich ein Lächeln, hatte er ihn doch aus der Reserve geholt.

Morin sah ihn wütend an. »Nehmen wir an, rein hypothetisch, ein Mann kommt in meine Praxis, jeden Dienstag. Er ist depressiv und leicht manisch. Hat immer wieder Schübe großer Euphorie, die aber schnell wieder verpuffen, wenn das, was er sich vorgenommen hat, nicht klappt.« Morin breitete die Hände aus. »Das nächste große Ding, immer wieder. Endlich etwas, das seine hohen Erwartungen an sich selbst befriedigt und anderen beweist, wie toll er ist. Dabei ist sein Leben überhaupt nicht toll, er hat ständig Geldsorgen. Und dieser Mann ist plötzlich glücklich, wirkt wieder euphorisiert, hat irgendwas am Laufen. Aber entgegen seiner sonstigen Gewohnheit, mir seine neueste fixe Idee detailliert darzulegen, macht er ein Riesengeheimnis darum. Und er zeigt mit kleinen Gesten, dass er sich von mir verabschiedet. Der lange Händedruck am Ende der Sitzung, das wissende, leicht wehmütige Lächeln.« Morin sah Johan über den Rand seiner Brille hinweg an. »Würden Sie von diesem Verhalten auf eine Straftat schließen oder auf eine Suizidabsicht?«

Johan starrte Morin an. Lag er richtig mit der Annahme, dass Morin ihn gerade auf jemanden hinwies, den er tatsächlich in Verdacht hatte, an der Entführung der Kinder beteiligt zu sein? Er hatte ja vorhin schon so etwas erwähnt, dass sein Klient in die Klinik gehörte. Vielleicht hatte er seine Zeichen nur nicht richtig gedeutet.

Morin stand auf. »Ich muss mal auf die Toilette.«

Johan nickte. »Ich begleite Sie.«

Morin nickte mechanisch, sie traten aus der Tür in den Flur. Johan betrachtete Morins steifen Rücken, holte tief Luft. Suizidal? Dienstag? Das sollte Nora wissen. Sie hatte gesagt, dass Krystina Stein ebenfalls immer dienstags zu Morin gegangen war.

Farmsen – Dienstag – 13:40 Uhr

Tarek fuhr an dem hohen Holzzaun mit dem großen Tor vorbei, in dem gestern Abend der SUV verschwunden war, dann bog er in die nächste Querstraße ab. An der Längsseite des Grundstücks standen kleinere Einfamilienhäuser mit Spielstraßen dazwischen. In der Siedlung war es ruhig. Die ganze Zeit, während er die Umgebung beobachtet hatte, war es ruhig gewesen. Trister Totentanz in den Suburbs von Hamburg. Nur dass hinter dem hohen Zaun immer jemand da war, dessen war er sich sicher. In einem Winkel war ein kleines Dreieck mit immergrünen Thujasträuchern. Tarek hielt dahinter. Er warf einen Blick auf seinen GPS-Empfänger. Die Tasche war noch im Haus.

Tarek stieg aus, schlüpfte hinter die Büsche, zog sich mit einem Klimmzug am Zaun hoch und linste darüber. Auf dem Rasen stand ein hoher Nadelbaum, an dessen Stamm gut sichtbar eine Überwachungskamera hing. Wie er es sich gedacht hatte. Er konnte noch zwei weitere kabellose Kameras ausmachen, eine an der Hauswand und eine vor der Garage. Auf dieser Seite des Hauses befand sich eine große Terrasse mit einer polsterlosen Polyrattan-Sitzgruppe und einem Grill unter einer Winterhaube. Ein mit Raureif überzogener Plastikbagger und ein kleiner Eimer lagen davor. Tarek ließ den Zaun los, ging zum Auto zurück und setzte sich auf den Beifahrersitz. Er zog den Laptop aus dem Rucksack zu seinen Füßen und startete aircrack-ng. Die zwei Jahre, die er letztlich tatsächlich eingesessen hatte, waren die schlimmste Zeit seines Lebens gewesen. Eingesperrt zu sein hatte zunächst an seinen Nerven genagt, ihn noch verzweifelter und wütender gemacht.

Aber nach einem Jahr hatte er begriffen, was er von seinen Mithäftlingen alles lernen konnte. Er war eingefahren als zielloser junger Mann, der sich mit jedem anlegte. Verlassen hatte er das Gefängnis abgeklärt, ausgerüstet nicht nur mit Kontakten, sondern auch mit Wissen und Kalkül. Er war, wenn man so wollte, im Knast erwachsen geworden.

Aircrack zeigte eine Reihe von WLAN-Netzen in der Nähe. Tarek wählte das mit dem stärksten Empfang und startete die Suite. Innerhalb von wenigen Minuten hatte das Programm den 24-stelligen WPA2 ausgelesen, und er konnte sich einloggen. Mit dem Befehl airmon-ng schaltete er den WLAN-Adapter in den Monitor-Mode. Es war alles so verdammt einfach, wieso ahnten die Leute das nicht? Nun hatte er die Möglichkeit mit airodump-ng die verschiedenen Clients zu identifizieren und den Datenstrom mitzulesen. Er vermutete, dass die E-Mails verschlüsselt waren und ein findiger Systemadministrator einen Angreifer darüber identifizieren könnte, doch was er wollte, war einfacher. Und unsichtbarer. Er schaltete den Kanal, über den die Kameras liefen, mit einem Befehl ab. Nun waren sie nicht mehr in der Lage, sich ins Netzwerk einzuwählen und suchten mit jedem Ping nur nach dem Router. Bis jemand das bemerkte, hatte er freie Bahn. Tarek schloss das Notebook, nahm die Tüte, die neben dem Rucksack lag und stieg aus.

Er lauschte. Stille. Ein Auto näherte sich aus der Ferne. Als der Wagen geräuschvoll auf der Querstraße vorbeifuhr, setzte Tarek einen kleinen Akkubohrer an den Holzzaun. Anschließend steckte er ein Röhrchen mit einer Fischaugenlinse durch das Loch, presste sein Auge dagegen und wartete.

Polizeipräsidium – Dienstag – 14:00 Uhr

Krystina Stein war in ihrer Ehe immer mehr unter Druck geraten. Ihr Eingeständnis der Angst vor ihrem Mann hatte alle Dämme gebrochen. In der letzten halben Stunde hatte Nora ihrer verzweifelten Stimme gelauscht, ohne sie mit Rückfragen zu unterbrechen. Justus Stein hatte erst ihre Karriere in Frage gestellt, dann hatte seine Eifersucht zu Kontrollen, Unterstellungen und Streit geführt. Und immer hatte er ihr die Schuld dafür gegeben, dass er sich so aggressiv verhielt. *Du willst doch nur mein Geld, deshalb glaube ich dir nicht.* Das hatte er gesagt. Anfangs hatte Krystina Stein sich noch schuldig gefühlt, sich gefragt, ob er sich von ihr herabgesetzt fühlte und *mit Recht* ihre Ehe, ihre Liebe in Frage stellte.

»Irgendwann haben mich seine Vorwürfe so zermürbt, dass ich gar nicht mehr wusste, was wahr ist. Ich wollte nur noch, dass er damit aufhört. Und ich bin zu dem Schluss gekommen, dass ich eine Therapie brauchte, um bei all den Verleumdungen herauszufinden, wer ich eigentlich wirklich bin.« Sie sah Nora unglücklich an.

Nora überlegte, was sie an den Ausführungen störte. Das Selbstbezogene? Anscheinend wusste Krystina Stein jetzt, wer sie war. Sie wollte gerade nachfragen, als Johan klopfte. Mit einem Wink gab er ihr zu verstehen, dass er sie sprechen wollte.

»Entschuldigen Sie mich.« Nora schloss die Tür des Vernehmungszimmers hinter sich, bevor sie sich Johan zuwandte.

»Will Morin nach Hause?«

»Das auch. Jetzt ist er auf der Toilette. Aber vor allem hat er mir eben zu verstehen gegeben, dass einer seiner Klienten sich in letzter Zeit auffällig verhalten hat. Ich bin mir nicht sicher, dass er sich wirklich auf die Entführung bezieht, aber der Patient ist einer von denen, denen er heute Vormittag abgesagt hat«, sagte Johan.

Nora dachte nach. »Sie könnten sich also dienstags über den Weg gelaufen sein.« Was wusste sie über Krystina Stein? Sie war manipulativ. »Wie lange ist Morin schon auf der Toilette?«

»Noch nicht lange, aber …«

Nora sah Johan in die Augen. Das Schönste an Johans Augen war diese Mischung aus Intelligenz und Arglosigkeit. Hätten alle Männer solche Augen, gäbe es keine Kriege mehr. Sollte sie wirklich? Ach, scheiß drauf, er würde nichts sagen.

»Okay. Halte ihn hin.« Nora öffnete die Tür zu dem Vernehmungszimmer, in dem Morin bis eben noch gesessen hatte. Sein brauner Lederblouson hing über der Stuhllehne, Altmännerkleidung, dabei war er höchstens fünfzig. Auch das Telefon, das sie ihn vorhin hatte benutzen sehen, war ein altmodisches Klapphandy. Sie schloss die Tür hinter sich und vergewisserte sich mit einem Blick auf die Kamera, dass sie aus war. Sie ging in die Hocke, fühlte an der Tasche der Jacke. Schwer. Schlüssel, Telefon. Sie zog das Handy hervor und klappte es auf. Auch alte Mobiltelefone waren mit einer PIN gesperrt, doch sie hatte Glück. Morin war inzwischen zwei Mal zurückgerufen worden. Nora prägte sich die Telefonnummern der Anrufer im Display ein, errechnete jeweils die Quersumme und steckte das Handy zurück in Morins Tasche. Sie verließ den Raum, bog um die Ecke, zog ihr eigenes Telefon hervor und tippte die Nummern in eine Notiz. Bei einer Ziffer zögerte sie. War das eine Acht oder Vier gewesen … sie notierte die Zahlen, an die sie sich erinnerte, zog die Quersumme und setzte die fehlende Vier ein. Selbst wenn einem zwei Zahlen entfallen waren, konnte der kleine Trick dem Gedächtnis noch auf die Sprünge helfen. Nora steckte ihr Handy ein. Johan stand noch auf dem Gang und sprach mit Morin.

»Ich bin gleich bei Ihnen«, sagte sie im Vorbeigehen und zwinkerte Johan zu. Der starrte sie mit einem eigentümlichen Blick an. Ein wenig besorgt.

Farmsen – Dienstag – 14:00 Uhr

Tareks Muskeln im unteren Rücken versteiften sich zusehends. Er änderte seine Position minimal und hielt den Atem an, als ein Mann auf die Terrasse trat. Er war besser gekleidet als die beiden, denen er gestern die Tasche mit dem Kokain übergeben hatte. Nur sein weißes Hemd spannte über seinem Bauch, der über die Anzughose hing. Aus der Jacketttasche zog er eine Packung Zigaretten, und als er aus der Hosentasche ein Feuerzeug fischte, sah Tarek das Waffenholster unter dem Revers. Der Leibwächter der Familie. Oder Drogenwächter. Je nachdem, wer oder was sich gerade im Haus befand. Vermutlich beides gleichzeitig.

Er wartete, bis der Mann aufgeraucht hatte und wieder verschwand. Im Souterrain ging ein Licht an. Tarek zog sich am Zaun hoch, ließ sich über die Kante des Zauns fallen, huschte über das Grundstück und presste sich flach gegen die Hauswand. Sein Herz hämmerte, aber nicht so, dass es ihm den Atem nahm. Er hatte eine Zeitlang gut von Einbrüchen gelebt, die Routine zahlte sich aus. Nur dass hier niemand die Polizei holen würde. Die Strafe für das unerlaubte Eindringen würde auf dem Fuß folgen. Was weitaus schlimmer war.

Aus seiner Tasche zog er eine Vorrichtung, etwa so groß wie eine mit braunem Plastik überzogene Ein-Euro-Münze und pappte sie unter die Holzkante der Terrasse. Dann rannte er geduckt zum Zaun zurück und schwang sich darüber. Fast hätte er laut gelacht, so high machte ihn das Adrenalin mit dem Rest Koks in seinen Adern. Er kramte hinter den Thujasträuchern den Empfänger mit Signalverstärker aus der Tüte, steckte ihn in eine grüne Rattenköderbox aus Plastik und platzierte ihn unter den Bäumen. Sie würden bald aktiv werden, und das war seine Chance.

Polizeipräsidium – Dienstag – 14:20 Uhr

Sie ließen Dr. Morin und Krystina Stein allein in den jeweiligen Vernehmungsräumen zurück, zwei Beamte hatten sie über die Überwachungskameras im Blick, während sie sich zur Lagebesprechung in Reitners Büro zurückzogen. Reitner saß in seinem Bürostuhl. Meyer war auch da, lehnte am Tisch, die langen Beine ausgestreckt. Nora stand an der Wand, und Johan setzte sich auf einen der Besucherstühle, wippte mit den Knien. Auch Reitner und Meyer wirkten angespannt.

»Woher hatten Sie eigentlich die Information, dass Krystina Stein zu einem Therapeuten geht?«, fragte Reitner. Nora neigte den Kopf und schwieg. Sie sah ein Lächeln in Meyers Mundwinkel zucken, als sie sagte: »Viel wichtiger finde ich, was wir jetzt damit anfangen. Stellen wir uns diese Möglichkeit vor: Krystina Stein möchte ihren Mann verlassen, weiß aber, dass sie dann alles verlieren könnte. Nicht nur das Vermögen …«

Nora sah fragend zu Meyer, der nickte: »Ja, sie bekommt fast nichts, sie haben einen Ehevertrag!«

Nora fuhr fort: »... sondern womöglich auch das Sorgerecht für ihre Kinder. Justus Stein ist angesehen, stammt aus einer alteingesessenen Familie, sie kommt aus der Ukraine, ist erst mit fünfzehn nach Deutschland gekommen. Sie muss Angst haben, dass sie diesen Kampf verliert, vor allem wenn er ihr mit seinen Anwälten droht.«

Reitner guckte zweifelnd. »Aber als Mutter hat sie doch die besseren Karten. Sie war Universitätsdozentin und überhaupt ...«

Nora sah, wie Johan Reitner musterte: *Hat der Kinder*?

Sie schüttelte den Kopf. »Nicht unbedingt. Die Sekretärin hat gesagt, die Kinder seien häufig bei Stein im Büro gewesen, während Frau Stein durch Abwesenheit glänzte. Und wenn er ihr psychische Probleme unterstellt ... Sie war in Therapie. Stein könnte versuchen, sie zu diskreditieren, und ich denke, er würde nicht zögern, wenn das seinen Interessen dient. Sie glaubt, ihm wäre jedes Mittel recht, sich an ihr zu rächen, wenn sie ihn verlässt.« Sie sah von einem zum anderen. »Rein hypothetisch, wenn sie bereit wäre, eine Entführung zu fingieren, um später die Kinder irgendwo wieder zu treffen, dann geht das nicht ohne Hilfe.«

»Ganz schön abgefeimtes Szenario, das Sie da ausmalen. Und wir alle strampeln uns dann umsonst ab?« Reitner sah Nora fasziniert an, weniger kritisch als neugierig.

»Sie hat ihren Mann als Despot bezeichnet, der sie psychisch fertiggemacht hat.«

Meyer schnaubte leise. *Welche Überraschung!*

Nora sah in die Runde. »Ich finde, dass die Familie sich seltsam verhält. Dafür, dass ihre Kinder verschwunden sind, wirken sie viel zu gelassen. Alle miteinander. Die Einzigen, die wirklich am Boden zerstört sind, sind das Au-pair-Mädchen und die Sekretärin.«

Meyer neigte vage den Kopf. »Sie haben die Eltern am Freitag nicht gesehen, sie waren ehrlich bestürzt.«

»Ich glaube auch nicht, dass eine Frau, die zu so drastischen Mitteln greift, nicht verzweifelt ist. Justus Stein fliegen seine Ehe und seine Familie um die Ohren. Sie holt die Polizei, dabei ahnt er, was wirklich vorgeht. Aber verraten kann er sie auch nicht. Nicht, wenn sein Perfektionismus sich auch auf die Familie erstreckt und er das allein mit seiner Frau ausmachen möchte. Ich halte ihn für einen Kontrollfreak.« Sie schaute Meyer an: »Was haben Sie denn von der Beziehung der beiden mitbekommen? Was ist mit den Hausangestellten? Was ich von denen bisher gelesen habe, zeigt eher, dass sie die Familie für großartig halten, die Eltern für vorbildlich. Hatten sie Angst, etwas anderes zu sagen?«

Meyer zog die Mundwinkel nach unten. »Schwer einzuschätzen. Die Haushälterin und Putzfrau wirkten beide ehrlich betroffen. Aber wenn ich so drüber nachdenke, war Justus Stein gegenüber seiner Frau unterschwellig ziemlich aggressiv. Das ist er im Moment immer, deshalb habe ich mir darum wenig Gedanken gemacht. Aber es ist schon erschütternd, wenn man seiner Frau in einer solchen Situation nicht beisteht.«

Nora schaute ihn mit leicht gesenktem Kopf an. »Justus Stein wollte zuerst auch nicht die Polizei informieren.«

»Ja, aber er hat das plausibel erklärt: Er wollte eine Lösegeldforderung abwarten und die Sicherheit der Kinder nicht gefährden«, sagte Meyer.

Nora starrte jetzt Reitner an, der unruhig mit den Fingern auf den Tisch trommelte. »Und sie? Warum sollte sie Ihrer Theorie nach die Polizei informieren? Das wäre doch unsinnig.«

»Damit es glaubhaft wirkt. Es soll ja auf keinen Fall herauskommen. Sie geht irgendwann zum Beispiel in die Ukraine, ist dort vereint mit ihren Kindern.« Konnte Reitner sich vorstellen, dass Krystina Stein so kaltblütig agierte? Nora schon.

Reitner lehnte sich zurück und verschränkte die Arme. »Mir kommt er recht vernünftig vor, keiner, bei dem man so weit gehen muss ...«

»Sie nehmen Justus Stein ganz schön in Schutz, dafür, dass ihn kaum jemand leiden mag.« Nora sah aus den Augenwinkeln, dass Johans Stirn sich in Falten legte. Fand er sie zu verbissen? Sie redete sich um Kopf und Kragen. Und alles fühlte sich falsch an.

Reitner seufzte und starrte kurz an die Decke. »Sie haben keine Kinder, oder?«

Nora fühlte Zorn aufflammen. Das ging ihn verdammt noch mal nichts an. Außerdem konnte sie sich trotzdem vorstellen, wie Eltern tickten. Oder ticken sollten.

Meyer stieß sich vom Tisch ab. »Was wissen wir über Krystina Steins Herkunftsfamilie? Was wissen wir über ihre Freunde, Dr. Morin und seine Patienten? Wir müssen Frau Steins persönliches Umfeld und ihre Vergangenheit noch genauer durchleuchten.« Er nickte Nora zu. »Ich finde Ihre These interessant. Dazu der Wagen. Da sind wir dran. Und die Zeit drängt, alles, was uns weiterbringt, ist willkommen.«

Reitner lehnte sich zurück und betrachtete Nora. »Gut, ich finde es reichlich konstruiert, aber nicht unmöglich.« Nora lächelte sparsam. War das ein Zugeständnis an ihre Kompetenz oder an seine Karrierewünsche in Berlin?

St. Georg – Dienstag – 14:30 Uhr

Emna klingelte an Tareks Wohnung am Hansaplatz Sturm, doch niemand öffnete. Sie sah sich um. Diese Gegend kannte sie von nächtlichen Einsätzen. Sie sammelten hier Drogensüchtige ein, die in einer Vorhölle zwischen Leben und Tod gefangen waren und von ihnen reanimiert wieder in ihr leidvolles Leben entlassen wurden. Emna wusste, dass sie keinen Exklusivanspruch auf Wut oder Rachegefühle hatte, und sie fühlte sich erschöpft von der Not, die heute ihre Seele wund rieb. Sie zog ihren Daunenmantel enger um sich und ging in Richtung Lange Reihe. In dieser Straße war St. Georg gentrifiziert mit Szenerestaurants, Cafés und Bars. Emna betrat ein kleines Restaurant. Mit Volker hatte sie einige Male hier gegessen, es gab vorzüglichen Wein, gestärkte weiße Servietten und Blumenvasen auf den Tischen. Emna setzte sich an einen der schwarzen Holztische und ließ sich von der Atmosphäre des Wohlstands umfangen, schlüpfte hinein wie in einen warmen Pullover, der Kälte und Elend gleichermaßen abhielt. Sie bestellte Seeteufelspieß mit Gambas, Mineralwasser. Doch die Traurigkeit wich nicht, das Essen fühlte sich im Mund an wie Pappe. Schließlich schob sie das Gericht nur halbgegessen von sich, bestellte einen Milchkaffee und biss sich auf die Lippen, um nicht zu weinen.

Polizeipräsidium – Dienstag – 14:40 Uhr

Nora sah, wie Friedrich Meyer sich zu Krystina Stein an den Tisch setzte. Reitner hatte entschieden, dass Meyer und Helene Diester nun mit Frau Stein reden sollten und Nora über Kopfhörer und Monitor nur noch beobachtete. Sie hatte den vagen Verdacht, dass Reitner fand, sie sei zu aggressiv. Aber war Meyer misstrauisch genug?

Sie sah, dass Krystina Stein jetzt in defensive Apathie fiel. Sie starrte vor sich hin und antwortete einsilbig.

»Haben Sie gegenüber Dr. Morin die Absicht geäußert, sich von Ihrem Mann zu trennen?«

»Ja.«

»Wie haben Sie sich das Leben danach vorgestellt?

»Besser.«

»Wo sollten Ihre Kinder wohnen?«

»Bei mir.«

»Und wo wollten Sie mit Ihnen leben?«

Schweigen.

»Wie waren Ihre Pläne bezüglich der Zeit nach der Trennung?«

Schweigen. Krystina Stein fuhr sich mit den Händen durch die Haare. Ihre Lippen waren gestrafft, ihre Augen schienen nach innen zu blicken. Sie hat dichtgemacht, dachte Nora. Meyer wirkte frustriert, aber auch fürsorglich, als er sagte: »Ich weiß, wie schwer das für Sie ist.«

Krystina Stein starrte ihn an. Sie verstehen gar nichts, sagte ihr Blick. Ein trotziges Blinzeln zur Kamera. Nora hatte sie schon wieder verraten. Statt sie als Opfer zu behandeln, hatte sie sie ihren Kollegen zum Fraß vorgeworfen.

Nora schaltete den Kanal um, sah Johan und Demirel Akay die Dr. Morin verhörten, der zunehmend ungeduldiger wurde. »Ich möchte jetzt zu meiner Klientin. Ich finde es unerhört, wie Sie die arme Frau quälen.«

Demirel Akay lehnte sich vor. »Wir würden zunächst gerne wissen, wie Ihr persönliches Verhältnis zu Frau Stein ist?« Morin schüttelte resigniert den Kopf und verschränkte die Arme. Sowohl Krystina Stein als auch Morin hatten gemerkt, dass sich die Stimmung ihnen gegenüber verändert hatte.

Die sagen gar nichts mehr, dachte Nora und schaute auf die Uhr. Kurz vor drei. Justus Stein hatte erst zugestimmt, ins Präsidium zu kommen, nachdem sie hatte durchblicken lassen, dass es keine Alternative gab. Um halb vier könne er allerdings frühestens da sein. Sie hatte ihm nicht gesagt, dass seine Frau hier war. Und auch nichts von Dr. Morin. Das würde er noch früh genug erfahren.

Nora war nervös. Sie fühlte sich, als müsse sie gleich ein verbales Skalpell ansetzen, um eine Ehe zu sezieren. Was den Beteiligten nicht gefallen würde. Und seit heute Morgen hatte sie nichts gegessen und keine Zeit zum Nachdenken gehabt. Sie holte ihren Parka aus dem Büro, verließ das Gebäude durch den Haupteingang und schlug den Weg Richtung Stadtpark ein. Direkt hinter der ersten Reihe der hohen, jetzt kahlen Bäume war ein Spielplatz. Nora blieb stehen. Das Klettergerüst und die Rutsche waren Miniaturausgaben normaler Spielgeräte. Ein Zwerg in gefütterter Gummihose und mit klumpigen Stiefelchen watschelte durch den Sand; ein Mädchen, dessen dunkle Locken sich unter einer rosa Mütze hervorkringelten, saß auf der höchstens ein Meter langen Rutsche, bis es wie ein dick gepolstertes Paket in den Sand plumpste und quietschte. Nora beobachtete die Winzlinge. Kinder wie Larven, rund, zufrieden und hungrig nach Eindrücken und Liebe. Krystina

Stein hatte als Mutter diese Phase kleinkindlicher Hilflosigkeit bereits hinter sich. Andere Dinge waren wichtig geworden, Schule, Freunde, die positive Verstärkung erwünschter Eigenschaften – und die eigene Freiheit, die Beziehung zum Partner.

Licht fiel durch die nackten Äste auf den schwarzen Lehmboden des Weges. Vereinzelt hatte die Sonne die Eiskruste getaut, und Nora wich Matschpfützen aus. Weiter vorne war ein Kiosk, Dampf stieg aus dem Schornstein des kleinen Gebäudes auf.

Nora hatte die Zimmer der Kinder genau in Erinnerung. Es war viel Mühe darauf verwendet worden, beiden ein optimales Heim zu bieten, einen geschützten Raum mit allen Möglichkeiten, sich zu entfalten und zu entwickeln. Diese Geborgenheit aufgeben? Die Chancen, die die Kinder im Leben durch den Einfluss ihres Vaters und seines Vermögens hatten? Selbst Krystina Stein hatte gesagt, dass Justus Stein gut zu seinen Kindern war. Ihnen den Vater nehmen? Dafür musste eine Menge vorgefallen sein.

Auf einmal kam ihr die ganze Theorie wie eine unselige Hoffnung vor, an die sie sich klammerte, weil sie nichts sonst hatten. Und sie wusste ja selbst, dass sie Eltern prinzipiell nicht traute. Dass sie wusste, dass sie für ihre Kinder zur Gefahr werden konnten. Sich in die fixe Idee der Schuld der Eltern zu verbeißen, könnte Teil ihres eigenen, gerade aufgefrischten Traumas sein. Nora fühlte Schmerz in jedem Knochen, als sei mit einem Mal die Wirkung eines beruhigenden Medikaments verpufft. Sie zwang sich weiterzugehen. Sie hatte nur so kurz Zeit gehabt, sich emotional all diesen Eindrücken zu stellen, bisher war alles Schlag auf Schlag gegangen.

Sie kaufte am Kiosk Milchkaffee im Pappbecher und ein Franzbrötchen, dann setzte sie sich an den letzten vom Sommer übrig gebliebenen, nun eisverkrusteten Holztisch.

Ihr war zum Heulen zumute, ganz allgemein und wegen des Ziehens in ihren Gliedern, das ihr signalisierte, dass sie nicht vorwärtskamen, obwohl sich so viel bewegte. Livias und Lasses Leid war noch längst nicht vorbei.

Nora dachte an die Anwältin, die jetzt in ihrem Namen den formellen Widerspruch auf den Weg brachte. Noch eine Bewegung, die eine Gegenbewegung auslösen würde. Manchmal wünschte sie sich einfach nur Stille.

Konnte man auch andersherum denken: Dachte Krystina, dass ihr Mann ihr womöglich die Kinder entzogen hatte, um sie zu bestrafen und seine Macht zu demonstrieren? Weil er herausgefunden hatte, dass sie ihn verlassen wollte? Alles, was sie gesagt hatte und wie, hatte nach einem Hilfeschrei geklungen und ließ sich auch in diese Richtung interpretieren. Vielleicht wollte sie, dass Nora darauf kam, ohne dass sie es direkt ansprechen musste oder konnte.

Die Eltern von Justus Stein unterstützten Krystina nicht, hatte Brigitta gesagt. Vielleicht weil sie wussten, dass die Entführung nur der Gipfel eines zermürbenden Ehestreits war? Weil die Kinder bei ihnen waren? Und Jürgen Steins Personenschützer sollte sie warnen, wenn die Polizei dahinterkam? Wem würde sie es eher zutrauen, den Partner, die Polizei und Medien glauben zu lassen, die gemeinsamen Kinder wären in den Händen von Erpressern: Justus Stein oder seiner Ehefrau?

Wenn überhaupt, dann tippte sie auf ihn. Nerven aus Stahl. Und was hatte er zu dem Unbekannten am Telefon gesagt: Das kann nicht mehr lange so weitergehen, die Polizei sei überall im Haus.

Und was, wenn die emotionale Lähmung und der Kleinkrieg daher rührten, dass beide Eltern nicht wahrhaben wollten, dass tatsächlich Fremde ihre Kinder in der Gewalt hatten?

Und was, wenn es genau so war? Nora war kalt, äußerlich und innerlich.

Hafen – Dienstag – 14:40 Uhr

Tarek stand mit seinem Wagen vor dem Lager der Im- und Exportfirma und beobachtete den Hof. Sattelzugmaschinen mit Containeraufliegern fuhren zwischen die Hallen und kamen kurz danach beladen wieder aus der Einfahrt. Er hatte also recht gehabt, dass hier Waren innerhalb Europas transportiert wurden. Vermutlich Dinge, in denen sich vortrefflich ein paar Kilo Kokain verstecken ließen. Über dem Tor warb die Firma mit dem Direktverkauf von Möbeln, vermutlich wurde so Bargeld gewaschen. Bisher war kein Kunde aufgetaucht, und der Stacheldraht auf den Zäunen wirkte wenig einladend. Tarek dachte nach. Das Lager lag nicht am Wasser, es war auch kein Zolllager, bei dem Ein- und Ausfuhren kontrolliert wurden. Es war eine kleine Festung mit etlichen Mitarbeitern, von denen immer wieder welche am Tor zu sehen waren und unauffällig die Straße beobachteten. Auf den ersten Blick sah alles nach einer kleinen, aber gut laufenden Firma aus, aber wenn man genauer hinsah, bröckelte die Fassade.

Das alte Nokia, das neben seinem iPhone auf dem Beifahrersitz lag, klingelte. Tarek nahm ab und lauschte. Kindergeschrei, Lachen. Eine weibliche Stimme, die etwas auf Spanisch rief. Er legte auf. Gut, das Ding funktionierte. Er lächelte, wendete unauffällig und gab Gas.

Polizeipräsidium – Dienstag – 15:20 Uhr

Johan schloss die Tür, nachdem Demirel Akay und er den Vernehmungsraum verlassen hatten. »Wir sollten ihn nach Hause fahren lassen, sonst mauert er auch bei der zukünftigen Zusammenarbeit.« Demirel Akay zwängte die Hände in seine enge Jeans und wippte leicht vor und zurück.

»Ja, ich vermute, wir hatten ihn lange genug in der Mangel. Er hat alles gesagt, was er weiß oder sagen kann.«

»Hältst du ihn für verdächtig?«

Akay nahm sich Zeit. »Nein. Vor allem, weil er zu viel Distanz zu den Kindern hat. Aber er hat ein großes Interesse an Krystina Stein.«

»Wir werden sehen«, sagte Johan nachdenklich. »Kaffee oder lieber was essen? Ich sterbe vor Hunger.«

Akay nickte. Er holte Morin, und sie begleiteten ihn zur Sicherheitsschleuse, gaben ihm nacheinander die Hand.

»Vielen Dank für Ihre Hilfe«, sagte Johan, während er die butterweiche Handfläche Morins in der seinen hielt. »Bitte halten Sie sich verfügbar.«

Morin sah ihn irritiert an, und Johan fühlte, wie seine Handfläche zu schwitzen begann. Morin hatte ihm wohl doch keinen Hinweis geben wollen. Und die Klienten würden sich wahrscheinlich bei ihm beschweren, wenn Nora sie aufsuchte oder anrief. Er würde eins und eins zusammenzählen und seinerseits zu ihm kommen, stinkwütend und das zu Recht.

Morin ging und sah noch einmal verwirrt über die Schulter zurück, bevor er aus dem Gebäude verschwand. Johan kaute auf seiner Lippe. Nora könnte behaupten, sie habe das Telefon auf dem Boden gefunden und nur geöffnet, weil sie sich vergewissern wollte, wem es gehörte. Aber die Nummern dürfte sie dann nicht benutzen, um eine Personenabfrage zu starten. Genau davor hatte er sich gefürchtet, dass sie keine Angst hatte, bei dieser Art Rechtsbeugung erwischt zu werden. In Lüneburg hatte er sie für ihre Risikobereitschaft zugleich bewundert und verflucht. Er hatte ihr Handeln damals als Notfall eingestuft, dass das bei ihr Methode hatte, war ihm bisher so nicht klar gewesen. Und Morin wusste auch, dass Nora Krystina Steins Mailboxnachrichten abgehört hatte. Er mochte zwar arrogant sein, aber dumm war er nicht.

Polizeipräsidium – Dienstag – 15:30 Uhr

Justus Stein wartete bereits an der Besucherschleuse, als Nora zurück ins Präsidium kam. Er ging durch den Metalldetektor und warf ihr dabei einen Blick zu wie ein Manager mit Vielfliegerkarte beim Sicherheitscheck. Nora ging durch den Mitarbeitereingang und erwartete ihn auf der anderen Seite.

»War das wirklich nötig, dass ich hierherkomme?«, fragte er und sah sich unwirsch um.

Nora nickte, gab ihm die Hand. »Danke, dass Sie gekommen sind.« Sie ließ absichtlich jede Betonung weg.

Danke, dass Sie mit uns fliegen, dachte sie, rechnen Sie mit Turbulenzen.

War das Genugtuung? Weil er so gefühlskalt war? Weil sie allmählich die Schnauze voll hatte von dieser Attitüde, sich vermeintlich so verdammt besser zu fühlen als der Rest der Welt?

Sie wollte ihn mit Daumenschrauben dazu zwingen, Tacheles zu reden. Immerhin hatte er keinen Anwalt mitgebracht, Nora hatte fast damit gerechnet.

Sie nahmen an dem Tisch in dem kargen Raum Platz, in dem kurz zuvor Morin gesessen hatte. Beide Elternteile waren nun in Verhörräumen, die kaum anders aussahen als Arrestzellen. Friedrich Meyer kam herein, er wirkte erschöpft. »Kaffee?« Sie nickten beide. Justus Stein musterte Nora, schlug wartend die Beine übereinander.

Nora vermisste Johan an ihrer Seite, aber er war hier fehl am Platz, da Meyer bereits häufiger mit Stein zu tun gehabt hatte. Meyer kam wieder, stellte ein Tablett auf den Tisch, Thermoskanne, drei Becher, Milch und Zucker, und setzte sich. Justus Stein zupfte an den Knien seiner Anzughose und wandte sich Nora zu.

»Nun, was kann ich für Sie tun?« Er rückte näher, legte die Arme auf den Tisch, verschränkte die Hände. Ganz Dienstleister. In seinem maßgeschneiderten Anzug mit den angeklatschten Haaren sah er aus, als wolle er ihnen Aktien verkaufen. Dennoch glühten seine Augen wie Murmeln, in die Licht fiel, und er schien wütend. Nora hatte Justus Stein bisher nur unter großer Belastung erlebt, extrem angespannt. Es war für sie deshalb schwer festzumachen, wo seine persönliche Nulllinie lag. Das Verhalten, das er an den Tag legte, wenn er entspannt war und sich in seiner Umgebung sicher fühlte. Er war eine komplette Selbstinszenierung, und ihn beim Lügen zu ertappen, setzte voraus, dass sie wusste, wie er aussah, wenn er nicht log. Sie konnten ihn langsam einkreisen, sich vortasten. Mit der Zeit anfangen, in der die Kinder häufig bei ihm im Büro waren. Er schenkte sich Kaffee ein, lächelte sie verbindlich an: »Darf ich?« Und goss ihr ebenfalls ungefragt ein.

Das gab den Ausschlag. Sie würde sich hier nicht vorführen lassen. Er war jemand, der es sich mit jeder Minute komfortabler einrichtete und einen fehlenden Angriff als Schwäche deutete.

»Wussten Sie, dass Ihre Frau Sie verlassen wollte?«, sagte Nora und beobachtete seine Reaktion.

Der Kaffeestrahl zitterte kurz. Über sein Gesicht flog für den Bruchteil einer Sekunde ein eisiger Ausdruck. Betont ruhig stellte er die Kanne ab, nahm das Plastikdöschen mit der Kaffeesahne in die Hand, zögerte, schien nach einer Antwort zu suchen, die angemessen sein würde für so eine Provokation.

»Tatsächlich?«, sagte er schließlich matt und riss die Sahne auf. »Warum glauben Sie das?«

Er rührte um und sah sie jetzt deutlich angewidert an. So etwas Privates hier und von Ihnen ist unangemessen, las Nora in seinem Blick. Ich bin hier schließlich ein Opfer!

»Sie hat es ihrem Therapeuten gegenüber zugegeben.«

»Ach, der«, Justus Stein verzog spöttisch den Mund. »Das ist doch ein Quacksalber, hat nicht mal was richtiges studiert.« Er lehnte sich vor. »Das ist das Problem mit dem Begriff Therapeut, so kann sich jeder nennen. Und seinen Doktor hat er in Anthropologie, ich hab das überprüfen lassen.«

»Sie haben Ihrer Frau also hinterherspioniert?«

Er hob amüsiert die Augenbrauen. »Wenn Sie es so nennen wollen …«

»Trotzdem hat ihre Frau sich ihm anvertraut, Studium hin oder her.«

»Vielleicht lügt er. Oder sie hat den Gedanken durchgespielt und ist zu dem Ergebnis gekommen, dass es keine gute Entscheidung wäre. Wir sind einander sehr verbunden. Und was bliebe ihr dann noch? Sie hat kein Geld, nur eine kleine Abfindung aus dem Ehevertrag. Die Kinder blieben wahrscheinlich bei mir …«

Nora sah ihn reglos an. Sie wartete. Dann sah sie zu, wie

seine Augen sich langsam weiteten, ein Begreifen in Zeitlupe. »Sie meinen …? Sie haben den Verdacht …?«

Er schüttelte vehement den Kopf. »Nein, das kann nicht sein.«

Nora fragte sich, welche Reaktion bei einem solchen Vorwurf angemessen wäre. Schock, Abwehr, Trauer? Doch Justus Stein starrte sie nur verwirrt an. In seinem Universum, wollte er ihr weismachen, gäbe es keinen Platz für die Möglichkeit, seine Frau könne hinter der Entführung stecken. Gleichzeitig war ausdauerndes Starren bei den meisten Menschen eine kontrollierte Reaktion, dann, wenn sie ihre Gefühle spielten oder logen. Wollte er nicht zugeben, dass er von Anfang an an eine Schuld Krystinas geglaubt hatte und jetzt überlegte, wie er aus der Situation wieder herauskam? Oder zog er doch selbst die Fäden dieser Inszenierung?

Bei einem Sorgerechtsstreit bringt jeder seine Truppen in Stellung. Mal sehen. Würde er seine Frau belasten? Vortäuschung einer Straftat war ein Vergehen, auf das Gefängnis stehen konnte. »Wenn Ihre Frau Sie verlassen wollte, könnte dann Lasses und Livias Entführung nur vorgetäuscht sein?«

Justus Stein schluckte. Dann presste er die Lippen aufeinander. »Ich kann mir nicht vorstellen, dass sie so weit gehen würde.« Er schluckte wieder. Die Muskeln in seinem Gesicht erschlafften minimal. Ganz kurz sah Nora einen gebrochenen Mann vor sich. Jemanden, der schon alles verloren hatte, nicht jemanden, der noch hoffte. Dann schien er das Gefühl abzuschütteln wie einen Umhang, ein entschlossener Ausdruck trat in sein Gesicht. »Ich kann nicht verhehlen, dass ich darüber auch nachgedacht habe.« Er straffte sich. »Ich werde den Kontakt zu meinem Privatermittler herstellen, damit er Ihnen berichten kann. Er sollte herausfinden, was Krystina in den letzten Tagen getrieben hatte.«

Er sah sie ernst an, weniger renitent, eher als suche er jetzt eine Allianz. Und er war so ruhig. *Sie will mich verlassen, ja, ich habe über diese Möglichkeit nachgedacht …*

Es war kaum möglich zu sagen, welche seiner Gefühle gespielt und welche authentisch waren. Er kniff die Lippen zusammen: »Es tut mir leid, dass Sie in diese Unannehmlichkeiten hineingezogen werden. Ich hätte natürlich schon früher offen zu Ihnen sein sollen, aber ich wollte mir erst Gewissheit verschaffen.«

Die Erkenntnis war wie ein harter Schlag ins Zwerchfell: Justus Stein glaubte schon die ganze Zeit, dass seine Frau die Entführung inszeniert haben könnte. *So kann das nicht mehr lange weitergehen! Die Polizei ist überall im Haus, und ich habe keine Lust mehr, mir von ihr auf der Nase herumtanzen zu lassen.* Das hatte er zu dem Privatermittler am Telefon gesagt. Und bei all dem wirkte er so emotional wie ein toter Fisch.

Hansaplatz – Dienstag – 15:45 Uhr

Tarek saß am Küchentisch. Er nahm den kleinen Spiegel, schob mit der Rasierklinge die verbliebenen Krümel zusammen und zog sie mit dem gerollten Geldschein durch die Nase. Mit zurückgelegtem Kopf schluckte er an dem bitteren Geschmack in seinem Rachen, dem eine angenehme Taubheit folgte. Das Prepaid-Handy klingelte wieder. Er nahm den Anruf an und lauschte. Es hatte jetzt in regelmäßigen Abständen geklingelt, immer wenn die Wanze Geräusche auffing. Bisher waren es nur Motorengeräusche, Frauen und Kinderstimmen, häufig spanische Wörter, einmal hatte er ein nichtssagendes Gespräch auf Deutsch über Fußball mitgehört. Jetzt knackte es zunächst nur, als würde jemand über den gefrorenen Rasen gehen. Tarek nahm das Diktiergerät und drückte auf Aufnahme. Er hörte die Stimme eines Mannes, der rauchte, während er telefonierte. Er klang aufgeregt.

»Hier ist José. Jetzt muss es bald losgehen, das Päckchen muss abgeschickt werden.« Es folgte eine Pause, dann ein Schwall Schimpfwörter auf Spanisch. Offensichtlich war das Päckchen wichtig. Dann wechselte der Mann wieder ins Deutsche. »Die Nummer ist STTU0509220, hast du's? Mach den Kasten fertig, es kommt jemand, noch heute Nacht. Da darf nichts schiefgehen.« Das Gespräch war zu Ende, doch Tarek unterbrach die Verbindung nicht, sein Herz schlug dumpf gegen seinen Brustkorb. Darauf hatte er gewartet.

Polizeipräsidium – Dienstag – 15:50 Uhr

Nora war übel. Justus Steins Auftrag an den Privatermittler stand im Widerspruch zu der Möglichkeit, dass er selbst wusste, wo die Kinder waren. Die Eltern hatten sich seit Freitag in ihrem Krieg verloren, unfähig, noch etwas anderes als das eigene Schlachtfeld zu sehen. Sie waren aufgewühlt, unglücklich und voller Zorn, blind gegenüber der Möglichkeit, Lasse und Livia säßen in einem Kellerloch, verhungerten oder verdursteten, während sie auf Hilfe warteten.

Sie hatte nur noch eine Hoffnung. Hatte Krystina Stein sie an der Nase herumgeführt?

»Wann und wie lange haben Sie ihre Frau überwachen lassen?«

»Vor ungefähr einem halben Jahr, für einige Wochen. Ich hatte das Gefühl, sie entfernt sich von mir, hatte ständig etwas vor und suchte Ausflüchte, und so war es dann ja auch.« Er nickte, gab sich jetzt kooperativ. »Und als unsere Kinder plötzlich verschwanden und sie sich so seltsam benahm, so gar nicht panisch, habe ich ihn wieder angerufen.«

»Ist etwas dabei herausgekommen?«

Er schüttelte den Kopf. »Nein, sie war die ganze Zeit zu Hause, aber …«

»Sie wussten also, dass Ihre Frau Sie verlassen wollte?«, fragte Nora, nur um ganz sicherzugehen.

Er schüttelte den Kopf »Nein. Eigentlich hatte ich gedacht, sie müsse sich nur neu finden. Die Uni, das Model-Leben … jetzt nur Hausfrau und Mutter. Ich wusste nicht, ob ihr das genügt. Dass sie zu einem Therapeuten geht, fand ich beruhigend.« Er lächelte süffisant und erschöpft, seine Stirn war inzwischen tief gefurcht, und ein Anflug von Panik ließ seine Augenlider zurückweichen. »Es hätte ja auch ein Liebhaber sein können«, murmelte er wie in Gedanken. »Aber dass sie so weit gehen würde …«

Nora fröstelte. Wie musste das sein, mit so einem verheiratet zu sein?

»Wussten Sie, dass Ihre Frau Sie verdächtigt, ihr die Kinder entzogen zu haben?«

Er runzelte die Stirn. »Ist das Ihr Ernst?« Sein Blick verlor sich verwirrt an der Wand hinter ihr. »Sie glauben das doch nicht …« In ihm schien es zu arbeiten, er analysierte die Situation und kam anscheinend wie Nora zu dem Schluss, dass dieser Verdacht Krystinas apathisches Verhalten ebenfalls erklären könnte.

Verwirrung spiegelte sich in seinem Gesicht wider. Er starrte auf die Tischplatte und atmete angestrengt. »Ich finde es unglaublich, dass Sie ein solches Szenario in Betracht ziehen«, sagte er wütend, während seine Hände zu zittern begannen.

Nora sah, dass seine Pupillen sich vergrößerten, die Härchen auf seiner Hand sich sträubten, die Mundwinkel sich strafften. Der Mann hatte Angst. Weil ihm gerade die Illusion um die Ohren flog, seine Frau wüsste, wo die gemeinsamen Kinder seien.

»Ich komme gleich wieder«, sagte Nora. Sie wechselte einen Blick mit Meyer und stand auf.

Hansaplatz – Dienstag – 15:50 Uhr

Tarek hielt das Telefon in der Hand. Er hatte die Verbindung nicht unterbrochen. Er hörte das Ratschen eines Feuerzeugs, das genießerische Ausatmen. Einige Augenblicke später sprach der Mann wieder. Noch ein Telefonat. »Pepe?! Du musst das Paket abholen. Straße bis Den Haag, Schiff nach Cartagena. Wir treffen uns um drei heute Nacht, Autobahnraste Stillhorn. Ich geb dir die Zollpapiere.«

Tarek hörte, wie es zischte, als die Kippe neben seiner Wanze in das kalte Gras fiel. Doch der Mann ging immer noch nicht wieder ins Haus. Hatte er das Gespräch beendet? Tarek presste das Telefon ans Ohr. Ja, er telefonierte noch einmal. Dieses Mal klang es, als würde er auf eine Mailbox sprechen.

»Meld dich, verdammt, wir brauchen den Wisch jetzt. Wir haben eine Abmachung, also geh endlich ans Telefon.« Kurze Pause.

»Hijueputa, verdammte Scheiße, man kann sich auch auf

keinen mehr verlassen«, fluchte der Mann leise, eine Tür klappte, dann war es still.

Tarek legte das Telefon fast andächtig beiseite und fuhr sich durch die Haare. Er hörte die Aufzeichnung ab und notierte den Code. Er hatte eine Nummer. Und er ahnte, worum es im ersten Gespräch des Mannes gegangen war. Drei Uhr an der Raste? Das waren noch elf Stunden. Er hatte Zeit genug. Er hatte, was er brauchte, um seinen Plan in die Tat umzusetzen. Und das Koks würde ihn die ganze Nacht wach halten, wenn nötig.

Polizeipräsidium – Dienstag – 15:55 Uhr

Nora betrat das Vernehmungszimmer, in dem Krystina Stein jetzt seit fast zweieinhalb Stunden festgehalten wurde. Brigitta Kamp saß bei ihr. Frau Stein hatte nicht gemuckt, aber auch nichts mehr von Belang gesagt. Sie hatte sich, seitdem sie sie mit ihren Plänen, ihren Mann zu verlassen, und ihrer Therapie konfrontiert hatte, Nora geöffnet, dann eingekapselt und langsam die Stacheln aufgestellt. Wie ein verletzter Igel.

Inzwischen hatte Nora sich eine Strategie überlegt. Sie hatte sich noch einmal vor Augen geführt, wie sie Krystina Stein vorgestern wahrgenommen hatte. Die Frau war vollkommen verzweifelt gewesen.

Weil ihre Pläne ihr über den Kopf wuchsen? Weil sie allmählich merkte, dass sie keine Chance hatte, heil aus der Sache herauszukommen? Weil etwas schiefgegangen war?

Doch in der Rückschau sah Nora vor allem die Hilflosigkeit, die Krystina Stein ausgestrahlt hatte, ihre Zerbrechlichkeit. So sah keine Frau aus, die gerade dabei war, einen dramatischen Fluchtplan in die Tat umzusetzen. So sah eine Frau aus, die verraten worden war. Nur von ihren Helfern oder von ihrem Mann? Nora wusste, sie musste den gordischen Knoten zerschlagen. Sie hatten keine Zeit für eine Paartherapie. Nora stellte einen Teller mit belegten Brötchen vor Krystina Stein auf den Tisch.

»Haben Sie Ihren Anwalt angerufen?«

Krystina Stein schüttelte den Kopf. »Ich brauche keinen Anwalt.«

Nora goss ihr ein Glas Mineralwasser ein. Krystina Stein zog die Mundwinkel nach unten, nahm dann aber doch ein Käsebrötchen.

Die kleinen zögernden Gesten, mit denen sie aß, machten die Frau, die vor einer halben Stunde noch so kalt gewirkt hatte, verletzlicher. Sie war vor über zwanzig Jahren nach Deutschland gekommen, ein halbes Kind noch. Wer hatte sich um sie gekümmert? Und wie?

»Ich verstehe, dass Sie sich drangsaliert fühlen«, sagte Nora vorsichtig, »aber Sie verstehen hoffentlich, dass wir alles tun müssen, um Ihre Kinder zu finden.«

Eine Träne rollte aus Krystina Steins linkem Auge, während sie wortlos weiterkaute und Noras Blick mied.

Nora entschied sich, ihren Testballon loszulassen, als Krystina Stein einen Bissen mit etwas Mineralwasser hinunterspülte. Sie beugte sich vor. »Ich weiß, dass Sie denken, Ihr Mann habe die Kinder, damit Sie leiden. Sie halten das alles hier nur aus, weil Sie glauben, dass Sie nur dann mit ihm und Livia und Lasse zusammenbleiben können. Die Kinder kommen zurück, er wird Ihnen verzeihen, weil Sie geschwiegen haben.« Sie wartete einen Moment, doch Krystina Stein regte sich nicht, starrte auf ihr angebissenes Käsebrötchen. »Oder wir klären das, erwischen ihn ohne Ihr Zutun und Sie sind frei, weil er für die Vortäuschung der Entführung büßen muss. So oder so, Sie müssen, Sie können nur abwarten.«

Krystina Stein starrte weiter vor sich hin, doch Nora war sich sicher, dass sie genau zuhörte.

Sie senkte die Stimme. »Aber dem ist nicht so. Glauben Sie mir. Er hat Ihre Kinder nicht, sie sind nicht bei seiner Familie. Er wusste, dass Sie zu einem Therapeuten gehen, aber er wusste nicht, dass Sie ihn verlassen wollten. Er hatte keinen Grund, Sie derart zu bestrafen. Er war es nicht. Ganz sicher nicht.«

Während Nora sprach, hatte Krystina Stein sich nicht bewegt. Jetzt hob sie das Gesicht und sah Nora mit einem solch entsetzten Blick an, dass er ihr bis ins Mark fuhr.

»Sicher?« Sie klang heiser. »Wie können Sie sich da sicher sein?«

»Weil er glaubt, dass Sie hinter der Entführung stecken. Er hat sogar einen Privatdetektiv engagiert.«

Krystina Stein wurde leichenblass, dann breiteten sich rote Flecken über ihren Hals aus.

Nora schluckte. Sie hatte richtiggelegen, Krystina Stein hatte sich ausgeliefert und zu Unrecht bestraft gefühlt, aber sie hatte keine wirkliche, tiefe Sorge um ihre Kinder empfunden, denn sie wusste, dass ihr Mann ihnen nichts antun würde. Jetzt kam die Panik.

»Aber er wollte nicht, dass ich die Polizei hole«, flüsterte sie. Nora konnte förmlich sehen, wie die verdrängte Angst, die sie seit Freitag mit sich herumtrug, zu einer unumstößlichen Erkenntnis wurde und sich ihre einzige Hoffnung in nichts auflöste. Schweiß sammelte sich auf ihrer Stirn, und Krystina Stein wurde von Krämpfen geschüttelt, glitt vom Stuhl und zuckte, Spuckebläschen bildeten sich vor ihrem Mund. Brigitta

Kamp schoss in die Höhe und riss die Tür auf. »Wir brauchen einen Notarzt, schnell!«, rief sie.

Nora griff nach Krystina Stein, hielt sie fest, bis die Zuckungen etwas nachließen, und drehte sie vorsichtig in die stabile Seitenlage. Sie legte ihre Hand auf ihren Kopf, damit sie sich nicht an den stählernen Tischbeinen verletzte. Ihr Herz raste.

Sie hatte das schon selbst erlebt, früher, ein Schock, der das ganze Nervensystem kollabieren ließ. In Momenten des Erinnerns, der Todesangst und Verzweiflung hatte ihr Körper sie in den eisigen Schlund eines tröstlich kurzen Vergessens gezogen. Später wurde ihr berichtet, sie habe um sich geschlagen und getreten. Doch nur die Schmerzen in ihren Muskeln und die blutig gebissene Unterlippe hatten ihr gezeigt, dass das tatsächlich so gewesen war.

»Schhh«, machte sie und strich Krystina Stein beruhigend über den Rücken.

Nora fühlte sich elend. Sie war so schnell vorgeprescht, nur in Gedanken an die Kinder, begierig, den unterschwelligen Konflikt des Ehepaares ans Licht zu zerren. Dabei hatte sie nicht daran gedacht, was mit ihnen passieren würde, wenn sie begriffen, wie falsch sie lagen.

Sie strich Krystina Stein über die Wange, die Frau kam langsam wieder zu sich. »Wir haben einen Notarzt gerufen, er wird Ihnen etwas zur Beruhigung geben. Wenn Sie möchten, hole ich Dr. Morin oder jemand anderen, der Sie begleitet«, sagte Nora leise.

In diesem Augenblick fühlte sie so sehr mit Krystina Stein, dass sie am liebsten selbst mitgefahren wäre. Aber das konnte sie nicht. »Ich möchte, dass Justus mitkommt«, murmelte Krystina Stein.

Nora runzelte die Stirn. Sie seien sich sehr verbunden,

hatte er gesagt. Und womöglich stimmte das auf eine seltsame, schwer nachvollziehbare Art sogar.

Polizeipräsidium – Dienstag – 16:00 Uhr

Johan hatte mit Demirel in der Kantine gegessen, als ihm einfiel, dass er Serdrich noch anrufen musste. Er riss sich nicht darum, aber dann wäre die Sache endlich vom Tisch. Er ging direkt in sein Büro, um zu telefonieren.

»Ich habe heute Morgen mit Tarek Barusha gesprochen«, sagte er, kaum dass der Kollege sich mit einem gebellten »Serdrich, Kripo« gemeldet hatte. »Er hat mehrere Leute genannt, die ihm ein Alibi für die Tatzeit geben können, aber das sollte überprüft werden.«

»Aha«, sagte Serdrich, und nach einer Weile, »na, dann schießen Sie mal los.«

Johan buchstabierte ihm die Namen von Barushas Zettel. »Er sagt, er sei an dem betreffenden Abend bis in die frühen Morgenstunden mit denen zusammen gewesen.«

»Wir kümmern uns drum.« Serdrich klang resigniert. Hatte dieser Möchtegernbulle und Psychologe ihn doch in eine Falle manövriert, dachte Johan. Er war sich sicher, dass Serdrich ihn nicht besonders gut leiden konnte, und legte mit einem belustigten Lächeln auf. Sein Lächeln erstarb, als er die Sirene eines Krankenwagens vor dem Fenster hörte, und ein Schreck durchfuhr ihn. Nora? Aber nein, das konnte nicht sein. Nur wer dann?

Hansaplatz – Dienstag – 16:20 Uhr

Emna drückte zum zweiten Mal ausdauernd auf die Klingel und beobachtete aus den Augenwinkeln die Frauen in den Hauseingängen und die ostentativ gelangweilt wirkenden Männer in Bomberjacken. Mit der Dämmerung waren es mehr geworden. Sie war Tarek heute so lange hinterhergelaufen, dass sie zusammenzuckte, als der Öffner summte. Sie eilte die Treppe hinauf, doch es war nur Nadine, die in der Wohnungstür stand.

»Tarek ist nicht da. Du hast ihn gerade verpasst.« Nadine machte keine Anstalten, sie einzulassen. Emna wusste nicht wohin mit ihren Händen, sie war unschlüssig, ob sie umkehren sollte, und enttäuscht, weil Nadine so abweisend war. »Er hat gesagt, dass du mir das sagen sollst, oder?«

Nadine zog die Nase kraus. Sie war hübsch, aber man sah ihr an, dass sie bereits seit Jahren zu viele Partydrogen konsumierte. Sie hatte diesen verlorenen Ausdruck in den Augen. Vielleicht passten die beiden deshalb sogar gut zusammen. Emna ahnte, dass sie miteinander schliefen und Tarek ihr ab und an etwas gab – und sie ihn wahrscheinlich deshalb sogar vor seiner Schwester verleugnen würde, wenn er das forderte.

»Er ist wirklich nicht da.« Nadines Neugier schien zu siegen, denn sie fügte hinzu: »Er hat allerdings so etwas in die Richtung gesagt. Habt ihr euch gestritten?«

Emna schüttelte den Kopf, zeigte mit dem Kinn zur Tür. »Kann ich reinkommen?« Nadine zögerte, dann trat sie einen Schritt zur Seite. In der Wohnung war es dunkel, nur aus der Küche schimmerte gedämpftes Licht, wabernde Klänge elektronischer Musik mischten sich in den Duft von Marihuana und Patschuli, den Emna inzwischen mit dieser Wohnung verband. In der Küche lagen ein kleines Tütchen Gras und lange Blättchen neben Nadines Teetasse.

»Ich wollte einen Feierabend-Joint rauchen. Willst du auch?«

Emna schüttelte den Kopf und setzte sich Nadine gegenüber, ohne ihre Jacke auszuziehen. »Ist Tarek irgendwie anders als sonst?«

Nadine zuckte die Achseln, während sie ein OCB-Blättchen anleckte. »Er ist viel unterwegs.«

»Wegen seines Jobs?«

Nadine sah sie lauernd an. »Keine Ahnung!«

Emna sah ein, dass sie an dieser Stelle nicht weiterbohren sollte. »Ich mach mir Sorgen. Klar, wir sehen uns nicht dauernd, aber er hat bisher immer zurückgerufen, wenn ich versucht habe, ihn zu erreichen.«

Nadine zog die Schultern hoch und die Mundwinkel nach unten, während sie die Spitze des Joints zusammenzwirbelte und mit dem Feuerzeug abflammte. »Als ich nach Hause kam, ist er an mir vorbeigerauscht und wirkte quietschfidel. Ansonsten habe ich ihn seit Tagen kaum gesehen.« Sie inhalierte genüsslich. Ihr Blick wurde entrückt, und sie lächelte, während der Rauch zwischen den Lippen entwich. Emna sah sich um. Es war so friedlich hier, aber auch weit entfernt von der Wirklichkeit, wie sie sie kannte. Vielleicht machte sie sich umsonst Sorgen. Es kribbelte ihr in den Gliedern aufzubrechen, Tarek würde nicht gleich zurückkommen.

»Ich schreib ihm eine Nachricht, dass ich hier war«, sagte Emna und zog den Block zu sich, der auf der Fensterbank lag. Sie wollte gerade den Stift ansetzen, als sie verdutzt innehielt. Auf dem Block war ein Abdruck in Tareks winziger Handschrift, im Halbschatten der indirekten Beleuchtung gut zu erkennen. Er hatte auf einem Blatt vorher eine Folge aus Buchstaben und Ziffern mit elf Stellen notiert.

Das konnte nicht sein. Emna hatte die gleiche Ziffernfolge erst gestern auf dem Zettel gelesen, den der Verstorbene im Krankenwagen verloren hatte. Wie gelähmt starrte sie auf die Zeichen, die sich wie eine Spinnwebe auf dem Papier abzeichneten. Sie riss das Blatt ab und steckte es in die Tasche ihres Mantels, ihr Herz hämmerte. Bestimmt irrte sie sich. Es konnte nicht anders sein, sie halluzinierte von dem Rauch, der durch die kleine Küche waberte. Doch als Ärztin wusste sie, dass das THC noch nicht wirken konnte. Sie kritzelte eine Nachricht: Tarek, ruf mich an! Es ist wirklich wichtig! Ich liebe Dich, Emna.

Polizeipräsidium – Dienstag – 16:20 Uhr

Nora und Johan beobachteten vom Fenster von Noras Büro aus, wie Justus Stein hinter der Trage in den Krankenwagen kletterte. Ob dieses Paar jemals wieder zueinanderfand, bei so viel gegenseitigem Misstrauen? Nora war erschöpft und resigniert. Sie hatte die Zeichen eines Zwists zwischen ihnen richtig gedeutet, aber nur erreicht, dass sie die Eltern als mögliche Entführer ausschließen konnten.

»Am Ende war er doch besorgt«, sagte sie zu Johan.

Der schüttelte den Kopf. »Ich fasse es nicht, da bin ich mal eine halbe Stunde weg… Ich hoffe, die raufen sich um der Kinder willen zusammen, Lasse und Livia werden sie brauchen.«

Nora sah ihn an. »Zusammenraufen? Wie das denn, bei diesen gegenseitigen Vorwürfen?«

Johans Mund wurde schmal. »Dann sind wir wieder da, wo wir vorher schon waren.«

Nora nickte traurig.

Dann rief sie die Nummern der Klienten von Morin in ihrer Notiz auf und legte das Handy neben den Computer. Gleich würde sie sie ins System eingeben und schauen, ob die betreffenden Personen schon einmal im Kontakt mit der Polizei ihre Nummer angegeben hatten. Ob Verkehrsdelikt, Kapitalverbrechen oder Ruhestörung, keine Daten gingen verloren.

Doch zunächst musste sie einen Gedankenbogen abschließen. Eine dermaßen dysfunktionale Beziehung hatte ihre Wurzeln häufig im Elternhaus der Akteure, alles hing mit allem zusammen, und irgendwo dazwischen waren die Kinder. Mit jeder Stunde, die verging, wurde es unwahrscheinlicher, dass die Entführer sich von selbst meldeten. Sie nahm einen Stapel Din-A4-Blätter. »Hältst du mal?«

Johan nahm ihr das Papier ab, und Nora klebte ein Blatt nach dem anderen mit Tesafilm an die Wand. Mit Edding malte sie einen Stammbaum der Familie Stein, einen Ring drum herum, eine weiteren. Konzentrische Kreise, die die Familie einschlossen. Sie schrieb Freunde und Angestellte in die Ringe, ordnete sie nach Nähe und Entfernung zu den Kindern. Sie hielt inne.

»Kannst du Helene Diester bitten, den Privatermittler aufzusuchen, der Krystina Stein beschattet hat?«, sagte sie zu Johan. »Sie soll alle Fotos besorgen und fragen, ob ihm etwas Ungewöhnliches aufgefallen ist.«

Als Johan das Büro verlassen hatte, schrieb Nora Felicitas Namen dicht an den der Familie, schließlich wohnte sie in dem Haus. Sie trat einen Schritt zurück.

Was wusste sie über Justus Stein? Konservativer Politiker, Despot. So hatte Krystina ihn genannt, und der Eindruck deckte sich mit den Beobachtungen von Brigitta Kamp, Friedrich Meyer und ihren eigenen.

Waren seine Freunde und Geschäftspartner ähnlich sympathisch wie er selbst? Wo war er am Sonntag gewesen? Sie schrieb eine Notiz: Abfrage Bewegungsmuster Justus Steins Telefon.

Das nächste Familienmitglied: Jürgen Stein. Zugeknöpft, überkorrekt, sehr professionell, wenig empathisch, wenn auch mehr als sein jüngerer Bruder. Sie musste mit seiner Frau sprechen. Nora blickte auf das Fragezeichen neben ihm, neben den Großeltern von Lasse und Livia standen ebenfalls Fragezeichen, ebenso überall um die Familie herum. Es waren so viele.

Das Läuten des Telefons riss sie aus ihren Gedanken. Sie hob ab. Mandowski.

»Ja?« Nachdem sie zugehört hatte, legte Nora auf und dachte nach. Lag bei den Steins finanziell etwas im Argen?

Johan trat wieder ein. »Diester meldet sich, sie ist sofort los.«

Nora zog eine Grimasse und deutete auf die Wand. »Es kommt mir vor, als würde ich mit einem Fingerhut Wasser schöpfen, um einen Eimer zu füllen.« Johan drehte den Besucherstuhl so, dass er die Wand im Blick hatte, und setzte sich. »Du hast gesagt, diese Familie sei eigenartig. Waren die die ganze Zeit so stumpf, wenn es um die Kinder ging?«

Nora verzog den Mund. »Stumpf. Das ist ein gutes Wort. Ich würde sagen verstockt, und das wiederum ist vielleicht dem Schock geschuldet.«

Johan schürzte die Lippen. »Aus ihr ist ja der ganze Schmerz mit einem Mal herausgebrochen. Und er …«, er zögerte, »das kommt jetzt etwas unvermittelt, aber hat er irgendeine Diagnose?«

Nora spitzte die Lippen. War Stein ein Mann mit Savant-

Syndrom oder ein hochfunktionaler Autist? »Was meinst Du genau?«, fragte sie.

»Na ja, was ihr über ihn gesagt habt, dass er leicht kränkbar sei … Womöglich hat er ein geringes Selbstwertgefühl, wie ein klassischer Narzisst. Das wird von dem untermauert, was seine Frau über seine Eifersucht gesagt hat. Dann dieser Mangel an Emotionalität, was mich schon an Alexithymie denken lässt, Gefühlsblindheit. Vielleicht kann er gar nicht wahrnehmen, wie sehr ihn die Situation mitnimmt, und uns das noch weniger mitteilen. Wenn er eine alexithyme Persönlichkeit hätte, würde er einfach immer arroganter und distanzierter, das ist das, was er kennt und kann.«

Nora schloss kurz die Augen und rief sich den Anblick von Justus Stein vor Augen. Wie er sie vom Garten aus angesehen hatte, wie er sie am ersten Tag begrüßt hatte. Sie nickte Johan zu. »Das passt schon. Allerdings glaube ich nicht, dass er irgendeine offizielle Diagnose hat. Welcher gefühlsreduzierte Mensch mit narzisstischer Persönlichkeitsstörung geht schon zum Therapeuten? Es sind ja aus seiner Sicht immer die anderen, bei denen etwas nicht stimmt.«

»Lass uns darüber mit seinen Eltern sprechen«, sagte Johan und fuhr sich über den Kopf, bis seine Haare zerzaust zu Berge standen.

»Die stehen ohnehin noch auf meiner Liste.«

Sie schrieb in eine neue Zeile rechts des Stammbaumes: »Handels-GmbH und Reederei«. Darüber hing auch noch der Zettel von gestern, auf dem noch Arbeits- und Zivilgericht stand und die anhängigen Fälle.

Nora schrieb: »Geldstreitigkeiten Familie Stein? Geldwäsche?«

Johan runzelte die Stirn. »Wie kommst du darauf?«

Nora drehte sich um. »Carsten Mandowski, der im BKA mit

so was befasst ist, hat da so ein Gefühl. Irgendetwas mit den Steuerunterlagen, aber für konkretere Anhaltspunkte bräuchten sie wohl Wochen.« Sie zog die Augenbrauen hoch und stöhnte. »Jedenfalls ist die Reederei runtergewirtschaftet, aber es gibt immer mal wieder frisches Geld. Manche Kunden zahlen mehr als andere.«

»Hast du Justus Stein dann wirklich ausgeschlossen? Wenn er Schulden hatte, könnte er nicht nur seiner Frau eins auswischen, sondern auch eine ganze Menge Geld von seiner Familie einsammeln, wenn doch Lösegeld gefordert wird. War da nicht auch was mit einer Versicherung?«

Nora zog die Schultern hoch. »Mandowski hat gesagt, die Versicherung zahlt sicher nicht. Da werden sich die Juristen eher jahrelang die Zähne dran ausbeißen. Aber wir fahren jetzt zu Livias und Lasses Großeltern!«

Während Johan seine Jacke holte, tippte Nora die Telefonnummern von Morins Klienten in den Computer. Eine Nummer gehörte zu einer Frau, die zweite zu einem Mann. Nora öffnete die Karte. Sein Wohnort war nicht weit von Morins Praxis entfernt.

Krankenhaus Eppendorf – Dienstag – 17:00 Uhr

Emna war nach Eppendorf gefahren, im Universitätskrankenhaus begannen und endeten ihre Schichten, und dort hatte sie einen eigenen Spind. Die Kluft der Rettungssanitäter und Ärzte kam in die Wäsche, aber sie hatte eine dünne Regenjacke übergehabt, die sie in den Schrank gehängt hatte. War der Zettel da drin? Sonst wäre er inzwischen in irgendeinem

Papierkorb im Keller. Sie ging mit langen Schritten durch die halogenbeleuchteten Gänge, grüßte Schwestern und Kollegen, doch alles fühlte sich seltsam unwirklich an. Oder vielleicht fühlte sie sich unwirklich, weil ein so unwahrscheinlicher Zufall in ihr Leben eingegriffen hatte? Was hatten der Zettel und die Nummer darauf zu bedeuten? Was hatte der Zollbeamte mit Tarek zu tun?

Emna wusste, dass sie ein ausgezeichnetes Zahlengedächtnis hatte, dennoch hoffte sie, dass sie sich irrte und die Ziffern und Buchstabenfolge sich nur ähnelten. In den Umkleiden durchwühlte sie die Taschen der dunkelblauen Jacke mit den breiten Reflektorstreifen und dem Zeichen des Krankenhauses und fand die Notiz in der Seitentasche. Sie zog den Zettel aus Tareks Wohnung aus der Hosentasche und hielt ihn gegen das Licht. Es könnte die gleiche Nummer sein, aber das helle Licht blendete sie auf dem weißen Papier. Sie schloss den Spind und ging mit beiden Zetteln ins Schwesternzimmer.

»Darf ich?«, fragte sie die junge Frau, die vor dem Computer saß, und fischte einen Bleistift aus dem Glas neben dem Bildschirm. Emna strich mit der Längsseite der Mine über den Abdruck und sah zu, wie sich Buchstaben und Ziffern auf dem Papier abzuzeichnen begannen. Sie legte Meyers Zettel daneben. Der elfstellige Code war identisch. Mit klopfendem Herzen betrachtete Emna die Buchstaben und Ziffern. Jetzt war sie sich fast sicher, dass es kein Passwort für einen Online-Dienst oder Ähnliches war. Sie dachte an das, was die beiden Männer verband: den Hafen. Tatsächlich hatte sie solche Buchstaben-Zahlen-Kombinationen schon gesehen. Sie war bisher nur immer achtlos an ihnen vorbeigegangen.

Elbchaussee – Dienstag – 17:00 Uhr

Die Villa an der Alster hatte Nora gezeigt, dass die Familie sehr vermögend war, aber wie reich, machte ihr erst das Anwesen deutlich, in dem die Eltern von Justus Stein zusammen mit seinem Bruder Jürgen und dessen Familie lebten.

Es war das, was im bürgerlichen Hamburg einem Schloss am nächsten kam: ein riesiges, langgestrecktes Haus mit Säulen am Portal und Nutzgebäuden dahinter, von hohen Eichen flankiert und mit einem gekiesten Rondell vor der Eingangstreppe. Der nasse Winter hatte die Steine in der Auffahrt, die unter ihren Reifen knirschten, grün verfärbt, dicke flauschige Moosteppiche bedeckten die Nordseite der Baumstämme in dem parkähnlichen Vorgarten. Nora fuhr am Haupteingang vorbei und bog in einen Torweg ab, der auf einen Parkplatz mit mehreren Garagen führte, die in den ehemaligen Stallungen untergebracht zu sein schienen. Vor einem der grünen hölzernen Garagentore parkte eine schwarze Limousine. Sie stellte das kleine graue Auto daneben ab.

»Was genau versprichst du dir von diesem Besuch?«, fragte Johan, nachdem Nora den Motor abgestellt hatte. Nora starrte durch die Windschutzscheibe. »Ich will verstehen, was da los ist. Dem Geld folgen. Hier kommt das Geld aus der Familie, aber auch das Unglück. Vielleicht hängt beides zusammen.«

Wie zu erwarten öffnete eine Hausangestellte die Tür und führte sie in ein Wohnzimmer mit unbequem wirkenden Biedermeiermöbeln, in dem bereits die Großeltern der Kinder, Louise und Rudolf Stein, an einem polierten Mahagonitisch saßen. Jürgen Stein saß neben ihnen, wie herbeizitiert. Es herrschte dicke Luft, die Anwesenden vermieden es, sich anzusehen. Nora ging um den Tisch und schüttelte Hände.

Die von Louise Stein war zart wie ein Blatt Papier und fast ebenso dünn. Sie war eine winzige Frau mit klarem, hartem Blick und einer Frisur wie ein Baiser. Rudolf Stein dagegen war von imposanter Größe, als er aufstand, um ihren Händedruck entgegenzunehmen. Er wirkte als Einziger emotional höchst aufgewühlt. Seine Augen zuckten aufgeregt und wässrig zwischen tiefen Schlupflidern umher, und scharfe Sorgenfalten durchzogen sein runzliges Gesicht.

»Wo ist Ihre Frau?«, fragte Nora Jürgen Stein, nachdem sie ihn begrüßt hatte.

»Bei den Kindern.« Er klang schroff und zupfte nervös an seinem Dreiteiler.

Nora setzte sich ans Kopfende des Tisches. Johan blieb stehen. Die Familie hatte vermutlich gerade von Krystina Steins Zusammenbruch erfahren. Womöglich auch die Gründe dafür. Nora war gespannt, was Johan später zu dieser eigenartigen Stimmung sagen würde. War das Mitgefühl? Scham? Die Anwesenden waren steif, mit sehr spitzem *St*.

Nora war sich fast sicher, dass Jürgen Stein da war, damit die Eltern nichts sagten, was die Familie in einem noch ungünstigeren Licht erscheinen lassen könnte. Sie warf einen Blick zu Louise Stein. Sie sah nicht so aus, als würde sie ein Blatt vor den Mund nehmen, wenn ihr etwas missfiel. Die Art, wie Jürgen Stein jetzt beruhigend die Hand auf die seiner Mutter legte, unterstrich diesen Eindruck.

Nora überlegte kurz, ob sie die drei trennen sollte, Zimmer gäbe es hier genug. Aber gerade die Interaktion war interessant, und sie hatten keine Zeit zu verlieren.

»Ihre Schwiegertochter hat uns heute mitgeteilt, dass sie es für möglich hält, dass ihr Mann ihr die gemeinsamen Kinder entzogen haben könnte und an einen Ort gebracht, der ihr nicht bekannt ist.«

Sie beobachtete, wie die Augen der Mutter sich weiteten. Jürgen Stein sah zu Boden. Doch sie wirkten nicht, als ob die Information neu für sie wäre.

»Das ist unerhört«, sagte Louise Stein schließlich mit leiser Stimme. Jürgen Stein tätschelte ihre Hand, während ihr Brustkorb sich aufgeregt hob und senkte. »Ich habe doch gesagt, sie ist nicht die Richtige für ihn. Wie kann sie so etwas überhaupt denken! Das liegt doch nur an ihrer eigenen verkorksten Familie!«

Nora merkte auf. »Was ist das für eine Familie?«

Frau Stein musterte sie, als sei es bei so viel Beschränktheit kein Wunder, dass die Polizei nicht vorankam.

»Können Sie sich das nicht denken? Aus dem Ostblock, wir haben nie einen von denen zu Gesicht bekommen.« Sie hob die Augenbrauen. »Das hat doch etwas zu bedeuten!«

Nora musterte sie. »Ihr Sohn hat ebenfalls gedacht, dass es möglich wäre, dass Krystina Stein die Kinder vor ihm versteckt. Dass sie sich trennen möchte und die Kinder mitnehmen …«

Louise Steins Augen quollen hervor, empört schnappte sie nach Luft. Fassungslos wandte sie sich ihrem Sohn zu. »Eine Ausländerin zu heiraten, war ein großer Fehler. Ich habe es ihm vorher gesagt, jetzt ist es zu spät!«

Rudolf Stein schüttelte vehement den Kopf, nahm nun die andere Hand seiner Frau. Er sah erschüttert aus. »Krystina liebt die Kinder, und sie liebt Justus.«

Seine Frau warf ihm einen abschätzigen Blick zu. »Dich hat sie doch auch nur um den Finger gewickelt!«

»Sie könnten sich also nicht vorstellen, dass Lasse und Livia Opfer eines Familienstreits geworden sind?«

Nora ließ absichtlich offen, ob die Entführung gemeint war, oder womöglich sogar Schlimmeres.

Frau Stein straffte sich. »Unsere Familie geht zurück auf die ersten Hanseaten, die mit Übersee Handel betrieben. Wir sind seit Generationen eine respektable Größe in dieser Stadt… Wir…« Weiter kam sie nicht, denn im Eifer ihrer Rechtfertigungen erstickten ihre Worte in einer Attacke heftiger Angst und Verwirrung. Sie schluckte und senkte den Kopf. »Sie müssen sie finden. Unsere kleinen Engel…« Frau Stein schniefte und wandte den Kopf ab, während sie verbissen versuchte, Tränen zu unterdrücken. Ihre Perlenkette bebte.

Rudolf Stein stand auf, kam auf Nora zu, die sich ebenfalls erhob. Seine Augen tränten, sein Adamsapfel hüpfte auf und nieder, während er mit dem Schmerz rang, der auch ihn überflutete. »Sie haben meine Frau gehört. Wir glauben nicht, dass Justus oder Krystina etwas damit zu tun haben. Sie würden ihnen niemals etwas antun.« Er schluckte mühsam. »Justus ist…«, er suchte nach Worten, »immer schon etwas aufbrausend gewesen und, nun ja, speziell. Sehr klug, ehrgeizig, und er hat es ja auch wirklich zu etwas gebracht.« Der Stolz in seiner Stimme war unverkennbar. »Aber verwechseln Sie seine schroffe Art nicht mit einem Mangel an Menschlichkeit. Er hat hohe moralische Maßstäbe, die verbieten, dass er jemandem etwas antut.«

Er nahm Noras Hand. »Bitte finden Sie unsere Enkelkinder!«

Das Flehen, das Nora in seiner Stimme hörte, zusammen mit seinen weichen und gleichzeitig starken Altmännerhänden, die ihre umfassten, lähmte sie für einen Moment. »Wir tun unser Bestes«, sagte sie. Die Worte schnürten ihr den Hals zu.

Krankenhaus Eppendorf – Dienstag – 17:30 Uhr

Als Emna vor das Gebäude der Unfallchirurgie des weitläufigen Krankenhauses trat, leuchtete nur noch die Einfahrt der Notaufnahme in der Dunkelheit. Sie setzte sich auf eine Bank für Patienten und atmete tief und gleichmäßig, um ihr rasendes Herz zu beruhigen.

Um sich zu vergewissern, zog sie ihr Smartphone hervor und suchte im Internet nach dem Begriff »Containernummer«. Ihre Erinnerung hatte sie nicht getäuscht, tatsächlich trug jeder einzelne Container auf der Welt eine elfstellige Kennung, die sich stets aus den gleichen Komponenten zusammensetzte. Die ersten drei Buchstaben standen für den Eigentümer, ein weiterer für die Containerkategorie, die folgenden waren eine selbstgewählte sechsstellige Kennnummer und die letzte eine Prüfziffer. Die Prüfziffer wurde in einer Rechenoperation aus den vorhergegangenen Buchstaben und Zahlen generiert, um Übertragungs- oder Lesefehler auszuschließen.

Was war das für eine Scheiße?

Es war eiskalt, die Temperaturen waren im Vergleich zu den letzten Tagen noch gefallen, und weißer Dampf stieg bei jedem ihrer Atemzüge auf. Sie hatte Probleme, mit ihren steifen Fingern den nächsten Suchbegriff zu tippen, das Kürzel STT, das den Eigentümer des Containers bezeichnete.

Die Ladeanzeige auf dem Display drehte und drehte, und es machte sie schier wahnsinnig. Entweder der Zöllner hatte einen Tipp bezüglich dieses Containers bekommen oder er war bestochen worden. Beides war nicht gut für Tarek. Dann spuckte der Computer den Eigner aus. Der Container gehörte einer Firma in Buenaventura, Kolumbien.

Das wusste selbst Emna: Südamerika, vor allem Kolumbien, war der größte Exporteur von Kokain weltweit. Vielleicht hätte Leonard Meyer in seiner Funktion beim Zoll den Container durchwinken sollen, verhindern, dass er kontrolliert wurde. Vielleicht war Tarek auch verraten worden, er und seine Komplizen und Leonard Meyer hatten einen Insidertipp bekommen, den er auf einem Zettel notiert hatte.

Beides war eine Katastrophe. Tarek würde den Container in Empfang nehmen und das, was darin war, das nicht darin sein durfte. Leonard Meyer war tot. Wenn er ihn hatte schützen sollen, tat er dies nicht mehr. Wenn er einen Tipp bekommen hatte, wussten auch seine Kollegen Bescheid. So oder so, Tarek lief in eine Falle.

Emna zitterte. Ihre Beine in der Jeans fühlte sie schon kaum noch, so sehr stach die Kälte der Bank durch ihre Hose. Sie beugte sich nach vorn und wippte mit den Knien. Was sollte sie jetzt tun? Sie wählte Tareks Nummer. Einmal, zweimal, dreimal, doch wieder ging er nicht ran. Dann probierte sie es am Hansaplatz, doch nicht einmal Nadine nahm mehr ab. Sie konnte sie nicht warnen, sie konnte ihm nicht Bescheid geben. Vielleicht war er wieder auf dem Hof? Was musste man vorbereiten, wenn man Drogen aus dem Hafen holte? Ihr graute bei dem Gedanken, wie er gelassen in das Führerhaus seines Lasters kletterte.

Emna erinnerte sich noch genau, wie er ausgesehen hatte, als er damals aus dem Gefängnis gekommen war. Eine durch Gram und Leid verschrumpelte Seele in einem Körper, der eine neue, federnde Spannung bekommen hatte, als seien die Sehnen plötzlich kürzer als zuvor; als müsse er sich ständig gegen Wut und Schmerz dehnen und biegen. Er hatte neben ihr im Auto nicht ruhig sitzen können. Ihre Erleichterung über seine Entlassung hatte sich damals in Grauen verwandelt, als sie bemerkte, wie er geradeaus starrte mit mahlendem Kiefer. Wie ein geprügelter Hund, der davon träumte, seine Fangzähne in etwas zu vergraben, das Schmerzen verspüren konnte. Ihr wäre es lieber gewesen, er hätte geweint, doch das hatte er das letzte Mal bei ihrer Flucht damals getan, danach, soweit sie wusste, nie wieder.

Dann war er in den letzten Jahren nach außen wieder ein lockerer und fröhlicher Typ geworden, der Bruder, den sie liebte, auch wenn sie wusste, dass er einen dunklen Schatten in sich verbarg.

Er war alles, was ihr aus ihrer Kindheit noch geblieben war. Wenn er wieder ins Gefängnis musste, dann würde er zurück in die Vergangenheit gestoßen, die für ihn nichts weniger war als ein Verlies voller Dämonen.

Emna drückte auf Wahlwiederholung. Jetzt war Tareks Gerät ausgestellt oder der Akku alle. Sie tippte eine SMS, die vierte heute. Er solle sie anrufen. Bitte.

Elbchaussee – Dienstag – 18:00 Uhr

»Weißt du, was merkwürdig war«, Johan angelte nach dem Anschnallgurt. »Während seine Eltern geredet haben, hat Jürgen Stein immer wieder auf seine Hände geschaut. Er sah aus, als hätte er ein schlechtes Gewissen.«

Nora starrte Johan verblüfft an. »Jürgen Stein? Vielleicht ist er einfach nur betroffen. Oder er denkt, dass er Glück hat, dass es nicht seine Kinder sind, und schämt sich deswegen.«

Johan schüttelte den Kopf. »Könnte sein. Aber mir kam seine Reaktion ziemlich komisch vor, ständig hat er irgendwo hingeschaut, wenn sie mit uns geredet haben, bloß nicht zu seiner Mutter und seinem Vater. Vor allem, als wir nach den finanziellen Verhältnissen gefragt haben. Ich bin mir sicher, es war ein Schock für seine Eltern, dass es nicht so gut läuft.«

Nora blies die Backen auf. »Diese Mutter … jetzt weiß ich zumindest, warum die Söhne so gestresst und gefühlskalt sind.«

»Da hast du recht«, Johan schüttelte sich ein wenig. »Um kein Geld der Welt würde ich mit denen tauschen wollen. Dieses Überlegenheitsgetue. Mein Sohn! Wahrscheinlich wäre sie mit keiner Frau einverstanden. Krystinas Herkunft ist für sie ein persönlicher Affront.«

Nora hielt den Zündschlüssel schon in der Hand. Bei dem Elektroknubbel war es nur noch ein Plastikteil, das in eine Buchse in der Mittelkonsole gesteckt wurde. Der Anlasser selbst war ein Startknopf. »Glaubst du, was sein Vater über Justus Stein gesagt hat?«

Johan nickte. »Ich glaube, der Mann versteht als Einziger, wie merkwürdig sein Sohn auf uns wirken muss. Er hat eine Lanze für ihn gebrochen, wollte uns eindeutig signalisieren, dass er so etwas nicht machen würde, obwohl er so berechnend wirkt. Und tatsächlich finde ich das auch unter dem Gesichtspunkt dessen, was ich vorhin über ihn gesagt habe, sehr stimmig. Wenn er tatsächlich so hohe moralische Ansprüche an sich selbst hat, kann er gar nicht in der Art und Weise gegen seine Familie handeln, wie wir ihm unterstellt haben. Das würde seinem Kodex entgegenstehen.« Nora nickte. Das machte Justus Stein zwar nicht sympathischer, aber Johan könnte recht haben. Ihrer Erfahrung nach schufen sich Narzissten ihre eigenen Gesetze, so wie er ja auch nichts dabei gefunden hatte, seine Frau beschatten zu lassen. Aber sie glaubte Rudolf Stein, dass eine Entführung seiner Kinder eindeutig zu weit gehen würde.

»Und Jürgen Steins Frau, Larissa, fandest du die irgendwie komisch?«

Sie hatten nur einige Minuten mit Larissa Stein gesprochen, während sie mit ihrer jüngsten Tochter Bauklötze gestapelt hatte. Auch sie hatte Tränen in den Augen gehabt und ihrer Tochter über den Kopf gestrichen. *Ich werde sie nicht mehr aus den Augen lassen*, hatte sie gesagt. *Wie kann die Welt so grausam sein?*

»Nein«, sagte Johan. »Sie war besorgt, traurig und auf ihre Kinder bezogen. Dazu wirkte sie auf mich wie die wohlerzogene Tochter aus gutem Hause. Perlenohrringe sogar im Kinderzimmer.« Er schnaubte. »Die passt zum Rest der Familie. Ihre Reaktion erklärt auch, warum sie ihrer Schwägerin keine große Hilfe ist. Sie hat zu viel Angst und gluckt über ihren eigenen Küken.«

Nora nickte. »So habe ich das auch empfunden. Und ihre Schwiegermutter hat sie ganz bestimmt auch nicht ermuntert, Krystina beizustehen. Wir müssen den womöglich suizidalen Klienten von Morin besuchen und als Verdächtigen ausschließen, dann ins Krankenhaus, sehen wie es Krystina Stein geht. Vielleicht fällt ihr endlich etwas ein, jetzt, wo sie den Ernst der Lage erkannt hat.«

Nora fuhr los, die Elbchaussee entlang Richtung Innenstadt, rechts die schicken Anwesen mit unverbautem Blick auf den Fluss und links große Villen, verborgen in Parks oder hinter hohen Hecken. An der Alster zu wohnen war elegant und pompös. Diesen königlichen Blick auf die Elbe konnte man dagegen nur erben.

Hafen – Dienstag – 18:00 Uhr

Das krachende Geräusch, als die Metallgreifer des Krans in die Kerben am Container einrasteten, war wie zuvor unbegreiflich laut, als würde jemand sie schlagen. Lasse wusste, was jetzt kam, er umklammerte Livia, die wimmerte, als sich der Container neigte und durch die Luft surrte, mit im Magen ziehendem Tempo über dem Boden schwebend. Dann ein entsetzliches Dröhnen, als er aufgesetzt wurde. Wieder erklangen Geräusche wie Stahl auf Stahl. Wieder wollte Lasse schreien, um auf sich und Livia aufmerksam zu machen, doch sein Widerstand war von Kälte und Angst erlahmt, mit jeder Stunde fühlte er sich schwächer. Er ahnte, dass der Container jetzt wirklich verladen wurde. Er zitterte, zog Livia enger an sich, die inzwischen vor Fieber glühte. Ein großer Motor neben ihnen erwachte röhrend, und Lasse klammerte sich mit der freien Hand an die Decken am Boden, als sie über eine Bodenwelle fuhren. Sie waren unterwegs! Bilder stiegen in ihm auf, von schmutzigem, dunklem Wasser. Einem im Meer treibenden Container, der sich mit öliger Flüssigkeit füllte, während sie darin eingesperrt waren, ohne Hoffnung auf Rettung. Er keuchte und würgte.

Sie würden sterben! Sie würden beide sterben!

Lasses Zähne schlugen aufeinander, und Tränen füllten seine Augen. Nun war er sich sicher: Ihre Leichen würden nie gefunden werden. Ihre Eltern hatten nicht bezahlt. Eine winzige Hoffnung kroch in sein Herz und weitete es von einem Augenblick zum anderen. Oder wurden sie freigelassen? Brachte man sie zu ihren Eltern zurück? Doch er wagte kaum, das zu denken.

Krayenkamp – Dienstag – 18:30 Uhr

»Wir haben nur die Adresse von einem von Morins Klienten, der immer dienstags kommt«, sagte Nora. »Die Frau lassen wir zunächst außen vor. Nur eine Chance, dass er der ist, von dem Morin gesprochen hat. Sonst müssen wir uns den noch mal zur Brust nehmen.«

Johan seufzte. »Bloß nicht!«

Nora bog nach Anweisung des Navis an der Willy-Brandt-Straße, die sie noch als Ost-West-Straße kannte und die Teil der Achse war, die von der Elbchaussee über die Reeperbahn bis in die Innenstadt führte, nach rechts ab, wo der Turm der barocken St.-Michaelis-Kirche im Flutlicht glänzte. »Das Krankenhaus, in dem Krystina Stein liegt, ist hier direkt um die Ecke, und sie sieht die Situation jetzt hoffentlich mit anderen Augen und ist kooperativer.« Nora spürte Johans kurzen Blick von der Seite, während sie nach einem Parkplatz Ausschau hielt. *Mit anderen Augen.* Jetzt, wo sie begriffen hatte, dass ihre Kinder wirklich in Lebensgefahr waren.

Als sie hinter dem Michel ausstiegen, knurrte Noras Magen. Fünf Stunden war es her, dass sie das Brötchen im Park gegessen hatte. Ihr fiel ein, dass Reitner mit ihr eine »Pause« beim Italiener hatte machen wollen.

Sie holte ihr Handy heraus und rief ihn an. »Wir sind auf dem Weg zu einem Klienten von Morin. Danach fahren wir ins Krankenhaus. Zeit zum Essen sehe ich nicht.«

Sie konnte aus seinem »Alles klar« nicht hören, ob er beleidigt war. Doch in diesem Moment war ihr das herzlich egal, und auch den Hunger ignorierte sie. Im Inneren der Familie Stein war etwas aufgebrochen, vielleicht brachte das endlich auch die stockenden Ermittlungen in Fluss und spülte etwas zu Tage, das sie weiterbrachte. Es war ein langer Tag, und allmählich ließ ihre Konzentration nach, aber dieses Gefühl gab ihr neue Energie.

Ein Mann mit zauseligem Bart und blauer Wollmütze und ein anderer in Bomberjacke mit hohen slawischen Wangenknochen standen auf den Stufen eines Sechziger-Jahre-Baus und rauchten. Nora sah zu dem Schriftzug im Betonpaneel neben der Eingangstür. *Deutsches Seemannsheim.* Einen Eingang weiter wohnte Morins Klient.

Sie klingelten. Nora nickte Johan zu, als der Summer ertönte.

Der Mann, der sie an der Wohnungstür erwartete, war um die fünfzig und wirkte resigniert. Seine verbliebenen Haare scheiterten daran, die vergilbte Haut seines Schädels zu verdecken, seine Schultern scheiterten daran, seinen kleinen Kopf aufrecht zu halten.

»Frieder Koch?« Nora hielt ihm ihren Ausweis entgegen. Seine Augen huschten unruhig zwischen ihr und Johan hin und her.

»Was wollen Sie von mir?«

Nora nickte in Richtung der dunklen Wohnung hinter ihm. »Dürfen wir reinkommen?« Sein Zögern war überdeutlich, er heftete jetzt doch verlegen den Blick auf den Ausweis. Schließlich fielen seine Schultern noch weiter nach vorn. »Okay. Aber es is nich aufgeräumt.« Johan betätigte den Lichtschalter, als sie den Flur betraten. Nicht aufgeräumt war eine echte Untertreibung. Auf dem Flor des Teppichs zeigte ein glänzender grauer Trampelpfad zwischen Unrat, wo Frieder Koch seine Bahnen zog. Auch Flächen der Möbel waren mit billigen Magazinen, Verpackungen und benutztem Geschirr mit Essensresten darauf übersät. Es roch scharf nach Katzenurin. Nora tat einen Schritt zur Seite, als sie ein Häufchen Kot an der fleckigen Fußleiste bemerkte, und kurz darauf schlich eine dicke Perserkatze an ihnen vorbei und verschwand in den Tiefen der Wohnung. Nora wechselte einen Blick mit Johan.

Dieser Mann war ein Fall für den Sozialpsychiatrischen Dienst und nicht für einen überbezahlten Seelenstreichler wie Morin. Sie erreichten das Wohnzimmer. Das matschige Braun der zugezogenen Vorhänge breitete sich im gelblichen Licht der Stehlampe über den ganzen Raum aus, das Sofa, der Teppich, die Kissen, sogar die Strukturtapete spiegelten die in den Sechzigern zuletzt modern gewesenen Farben von Lehm und Rost in unterschiedlichen Schattierungen.

»Wolln Sie sich setzen?«, fragte Koch zaghaft und deutete auf das Sofa, das speckig und wenig einladend wirkte.

Nora schüttelte den Kopf. »Wir haben nur ein paar Fragen. Kennen Sie diese Frau?« Nora reichte ihm ein Foto, das sie vorhin im Büro eingesteckt hatte.

Keine Regung durchzog Kochs ausgemergeltes Gesicht, als er es betrachtete. Wenn überhaupt sah er traurig aus, aber das tat er schon die ganze Zeit. Eine traurige Gestalt, selten hatte dieser Ausdruck besser gepasst, dachte Nora.

»Wissen Sie denn nich, wer die Frau ist?«, fragte er höflich.

Nora lächelte nachsichtig.

Koch wirkte nachdenklich. Dann kratzte er sich am Hals. »Vielleicht hab ich sie mal bei Dr. Morin gesehen.« Er gab Nora das Foto zurück, sah sie flehend an. War's das, schien sein ängstlicher Blick zu sagen. Nora sah sich um. Dann fixierte sie Koch. »Wie können Sie sich die Behandlung bei Dr. Morin leisten?«

Er senkte den Kopf. »Das kann ich gar nich. Der, äh, mein früherer Arbeitgeber bezahlt das.« Er tippte sich gegen den Kopf. »Ich hatte einen Unfall, wissen Sie? Das funktioniert alles nicht mehr so richtich.« Koch biss auf seiner Unterlippe herum. »Er hat gesagt, er fühlt sich verantwortlich. Schließlich bin ich bei ihm in der Firma verletzt worden und seitdem ein wenich ...«, er zuckte ratlos die Achseln, »nich mehr ganz auf der Höhe.«

»Wer war Ihr Arbeitgeber?«, fragte Johan. Er stand in der Mitte des Wohnzimmers und hielt so viel Abstand zu Möbeln und Katzendreck, wie er konnte.

Frieder Koch starrte sie an: »Na, Jürgen Stein.«

Hafen – Dienstag – 18:30 Uhr

Tareks Herzschlag beruhigte sich allmählich. Er blinkte, fuhr aufmerksam den großen Sattelzug um die Kurve. Jetzt nur keinen Fehler machen. Bis jetzt war alles glattgelaufen, war sogar einfacher gewesen als gedacht, und er hatte es nicht mehr weit. Das kalte Gefühl in seiner Magengrube drängte er zurück. Es war ihm bewusst, was er gerade tat, aber er durfte sich nicht beirren lassen.

Der Plan war bis ins Detail durchdacht, Mitgefühl fehl am Platz. Er gab sich Mühe, nicht zu abrupt zu bremsen, als er mit dem Laster und dem Container hinten drauf vor der Schranke zum Terminal Stein hielt. Wie in Trance nahm er die Frachtpapiere vom Beifahrersitz und stieg aus. Sie kannten ihn hier, würden nicht zu genau hinschauen. Als er weiterfuhr, wurde er von einem irren Hochgefühlt gepackt. Jetzt war es bald vorbei. Bald vorbei!

Krayenkamp – Dienstag – 19:00 Uhr

Nora entriegelte den Wagen. »Kannst du dir vorstellen, dass Frieder Koch etwas mit der Entführung zu tun hat?«

Johan schüttelte den Kopf. »Definitiv nicht. Aber dass Jürgen Stein seine Therapie bezahlt, ist interessant.«

Nora nickte. »Ich habe so einen Hunger, dass mir noch nicht einmal diese Wohnung den Appetit verderben konnte. Wir fahren zu Krystina Stein, danach muss ich etwas essen!«

Johan wirkte, als habe er plötzlich einen Anflug schlechten Gewissens. Nora dachte daran, dass Lilly vermutlich zu Hause war und sie ganz in der Nähe.

»Soll ich dich vorher absetzen? Es ist schon spät.«

Sie bereute ihre Worte, als sie Johans entsetzten Blick sah. Er schüttelte energisch den Kopf.

Als sie im Auto saßen, schwiegen sie.

Warum hat sie das angeboten, dachte Johan. Natürlich, sie will nur nett sein, dachte an sein Liebes- und zukünftiges Familienleben. Doch gerade von Nora erhoffte er sich, dass sie sein Bedürfnis zu bleiben verstand.

Krystina Stein lag in einem der Privatkrankenzimmer auf der Fleetinsel in der Innenstadt. Wer auf Komfort während seiner Genesung nicht verzichten wollte, hatte ihn hier im Hotel mit Chefarztbetreuung und Fünf-Sterne-Versorgung. Nora und Johan gingen über den makellosen, schwarz glänzenden Steinboden der Lobby, erkundigten sich bei einem freundlichen Concierge nach der Zimmernummer und stiegen in den Fahrstuhl. Johan sah Nora mit einem mild amüsierten Blick an. Sie schürzte die Lippen: »Wer würde das nicht wollen?«

Der Hotelflur war weniger spektakulär, beiger Teppich,

braune Holztüren, indirekte Beleuchtung, diskrete Atmosphäre. Das war es, was die Patienten bezahlten, dachte Nora: anstatt seinen Körper Ärzten, Pflegern und Bufdis überlassen zu müssen, die zu wenig Zeit hatten, sich auch noch um Befindlichkeiten zu kümmern, wurde man hier behutsam umsorgt.

Krystina Stein lag in einem breiten Doppelbett unter einer weißen Daunendecke, neben ihr stand ein Tablett mit Tee und Gebäck. Der große Fernseher lief ohne Ton, und es wirkte auch nicht so, als würde sie sehen, was dort lief. Sie starrte mit verweinten Augen ins Leere. Ihre Nase war rot, ihre Haare wirkten stumpf und wirr. Als sie in ihre Richtung blickte, hatte Nora den Eindruck, Krystina Stein sei überfordert von der Frage, wie sie hierhergekommen sei und was den Schrecken mit solcher Wucht und so ungeheuren Ausmaßen in ihr Leben katapultiert hatte.

Sie war in der Realität angekommen, nichts konnte sie jetzt noch vor der Erkenntnis schützen, dass ihre Kinder in den Händen von Verbrechern waren. Nora hätte ihr aus Mitleid beinahe den früheren Kokon aus Vorstellungskraft, Wut auf ihren Mann und zugleich Angst vor ihm zurückgewünscht. Alles war besser als das hier.

»Wie geht es Ihnen?«, fragte Nora.

Krystina Stein starrte sie an, die Tränen begannen wieder zu fließen. »Ich will meine Kinder«, wimmerte sie leise. »Sie haben mir Beruhigungsmittel gegeben, aber es hilft nicht. Ich muss dauernd an sie denken, was sie gerade durchmachen.« Sie holte rasselnd Luft, als würde ihr jemand die Kehle zudrücken. »Wenn sie noch leben …«

Sie schluchzte so stark, dass es sie schüttelte, und sie würgte. Nora wechselte einen Blick mit Johan. *Warum war sie wieder allein? Wo war Justus Stein?*

Kirchwerder Marschwiesen – Dienstag – 19:00 Uhr

Als Emna auf dem Hof in der Marsch eintraf, lag das Anwesen im Dunkeln. Abends war es hier noch unheimlicher als tagsüber. Die Lichtkuppel der Stadt reichte nicht bis zum Saum der feuchten Wiesen zwischen Kirchwerder und Neuengamme. Die Schuppen und das Haupthaus zeichneten sich schwach gegen den fahlen Nachthimmel mit der dünnen Mondsichel ab, und als Emna durch das von Raureif knisternde Gras lief, schlotterte sie nicht nur wegen der Kälte.

Seitdem sich der Gedanke in ihrem Kopf verhakt hatte, dass sie, solange sie Tarek nicht erreichte, die Einzige war, die etwas tun konnte, hatte sich eine eisige Hand um ihr Herz gepresst. Tareks Telefon war noch immer aus. Nadine hatte sie zwischendurch erreicht, aber sie glaubte ihr jetzt, als sie sagte, dass er nicht da war.

Der Boden war gefroren, es war zu dunkel, um zu erkennen, ob es frische Reifenspuren gab. Sie schloss die Tür mit dem hässlichen braunen Reliefglas auf und trat ein.

Emna roch kalten Zigarettenrauch, und es war wärmer in den Räumen als vorgestern. Vor nicht allzu langer Zeit musste die Heizung an gewesen sein, doch die Stille war so allumfassend wie zuvor. Sie knipste das Licht im Flur an und stieg die Treppe hinauf. Sie hatte die Hoffnung, Tarek hier zu finden, bereits aufgegeben, aber vielleicht gab es einen Hinweis, wo er war. Der große Raum war wie erwartet verwaist. Doch er war tatsächlich hier gewesen. Das Bett war gemacht, die Bong, der volle Aschenbecher und die ranzigen Klamotten verschwunden. Emna sah sich um. Wie lange mochte Tarek schon fort sein? Ihr wurde schlecht bei dem Gedanken, dass sie wieder nur aneinander vorbeigelaufen waren. Am Drucker blinkte ein rotes Lämpchen.

Sie ging hin. Auf dem Schreibtisch standen ein alter PC und ein Tintenstrahldrucker, rundherum war Papier verstreut. Sie wusste, dass Tarek auch einen Laptop hatte, seine Festplatte war sein Heiligtum, den Rechner hatte er immer bei sich. Emna öffnete die Frontklappe des Druckers, tief im Inneren hatten sich Blätter verhakt. Sie zupfte an den Papierstücken, pulte und riss, bis sie sie wütend mit Gewalt aus der Rolle zog.

Auf dem verpfuschten Druck war die Hälfte eines Frachtbriefs abgebildet, die weiteren Seiten waren leer. Laut diesem Papier war der Empfänger des Containers mit der Nummer, die Emna schon kannte, die Firma Stein, sogar ein Stellplatz auf dem Terminal war angegeben. Emna starrte auf den Zettel. Dort würde er den Container also abholen. Unter dem Schreibtisch lag ein weiteres Stück Papier. Sie bückte sich, ein Merkblatt mit Sicherheitshinweisen für Containertransporte. Würde er mit diesem selbstgemachten Wisch durchkommen? Er würde doch mit dem Container vermutlich durch eine Röntgenanlage fahren müssen. Wie lief das ab?

Sie hatte immer dieses Bild im Kopf, in dem Tarek mit dem Laster an einer Zollgrenze stand. Und dann wäre der Mann nicht dort, der ihn durchwinken sollte. Dabei gab es die Zollgrenze gar nicht mehr. Den Zoll aber schon. Mit einer der größten Containerröntgenanlagen der Welt, soweit sie wusste. Genau dort hatten sie den Patienten Leonard Meyer eingeladen. Es gab auch eine mobile Röntgenanlage, hatte sie gehört.

Emna stand wie versteinert mit dem Zettel in der Hand da, dann machte das Deckenlicht sie auf einmal nervös. Als würde man sie so von weit her sehen können, wie sie in Tareks Sachen wühlte. Als sei da plötzlich jemand, der sie beobachtete.

Sie knipste die Schreibtischlampe an, das große Licht aus und ließ sich auf Tareks zerschrammten Bürostuhl fallen.

Jetzt gab der kleine Lichtkegel, in dem sie saß, ihr das Gefühl, allein auf der Welt zu sein. Wieder kroch der Gedanke in ihren Kopf, dass sie die Einzige war, die Tarek retten konnte.

Fleetinsel – Dienstag – 19:10 Uhr

Nora betrachtete Krystina Stein. »Sie können etwas Stärkeres bekommen, so dass Sie schlafen können. Aber erst einmal müssen wir über einiges reden. Ich möchte zum Beispiel wissen, was mit Ihrer Familie ist. Haben Sie noch Verwandte in der Ukraine und wie können wir sie kontaktieren?«

Krystina Steins Pupillen verfingen sich in dem tonlosen Flimmern einer Werbung, in der Kinder durch das Bild liefen. Johan nahm die Fernbedienung und stellte den Fernseher ab. Krystina blinzelte. »Meine Mutter lebt nicht mehr. Sie starb einige Jahre nach meinem Vater, da war ich fünfzehn. Das war kurz bevor ich nach Hamburg kam.«

Johan und Nora wechselten einen Blick. Aus der Ukraine, mit fünfzehn. Beide mussten sie an Schlepper denken, die junge Mädchen mit falschen Versprechen nach Deutschland lockten. Aber Krystina Stein war tatsächlich ein hoch bezahltes Model gewesen, Nora hatte Zeitschriftencover mit ihrem Foto in der Akte gesehen. »Wann war das?«

»1990«, seufzte sie matt. Ihre Finger kneteten den Saum der Decke, ihre Lippen begannen zu zittern. Sie schluckte schwer, schluckte ein weiteres Mal. »Mir ist ein wenig übel«, murmelte sie, »bitte entschuldigen Sie mich.« Sie schlug hastig die

Decke beiseite, verschwand im Bad und verriegelte die Tür hinter sich. Nora hörte, wie sie das Wasser aufdrehte, dann, überdeckt durch das Rauschen, kehlige Geräusche, als sie sich übergab. Nora sah sich neben dem Bett nach dem Rufknopf für einen Pfleger um und löste Alarm aus.

Unter der Leselampe lag auch Krystina Steins Telefon. Schnell steckte sie es in die Tasche.

Eine Frau in weißem Zweiteiler betrat das Zimmer, und Johan deutete auf die Badezimmertür.

Die Schwester klopfte energisch gegen die Tür. »Öffnen Sie bitte, ich helfe Ihnen«, sagte sie freundlich.

»Ich komme gleich«, ertönte Krystina Steins Stimme abwehrend. Dann hörten sie sie erneut würgen.

»Wir kommen gleich wieder«, sagte Nora und trat mit Johan auf den Flur. In einem Winkel gab es ein bodentiefes Panoramafenster zum Fleet. Sie stellte sich vor die schwarze Scheibe, beachtete jedoch das Glitzern der Lichter in dem dunklen Wasser zu ihren Füßen nicht, auch nicht Johans fragenden Blick, der sich neben sie stellte. Nora nestelte die Stücke der Folie hervor, die sie in einem Briefumschlag in der Innentasche ihres Parkas verwahrt hatte. Mit ihrem Daumen drückte sie auf den ersten der ovalen Klebeabdrücke.

»Hältst du mal?«, fragte sie.

Johan zögerte, aber dann griff er nach der Folie, so dass Nora den Klebstoff abziehen und an ihrem Daumen festdrücken konnte.

Nora holte Krystina Steins Smartphone aus der Tasche.

»Das ist jetzt nicht dein Ernst, oder?« Bis eben war Johan verwirrt gewesen, was Nora vorhaben mochte. Jetzt war er schockiert. Das war eindeutig illegal. Selbst wenn sie etwas fanden, das die Ermittlungen voranbrachte, gab es keine Möglichkeit, es vor Gericht zu verwenden. Die Zerstörung einer Beweiskette war das Nonplusultra des Polizistenverrats. Gleichzeitig stieg sein Adrenalinspiegel bei der Vorstellung, Zugriff auf die persönliche Kommunikation von Krystina Stein zu haben.

Nora scrollte kurz durch die E-Mails, die meisten waren ungelesene Werbemails, aber auch Sympathiebekundungen und Hilfsangebote von Nachbarn und Freunden, die von der Entführung gehört hatten. Krystina Stein hatte keine davon gelesen. Nora leitete die privaten Mails an ihren eigenen Account weiter. Dann verwischte sie ihre Spuren, in dem sie die Mails wieder als ungelesen markierte und den Postausgang löschte. Sie öffnete die Anruferliste. Aber hier das gleiche Bild. Wenn nichts gelöscht worden war seit dem Anruf bei Iris Klamm, ob Livia schon auf dem Heimweg sei, hatte Krystina Stein keine Anrufe mehr getätigt und alle, die sie erreichen wollten, auf der Mailbox auflaufen lassen. Anonyme Nummern waren nicht dabei. Nora nahm sich die Kontakte vor. Sie wischte durch die Daten, es gab Firmen, Eltern von Schulkameraden der Kinder, Namen, die nicht zugeordnet waren. Doch Frau Stein hatte Ordnung gehalten: als Nora die Gruppe Familie aktivierte, fanden sich hier die Kontaktdaten von Jürgen, Justus, Rudolf, Louise, Larissa Stein und Felicitas Handynummer. Und ein Name oder vielmehr ein Wort, das Nora noch nie gehört hatte.

»Dyad'ko, könnte das Ukrainisch sein?« Nora hielt Johan das Display hin, unter Dyad'ko war lediglich eine Handynummer hinterlegt.

»Klingt so. Auf jeden Fall ist er als Familienmitglied gespeichert.«

»Gerade hat sie gesagt, es gebe niemanden mehr«, sagte Nora.

Sie aktivierte die Rufnummernunterdrückung, betätigte

den Anruf-Button und stellte auf Lautsprecher. Es ertönte das Freizeichen, dann meldete sich eine Frauenstimme: »Ja, Sybille Flechter hier?«

Nora legte auf, ohne zu antworten. Als sie Johans geschockten Gesichtsausdruck sah, blinzelte sie überrascht.

»Ist ja nicht zu fassen«, sagte er mit offenem Mund, »mit der habe ich gestern gesprochen. Als ich bei Jurij Kondraschin in der Wohnung war.«

Kirchwerder Marschwiesen – Dienstag – 19:10 Uhr

Emna hatte keine Hinweise auf den Zeitpunkt der Überführung des Containers gefunden. Der Bildschirm des Rechners zeigte die Eingabemaske für ein Passwort. Emna gab Tareks Geburtstag ein, dann ihren eigenen. Nichts passierte. Sie zögerte. Würde er? Doch, er würde.

Sie gab ihre Namen und das Datum des Tages ein, an dem sie beide aus dem Kellerverlies geflohen waren. Der Desktop erschien. Emna öffnete mit klopfendem Herzen das Textverarbeitungsprogramm, aber alle vorherigen Dateien waren gelöscht. Auch der Verlauf des Browsers war gelöscht worden, der Rechner war sauber geputzt. Sie tippte den Suchbegriff »Container verfolgen« ein und bekam eine Seite angezeigt, die neben Paketen von allen ihr bekannten Beförderungsunternehmen auch die Möglichkeit bot, mit der Kennnummer den Sendungsverlauf eines Containers nachzuvollziehen. Unglaublich, was alles möglich war, wie bei einem gigantischen, stählernen Paket. Emna tippte mit zitternden Fingern die Kennziffer in das Suchfenster.

Die Containernummer war korrekt, der Container war auf dem Frachter *Signora* per »waterway« schon vor einigen Tagen in Hamburg angelandet. Morgen sollte er weitertransportiert werden, auf einem Laster in die Niederlande.

Morgen. Also musste er noch bei der Firma Stein auf dem Terminal stehen. Bis Tarek ihn abholte. Emna sah auf die Uhr. Es war kurz nach sieben. Wenn der Container morgen da sein sollte, hatte Tarek nicht mehr viel Zeit. Oder war er schon unterwegs? Aber er bevorzugte es, nachts zu fahren, wenn die Autobahnen leer waren.

Und vorher musste der Container die Freigabe des Zolls bekommen, oder? Er konnte jederzeit auf der Autobahn kontrolliert werden, bei der Einfuhr im Zielhafen. Die Zollbeamten würden eins und eins zusammenzählen, wenn sie den Fahrer genauer unter die Lupe nahmen und seine Vorstrafe sahen. Er konnte sich noch nicht einmal durch vermeintliche Unwissenheit schützen.

Emna nahm noch einmal das halbe Frachtpapier in die Hand. Sie könnte Tarek abfangen, bevor er auf das Gelände fuhr. Aber was, wenn sie ihn verpasste? Was, wenn der Zoll bereits dort auf ihn wartete? Sie könnte neben dem Container auf ihn warten. Aber wenn er erst mit seinem Laster auf dem Gelände des Terminals war, konnte er nicht einfach wieder ohne Container verschwinden. Viel zu auffällig.

Sie brauchte mehr Zeit. Tarek brauchte mehr Zeit! Sie wählte ein weiteres Mal, doch immer noch war sein Handy aus, nicht einmal die SMS würde ihn erreichen. Trotzdem schrieb sie ihm.

Emnas Blick fiel wieder auf das Merkblatt mit Warnhinweisen. Sie bezogen sich auf verschiedene Umgangsregeln mit Containern, aber vor allem auf die Gefahr von Gas. Verklebte Lüftungsschlitze seien ein Zeichen, dass der Container begast wurde. Es wurden Messungen durchgeführt. Bei erhöhten Werten: Nicht öffnen! War Gas in dem Container, musste er 24 Stunden an einem dafür ausgewiesenen Platz auslüften, bevor er entladen werden durfte.

Der Gedanke durchzuckte sie blitzartig, wie ein Schock. Sie ruckte nach vorn, suchte im Browser den Begriff »Container-Begasung«.

Was sie las, war übelkeiterregend. Da war die Rede von hochgiftigen Stoffen wie Blausäure, Brommethan oder Tetrachlorkohlenstoff, die in einem großen Teil der Waren aus Containern über den erlaubten Höchstmengen vorkamen, der bisher gemessene Spitzenwert war eine über 120 000-fache Konzentration von Phosphorwasserstoff. Einrichtungsgegenstände, Matratzen, Schuhe und Plüschtiere waren regelrecht mit zum Teil hochgiftigen, in Deutschland verbotenen Stoffen wie Carbonylsulfid, Chlorpikrin und Schwefelkohlenstoff verseucht. Eine Begasung wurde legal bei rund 20 Prozent der Container durchgeführt. Darüber hinaus war in zwei Prozent der Container Gas, obwohl sie nicht gekennzeichnet waren. Wahrscheinlich um die erhöhten Frachtkosten zu sparen. Obendrein gab es chemische Stoffe aus Textilien, die ausgasten, Pellets, die zwischen die Waren geworfen wurden und Gas gegen Schimmelpilze und Kriechtiere absonderten. Journalisten wiesen auf Studien hin, die Krankheits- und sogar Todesfälle von Hafenarbeitern aufdeckten, die Container entluden. Formaldehyd, ebenfalls häufig verwendet, wurde von Lebensmitteln regelrecht aufgesaugt und landete auf dem Teller. Emna wurde schlecht von der Lektüre der Zeitungsartikel, die sie online fand.

Es kamen nicht nur begaste Container aus Übersee in Deutschland an. Auch hier wurde auf Wunsch des Eigners Gas in die Container geleitet, um Schädlinge abzutöten. In Hamburg wurden Sulfuryldifluorid, Cyanwasserstoff, Phosphorwasserstoff, Ethylenoxid und anderes eingesetzt.

Emna lehnte sich zurück. Als Ärztin wusste sie, was für eine verheerende Wirkung solche Stoffe auf einen menschlichen Organismus hatten, Vergiftungen, Verätzungen, Organschäden, Atemwegserkrankungen und natürlich Krebs. Sie hatte über Umweltgifte gelesen, wie das landwirtschaftlich haufenweise eingesetzte Methylbromid, das unter Planen gesprüht wurde und alles im Boden tötete. Der Einsatz wurde erst 2006 eingeschränkt. In Containern war das Zeug aber anscheinend immer noch recht häufig vertreten, wenn auch unerlaubt. Es war absurd, gefährlich, und ganz und gar gegen ihre Natur. Aber sie wusste nun, wie sie Tarek Zeit verschaffen konnte, ihn vor einem Zugriff der Zollbeamten schützen, auch wenn sie ihn nicht erreichen würde. Sie wusste ja, wo der Container war.

Fleetinsel – Dienstag – 19:20 Uhr

Als sie das Hotelzimmer betraten, lag Krystina Stein wieder in ihrem Bett und sah noch blasser aus als vorher. Nora trat an den Nachttisch und legte das Handy darauf ab. Krystina Stein öffnete den Mund, wollte protestieren, doch Nora sah sie ernst und voller Mitgefühl an, worauf sie ihren Mund wieder schloss. Es war ohnehin zu spät.

»Würden Sie uns bitte kurz allein lassen«, sagte Nora zu der Krankenschwester, die mit einer Illustrierten im Besuchersessel saß. Krystina Steins Blick irrte unruhig zwischen der Krankenschwester, Johan und Nora hin und her. Nora hatte den

Eindruck, sie würde am liebsten die Schwester bitten zu bleiben, um einem unangenehmen Gespräch aus dem Weg zu gehen, doch dann schloss sie die Augen und lehnte sich auf das Kissen zurück. Nora war klar, dass Krystina Stein wusste, was sie gefunden hatten.

Nachdem die Schwester gegangen war, öffnete sie die Augen und schaute Nora trotzig und abwartend an. »Sie haben also mein Handy genommen?«

Nora ging auf den Vorwurf nicht ein.

»Wie sind Sie damals aus der Ukraine nach Hamburg gekommen?«

Ein spöttisch resigniertes Zucken in ihrem Mundwinkel. *Klar, dass das jetzt kommt…*

»Mein Onkel lebte schon länger hier, er hat mich mitgenommen, als er zur Beerdigung meiner Mutter kam.«

»Wer ist ihr Onkel?«

»Jurij Kondraschin«, sagte Krystina Stein, schloss kurz die Augen und öffnete sie langsam wieder. Es kostete sie offensichtlich Überwindung, den Namen auszusprechen. »Aber wir haben keinen Kontakt mehr, schon lange.«

»Was wissen Sie über ihn?«

Sie zuckte die Achseln und setzte sich aufrechter hin. Nora hatte das Gefühl, sie wolle Zeit schinden, nach Ausflüchten suchen.

»Er hat mir damals ein paar Jobs als Model verschafft und eine kleine Wohnung«, Krystina Stein sah Nora resigniert an, »aber dann habe ich in der Zeitung gelesen, dass er im Verdacht steht, zur russischen Mafia zu gehören. Da hatte ich schon selbst genug Geld verdient, um mich von ihm unabhängig zu machen.«

Sie brach ab, sah einen Augenblick zum Fenster hinaus, in den von den Lichtern der Innenstadt fahl erleuchteten Nachthimmel. Offensichtlich sprach sie nicht gerne über ihren Onkel, was Nora ihr nicht verdenken konnte.

»Später fing ich an zu studieren, zu unterrichten, lernte Justus kennen. Ich habe mich nicht bei meinem Onkel gemeldet und er sich nicht bei mir.« Sie faltete die Hände auf der Bettdecke.

»Aber Sie haben immer noch seine Handynummer?« Nora wechselte einen kurzen Blick mit Johan, dem eine steile Falte auf der Stirn stand, Spiegelbild ihrer eigenen Skepsis.

Krystina Stein seufzte. »Ja, aber nur für den Notfall. Er ist mein letzter lebender Verwandter. Der Einzige, der mich schon als Kind kannte. Es ist nicht schön, aber so ist es nun mal.«

»Sie konnten sich damals durchaus vorstellen, dass die Vorwürfe gegen ihn berechtigt waren?«

Sie zuckte die Achseln. »Ja«, sagte sie schließlich und starrte auf ihre Hände. »Aber ich habe nichts gesehen oder gehört, womit ich das hätte beweisen könnten. Er ist ein kalter, strenger Mann, die Leute um ihn haben einen brutalen Eindruck gemacht. Es ist mir nicht schwergefallen, ihm aus dem Weg zu gehen.«

»Und Sie konnten sich nicht vorstellen, dass diese Information uns bei der Suche nach Ihren Kindern geholfen hätte?«

Ein wütender Ruck ging durch Krystinas Körper. »Nein, im Gegenteil. Sie hätten sich auf diese Spur versteift. Seit zwanzig Jahren habe ich ihn nicht gesehen, niemand weiß von dieser Verbindung und trotzdem wäre dieses Stigma«, sie malte mit den Fingern Tüddelchen in die Luft, »russische Mafia, Hure, nicht mehr wegzudenken. Sie würden meinen Mann, seine Eltern«, sie schauderte bei diesen Worten, »zu meiner Vergangenheit befragen. Plötzlich wäre ich als mögliches Opfer von Menschenhändlern abgestempelt worden.«

Nora hob die Brauen. »Sind Sie denn ein Opfer?«

Frau Stein gab einen schnaubenden Laut von sich. »Sehen Sie, das ist die erste Assoziation, die aufkommt! Zu mir war Jurij immer nett und höflich. Stellen Sie sich nur mal vor, was Louise Stein davon halten würde, wenn sie wüsste, dass mein Onkel ein stadtbekannter Zuhälter gewesen sein soll. Sie würde sagen, dass sie so etwas erwartet habe. Und das stimmt vermutlich sogar.«

Sie lehnte sich erschöpft zurück, und Tränen traten ihr in die Augen. »Ich habe mich aus diesem Sumpf und der Armut aus eigener Kraft herausgekämpft. Ja, ganz am Anfang hat mir Jurij geholfen, aber den Rest habe ich allein geschafft. Wenn mir etwas wichtig war, dann, dass Livia und Lasse niemals mit ihm und seinen Leuten in Berührung kommen.«

»Also kannten die Kinder Ihren Onkel nicht, und niemand wusste von der Verbindung?« Nora sah, dass Krystina Stein am Ende ihrer Kräfte war.

»Natürlich nicht«, sagte sie matt. »Das Leben in der Ukraine war hart, und es hat die Menschen hart gemacht. Mein Dyad'ko hat mir nur aus Verpflichtung meiner Mutter gegenüber geholfen, und ich spürte meinerseits keinerlei Verpflichtung, ihn an unserem Leben teilhaben zu lassen. Vermutlich hätte er das auch gar nicht gewollt.«

»Was bedeutet Dyad'ko?« Nora konnte nicht umhin, das Wort für einen Kosenamen zu halten, es hatte einen schönen Klang. Viel zu schön für Jurij Kondraschin.

»Onkel«, entgegnete Krystina knapp.

»Sagt Ihnen der Name Tarek Barusha etwas?«, fragte Johan. Nora bemerkte, wie angespannt er war, die Schultern hochgezogen hatte er die Hände in die Hosentaschen gesteckt, um seine Unruhe unter Kontrolle zu halten.

Krystina Stein krauste die Stirn und schüttelte müde den Kopf: »Nein, sollte er?«

Kirchwerder Marschwiesen – Dienstag – 19:30 Uhr

Emna rüttelte wütend an dem Tor der großen Scheune, doch es war mit einem Vorhängeschloss gesichert. Sie ließ das Licht ihres Handydisplays durch die Ritzen zwischen den Brettern fallen, doch sie sah nur einige Meter staubigen Lehmbodens. Schon bei Tareks Einzug hatte hier allerlei Gerümpel gestanden: Hacken und Spaten, ein verrosteter Pflug, ein kaputter Anhänger, Kleinkram, Werkzeug, alles dick mit Spinnweben und Staub bedeckt. Sie ging um das Holzhaus herum.

An der Rückseite des Gebäudes waren einige Leisten morsch. Emna blickte sich um, obwohl sie wusste, dass niemand da sein konnte. Ihr Atem kondensierte zu gespenstisch silbrigen Wolken im Mondlicht, und ihr Herz klopfte wie verrückt, als sie mit einem kräftigen Tritt gegen die Bretter ein Loch in die Scheunenrückwand trat. Sie hämmerte mit dem Fuß dagegen, außer Atem vor Verzweiflung und Wut. Ein Fingernagel brach ab, als sie mit beiden Händen an der letzten Planke riss, die ihr noch den Zugang verwehrte, dann kletterte sie in die stockdunkle Scheune. Die Gerätschaften, die im Licht des Handydisplays aufleuchteten, wirkten wie Ungetüme aus finsteren Träumen. Angeekelt wischte sich Emna die Fäden alter Spinnenweben aus dem Gesicht. Dahinten waren Lacke, alte Farben und Pflanzenschutzmittel aufgestapelt gewesen. Oder? Der Lichtstrahl glitt über einige Kisten, Blechdosen, Kanister, und dort standen, genau wie sie es in Erinnerung hatte, große Aluminium-Gasflaschen.

»Willst du das Giftzeugs nicht entsorgen?«, hatte sie Tarek gefragt. »Ach, und noch Gebühren dafür zahlen? Das ist Holzschutzmittel, vielleicht brauche ich das noch mal.«

Emna hatte sich damals die Flaschen nur kurz angesehen. Jetzt zog sie eine zu sich und ließ den Lichtschein über das abgewetzte, mit allerlei Gefahrenhinweisen bedruckte Etikett wandern. Methylbromid, genau, wie sie gedacht hatte.

Fleetinsel – Dienstag – 19:40 Uhr

Nora und Johan standen in der Nische im Flur, um sich zu beratschlagen. Die neuen Informationen hatten sie beide in Alarmbereitschaft versetzt. Die Verbindung Krystina Steins zur russischen Mafia löste in Nora vor allem eines aus: Angst. Bisher hatte das Grauen kein Gesicht gehabt, jetzt streckte es ihnen die Fratze einer der gefährlichsten und grausamsten Verbrecherorganisationen der Welt entgegen.

Wen mussten sie informieren? Die Kollegen von der OK und LKA 65, in dem Menschenhandel und Milieukriminalität zusammenlief und wo die Kollegen über Kondraschin mehr wussten als irgendjemand sonst. Aber die Verbindung zu einer alten Hanseatenfamilie würde auch für sie neu sein.

»Was glaubst du?«, fragte Nora. »Könnte es sein, dass Krystina Stein lügt, und sie war doch ein Opfer dieser Männer?.« Sie war dankbar, dass er bei ihr war. Sie fühlte sich blind gegenüber Zwischentönen. Sie brauchte ihn, seine Ohren, seine Augen.

Johan dachte an die Bilder der Mädchen, die er gestern im Keller des LKA-Gebäudes gesehen hatte, und schüttelte den Kopf. »Nein. Wer einmal da drin war, der kommt selten wieder raus und studiert, sieht auch nicht mehr aus wie sie …«

Nora ahnte, was er meinte, und nickte. Diese Risse in der

Seele, die zeigten, dass ein Mensch einmal gebrochen wurde – selbst wenn er sich wieder erholte, blieben sie für manche Augen sichtbar. Etwas, das ihr nur zu sehr bewusst war.

»Er hat ihr finanziell einen Start in Hamburg ermöglicht, ihren Aufenthaltsstatus mit den Modelaufträgen gesichert, mehr wohl eher nicht.«

»Aber ob der Kontakt wirklich abgebrochen ist? Sie wohnen nicht so weit voneinander entfernt, theoretisch hätten sie sich jederzeit über den Weg laufen können.«

»Wer wusste überhaupt von der Verwandtschaft?« Nora graute es: Rache, Erpressung und irgendwo mittendrin die Kinder. Sie verlagerte ihr Gewicht von einem Fuß auf den anderen und steckte die Hände in den Parka, den sie immer noch trug. Die Unruhe kribbelte wie Ameisen unter ihrer Haut.

Johan hingegen ging Barusha nicht aus dem Kopf. »Ich glaube, es könnte um Rache gehen«, sagte er. »Und es kann kein Zufall sein, dass Kondraschin kurz nach dem Verschwinden seiner Großnichte und seines Großneffen ermordet wurde!« Er zermarterte sich den Kopf. Irgendetwas war da, das er nicht greifen konnte. »Jemand könnte die ganze Familie im Visier haben.«

»Eine Menge Menschen hatten Grund, sich an Kondraschin zu rächen, aber so weit zu gehen, sich auch an seinen entfernten Verwandten zu vergreifen …?«, sagte Nora. Sie verstummten betroffen, von eisiger Sorge gepackt.

Ein plötzlicher Luftzug zeigte an, dass eine Tür im Flur geöffnet und wieder geschlossen wurde. Nora sah sich um. Justus Stein eilte mit wehenden Mantelschößen auf das Zimmer seiner Frau zu.

Nora trat ihm in den Weg. »Wir müssen reden.«

Terminal Stein – Dienstag – 20:00 Uhr

Die Notarzttasche stand deutlich sichtbar auf der Rückbank ihres Wagens, und Emna trug die Jacke, die sie als Mitglied der Einsatzkräfte des Deutschen Roten Kreuzes auswies. Sie bemühte sich trotz ihres galoppierenden Herzschlags um einen angemessen ruhigen, aber besorgten Gesichtsausdruck, als sie vor der Schranke des Terminals hielt. Ihre Hände am Lenkrad waren schweißnass. Der Wachmann trat an das Fenster des Wagens und musterte sie verblüfft, sein Blick wurde freundlich. Emna lächelte und schaute ihm in die Augen, sah, wie er sich straffte. Sie hatte das schon häufig bei Männern mittleren Alters gesehen. Es hatte Vorteile, eine blonde, schlanke Frau zu sein. Sie hob ihren Krankenhausausweis. »Ich bin zu einem Notfall gerufen worden, auf dem Schiff.« Sie deutete vage in Richtung Kai.

»Wo ist der Krankenwagen?« Der Wachmann sah sich suchend um.

»Der müsste gleich kommen. Ich war zufällig hier in der Gegend.« Emna hielt den Atem an. Nun mach schon, dachte sie und lächelte gezwungen.

Er nickte verständig und ernst, öffnete die Schranke und deutete in Richtung des Bürogebäudes. »Fahren Sie geradeaus und dann links, dort finden Sie einen Parkplatz und jemanden, der Sie rüberbringt.«

Emna folgte zunächst dem Weg, den er ihr gewiesen hatte, doch dann bog sie in einer schmalen Kehre ab, erleichtert, dass niemand zu sehen war. Sie verschwand in den Schatten, als sie die Scheinwerfer abstellte, ihr Wagen war so klein, dass sie zwischen zwei Containerreihen hindurchpasste. Im Schritttempo fuhr sie weiter, stierte durch die Windschutzscheibe nach oben, um nach den Markierungen Ausschau zu halten, die das Areal in unterschiedliche Bereiche teilten. Ihr Herz schlug ihr bis zum Hals, ihr Mund war so trocken, dass sie immer wieder schlucken musste. Es war brandgefährlich, was sie tat. Jederzeit konnte einer der Vancarrier durch die Schneise sausen. Zehn Meter hoch, mit doppelten LKW-Reifen, groß wie ihr Auto. Sie dachte an die Gasflasche, die hinten im Kofferraum lag. Das Ding war so alt. Was, wenn der Verschluss nicht hielt und Gas im Auto ausströmte? Dann war sie ebenfalls innerhalb von Minuten tot.

Fleetinsel – Dienstag – 20:00 Uhr

Nora hatte Stein in ein Kaminzimmer mit voluminösen Sesseln und Hochglanzzeitschriften auf niedrigen Tischchen bugsiert. Das Feuer war aus, es war trotz dicker Teppiche kühl. Stein wirkte alarmiert, seine Augen huschten von Nora zu Johan und zurück.

»Bitte setzen Sie sich«, sagte Nora. Sie selbst blieb stehen, während sich Stein auf die äußerste Kante des Sofas hockte, jeden Moment bereit aufzuspringen.

»Ich möchte jetzt wirklich gerne zu meiner Frau«, sagte er.

»Eine Krankenschwester ist bei ihr«, sagte Nora, »und wir würden gerne wissen, was Ihnen Ihre Frau über Ihre Familie erzählt hat.«

Er hob sichtlich genervt die Hände.

»Na, was schon? Alle tot. Elende Kindheit. In Deutschland wurde alles besser… Aber das wissen Sie doch bereits.« Das Thema schien ihm sichtlich Unbehagen zu bereiten.

Nora sah ihn lange an.

Das würde jetzt ein Schock werden. »Sie wussten also nicht, dass Krystinas Onkel in Hamburg lebte und mehrmals im Zusammenhang mit organisiertem Menschenhandel und Zwangsprostitution von der Polizei vernommen wurde?«

»Ich… Was? Nein!« Er wehrte sofort ab. Nora sah, wie sich Spott in seine Mundwinkel pflanzte. Doch unter ihrem ernsten Blick bröckelte seine Sicherheit, wurde zu Zweifel und schließlich zu verwirrtem Unglauben.

Er schüttelte den Kopf. »Das ist nicht wahr, oder?«

Nora zog eine Augenbraue hoch. »Doch ist es.«

Sie sah, wie alles von ihm abfiel; das vornehme Gehabe, das Hans-Dampf-in-allen-Gassen-Getue, das künstlich Kontrollierte, das sie an diesem Mann so wahnsinnig gemacht hatte. Er war bis ins tiefste Innere schockiert und rang förmlich nach Luft. Dann fand er den rettenden Anker: Leugnen. Sie wusste, dass er ihr tief in seinem Inneren glaubte, dennoch stand er auf und sagte: »Das ist eine Lüge.«

So viel zu der Frage, wie Narzissten auf eine Wahrheit reagierten, die ihnen nicht gefiel. Er fuchtelte mit seinem Zeigefinger vor ihrer Nase herum. »Eine Lüge!«

Nora zuckte nicht, als der Finger ihrem Gesicht näher kam. Sie blinzelte nicht einmal.

»Welche Veranlassung sollte ich haben, Sie anzulügen?«

Er wischte sich mit beiden Händen durchs Gesicht, ratlos, fassungslos. »Keine«, murmelte er nach einer Weile. »Aber sie ist doch nicht… Hat doch nicht?«

Nora schürzte die Lippen. »Fragen Sie das Ihre Frau. Allerdings wissen wir nichts davon, dass sie selbst betroffen war.«

Er atmete mit einem Stoß aus, und obwohl er noch blass war wie eine Wand, schien ihn diese Information etwas zu beruhigen. »Und Lasse und Livia? Haben diese… hat die, die…«

er kaute an den Worten wie an einem unverdaulichen Brocken, »... ihr Verschwinden etwas mit diesem Milieu zu tun?«

Nora sah ihn reglos an.

»Kennen Sie einen Tarek Barusha«, fragte Johan, der an dem erkalteten Kamin gestanden hatte.

Justus Stein sah ihn an, als habe er ihn völlig vergessen. »Ja, wieso, er arbeitet für uns.«

Nora und Johan sahen sich mit hochgezogenen Augenbrauen an.

»Was arbeitet er? Steht er auf der Liste der Angestellten?«, hakte Johan nach und versuchte, sich seine Aufregung nicht anmerken zu lassen.

Justus Stein schüttelte den Kopf. »Nein, er hatte nie etwas mit unserer Familie zu tun. Er ist Lastwagenfahrer, also arbeitet er nicht direkt auf dem Terminal. Er überführt nur Container.«

Er wirkte konsterniert und verwirrt über den Themenwechsel.

»Können Sie ihn erreichen?«

»Hat er meine Kinder entführt?«

»Wir wissen es nicht, Herr Stein. Wir wissen nicht, ob er überhaupt etwas damit zu tun hat.«

Justus Stein sprang auf. »Ich könnte Baltruschek anrufen, der müsste ja die Handynummern aller Fahrer haben.«

»Fragen Sie ihn bitte auch, wann er ihn zuletzt gesehen hat«, sagte Nora.

Justus Stein holte sein Telefon heraus, und sie sah, dass seine Hände zitterten.

»Bitte tun Sie einfach, worum ich Sie gebeten habe«, sagte Nora. Und zum ersten Mal, seitdem Nora ihn kennen gelernt hatte, tat er dies, ohne Rückfragen oder zu widersprechen.

Hafen – Dienstag – 20:10 Uhr

Trotz der Kälte öffnete Emna das Autofenster noch weiter. In Abschnitt B sollte der Container stehen, den sie suchte. Sie hielt an der Markierung, stellte den Wagen in einer Schneise zwischen zwei Containern ab und stieg aus. Sie befand sich ganz am Rand der Anlage, und es war dunkel und einsam hier, doch die Flutlichter des Kais warfen ihren Schein weit genug, so dass sie auch im Schatten gerade noch die Kennziffern erkennen konnte. In der Ferne hörte sie das hydraulische Zischen der Verladekräne, wenn der Schlitten mit dem Kranführer darin hin- und herraste, Kettenrasseln und Schläge von Metall auf Metall. Sie hatte das einmal gesehen: Lascher befestigten mit der Hand schwere Metallhaken an den Containerecken, im Minutentakt. Sie wogen mehrere Kilo, Quetschungen waren nicht selten.

Angespannt ließ sie ihren Blick über die Nummern wandern, verglich sie mit dem Code in ihrem Kopf. Hier sahen viele Container alt aus, der Asphalt war rau, und nur wenige Reifenspuren im glitzernden Raureif verrieten, dass in diesem Teil des Terminals überhaupt Betrieb herrschte. Je weiter Emna die Reihe entlanglief, desto aussichtsloser erschien ihr ihr Vorhaben. Sie fröstelte und schlang die Arme um sich. Sie würde niemandem damit schaden, außer der Umwelt, sie würde die Kennzeichnung unmissverständlich machen. Niemand würde den Container danach mehr ohne zeitaufwendige Sicherheitsvorkehrungen öffnen. Tarek wäre sofort gewarnt. Es war es wert, wenn sie damit erreichte, dass ihr Bruder nicht wieder ins Gefängnis musste. Emna zog die Nase hoch und war sich nicht sicher, ob die Tränen, die in ihren Augen brannten, von der Kälte oder der Verzweiflung herrührten, die wie ein eisiger Ring um ihr Herz lag. Dann sah sie die Nummer an einem der Container. Es war der letzte in der Reihe, im Schatten eines flachen Gebäudes, abseits von den anderen.

Fleetinsel – Dienstag – 20:15 Uhr

Justus Stein war bleich, als er auflegte. »Baltruschek schickt mir die Telefonnummer per SMS. Er hat gesagt, Barusha habe vor ungefähr einer Stunde einen Container abgeladen.«

Nora spürte einen Adrenalinstoß. »Rufen Sie noch mal an. Was war in dem Container, wo kam der her?« Sie versuchte, die Aufregung in ihrer Stimme zu unterdrücken.

Justus Stein wählte ein weiteres Mal. Nora hörte, wie er Baltruschek begrüßte.

»Geben Sie her«, sagte sie ungeduldig, und Stein reichte ihr das Telefon. Sie sah Johan an, während sie sich vorstellte, und an seinen geweiteten Pupillen konnte sie erkennen, dass er das Gleiche dachte wie sie.

»Haben Sie Unterlagen zu dem Container?«, frage Nora. Sie hörte Baltruschek kramen, an einer Zigarette ziehen, hektisch ausatmen und sah vor ihrem inneren Auge den mit Papieren übersäten Schreibtisch, einen vollen Aschenbecher, den übergewichtigen Mann.

»Eigentlich müsste das hier sein«, schnaufte er. »Er hatte mir die Papiere jedenfalls gezeigt, und dann hat er den Laster auf das Gelände gefahren...« Es entstand eine Pause, und Nora ahnte schon, was jetzt kommen würde. »Stimmt. Er hat sie mitgenommen. Jetzt erinnere ich mich. Er hat sie unter den

Arm geklemmt und ist wieder eingestiegen. Das war bestimmt ein Versehen und …«

»Können sie den Container finden, Herr Baltruschek?« Nora unterdrückte die Wut in ihrer Stimme nicht mehr.

»Das, äh …«, Nora zwang sich zur Ruhe, »… könnte wirklich schwierig werden«, sagte er mit einem Seufzer.

»Herr Baltruschek, versuchen Sie, sich bitte zu erinnern, wohin Barusha mit dem Laster gefahren sein könnte. Finden Sie den Kranführer, der den Container abgeladen hat. Und sorgen Sie dafür, dass unverzüglich die Arbeit auf den Anlagen eingestellt wird. Holen Sie die Angestellten ins Büro. Wo ist Barusha anschließend hin?«

»Das habe ich nicht gesehen«, sagte Steins Disponent. Er klang beschämt und verunsichert.

»Wir sehen uns gleich, Herr Baltruschek, bleiben Sie, wo Sie sind.«

Nora gab Justus Stein das Telefon zurück, zog ihr eigenes Handy hervor und wählte die Nummer der Einsatzzentrale. »Schicken Sie zwei Wagen zu dem Terminal der Steins, die Kollegen sollen dafür sorgen, dass keiner das Gelände betritt oder verlässt.«

Sie wand sich wieder an Stein. »Wir müssen noch einmal mit Ihrer Frau reden, ich möchte, dass Sie dabei sind.«

Sie sah Johan an. Auch er wusste, was jetzt kommen würde.

Eine Todesnachricht zu überbringen war nie leicht.

Doch zuvor musste sie Reitner anrufen. Nora trat wieder vor das Fenster in der Nische, während Johan bei Stein blieb. Die Lichter auf dem schwarzen Wasser schimmerten. Nora spürte etwas tief in sich: Das Gefühl, dass sie noch heute erfahren würden, wo Lasse und Livia waren, tot oder lebendig.

»Wir müssen eine Fahndung einleiten.« Sie diktierte dem überraschten Reitner Tarek Barushas Namen.

»Wie sind Sie auf den gekommen?«

Nora umriss ihm die wesentlichen Zusammenhänge.

»Vertrauen Sie mir. Wir müssen uns beeilen. Der Terminal ist gleich abgeriegelt. Wir sollten mit großer Besetzung nach dem Container suchen.«

Ob sie glaube, dass die Kinder darin seien.

»Ja«, sagte Nora und fühlte einen Stich im Herzen.

Terminal Stein – Dienstag – 20:20 Uhr

Emna öffnete den Kofferraum und rieb ihre kalten Hände gegeneinander, bevor sie die Rolle mit Gaffaband über ihr Handgelenk streifte und die Gasflasche herauswuchtete. Sie wog etwa fünfzehn Kilo, und Emna spürte, wie das flüssige Gas von innen gegen die kalten Wände aus Metall schwappte. Sie hatte bereits in der Scheune den Gummischlauch aus der Werkstatt an dem Ventil befestigt und mehrfach um die Flasche geschlungen. Zuvor hatte sie noch Volker eine SMS geschrieben, dass sie später käme, und dabei das irritierende, schmerzhafte Gefühl gehabt, ihn vielleicht nie wieder zu sehen. Zu unwirklich war es gewesen, dort zwischen Staub und Spinnweben, Pestiziden und Abfall an die große Platte Sushi bei Kerzenschein mit ihrem ahnungslosen, unbedarften Freund zu denken. Auch jetzt gelang es ihr nicht, ihr tägliches Leben mit ihm mit diesem Augenblick zu verbinden, in dem sie in der Dunkelheit zwischen rostigen Containern hindurchlief. War sie wirklich hier? Ihr Schal war ihr jetzt im Weg, ihre Nase begann zu laufen, und sie konnte den Rotz nicht abwischen, weil sie die Gasflasche trug, während ihre Finger allmählich einfroren.

Sie war jetzt dort, wo sie nie wieder hatte sein wollen, in einer gefährlichen und dunklen Welt, in der man seine eigene Haut nur retten konnte, wenn man bereit war, die Initiative zu ergreifen. So oder so ähnlich hätte es Tarek jedenfalls ausgedrückt.

Und vielleicht hatte er recht. Emna spürte trotz ihrer Verzweiflung Hoffnung auf ein gutes Ende, sie wollte das glauben. Zwischen den Containern, am Rande des Geländes war sie außer Sicht. Anschließend würde sie durch die Schranke zurückfahren, dem Wachmann sagen, sie sei hier falsch gewesen, und keiner würde je etwas mitbekommen. Tarek wäre vorerst gerettet, und vielleicht konnte sie ihn so auch endlich überzeugen, aus diesem schmutzigen Geschäft auszusteigen.

Emna klammerte sich an diese Gedanken. Ihr Herz raste, die Panik verursachte ihr so starke Übelkeit, dass sie Sorge hatte, sie würde gleich auf den kalten Asphalt kotzen.

Am Container sah sie, dass die Lüftungsschlitze in etwa zwei Metern Höhe über dem Boden angebracht waren. Sie setzte die Flasche ab und stellte sich auf die Zehenspitzen. Ja, sie kam gerade heran. Mit den Zähnen riss sie einen Streifen Klebeband ab und fummelte es mit beiden Händen über die Öffnung, bis es hielt. Plötzlich bemerkte sie, dass es gespenstisch still geworden war. Das Surren und Zischen der Kräne war verstummt. In der Ferne auf den Elbbrücken, die weit über dem Hafen zu sehen waren, flackerte es blau. Emna kniff die Augen zusammen. Hörte sie Sirenen? Angst kroch ihre Wirbelsäule hinauf.

Sie befestigte den letzten Klebestreifen über der Lüftung, weitere über der Frontklappe, dann malte sie mit Edding ein großes Totenkopfsymbol darauf. Am Ende des Gummischlauchs war eine schmale Plastikkanüle, die zwischen die Gummilippen des Containers passen würde. Sie musste sich beeilen. Sie musste hier weg.

Fleetinsel – Dienstag – 20:25 Uhr

Noras Nerven waren bis aufs Äußerste angespannt, als sie an die Tür von Krystina Steins Krankenzimmer klopfte. Reitner trommelte im Präsidium und der Villa alle verfügbaren Leute zusammen, jetzt mussten sie hier nur noch eine Aufgabe erfüllen, dann würden sie ebenfalls aufbrechen. Krystina Steins Augen waren offen, und sie starrte blicklos ins Leere. Nora fürchtete weniger ihre Trauer über den Tod ihres Dyad'ko, als dass sie den gleichen Schluss ziehen würde wie Johan und sie selbst: dass jemand ihrer Familie schaden wollte.

Justus Stein setzte sich zu seiner Frau und strich ihr erstaunlich zärtlich übers Haar. Es war wahr, was Rudolf über seinen Sohn gesagt hatte, er hatte hohe moralische Ansprüche an sich selbst. Er ließ sie jetzt nicht allein.

»Wir haben Ihnen eine Nachricht zu überbringen«, sagte Nora ernst. Sie sah die aufflammende Angst in ihrem Gesicht und dachte, dass dieses Mal die Nachricht vom Tod eines Angehörigen vermutlich Erleichterung auslösen würde. Nicht die Kinder, nicht die Kinder, zog sich wie ein Zittern durch Krystina Steins Körper. Die Krankenschwester erhob sich stillschweigend und verließ das Zimmer.

»Wir müssen Ihnen leider mitteilen, dass Ihr Onkel Jurij Kondraschin vor zwei Tagen in seiner Wohnung tot aufgefunden wurde.«

Justus Stein sah sie verwirrt an. »Tot?«

Er blickte zu seiner Frau. Sie wirkte plötzlich hellwach und erschrocken. »Ist er eines natürlichen Todes gestorben?«

Die erste, wichtigste Frage. Vielleicht stellte sie sie, weil sie immer damit gerechnet hatte, dass jemand wie ihr Onkel seinen letzten Atemzug nicht im Schlaf aushauchen würde. Vielleicht stellte sie diese Frage, weil sie wusste, was sie befürchteten.

»Unseren Vermutungen nach ist er an einem Gas erstickt, das in sein Schlafzimmer geleitet wurde.«

Krystina wurde bleich. Justus Stein wischte sich mit der freien Hand über das Gesicht, er sah völlig erschöpft aus.

»Was hat das zu bedeuten?«, murmelte er. »Ich verstehe das alles nicht.«

»Wir werden einen Beamten zu Ihrem Schutz abstellen«, sagte Nora.

Krystina Stein biss sich auf die Lippen und nickte langsam. Sie hatte die Puzzleteile zusammengefügt. Justus Stein dagegen schaute, als habe er etwas verpasst.

»Hat das was mit Barusha zu tun?«

»Das können wir zum gegenwärtigen Zeitpunkt nicht sagen. Sollte er Sie kontaktieren, sagen Sie uns bitte sofort Bescheid.«

Justus Steins Lippen wurden schmal. Nun hatte er ebenfalls begriffen.

»Ich bedaure Ihren Verlust«, sagte Nora.

Sie drehte sich zu Johan um, der abwesend und grüblerisch aussah, und gab ihm ein Zeichen mit den Augen.

Im Flur gaben sie ihre gezwungene Contenance auf und eilten im Laufschritt zu den Fahrstühlen.

»Barusha hat angeblich ein Alibi für den Mord an Kondraschin«, sagte Johan nachdenklich, während sie warteten. Und in diesem Moment fiel ihm ein, was ihn die ganze Zeit unterschwellig beschäftigte.

»Wir müssen uns beeilen«, sagte er und hämmerte auf den Rufknopf, während er gleichzeitig sein Telefon hervorzog.

Nora sah ihn überrascht an.

Das wäre das schlimmste Szenario von allen, dachte Johan.

Er beschloss, Nora vorerst nichts zu sagen, in wenigen Minuten würde er Gewissheit haben. Er hoffte, dass er sich irrte. Wenn nicht, dann hatte er einen großen Fehler gemacht.

Terminal Stein – Dienstag – 20:25 Uhr

Lasse blinzelte müde, als plötzlich das fahle Licht der Schlitze von etwas gedämpft wurde. Er wollte sich aufrichten, doch seine Glieder waren inzwischen so kalt, dass sie ihm nicht gehorchten. Er hörte, dass dort draußen jemand war und an der Containerwand herumfummelte, jetzt kam das Geräusch von der Tür. Er wollte einen Laut machen, irgendetwas sagen oder rufen, doch seine Lippen waren rau und aufgesprungen und seine Kehle so trocken, dass nicht einmal ein Krächzen hervorkam, als er den Mund öffnete. Das Einzige, was er zustande brachte, war mit den Fingern über das Metall des Bodens zu kratzen, doch es klang kläglich und war kaum wahrzunehmen. Livia, die in seinem Arm lag, glühte vor Fieber, sie wurde immer schwächer und hatte den Kopf an seine Brust geschmiegt. Sie reagierte nicht auf seine Bewegungen. Sie hatten, wenn er sich richtig erinnerte, vorgestern das letzte Mal etwas gegessen, das Wasser war längst alle. Er wollte gegen die Wand hämmern, schreien, aber es war so kalt, so kalt. Und er war müde, so müde.

Fleetinsel – Dienstag – 20:30 Uhr

Im Fahrstuhl wählte Johan, hob das Telefon ans Ohr, kaum dass sie die Lobby betreten hatten. Die Nummer von Serdrich hatte er schon am Montag gespeichert, zum Glück.

»Ja?« Im Hintergrund waren Stimmen und Musik zu hören.

»Erinnern Sie sich an die Namen, die ich Ihnen genannt hatte? Barushas Alibi. War ein Mesut Erol darunter?«

Wieder spürte er Noras verwirrten Blick, während sie im Laufschritt die Lobby durchquerten und in die kalte Nachtluft traten.

Serdrich schnaufte ein wenig, die Hintergrundgeräusche wurden leiser, verstummten. Er hatte das Lokal verlassen. »Ja, wieso?«

Johan stöhnte. Schon als er den Namen Mesut Erol am Telefon Serdrich genannt hatte, hatte er das Gefühl gehabt, ihn zu kennen.

Weil er ihn erst kurz zuvor gelesen hatte.

»Haben Sie mit ihm und den anderen gesprochen?«

»Also Mesut Erol haben wir noch nicht erreicht«, druckste Serdrich.

Johan krampfte seine Fäuste zusammen. Wenn er nicht so oberflächlich durch die Akten von Lehmann gegangen wäre, wenn er nicht gleichzeitig mehr damit beschäftigt gewesen wäre, wie er diese ihm lästige Aufgabe loswerden könnte, wäre ihm das früher aufgefallen. Johan erinnerte sich jetzt in aller Deutlichkeit an das Foto des leicht süffisant grinsenden Mannes, der sich von den anderen dadurch unterschied, dass er geringfügig älter war. Sie erreichten den Dienstwagen, Nora riss bereits die Fahrertür auf. »Bleiben Sie da dran!«, sagte Johan.

»Und seien Sie vorsichtig.« Er hielt das Telefon noch in der Hand, als er Nora mit einem Blick ansah, der sie sofort innehalten ließ. »Ruf Reitner an. Es gibt etwas Neues. Wir können nicht so einfach auf den Terminal rauf.«

A7 – Dienstag – 20:30 Uhr

Der Parkplatz lag im Halbdunkel der wenigen Laternen, die sich um das Klohäuschen gruppierten. Neben der Leitplanke standen einige LKWs mit Aluminiummatten über den Windschutzscheiben, doch kein Mensch war zu sehen.

Tarek stellte den Motor ab, atmete einmal tief ein und aus und sah auf die Uhr. Noch zehn Minuten. Er stieg aus, öffnete die Metalltür zu den Herrentoiletten, nicht ohne vorher tief Luft geholt zu haben. Drinnen war es genauso kalt wie draußen, und die Pfütze unter dem Waschbecken war gefroren. Als er wieder im Auto saß, zündete er sich eine Zigarette an und kurbelte das Fenster einen Spalt breit auf. Noch zwei Minuten. Hinter der Autobahnbegrünung wischten gelegentlich Scheinwerfer vorbei.

Tarek starrte durch die Windschutzscheibe, die Wolken hatten sich verzogen, und die Mondsichel glänzte silbrig kalt. Wenn er das Geld auf dem Konto hatte, würde er nie wieder nach Deutschland zurückkommen. Er würde sich eine neue Identität und ein neues Leben kaufen. Man konnte alles kaufen, wenn man genug Kohle hatte.

Er würde keine Angst mehr haben, keine Wut im Bauch, die wenig Platz für Liebe ließ. Vielleicht würde er eine Frau kennen lernen, sogar Kinder haben.

Kinder. Aber wer wollte schon Kinder in diese Welt setzen? Er dachte an die beiden in dem Container. Auf keinen Fall wollte er an sich und Emna damals denken, verloren, verstört, verängstigt. Das hier war was ganz anderes. Das waren verwöhnte Wohlstandsblagen, die nicht wussten, wie der Rest der Menschheit darbte.

Jetzt. Er nahm das Smartphone und fuhr es hoch. Dann wartete er auf das Login im Netz. Das Erste, was sein Display anzeigte, waren zahllose vergebliche Anrufe von Emna. Auch Nachrichten von ihr tauchten eine nach der anderen auf, doch er las sie nicht, aktivierte stattdessen das Verschlüsselungsprogramm und rief die Website der Bank auf den Cayman Islands auf. Nachdem er seine Kontonummer eingegeben hatte und sich mit einem Iris-Scan autorisiert hatte, betrachtete er das Symbol, das anzeigte, dass der Kontostand geladen wurde. Er hatte es damals über eine Anwaltskanzlei eröffnen lassen, als er angefangen hatte, die Taschen zu übergeben. Ein wenig Geld hatte er durch die Botendienste im Laufe der Jahre auch schon überweisen können. Aber viel zu wenig, für seine Vorstellung.

Ein taubes Gefühl breitete sich vom Kiefer her aus, so sehr spannten sich seine Muskeln dort an.

Endlich erschien eine Zahl auf dem Display. Siebenstellig. Tarek reckte eine Faust in die Höhe. Er umfasste mit beiden Händen das Lenkrad und rüttelte daran. Dann griff er in die Innentasche seiner Jacke und holte ein winziges Röhrchen hervor, tupfte etwas Pulver auf den Rücken seiner Faust und saugte es durch die Nase ein. Bitter, brennend, aber auch süß, vor allem das folgende Hochgefühl, das wie eine Silvesterrakete in seinem mit Endorphinen gefluteten Organismus explodierte.

Er fischte sich eine weitere Zigarette aus der Schachtel

und zündete sie an. Sein Glücksgefühl stieg mit dem Rauch zur Decke des Wagens und hüllte ihn wohlig ein, bitterer Geschmack rann ihm köstlich in den Rachen. Besser hätte es nicht laufen können. Er nahm das Prepaid-Handy und schrieb eine Nachricht mit der Containernummer und dessen Stellplatz und schickte sie ab. Jetzt war er frei. Genussvoll rauchte er weiter. Doch jede Geschichte brauchte ein Ende. Und einen Schuldigen.

Er lächelte, als er die Visitenkarte hervorholte, die der Bulle ihm gegeben hatte, und schrieb ihm die gleiche Nachricht. Er würde schon wissen, was zu tun sei.

Tarek frohlockte. Alles lief wie am Schnürchen. Dann schüttete er sich den Rest Kokain auf die Hand. Nur noch ein wenig durchhalten, dachte er und fühlte die prickelnde Aufregung in seinem Bauch.

Er nahm das Smartphone in die Hand, um es auszuschalten. Immer noch zeigte es an, dass er zehn ungelesene Nachrichten hatte. Vermutlich alle von Emna. Er würde sich bei ihr melden, wenn er weit, weit weg war. Oder?

Er könnte ihr kurz einen Gruß senden, schreiben, dass es ihm gutging. Jetzt, wo alles vorbei war, tat es ihm leid, dass sie sich solche Sorgen machte. Und dass er sie nie wiedersehen würde, war das Einzige, was ihn an diesem Abschied wirklich schmerzte.

Tarek öffnete den Nachrichtenverlauf. Bevor er tippte, las er, was sie ihm geschrieben hatte.

Seine Hochstimmung verflog schlagartig. Tarek schloss die Augen, stützte sich mit zusammengebissenen Zähnen gegen die Lehne und zählte langsam bis zehn. Adrenalin pumpte durch seine Adern, die Euphorie, die ihn eben noch auf Wolken getragen hatte, war plötzlich zäh wie Teer. Tarek spannte die Muskeln an, bis es wehtat. Er nahm das Telefon, wählte die Mailbox. Hörte Emnas Stimme, ihre Erklärungen, ihre sorgenvolle Stimme kratzte wie Krallen an seiner Seele. Er wählte ihre Nummer, doch sie ging nicht ran. Er versuchte es ein weiteres Mal. Einen Moment saß er im Dunkel und starrte hinaus. Statt eines silbernen Mondes und weiten Himmels war da nur noch die Trostlosigkeit des Autobahnparkplatzes. Dann startete er wütend den Wagen. Er war so enttäuscht, dass die Reifen auf dem nassen Asphalt durchdrehten und der Motor laut röhrte, als er Gas gab.

Tarek wusste, kein Leben in der Fremde würde ihn glücklich machen, wenn er Emna in dieser Situation allein zurückließ. Für einen Augenblick hasste er sie dafür, dass sie ihm helfen wollte.

Elbbrücken – Dienstag – 20:45 Uhr

Johan saß neben Nora im Fond des Wagens. Sie hatte das Blaulicht auf dem Dach befestigt und trieb den Elektroknubbel zu Höchstleistungen an.

Reitner hatte Sprengstoffexperten angefordert, die kurz nach ihnen am Terminal eintreffen würden. Johan dachte an Lilly und dass er ihr davon nichts erzählen sollte.

Plötzlich hatte er das dringende Bedürfnis, ihr zu schreiben, dass es ihm gutging, sah sie auf dem Sofa sitzen, allein vor dem Fernseher, unruhig. Er zog sein Telefon hervor.

Er hatte eine Nachricht bekommen, ohne es bemerkt zu haben, und starrte verwirrt auf das Display. Es war eine Nachricht von einem anonymen Absender mit dem Inhalt: STTU0509220. Kein Gruß, keine Abschiedsfloskel, nur die kryptischen Informationen. Er las sie Nora vor. »Verstehst du das?«

Nora schüttelte den Kopf. »Vielleicht von einem Kollegen?! Irgendeine Aktennummer?« Sie starrte konzentriert auf die Straße. Johan warf einen Blick aus dem Fenster, das würde sich schon klären mit der Nummer, jetzt gab es Wichtigeres. Er hatte das Telefon noch in der Hand.

Was sollte er Lilly schreiben? Wann er nach Hause käme?

Die Kräne standen mit dem Sockel in den wabernden Lichtschwaden der nächtlichen Flutbeleuchtung, der Hafen schlief nie. Zwischen den Streifen braunen Wassers standen auf Betonflächen lange Reihen von Containern, die kurz im Blaulicht flackerten, bevor sie daran vorbei waren.

Johan stutzte, kniff die Augen zusammen. Er sah auf das Telefon, dann auf die flachen Dächer der Container neben der Autobahnabfahrt, auf die großen Buchstaben und Zahlen auf deren Oberseite, während der Wagen sich in halsbrecherischem Tempo in einer engen Kurve zur Seite neigte.

»Das sieht aus wie eine Containernummer«, sagte er.

»Vielleicht hat Baltruschek die Frachtpapiere doch noch gefunden?«

Johan blinzelte verwirrt. »Baltruschek und Stein haben meine Telefonnummer aber nicht. Sie hätten dich angerufen…« Er stockte. »Ich habe Barusha meine Karte gegeben. Und was hätte das für einen Sinn?«

Noras Herz pochte gegen ihren Brustkorb. Sie bremste scharf, beinahe wäre sie an der richtigen Ausfahrt vorbeigefahren. Dass Barusha die Nummer geschickt haben könnte, konnte sie nicht glauben. »Und wenn das ein anonymer Hinweis ist? Wir haben gerade verfügt, dass der Betrieb auf dem Terminal ruhen muss. Mehrere Menschen wissen jetzt, dass wir einen bestimmten Container suchen!«

Mit angespannten Gesichtern rasten sie weiter, flankiert von Tausenden Warnlichtern der Kräne, Maschinen und Schiffe in den angrenzenden Hafenanlagen. Nora überholte einen PKW, dessen Fahrer erschrocken am Lenkrad zuckte. Die Sirene ihres zivilen Fahrzeugs klang dünn in der nassen Luft, ein entgegenkommender Wagen bremste ab. Sie hielt mit quietschenden Reifen vor der Schranke des Terminals, zwei Streifenwagen standen bereits rechts und links auf dem schmalen Gehsteig, das Blaulicht tauchte die Straße in unheimlich flackerndes Licht.

Der Wachbeamte an der Schranke beugte sich zu ihrem Fenster: »Kommen Sie wegen dem Unfall?«, fragte er, während seine Pupillen nervös über die drei Polizeiwagen huschten. Einer der Streifenbeamten kam auf Nora zu und beugte sich zum Fenster. »Das hat er uns auch schon gefragt, aber ich weiß nichts von einem Unfall.«

Nora runzelte die Stirn und sah den Wachmann an, es war der gleiche, der sie und Stein zum Zaun begleitet hatte. »Wie kommen Sie darauf, dass es einen Unfall gab?«

Er wirkte nervös. »Da war eine Notärztin. Ich warte schon bestimmt seit einer Dreiviertelstunde auf den Krankenwagen.«

Nora sah Johan an. »Öffnen Sie die Schranke und kommen Sie zum Parkplatz. Dann können Sie mir das genauer erklären. Die Kollegen sichern die Einfahrt.«

Der Schutzpolizist hob die Hand zum Gruß an die Mütze und ging zu den Peterwagen zurück.

Sie fuhren auf das Gelände. Welcher Krankenwagen braucht eine Dreiviertelstunde, dachte Nora.

Vor dem Büro der Firma Stein sprangen Nora und Johan aus dem Wagen. Von dem Wachbeamten war noch nichts zu sehen, ebenso wenig von Reitner, den Hundeführern und den Sprengstoffexperten.

Eine dunkle Limousine stand auf einem der Parkplätze zwischen den Betriebswagen des Terminals. War jemand aus der Familie Stein hier? In diesem Augenblick hörte sie die Sirenen, und eine ganze Armada von Streifenwagen und ein Polizeibus fuhren auf das Gelände und parkten auf den Zufahrtswegen.

Nora hielt Reitner an, der aus dem vordersten Wagen sprang. »Wir haben eine Containernummer geschickt bekommen.«

Sie deutete auf Johan. »Sie ist Johan gesimst worden, aber wir wissen nicht, was das zu bedeuten hat, nur, dass sie von außen kommt.«

Reitner blickte auf das Display von Johans Telefon, das er ihm hinhielt.

»Nicht ohne Sprengstoffexperten!«, sagte er.

Hafen – Dienstag – 21:00 Uhr

Tarek hielt auf einem Parkplatz nicht weit entfernt vom Eingang des Terminals und stieg auf einen der mit Unkraut überwucherten Sandberge aus altem ausgebaggertem Schlick, die hier überall im Hafengebiet wuchsen wie Geschwüre. Von oben konnte er den Terminal Stein fast ganz überblicken. Streifenwagen hatten die Straße gesperrt, die Beamten in ihren Reflektorwesten leuchteten im Schein der rotierenden Blaulichter. Tarek holte ein Nachtsichtfernglas aus seinem Rucksack. Auf dem Parkplatz vor der Halle standen Arbeiter zusammen, auch sie waren durch ihre Sicherheitskleidung gut zu erkennen. Zwischen ihnen noch mehr Menschen, vermutlich ebenfalls Polizisten, in Uniform und Zivil. Ein Mann hatte einen Schäferhund an der Leine.

Was für eine verdammte Scheiße, dachte er. Sein Herz war zu einem harten Klumpen zusammengeschmolzen, in dem kaum mehr Platz hatte als Wut. Während seine Schuhe im Sand einsanken, hatte er Lust, jemanden oder etwas zu treten.

Aber da war noch diese winzige Goldflocke, die bisher jeden Schmelztiegel von Aggressivität, Einsamkeit, brutalem Gefängnisalltag und allgegenwärtiger menschlicher Kälte überstanden hatte: die Liebe zu Emna. Das Flugzeug würde ohne ihn abheben.

Tarek hielt das Fernglas umklammert. Allmählich wurde er ruhiger. Eile war nun nicht mehr geboten, es galt die Dinge sorgfältig und überlegt wieder ins Lot zu bringen, sonst waren sie beide verloren.

Terminal Stein – Dienstag – 21:10 Uhr

Nora öffnete die Tür zu den Verwaltungsräumen und Baltruscheks Büro. Weitere Mitarbeiter des Terminals saßen und standen auf dem Flur. Einige hatten ihre dick gefütterte Neonkleidung ausgezogen, nippten an Kaffee, rauchten Zigaretten. Die Luft war zum Schneiden, aber alle schienen froh, nicht mehr in der Kälte stehen zu müssen.

»Wo ist Herr Baltruschek?«, fragte Nora.

Ein Mann mit einer Tasse in der Hand deutete mit dem Daumen nach draußen. »Spricht mit dem Chef!«

Nora ging wieder nach draußen, Reitner und Johan folgten ihr zu Jürgen Stein, der hektisch auf Baltruschek einredete. Als er ihr sein Gesicht zuwandte, wirkte er ertappt. Er war blass, offensichtlich fassungslos über die Menge der Polizisten, die so plötzlich aufgetaucht waren. Seine Pupillen bewegten sich unruhig hin und her. Sein Bruder hat ihn doch informiert, schoss es Nora durch den Kopf.

»Gut, dass Sie schon da sind«, sagte sie. »Wir werden das Gelände durchsuchen. Wir haben einen bestimmten Container im Blick. Herr Baltruschek, wenn ich Ihnen eine Containernummer gebe, haben Sie dann die Möglichkeit, ihn auch ohne Frachtpapiere hier zu finden?« Nora deutete auf das unübersichtliche Areal mit den Tausenden von Metallkisten.

»Das hat mich Herr Stein auch gerade gefragt.« Baltruschek schüttelte den Kopf. »Eigentlich nicht, ich weiß ja nicht, wo der hinsoll, also auch nicht, wo er abgestellt werden musste. Aber wenn es um den Container von Barusha geht, da hab ich inzwischen drüber nachgedacht, der kam aus Südamerika und sollte von hier weiter nach Belgien.« Er hob den Arm und deutete nach links. »Dann müsste er irgendwo da drüben stehen.«

Die zwei Männer der Sprengstoffeinheit mit einem Schäferhund an der Leine wurden von Reitner angewiesen. Sie verschwanden zwischen den Containern, und Nora hörte, wie einige ihre Kollegen begannen, die Mitarbeiter der Reederei vor der Tür der Halle zu befragen. Wann und wo sie Tarek Barusha zuletzt gesehen hätten, was er für ein Typ gewesen sei, ob sie in letzter Zeit Veränderungen an ihm bemerkt hätten. Nun mussten sie abwarten.

Nora verschränkte die Arme, um ihre Angst unter Kontrolle zu halten, und fühlte den eisigen Wind an ihrer Jacke zupfen. Die eigenartig ungewohnte Stille des Terminals mit all den großen Maschinen wurde untermalt von den knackenden und klickenden Geräuschen der weiter entfernten Kais, an denen weiterhin gearbeitet wurde. Jürgen Stein hatte sich ohne Gruß entfernt, saß in seinem Auto und tippte auf seinem Telefon herum, Nora sah den Widerschein des Displays auf seinem Gesicht. Irgendetwas an ihm störte sie. Wahrscheinlich einfach, dass er hier war. Seine Nervosität war mit Händen zu greifen. Sie drehte sich zu ihm um und ging auf den Wagen zu. Hatte Baltruschek gerade gesagt, er habe ebenfalls nach einem bestimmten Container gefragt?

Plötzlich ertönte ein lautes Bellen, gedämpft durch Tonnen von Stahl. Alle blickten zu den Containern, erstarrten in der Bewegung. Einer der Männer der Hundestaffel kam auf sie zu gerannt. »Wir brauchen einen Notarzt«, keuchte er. »Und Gasmasken.«

Nora drehte sich hastig um. Als sie einen Blick zurückwarf, sah sie die Rücklichter der schwarzen Limousine hinter dem Gebäude verschwinden.

Hafen – Dienstag – 21:30 Uhr

Tarek hatte seinen Posten seit einer halben Stunde nicht verlassen. Auf dem Terminal war es trotz der vielen Menschen augenscheinlich ruhig. Plötzlich geriet die Menge in Bewegung, und kurz darauf hörte er aus der Ferne weitere Sirenen. Ein Krankenwagen schoss über die Straße, gefolgt von einem Einsatzfahrzeug des Notarztes.

Das hatte er von Emna gelernt. Wenn du einen Krankenwagen siehst und dahinter den Notarztwagen mit Blaulicht, dann besteht Lebensgefahr. Der Krankenwagen passierte die Schranke, fuhr am Büro vorbei und hielt auf dem Parkplatz. Tarek stellte das Fernglas schärfer, er konnte erkennen, wie Polizisten mit Gasmasken eine Bahre vor sich herschoben, dorthin, wo der Container stand.

Die Kinder! Ihm wurde flau im Magen.

Als er Emnas Nachricht abgehört hatte, dass er den Container auf keinen Fall öffnen dürfe, dass jetzt Gas darin sei und er nun Zeit habe, einen spontanen Urlaub anzutreten, war er einen Augenblick verwirrt gewesen. Was wollte sie ihm damit sagen?

Emna hatte keine Ahnung von so etwas, sie wusste nichts über Gefahrengut und woher, verdammt, wusste sie von dem Container? Doch die kryptische Nachricht hatte sich, als er die SMS gelesen und die anderen Mailboxnachrichten abgehört hatte, langsam entschlüsselt. Obwohl er immer noch nicht fassen konnte, was sie sich zusammengereimt hatte. *Todesfall im Hafen beim Zoll. Warum hat der Mann die Containernummer auf einem Zettel, die du in deiner Küche notiert hast?* Später viele *Ruf mich an*-Aufforderungen per SMS.

Blitzartig war ihm die Szene wieder eingefallen: Emna, die auf die Flaschen mit Methylbromid deutete, Sonne und Staub im Haar: »Willst du das Giftzeug nicht entsorgen?«

Hätte er es doch nur getan!

Die Bahre, geschoben von zwei Sanitätern, flankiert von Beamten in Ganzkörperschutz wurde wieder zwischen den Containern sichtbar. Tarek sah, dass nun jemand darauf lag, und kniff die Augen zusammen. Blonde Haare flossen über das Kissen, eine Atemmaske bedeckte das Gesicht. Tarek erstarrte.

Terminal Stein – Dienstag – 21:50 Uhr

Die Entscheidung, dass sich niemand mehr dem Container nähern durfte, bis geklärt war, ob Explosionsgefahr bestand, hatte Reitner getroffen. Nora war nicht glücklich darüber, aber sie verstand ihn. Es gab chemische Bomben, die durch das Mischen verschiedener Gase entstanden, und die Experten waren mit Messroboter, Explosionsschutz und Gasmasken ein weiteres Mal zwischen den Containerzeilen verschwunden, während Nora und Johan neben dem Krankenwagen standen und sich beklommen fragten, was das alles zu bedeuten hatte.

Nach der Beschreibung des Hundeführers stand eine Gasflasche vor dem Container und war über einen Schlauch durch die Gummilippe an der Tür mit dessen Inneren verbunden. Geistesgegenwärtig hatte der Beamte die Frau, die ohnmächtig auf dem Boden davor lag, weggezogen und dabei selbst die Luft angehalten und die Augen zusammengekniffen. Er hatte sich sogar mit einem schnellen Blick vergewissern können, wie die Flasche deklariert war. Methylbromid, ein Gas, das in der Landwirtschaft, und wie Nora inzwischen von Baltruschek erfahren hatte, auch in der Containerbegasung eingesetzt wurde. Das mit Luft explosibel war, wie es der Sprengstoffexperte ausgedrückt hatte. Und, hatte er noch hinzugefügt, wer wusste schon, ob in der Flasche drin war, was draufstand?

Nora hatte nur einen kurzen Blick auf die bewusstlose Frau werfen können, bevor der Notarzt die Tür des Krankenwagens hinter sich zugezogen hatte. Sie wirkte gepflegt, attraktiv und trug eine Jacke vom Roten Kreuz.

Das musste die Ärztin sein, von der der Wachmann gesprochen hatte. War sie hierhergelockt worden? Hatte sie die Gasflasche gefunden? Sie war zu einem Unfall gerufen worden, hatte sie am Tor gesagt. Doch sie hatte sich nicht an die Mitarbeiter des Terminals gewandt, ihr Wagen war ebenfalls verschwunden.

Die Hecktüren des Krankenwagens öffneten sich, und der Notarzt stieg aus. »Die Vitalwerte sind i.O., sie ist stabil, und wir bringen sie jetzt rüber nach St. Georg. Über eine Vergiftung durch Gas kann ich erst etwas sagen, wenn wir das Blutbild haben. Aber hier ist ihr Ausweis.« Er reichte Nora ein Plastikschild, auf dem die Frau, die eben leichenblass an ihr vorbeigeschoben worden war, lächelnd in die Kamera sah. Sie sah jung aus. Emna Schulz, stand dort, Universitätskrankenhaus. Johan beugte sich ebenfalls über den Ausweis.

»Emna?«, murmelte er, »Emna!« Nora sah plötzliches Erschrecken über sein Gesicht ziehen.

»Oh Gott! Das ist Tarek Barushas Schwester! An die habe ich überhaupt nicht mehr gedacht. Er hat gesagt, sie seien damals gemeinsam in Deutschland angekommen.« Fassungslos sah er Nora an.

Nora wandte sich zu Reitner um, der sich ihnen näherte, und wedelte mit dem Ausweis.

»Womöglich Barushas Schwester!«, sagte sie und deutete mit dem Daumen auf den Wagen. »Wer fährt mit?!«

Reitner sah Johan an. »Sie sind der Einzige, der mit Barusha gesprochen hat. Nehmen Sie Demirel mit.« Johan nickte kurz und lief im Laufschritt zu den Kollegen vor der Halle. Nora sah, wie Akay und er in einen der Wagen sprangen. Als der Krankenwagen wendete, ging bei beiden Fahrzeugen auf dem Dach gleichzeitig das Blaulicht an. Der Notarzt blieb mit ihnen auf dem Parkplatz, zwei weitere Krankenwagen waren sicherheitshalber angefordert worden. Nora war übel.

Hafen Reiherstieg – Dienstag – 21:55 Uhr

Tarek sah, wie der Polizist, der heute Morgen noch bei ihm in der Wohnung gesessen hatte, und ein anderer in einen Wagen stiegen und dem Krankenwagen folgten. Er ließ das Fernglas sinken.

Er wollte so sehr wissen, wie es Emna ging, wie ernst es war. Aber er konnte ja schlecht einfach im Krankenhaus auftauchen: Er hatte den Container abgestellt, nach ihm wurde inzwischen ganz sicher gefahndet. Er trat gegen ein Stück Beton, das aus dem Sand ragte.

Jedes Mal, wenn Tarek an den Polizisten dachte und dass sie sich am Sonntagnachmittag bei der Moschee bereits das erste Mal begegnet waren, löste dies einen kalten Stich in seinem Magen aus. Dieser Mann war gefährlich. Und jetzt war er bei seiner Schwester, war derjenige, der im Krankenhaus auf dem Flur wartete und hören würde, was die Ärzte über ihren Zustand zu sagen hatten; der Typ saß dort, wo eigentlich er sitzen sollte.

Mit weichen Knien ging er zum Auto zurück.

Emna, kleine Schwester. Was, wenn du stirbst?

Dann war das seine Schuld, Hitze sammelte sich an seinem Rücken, dehnte sich bis zum Solarplexus aus.

Entschlossen riss er die Autotür auf. Der Bulle musste ihm sagen, wie es um sie stand, und er würde sie dort herausholen. Womöglich hatte Emna die Kinder getötet. Nicht mit Absicht, aber sie würde den Rest ihres Lebens im Gefängnis verbringen, denn wer würde ihr glauben? Er musste das verhindern. Wenn einer wusste, wie man sich fühlte, wenn man eingesperrt war, dann er. Und er hatte sie da hineingezogen. Er würde ihr helfen, und er wusste auch schon, wie.

Terminal Stein – Dienstag – 22:20 Uhr

Nora stand an der 100-Meter-Grenze zu dem Container, die die Sicherheitsexperten vorgegeben hatten. Wann konnten sie endlich den Container öffnen? Sie kaute an dem Gefühl, einen riesigen Fehler zu begehen, indem sie so quälend langsam vorgingen. Was, wenn Lasse und Livia im Inneren des Containers gerade jetzt dabei waren zu ersticken! Doch man hatte ihr gesagt, das Gas wirke schnell oder gar nicht. Nora schlug die Arme um sich. Oder sie erfroren!

Sie warf einen Blick zurück zu den Bürohallen. Auch alle anderen, Arbeiter wie Polizisten, warteten angespannt, blickten zu ihr, den langen Reihen der Container und den beiden Krankenwagen auf dem Parkplatz, deren Neonmarkierungen im Licht der Flutscheinwerfer unwirklich gleißten. Keiner sprach mehr.

Das Szenario, das sie vorgefunden hatten, ließ Nora nicht los. Wenn Emna Schulz versucht hatte die Kinder, die womöglich im Container waren, mit Gas zu töten, dann hätte ihr Bruder sich ein Alibi beschaffen können. Genau wie bei Kondraschin. Wahrscheinlich hatten die beiden schon die ganze Zeit unter einer Decke gesteckt.

Sie sah Reitner zwischen zwei gepanzerten Kollegen stehen, die Maschinenpistolen hielten. Der Parkplatz war inzwischen bis auf ihre Dienstfahrzeuge und die der Reederei leer. An Jürgen Stein wollte sie jetzt nicht denken.

Der Sprengstoffexperte trat zwischen den Containern hervor. Und obwohl Nora wusste, dass sie das nicht durfte, setzte sie sich sofort in Bewegung und lief auf ihn zu.

»Sie können den Container jetzt öffnen. Wir haben die Gasflasche gesichert, es gibt keine Hinweise auf Sprengstoff oder Explosionsgefahr!«, rief er ihr entgegen.

Warum hast du es dann nicht schon getan, wollte Nora schreien. Sie rannte, hörte an schnellen Schritten hinter sich, dass andere ihr folgten. Sie lief in das Dunkel zwischen den hoch gestapelten Quadern, folgte dem Licht der neu aufgestellten Scheinwerfer am Ende der Reihe. Keuchend erreichte sie ihr Ziel. Sie sah die bekannte Nummer, ein selbstgemaltes Totenkopfemblem auf Klebeband, das über der Klappe klebte. Sie sah Gaffaband über den Lüftungsschlitzen silbrig glänzen. Und sie sah, dass ein Vorhängeschloss die Tür verschloss. Hektisch blickte sie sich um und seufzte vor Erleichterung, als ein Beamter in Uniform, der hinter Reitner herjoggte, einen Bolzenschneider hochhob. Der Notarzt mit seinem Koffer kam schnaufend hinter ihm her.

Nora trat mit rasendem Herzen einen Schritt zurück, während der Beamte das Werkzeug ansetzte. Innerhalb von Sekunden war das Vorhängeschloss geknackt.

Mit zitternden Fingern löste Nora die großen Stahlriegel, Reitner half ihr die Klappe aufzuziehen.

Mit ihren Taschenlampen leuchteten sie über den Boden des Containers. Leere Wasserflaschen, Verpackungsmüll, ein Eimer – und eine größere Wölbung unter Wolldecken im Zentrum, zwei winzige Stücke Haaransatz, blond und braun, dicht beieinander. Nora machte einen Schritt nach vorn, zog vorsichtig an der Decke. Lasse, noch in seinem Anorak, hatte die ebenfalls dick eingepackte Livia im Arm. Beide Kinder rührten sich nicht. Entsetzt machte Nora einen Schritt zur Seite, um den Arzt vorbeizulassen. Mit den Fingern suchte er an dem schmalen Hals des Jungen die Halsschlagader, sah auf, direkt in die Kegel der Lampen, die auf ihn gerichtet waren. »Er lebt!« Nora atmete, hielt abermals die Luft an.

Er steckte seine Finger in den dicken Kragen von Livias Parka. Tiefe Sorgenfalten bildeten sich in dem Gesicht des Mannes, während er vor Konzentration die Augen schloss. Alle erstarrten. Nora erschienen die Sekunden endlos.

Krankenhaus St. Georg – Dienstag – 22:25 Uhr

»Wo bin ich?«, wollte Emna flüstern, doch aus ihrem Mund kam nur ein Krächzen. Der bittere Geschmack, das Brennen in der Nase, Licht, das diffus durch ihre Lider drang, die sie nicht aufbekam, verwirrten sie. Das Gefühl, in zu dünner Kleidung auf einer Plastikliege in einem unzureichend geheizten Raum zu liegen, und brennende Schmerzen auf der rechten Hand ließen sie zittern. Sie versuchte sich aufzurichten, doch da war plötzlich jemand, drückte sie zurück. Sie spürte etwas an ihrem Körper hängen, tastend fuhr sie mit der Linken an ihren Brustkorb. Ein EKG?! Sie war im Krankenhaus. Das in ihrer Hand musste eine Braunüle sein. Was war mit ihr?

Sie versuchte wieder die Augen zu öffnen. Eine weibliche Stimme. »Wir haben Ihre Augen ausgespült, aber die Netzhaut ist noch gereizt, und Sie tragen eine Augenbinde. Lassen Sie sie bitte geschlossen.«

Emna zuckte. So sprach sie auch, wenn sie Patienten beruhigen wollte, bestimmt, freundlich, aber auch nicht zu fürsorglich. Dafür war keine Zeit, und es unterhöhlte die Autorität, wenn plötzlich alles ganz schnell gehen musste.

Emna wollte sich ja zurücklehnen, doch ihr Körper rebellierte und zuckte, er wollte aufstehen. Sie musste doch wissen, was los war. Ihr Gedächtnis schien nicht richtig zu funktionieren. Das ferne Bild des dunklen Terminals tauchte auf, wurde klarer: Das Letzte, woran sie sich erinnerte, war, dass sie sich gebückt hatte, um die Gasflasche aufzudrehen. Dann war da ein Scharren gewesen.

Auch jetzt wurde ihr noch eiskalt bei dem seltsamen Gefühl, das sie durchflutet hatte, dass sie das Gas nicht aufdrehen durfte. Dass das alles doch zu gefährlich war und jemand verletzt werden könnte.

Sie hatte sich gebückt, jetzt wusste sie es wieder, und hatte ein leises Zischen gehört. Dann war ihr schon schwarz vor Augen geworden.

Oh Gott! Sie hörte auf, die Augen öffnen zu wollen, presste sie stattdessen fester zu und sank zurück auf die Liege. Sie fuhr sich mit der Hand an die Stirn. Sie fühlte sich benommen, aber mit jeder Minute kräftiger. Also war alles halb so schlimm, gesundheitlich. Sie hatte etwas von dem Gas eingeatmet. Aber sie wusste, was es bedeutete, dass sie hier war und nicht mehr dort. Man hatte sie gefunden, mit einer Gasflasche vor einem Container, in dem Drogen waren.

Jetzt war sie in Schwierigkeiten.

Volker, dachte sie. Volker, haben sie dir schon Bescheid gegeben? Was wirst du sagen?

Die Tränen, die sich in ihren gereizten Augen unter der Binde sammelten, brannten wie Säure. Emna zog sie von ihrem Kopf und blinzelte gegen den Schmerz, sie konnte jetzt in dem gleißenden Weiß der Deckenlampe den Schatten einer Schwester erkennen, die direkt vor ihr stand, und durch die geöffnete Tür die Silhouetten zweier Männer.

»Schhh!«, machte die Schwester.

Die Männer drehten sich um. »Ist sie wach?« Und sie klangen überhaupt nicht freundlich.

Terminal Stein – Dienstag – 22:25 Uhr

Im Licht der Taschenlampen konnte Nora die glatte Stirn des Mädchens schimmern sehen. Sie sah winzig und still aus, fiedrige Haare standen von ihrem Kopf ab, wie bei einem kleinen Vogel in einem Nest aus braunen Decken. Immer noch hatte der Mann seine Finger an ihrer Schlagader. Mit einem Mal entspannten sich die Züge des Arztes. »Ich kann einen Puls fühlen. Er ist schwach, aber vorhanden.«

Lasse begann sich zu regen, schwerfällig öffnete er die Augen, und als er die Lichter und den Mann in Krankenhauskleidung sah, lächelte er vorsichtig und benommen. Livias Hand zuckte.

Nora trat einen Schritt zurück und drehte ihren Kopf in den Schatten, sie wischte unauffällig mit dem Handrücken über die Augen. Noch nie hatte sie während einer Ermittlung geweint. Und sie hatte Schlimmes gesehen. Schlimmeres als Kinder, die lebten.

Doch darüber hatte sie jetzt keine Zeit nachzudenken. Nora zog das Telefon hervor und wählte Justus Steins Nummer.

»Ihre Kinder leben, Herr Stein! Sie werden ins Krankenhaus St. Georg gebracht. Der Beamte vor Ihrer Tür wird Sie mit dem Streifenwagen dorthin bringen. Sie fahren nicht selbst, ist das klar?«

Sie hörte sein schweres, zitterndes Atmen und wusste, dass er sie verstanden hatte. Im Hintergrund eine Frauenstimme. »Haben Sie …? Sind Sie …?«

Nora legte auf, um Justus Stein die Gelegenheit zu geben, seiner Frau die gute Nachricht mitzuteilen. Jetzt, wo ihre eigenen Tränen verschwunden waren, fühlte sie Freude. Unbändige Freude. Sie dachte noch, dass sie sich nicht zu früh freuen sollte. Erst musste der Zustand der Kinder geklärt werden, doch sie hatten sie gefunden.

Enckeplatz – Dienstag – 22:30 Uhr

Tarek fand einen Parkplatz vor der Tür. Das Kopfsteinpflaster auf dem kleinen Platz mit den Gründerzeitbauten auf der rechten und der Rotklinkermauer eines alten Fabrikgeländes auf der linken Seite war von glänzendem Eis überkrustet. Hinter der breiten Verkehrsstraße, an der Längsseite, waren die parkähnlichen Wallanlagen zu sehen, der Schattenriss der Bäume und des Zaunes zeichneten sich gegen die Lichtkuppel der Stadt ab, doch hier war es still. Es war kaum Verkehr, in den Wohnungen der Häuser brannte Licht, doch er konnte niemanden an einem der Fenster stehen sehen, und so fühlte Tarek sich unbeobachtet, als er sich neben ein Auto kniete und die Plastikhülle des Nummernschildes abknipste. Innerhalb von wenigen Minuten hatte er die Kennzeichen mit seinen eigenen getauscht. Tarek ging zu der Haustür, in die er erst heute Morgen den Bullen hatte verschwinden sehen, und sah auf die Klingelschilder. Lohwrange/Helms. Also keine Geliebte. Noch besser. Er klingelte.

Krankenhaus St. Georg – Dienstag – 22:45 Uhr

»Wo ist Ihr Bruder?« Johan hatte wenig Mitleid mit der Frau, deren Lider so rot und geschwollen waren, dass sie ihre Augen kaum aufbekam, und der es anscheinend schwerfiel zu sprechen. Zunächst hatte die Schwester sie nicht zu ihr lassen wollen, und Johan wurde zunehmend ungeduldiger. Sie hing am Tropf, war aber immer noch im Erstversorgungsraum und lag unter einer dünnen Decke auf der unbequemen Pritsche. Ihre Kleidung hatten die Ärzte für die Spurensicherung in einem Sack verstaut, und sie trug nur das Krankenhausnachthemd, das die Schwester ihr übergezogen hatte.

Nora hatte ihm gerade mitgeteilt, dass Lasse und Livia in Sicherheit waren, dass sie in dem Container gewesen waren und nun ebenfalls in diese Klinik gebracht wurden, unterkühlt, dehydriert, aber anscheinend nicht vergiftet.

Was musste diese Frau für ein Monster sein, wenn sie versuchte, Kinder in einem Container zu ersticken?

Er starrte sie immer noch an, unsicher, ob sie seine Frage gehört hatte. Dann krächzte sie etwas, räusperte sich. Diesmal waren ihre Worte zu verstehen.

»Ich weiß es nicht.«

»Wieso waren Sie mit der Gasflasche auf dem Terminal?«

Sie wandte den Kopf zur Seite, eine Träne stahl sich aus ihrem knallroten Augenwinkel und floss die Wange herab. Es war, als würde eine Wunde durchsichtig bluten. Sie zuckte die Achseln.

»Jetzt reden Sie schon«, sagte Johan barsch. »Und zu Ihrer Information: Die Kinder sind wohlauf. Wir konnten sie aus ihrem Gefängnis befreien, das Gas ist nicht ins Innere des

Containers gelangt. Die einzige Person, der sie geschadet haben, sind Sie selbst.« Es tat gut, das auszusprechen. Die Genugtuung, ein Verbrechen verhindert zu haben, sie auf ihr Scheitern hinzuweisen durchströmte ihn.

Doch ihr Gesichtsausdruck veränderte sich mit seinen Worten, die Stirn runzelte sich, ihr Mund formte jetzt ein tonloses »Oh!«, und ihre Augen weiteten sich trotz der Rötung.

»Kinder? Was für Kinder?« Sie hustete, schüttelte den Kopf. Johan starrte sie verwirrt an, wechselte einen Blick mit Demirel Akay, der neben ihm stand. »Die entführten Kinder der Familie Stein.«

Sie sah von einem von ihnen zum anderen, schüttelte ungläubig den Kopf. Doch angesichts ihrer ernsten Blicke schien sie zu begreifen, dass sie meinten, was sie sagten. Ihre Augen weiteten sich noch mehr, dann ballte sie die Hände, und sie steckte die Fingerknöchel ihrer Faust in den Mund. Sie fing haltlos an zu schluchzen. Johan schaute ein weiteres Mal verwirrt zu Demirel, dessen Stirn ebenfalls in Falten lag.

War sie eine so hervorragende Schauspielerin? Oder hatte sie es wirklich nicht gewusst?

Emna Schulz hatte sich trotz des Schlauches mit der Braunüle und der Kabel des EKG in ihre Arme gewickelt. In erstickten Weinkrämpfen schaukelte sie vor und zurück.

»Wo kam die Gasflasche her?«

Es dauerte einen Moment, bis sie aufblickte. Ihre strahlend blaue Iris hob sich glänzend gegen das Rot des restlichen Auges ab. Sie blinzelte heftig. Es musste sie viel Schmerz kosten, ihn direkt anzusehen. Sie schniefte, verzog das Gesicht, riss sich aber zusammen, bevor sie von neuerlichen Weinkrämpfen geschüttelt wurde. »Die habe ich mitgebracht. Ich dachte, es seien Drogen in dem Container. Ich dachte, der Zoll würde ihn nicht öffnen können, wenn er feststellt, dass Reste von Begasungsmittel darin sind.« Wenngleich ihre Stimme belegt und rau klang, konnte er sie jetzt besser verstehen.

Sie legte den Kopf zur linken Seite und zog gleichzeitig die Schulter hoch, bis ihr Ohr und ihre Wange sie berührten. Eine Geste der Selbstvergewisserung. »Niemals hätte ich gedacht, dass … dass Kinder darin sein könnten«, wimmerte sie leise und legte die Stirn auf ihre Knie.

Johan verstand nicht, was sie ihm sagen wollte.

»Wieso dachten Sie, dass Drogen in dem Container seien?«, fragte er verwirrt und immer noch zornig. Was hatte diese Frau sich nur bei all dem gedacht?

»Mein Bruder transportiert Drogen, er bringt sie für seine Firma aus dem Hafen heraus.«

»Welche Firma? Die Reederei Stein?«

Sie zuckte die Achseln. »Ja. Weiß nicht. Ich glaube schon.«

Sie zuckte zusammen. »Vielleicht kannte er die Kinder von dort?« Sie schauderte, umklammerte ihre Beine enger.

»Warum? Warum nur?«, flüsterte sie tonlos und starrte auf den Boden. Das wüsste Johan auch zu gerne.

Und was hatte das alles mit Drogen zu tun?

Terminal Stein – Dienstag – 23:00 Uhr

Die Männer und Frauen von der Spurensicherung hatten nach dem Abtransport der Kinder mit dem Krankenwagen weitere Halogenscheinwerfer aufgebaut und sich in ihren weißen Ganzkörperoveralls an die Arbeit gemacht. Jeder Winkel des kalten Verlieses aus Stahl war nun ausgeleuchtet, und Nora starrte entsetzt auf die speckigen Decken, die zum Teil am Boden des Containers festgefroren waren, den Haufen leerer Verpackungen von Schokoladenriegeln und zerknüllten Feuchttüchern. Sie konnte sich zusammenreimen, was die Kinder durchgemacht hatten. Und was Lasse für seine Schwester getan hatte. Er war der Große gewesen, hatte sich um sie gekümmert, und Nora empfand tiefes Mitgefühl und Hochachtung für den kleinen Jungen, der es geschaffte hatte, trotz seiner eigenen Qual noch für Livia zu sorgen.

Brigitta Kamp kam auf sie zu. Sie war leicht grün um die Nase, aber schmale Falten um ihre Augen drückten ihre Entschlossenheit aus. Sie stellte sich neben sie. »Wir kriegen die, die das getan haben«, sagte sie zu Nora, »jetzt auf jeden Fall. Ein Container verschwindet nicht so einfach. Dieser hat zwar keine Intervall-Ortung, wie die meisten Einheiten, aber über die Nummer können wir nachvollziehen, wo er wann zuletzt gewesen ist und was befördert wurde. Wo er war, bevor Tarek Barusha ihn hierhergebracht hat.«

Sie hielt Nora das Display hin, und Nora wischte durch die Daten, die vom Zoll gekommen waren. Der Container gehörte einer Firma in Buenaventura, Kolumbien, war nach Hamburg transportiert worden, laut Anmeldung gefüllt mit Möbeln aus Guadua-Holz und Lederschuhen, war am Eurogate wie vorgegeben gelöscht und dann per Lastwagen zum Entladen zu einer Im- und Export-Firma gebracht worden, deren Eigentümer auch die letzten Zollanmeldung unterzeichnet hatte.

Danach gab es keine weiteren Daten, also wäre der Container dann einige Tage leer gewesen, doch die Online-Anmeldung einer weiteren Fracht besagte, dass er am nächsten Morgen beladen und per LKW nach Holland gebracht werden sollte.

»Was er dann geladen haben sollte, können wir nur aus den aktuellen Frachtpapieren erfahren, oder?«

Brigitta nickte. »Aber ich glaube nicht, dass die korrekt

sind. So wie es für mich aussieht, hat Tarek Barusha den Container womöglich dort abgeholt«, sie deutete auf die Adresse des Im- und Export-Unternehmens, »wenn er nicht zwischenzeitlich woanders stand, und ihn gleich oder später hierhergebracht, obwohl das nicht vorgesehen war. Der hätte eigentlich gar nicht hier sein sollen, sondern immer noch dort und dann auf dem Weg nach Den Haag.«

Nora kniff das Gesicht zusammen. War es so, wie sie gedacht hatte, dass Barusha die Kinder auf den Terminal gebracht hatte, damit seine Schwester sie dort mit Gas töten konnte und die Rache an den Steins perfekt war?

Hatte er deshalb Johan die Containernummer geschickt, damit sie sie fanden und das Entsetzen der Eltern einen schnellen Höhepunkt fand? Alles sprach dafür.

Und dennoch, irgendetwas kam ihr seltsam vor. Hatte der Container wirklich die letzten vier Tage bei dieser Firma gestanden, mit den Kindern darin? Das schien kaum möglich. Aber Lasse und Livia waren versorgt worden, wenngleich notdürftig. Und dass Barusha allein gehandelt hatte oder nur mit Hilfe seiner Schwester war auch unwahrscheinlich. Nora deutete auf die Adresse.

»Wir müssen da hin. Sofort, bevor irgendwelche Spuren verwischt werden, und herausfinden, wie und wann der Container dort verschwunden ist.«

»Das denke ich auch, Reitner ebenso. Willst du mit?«

Nora hatte das dringende Bedürfnis, ins Krankenhaus zu fahren und Emna Schulz zu ihrem Bruder zu befragen. Doch das konnte Johan übernehmen, und sie hatte auch noch nicht von ihm gehört, ob sie überhaupt vernehmungsfähig war.

»Ja. Auf jeden Fall.«

Sie sah auf die Uhr. Seit rund fünfzehn Stunden war sie im Einsatz. Aber an Schlaf war ohnehin nicht zu denken.

Krankenhaus St. Georg – Mittwoch – 23:10 Uhr

Johan und Demirel Akay standen wieder auf dem Krankenhausflur. Emna Schulz sollte in ein richtiges Bett verlegt werden, in einem Einzelzimmer, darum hatten sie gebeten.

Johans Telefon klingelte. Er hatte für Lilly einen eigenen Klingelton eingerichtet und zuckte zusammen. Er wollte jetzt nicht mit ihr sprechen, doch nun hatte er sich schon so lange nicht gemeldet. Natürlich war sie sauer und machte sich wahrscheinlich Sorgen. Er musste da jetzt wenigstens rangehen und ihr sagen, dass er sich später meldete. Er könnte ihr mitteilen, dass sie die Kinder gefunden hatten. Eine bessere Rechtfertigung gab es nicht.

Er gab Demirel ein Zeichen und trat einen Schritt zu Seite.

»Schatz, es ist gerade schlecht. Kann ich dich …«

»Hier ist nicht dein Schatz.«

Barushas Stimme von Lillys Telefon aus zu hören, kam so unerwartet, dass Johan sich fühlte, als sei er unversehens in Eis eingebrochen. Blanke Panik erfasste ihn. Er blinzelte heftig. Seine Lider waren das Einzige, das er noch bewegen konnte, alle anderen Muskeln schienen ihren Dienst zu versagen. Seine Hand krampfte sich um das Telefon.

»Hör zu, ich habe hier deine Liebste. Ich möchte nur Informationen, dann kriegst du sie wieder.«

Informationen, Informationen, rauschte es in Johans Gehirn. Er konnte nicht klar denken. Welche Informationen? Er wollte schon fragen »Über Ihre Schwester?«, doch in diesem Moment sah er Demirels Gesicht, der ihn fragend musterte.

Johan räusperte sich. »Sie ist über den Berg«, murmelte er. Darum musste es Barusha doch gehen.

»So ist das schon mal nicht schlecht. Ich nehme an, da ist ein Kollege bei Ihnen?«

»So ist es«, sagte Johan, schaute Demirel an, versuchte mit den Augen zu rollen, so zu tun, als sei dies ein lästiger Anruf, was ja auf eigenartige Weise stimmte, doch dabei spürte er die Verzweiflung, und seine Hände wurden nass von Schweiß. Demirel runzelte nur noch stärker die Stirn.

»Ich melde mich in fünf Minuten noch einmal, dann sind Sie allein, und wir reden. Ich will wissen, wie es meiner Schwester geht und was Sie mit ihr vorhaben. Ist das klar? Und Ihre Kleine hier, die wird mir so lange Gesellschaft leisten.«

Barusha beendete das Gespräch ohne ein weiteres Wort, und Johan musste sich zusammenreißen, um nicht gegen die Wand zu taumeln. Lilly! Ihr Kind! Was, wenn er ihr etwas antat? Was, wenn der Schock dazu führte, dass sie ihr Baby verlor?

Weil ihm nichts anderes einfiel und er tatsächlich Übelkeit aufsteigen fühlte, presste er die Hand auf den Bauch.

»Ich muss mal wohin«, murmelte er und setzte sich steif in Bewegung. Er spürte, wie ihm Demirel hinterherstarrte, doch das war jetzt egal, er hatte sich noch nie so hilflos gefühlt. Johan fand eine Toilette und schloss die Tür hinter sich ab. Verzweifelt lehnte er den Kopf gegen die kühlen Kacheln. Was sollte er nur tun? Er könnte Demirel sagen, was passiert war. Er könnte Reitner anrufen. Er musste.

Aber Barusha wollte bisher nur Informationen. Er wollte vermutlich am Ende seine Schwester frei bekommen und sich mit ihr zusammen absetzen. Und darauf würde sich im Dezernat niemand einlassen.

Johan hämmerte mit der Faust stumm gegen die Wand. Es wurde nicht verhandelt, keine Schwester gegen wen oder was auch immer ausgetauscht.

Barusha war skrupellos, er hatte die Kinder entführt und tagelang in einem Container gefangen gehalten, vermutlich mit Emna den perfiden Plan ausgeheckt, Gas einzusetzen.

Johan stöhnte auf. Er hatte geahnt, dass Schmerz eine andere Qualität haben würde, wenn es um das eigene Kind ging, doch was er fühlte, hatte eine Dimension, von der er zuvor nicht einmal wusste, dass es sie gab. Was sollte er tun? Wenn er den Spezialisten mit schwer bewaffnetem Geiselkommando die Verantwortung für das Leben seiner Freundin und seines ungeborenen Kindes in die Hände legte, waren viele Waffen involviert. Barusha könnte ausrasten, unvorhergesehene Dinge könnten passieren, alles würde unwägbar. Er hätte kein Mitspracherecht mehr, alle Entscheidungen würden ohne ihn getroffen werden. Johan spürte, wie sich sein Magen umdrehte, und er erbrach sich in die Kloschüssel.

Danach spülte er seinen Mund mit Wasser aus. Alles in ihm rebellierte dagegen, die Situation aus der Hand zu geben, einen Schritt zur Seite zu treten und zum Beobachter zu werden. Aber die Kollegen wussten, was sie taten. Er musste alle mobilisieren, die ganze Hamburger Polizei musste nach Barusha suchen, oder? Es fühlte sich ganz anders an, wenn man selbst betroffen war. Ganz anders. Plötzlich verstand er Steins Zögern am Abend der Entführung von Lasse und Livia. Vielleicht könnte er Barushas Forderungen irgendwie erfüllen. Was bedeutete das schon, wenn er Lilly und ihr Baby zurückbekam, dass die Geschwister dann fort waren? Solange niemand davon wusste, hatte er noch Möglichkeiten, danach nicht mehr.

Zitternd sah er auf das Display in seiner Hand. Noch zwei Minuten. Aber irgendjemanden musste er informieren. Nora. Sie würde helfen, er konnte nicht klar denken. Er schrieb ihr eine Nachricht.

Terminal Stein – Dienstag – 23:15 Uhr

Sie warteten auf den Durchsuchungsbeschluss für die Firma, auf deren Gelände der Container vermutlich die letzten Tage gestanden hatte. Es konnte sich nur noch um Minuten handeln, bis sie, Brigitta und Reitner aufbrachen, um die Einsatzleitung zu übernehmen. Meyer war bereits auf dem Weg ins Präsidium, um die Fahndung nach Tarek Barusha zu koordinieren.

Nora stand am vorderen Eingang des Terminals und sprach mit dem Wachmann. »Hat die Ärztin nervös gewirkt?« Sie spürte das Vibrieren des Telefons in ihrer Tasche.

Der Mann leckte sich fortwährend über die Lippen. Zwar wusste er noch nicht, was genau passiert war, aber dass die Kinder seines Chefs in einem Container gewesen waren, hatte er mitbekommen. Er war schon vorher besorgt gewesen, einen Fehler gemacht zu haben. Jetzt war er in Panik. Er schüttelte hektisch den Kopf: »Nein, sie war ganz ruhig. Ich dachte doch nur, dass sie helfen muss, wenn jemand verletzt ist. Das ist doch ganz normal …«

»Sie hätten im Büro anrufen können«, sagte Nora und kam sich grausam vor. Er schluckte, senkte den Kopf. »Ja. Stimmt.«

Nora hatte eine Vorstellung davon, warum er es nicht getan hatte. Sie hatte zwar nur einen Blick auf Emna Schulz werfen können, aber ihre Attraktivität war offensichtlich gewesen. Männer. Aber er selbst hatte mit der Sache nichts zu tun, das schien eindeutig. Sie sagte, er müsse sich weiter zur Verfügung halten, und ging zurück in Richtung der Verwaltung. Wo blieb der Bescheid des Staatsanwalts? Im Gehen zog sie ihr Telefon hervor und las die Nachricht, die ihr Johan gerade geschickt hatte. Sie blieb stehen, und dann stand für einen Augenblick die ganze Welt still. *Barusha hat Lilly in seiner Gewalt. Erpressung. Ruf dich gleich an. Nichts sagen.*

Sie stand in der Einfahrt, zwanzig Meter vor ihr waren Arbeiter und Polizisten versammelt, hinter ihr parkten die Streifenwagen, während die Erkenntnis, dass Johans schwangere Freundin sich in der Gewalt des Mörders und Kindesentführers befand, ihr einen Adrenalinstoß durch den Körper jagte. Ihr schwindelte.

Was meinte er: *nichts sagen*? Sie sollte das für sich behalten? Das konnte sie nicht. Sie musste alle mobil machen, zuerst das SEK, dann einen Experten für Geiselverhandlungen. Außer … sie starrte verwirrt auf das Display: Johan hatte Barusha bereits etwas versprochen. Was er nicht durfte. Reitner kam auf Nora zu. Langsam ließ sie das Telefon sinken, behielt es jedoch in der Hand. Jetzt bloß nicht den Anruf verpassen, Johan musste ihr sagen, was los war. Sie würde ihm fünf Minuten geben, um sie anzurufen und die Situation zu erklären, nicht mehr. Und auch nur, weil er das für sie auch getan hätte.

Krankenhaus St. Georg – Mittwoch – 23:20 Uhr

Johan wartete quälende weitere Sekunden, bis sein Telefon endlich klingelte.

»Ich will Lilly sprechen«, sagte er. Es folgte eine Pause, dann hörte er schnellen, flachen Atem. Er spürte, ahnte, dass sie es war und dass sie Angst hatte. »Lilly! Kannst du mich hören?«, rief er, bemüht ruhig, aber die Dringlichkeit in seiner Stimme war so deutlich, dass sie ihm selbst Angst einjagte.

»Hol mich hier raus!« Ihr panischer Schrei ging ihm durch Mark und Bein, dann war Barusha wieder dran.

»Wie geht es meiner Schwester?«, fragte er übergangslos, während Johan sich heftig atmend gegen die Kachelwand lehnte. Er hatte noch nie jemanden so gehasst wie den Mann am anderen Ende der Leitung.

»Du Schwein, wenn du ihr irgendwas antust, dann …«

»Pass auf. Ich mach hier die Ansagen. Ich will wissen, wie es Emna geht und was ihr vorgeworfen wird.«

Barushas gezischte Worte hatten einen bösen, kalten Unterton, der Johan augenblicklich zwang, sich zusammenzureißen. Sein Hirn ratterte.

»Sie ist bewusstlos, aber nicht in Lebensgefahr«, stammelte er. »Sie hat versucht, die Kinder in dem Container mit Gas zu töten, soweit wir es beurteilen können.«

Er log wegen Emnas Zustand, um Zeit zu gewinnen. Vielleicht, weil Nora noch nicht hier war und ihm sagte, wie es jetzt weiterging. Ganz sicher, weil er nicht wusste, was er sonst tun sollte. Barushas bekannte Telefondaten wurden getrackt, der Mann wurde gesucht. Aber noch hatten sie ihn nicht; er musste ihn, so lange er konnte, hinhalten.

»Ich tue, was Sie von mir verlangen«, flüsterte Johan. Tränen rannen ihm jetzt über das Gesicht, weil er wusste, dass das nicht stimmte. Selbst Barusha konnte ihn nicht auffordern, eine bewusstlose Emna aus dem Krankenhaus herauszuschaffen, das war viel zu auffällig.

Er schien nachzudenken, denn er schwieg.

Johan brauchte Hilfe, er brauchte Zeit, auch wenn jede Sekunde, die Lilly bei Barusha blieb, ihm körperliche Schmerzen bereitete.

»Sie haben nicht mit Emna gesprochen?« Es schwang eine Dringlichkeit in Barushas Ton mit, die Johan aufmerken ließ.

Sein Gehirn begann auf Hochtouren zu arbeiten.

Barusha vergewisserte sich. Wusste Emna, wo er war?

»Die Ärzte haben ihr Beruhigungs- und Schmerzmittel gegeben, wir wissen nicht, wann sie aufwacht«, setzte Johan nach.

Erneutes Schweigen am anderen Ende der Leitung. Dann: »Ich melde mich wieder.«

»Warten Sie, geben Sie mir Lilly…«

Doch er hatte schon aufgelegt. »Verdammt, verdammt!« Johan hämmerte wieder mit seiner Faust gegen die hellgelben Kacheln.

Was war er doch für ein Idiot! Er hätte sagen sollen, dass Emna wach war und dass er sie hier herausschmuggeln könnte. Er hätte jedes Risiko eingehen müssen, um Lilly so schnell wie möglich zu befreien. Er schloss die Augen, atmete bemüht langsam durch die Nase, um nicht zu hyperventilieren.

Nora, wo bleibst du nur?

Holstenwall – Mittwoch – 23:25 Uhr

Tarek blickte zu der Frau, die neben ihm auf dem Beifahrersitz kauerte. Er hatte ihr die Hände auf dem Rücken gefesselt, und als er sie angeschnallt hatte, den bitteren Geruch ihrer Angst wahrgenommen. Jetzt rutschte sie unruhig hin und her. Sie hatte jedes Wort des Telefonats gehört.

»Versuch, nichts zu machen, okay. Dein Mann holt dich hier raus. Das, was passiert, wenn du muckst, willst du nicht«, sagte Tarek, doch sie starrte nur mit angstvoll aufgerissenen Augen nach vorn, eine Träne lief ihre Wange herunter.

Als er sie in der Wohnung überwältigt hatte, war sie fast widerstandslos in sich zusammengesackt. Es hatte ihn einen Moment irritiert, doch dann hatte sie flehend geflüstert: »Ich bin schwanger.«

Ihm war gleich klar gewesen, dass diese Worte dazu dienen sollten, ihn davon abzuhalten, sie zu vergewaltigen. Dass sie fälschlicherweise annahm, dass er ihr deshalb ein Messer an den Hals hielt. Er glaubte ihr nicht, und es war ohnehin egal, aber für einen kurzen Moment hatte er tatsächlich so etwas wie eine unbekannte dunkle Lust empfunden, aufgepeitscht vom Adrenalin, dem Hass auf die Welt, vom Koks. Aber dass sie sich vor ihm fürchtete und zitternd schluchzte, hatte ihn runtergeholt. Er war kein Vergewaltiger.

Jetzt folgte er seinem ursprünglichen Plan.

Der allerdings nicht sonderlich durchdacht war, wie er jetzt bemerkte. Emna war bewusstlos. Was nun?

Sie fuhren den Holstenwall hinunter, Richtung Innenstadt. Tarek überlegte, wohin er sich jetzt wenden sollte. Zum Hof? Nicht viele wussten von dem Anwesen. Emna natürlich und die Besitzer, aber die lebten im Ausland und hatten ihn nie gesehen. Im Falle einer Fahndung würde ihn niemand mit diesem verlassenen Gehöft in Verbindung bringen, außer seiner Schwester. Der Hof sollte sein geheimes Versteck sein, und das war es bis jetzt auch gewesen. Aber wie lange würde Emna schlafen?

Würde sie den Polizisten glauben, dass er die Kinder entführt hatte, die in dem Container waren?

Am Stephansplatz bog er rechts Richtung Gänsemarkt ab. Er musste sicher sein, dass er das Richtige tat. Obwohl: Wann waren die Dinge schon richtig gelaufen in dieser Welt?

Allen Polizisten der Stadt lag inzwischen ein Foto von ihm vor. Er warf einen Blick auf die junge, hübsche Frau, die mit starrem Gesicht neben ihm saß. Lange konnte er sich nicht mit ihr belasten.

Krankenhaus St. Georg – Mittwoch – 23:30 Uhr

Johan stürmte den Flur entlang, unbändige Wut trieb ihn an. Am liebsten würde er Emna an der Kehle packen und zwingen, alles auszuspucken, was sie über ihren Bruder wusste. Er registrierte Krystina und Justus Stein erst Sekunden, nachdem sie an ihm vorbeigeeilt waren, ihre Gesichter tränenfeucht, die Lippen angstvoll zusammengepresst. Er drehte sich im Laufen um und spürte einen Stich im Herzen, als er ihre hochgezogenen Schultern und flatternden Mäntel um die Ecke des Ganges verschwinden sah. Wenigstens war eine Familie wieder vereint.

»Wo warst du denn so lange?« Demirel Akay stand immer noch auf dem Flur, wartete auf ihn.

»Wo ist sie?«, fragte Johan und sah sich panisch um. Er versuchte, die Beklemmung und Atemlosigkeit in seiner Stimme zu unterdrücken. Demirel zeigte den Flur entlang. »Dahinten, die Tür ist bewacht.«

Johan nickte. Jetzt, wo er nicht mehr rannte, kamen ihm die normalen Schritte wie Bewegungen in Zeitlupe vor. Er klopfte nicht, sondern öffnete die Zimmertür und trat an Emnas Bett. Sie sah zu ihm hoch: blass, rotäugig, strähnige Haare, unsicher.

»Wohin würde ihr Bruder flüchten?« Johan betonte jedes einzelne Wort. Die unterdrückte Wut brannte in seinen Muskeln. Emna zuckte zusammen.

»Hat er wirklich Kinder entführt?«, fragte sie zögernd. Auf ihrer Stirn hatte sich eine tiefe Falte gebildet, die Unglauben und tiefe Enttäuschung verriet. Doch Johan hatte keine Zeit für ihre Fragen. Er sah sich um. Demirel Akay hatte sich neben der Tür aufgebaut. Konnte er ihn hören?

Er hatte nur Emna, die ihm jetzt helfen konnte. Und Nora.

Und sollte er sich einer Frau anvertrauen, die so unschuldig tat und dennoch bewusstlos neben einer Gasflasche gefunden worden war? Er musste wahnsinnig sein, dachte er, als er sich vorbeugte und leise zischte: »Er hat jetzt meine schwangere Freundin in seiner Gewalt. Sagen Sie mir, wo ich ihn finde, oder Sie werden es bereuen.«

Emna starrte ihn an, so geschockt, dass er selbst erschrocken war. Johan war in schrecklichen Momenten dabei gewesen, Momenten, in denen sich das Leben einer Person von einem Augenblick zum anderen von innen nach außen kehrte. In denen das Begreifen entsetzlicher Tatsachen die Wirklichkeit umstülpte und von einem Augenblick zum anderen nichts mehr war wie zuvor. Das passierte sonst beim Überbringen von Todesnachrichten, wenn Kinder oder nahe Angehörige betroffen waren. Aber genau dieses Gefühl hatte er jetzt auch – dass Emnas Welt nie mehr die sein würde, die sie gekannt hatte.

»Er hat einen Hof in der Marsch«, flüsterte sie. »Vielleicht ist er dort.«

Johan sah sie misstrauisch an. »Wenn Sie mir die Adresse einfach so geben können, wird er wohl kaum dahin gehen, oder?«

Sie lehnte sich zurück, schloss kurz die Augen.

»Sie haben recht …« Sie sah traurig aus.

»Ich kann Ihnen vermutlich nicht helfen. Ich habe selbst seit Tagen versucht, ihn zu erreichen.« Sie schluckte. »Wenn ich ihn gefunden hätte, wäre das alles nicht passiert.«

Johan kniff die Augen zusammen. Ja, sie schaute so unschuldig aus in ihrer Krankenhauswäsche. Blass wie die Laken, ätherisch schön, trotz der geröteten Augen. Gefährlicher konnte eine Frau nicht sein, und er war drauf und dran, ihr auf den Leim zu gehen.

Die Tür wurde aufgerissen. »Johan!«

Nora stand auf der Schwelle des Zimmers, ihr Blick glitt von Emna zu ihm, dann zu Demirel hinter ihr.

Nora winkte Johan, er solle auf den Flur kommen.

»Wehe, du lässt sie irgendwo hin, bevor ich zurück bin«, zischte Johan, als er an Demirel vorbeiging und packte ihn am Arm. Demirel machte sich los und musterte ihn argwöhnisch.

Krankenhaus St. Georg – Mittwoch – 23:40 Uhr

Emna sank in die Kissen zurück. Noch nie hatte sie sich so erschöpft gefühlt. Zwar spürte sie, wie das Gift, das sie eingeatmet hatte, langsam ihren Körper verließ, doch ihre Glieder waren wie aus Gummi. Sie schloss die Augen. Die Bilder, die sie sah, waren schwerer zu ertragen als das weiße Krankenzimmer mit dem Polizisten darin. Der kalte dunkle Terminal. Die Vorstellung, dass in diesem finsteren Metallkasten Kinder gewesen waren, während sie direkt davorstand und sie hätte retten können, war unerträglich. Sie hatte sich das Scharren nicht eingebildet. Ihr grauste. Kinder, denen sie die Luft zum Atmen nahm, indem sie die Lüftung überklebt hatte. Was, wenn sie wirklich das Gas aufgedreht hätte? Die Vorstellung weckte in Emna den Wunsch zu sterben.

Sie blinzelte. Sie waren nicht viel älter als sie und Tarek damals. Tarek, seine dunklen Augen mit vor Angst riesigen Pupillen, seine kleine und doch feste Hand, die ihre umklammerte. Sie sah seinen weichen Mund, den er in diesem Augenblick wild entschlossen zusammengepresst hatte. Damals.

Sie konnte sich an all das erinnern.

Sie waren als Kinder dem Tod entkommen, und nun hatte das Schicksal auf grausame Art den Kreis geschlossen. Konnte es sein, dass sie im Laufe der Jahre eine Erinnerung geformt hatte, das Bild des kleinen Jungen in ihrem Herzen bewahrt und darüber verpasst, was wirklich aus Tarek geworden war?

Selbst als er ins Gefängnis gekommen war und danach, hatte sie in dem Mann immer noch dieses verlorene Kind gesehen, ihren Retter. Vielleicht war der schon lange fort?

Sie spürte Tränen, die sich unter ihren geschlossenen Lidern sammelte, ihre Brust wurde eng. Sie sog mit einem tiefen Seufzer Luft ein.

Sie wusste, was sie tun musste: endlich loslassen.

Emna öffnete die Augen, sah den Polizisten an der Tür an.

»Sagen Sie Ihrem Kollegen, wir bekommen seine Freundin zurück. Ich tue alles dafür.«

Die Brauen des Mannes zogen sich zusammen, und er sah sie scheel an. »Welche Freundin?«

Krankenhaus St. Georg – Mittwoch – 23:42 Uhr

In dieser Ecke des Gangs konnte sie niemand beobachten. Nora blickte Johan an, der verzweifelt gestikulierte. Er schien Mühe zu haben, nicht zu schreien.

»Und wenn sie es verbocken? Wenn das SEK rumballert und alles eskaliert? Wenn er Lilly tötet?«

»Dann hat er gar nichts mehr. Wir müssen das den Spezialisten überlassen. Der ganze Polizeiapparat wird auf sie aufpassen, alle wollen nur das Beste!« Nora gab sich Mühe, ruhig zu bleiben, dabei brannte es in ihr. Jede Minute zählt, dachte sie. Aber sie musste Johan vorbereiten. Eine Geiselnahme. Er musste dabei sein, ohne ihn ging es nicht.

»Ich will das nicht. Ich will das alles nicht.« Johan drehte sich um und hieb gegen die Wand.

Nora wusste, dass er nur wollte, Lilly möge wieder bei ihnen sein. Sie würde alles tun, um das zu ermöglichen.

Johan funkelte sie an. »Ich dachte, du würdest mir helfen! Wir bringen Emna zu ihm, und dann gibt er mir Lilly zurück. So kann das gehen. Bitte!«

Seine Enttäuschung, so ungerecht sie in diesem Moment sein mochte, tat weh. »Deine Angst ist ein schlechter Ratgeber, wir finden sie nur gemeinsam. Wir brauchen alle verfügbaren Mittel, alle verfügbaren Kollegen!« Nora trat einen Schritt vor, spürte die Säule aus Angst, die sich mit zunehmender körperlicher Nähe in ihrer Mitte aufbaute, und hörte Johans hektischen Atem an ihrem Ohr, als sie ihn entschlossen an sich zog und festhielt.

Heftige Schluchzer schüttelten ihn, und Nora kam sich vor wie ein Schiff, das im Sturm hin und her geschleudert wurde, sie reichte ihm ja gerade bis zum Kinn. Die Wellen ebbten ab, Johan wurde langsam ruhiger, weinte nur noch leise.

»Vielleicht hast du recht«, sagte er, als sie ihn losließ und einen Schritt zurücktrat. Nora legte alles Vertrauen, das sie aufbringen konnte, in ihren Blick. Sie wusste, wenn Lilly und ihrem ungeborenen Kind etwas passierte, würde Johan für immer zerstört sein.

Barusha würde seine Schwester wollen, Emna war hier. Hätten sie eine Chance?

Demirel Akay kam um die Ecke gebogen, seine Stirn war gefurcht, sein Mund schmal. »Was soll das bedeuten? Barusha hat deine Freundin in seiner Gewalt.«

Johan straffte sich, sein Gesicht war angespannt. »Ja, meine Freundin Lilly – sie ist schwanger.«

Der Schock stand Demirel ins Gesicht geschrieben. »Emna Schulz sagt, sie will dir helfen.«

»Vertraust du ihr?«, fragte Nora.

Akay schüttelte den Kopf. »Nein, natürlich nicht. Aber wir könnten so tun, als ob.« Er sah von Johan zu Nora und zurück. »Habt ihr Reitner schon informiert?«

Nora schüttelte langsam den Kopf. »Nein, noch nicht.«

Sie erstarrten, als Johans Telefon zu klingeln begann. Er nickte mit zusammengepressten Lippen, es war Lillys persönlicher Klingelton. Während er mit zitternder Hand den Anruf annahm, starrten Nora und Demirel ihn an.

Welche Bedingungen würde Barusha stellen?

Elbbrücken – Mittwoch – 00:00 Uhr

Nora hatte ein heftiges Déjà-vu, das sie ihrer körperlichen Erschöpfung zuschrieb, als sie wieder im Fond eines zivilen Einsatzfahrzeuges saß. Doch dieses Mal fuhr Demirel Akay, auf dem Beifahrersitz saß Johan, und sie saß neben Emna Schulz auf der Rückbank. Die steife schusssichere Weste rieb unangenehm an ihren Oberschenkeln, die Scheinwerfer fielen auf den dichter gewordenen Dunst der Hafenanlagen vor dem Fenster. Kein Blaulicht, keine Sirene, Akay fuhr langsam und umsichtig. Nora knetete ihre Hände. Dürre Bäume vor Entwässerungsgräben und Brachland lösten allmählich die Anlagen mit dem Containerbetrieb ab.

Sie warf einen Blick zu der Frau hinüber, die neben ihr saß. Akay hatte Sportkleidung im Kofferraum gehabt. Emna trug jetzt eine blaue Trainingshose und ein Sweatshirt mit Polizeilogo. Sie hatte die Kleidung mit unendlich trauriger, resignierter Miene entgegengenommen, übergestreift und anschließend ihre Handgelenke ausgestreckt, damit Nora ihr Handschellen anlegen konnte. Jetzt atmete sie immer noch pfeifend, machte aber körperlich einen stabileren Eindruck. Ihr Gesicht konnte Nora nicht sehen. Sie hatte sich abgewandt und sah aus dem Fenster, die Schultern hochgezogen. Sie wirkte, als würde sie zur Schlachtbank geführt.

Sie schwiegen, und Nora hörte nur ab und zu, wie Johans Zähne aufeinanderschlugen; seine Nerven mussten zum Zerreißen gespannt sein. Sie selbst fühlte sich seltsam leer und gleichzeitig hellwach, wie bei einer Meditation, deren Ziel es war, alle Kräfte zu mobilisieren.

Akay bog in einen kleinen, von mickrigen Birken gesäumten Schotterweg ein.

»Es ist nicht mehr weit«, murmelte er mit Blick auf das Navi und fuhr im Schritttempo weiter. Der Wagen rumpelte durch ein Schlagloch.

»Wo sind wir hier eigentlich genau?«, fragte Nora und reckte den Hals. Außerhalb des Lichts der Scheinwerfer war es jetzt finster.

»Wir sind als Jugendliche manchmal hierhergekommen«, antwortete Johan leise. »Man kann auf den Beton der Bunkerruine klettern. Gute Aussicht.«

Seine Stimme war matt. Sie waren hier im Nirgendwo des Hafengebietes am südlichen Elbufer, hinter den Ausläufern der Terminals, weit genug von den nächsten Siedlungen entfernt, es wirkte hier vollkommen einsam und entlegen, obwohl sie noch im Stadtgebiet waren.

»Wie ist er ausgerechnet auf diesen Ort gekommen?« Akay starrte angestrengt durch die Windschutzscheibe, Johan tat es ihm gleich, doch noch war die Ruine nicht in Sicht.

»Es ist ein unübersichtliches Areal mit vielen übereinanderliegenden, meterdicken Betonwänden. Es gibt Höhlen, viele Verstecke, Wasser. Es gab Versuche, den U-Boot-Bunker zu sprengen, aber er besteht aus so vielen Tonnen Stahlbeton, dass das bisher nicht geklappt hat«, sagte er. »Und wie ich gesagt habe: gute Aussicht.« Wieder schlugen seine Zähne aufeinander. Nora konnte sein Grauen nachfühlen. Wie mochte es nur Lilly ergehen, nachts, verschleppt an einen solchen Ort?

Sie legte Johan die Hand auf die Schulter. »Er wird den Bunker ausgesucht haben, weil hier nachts niemand ist. Und weil man ihn nicht umstellen kann, ich vermute, er kommt mit dem Boot.«

Johan nickte, sah auf seine Uhr und löste den Sicherheitsgurt. Akay hielt im Schatten eines dichteren Buschwerks an.

»Ich habe versprochen, dass ich alleine mit Emna komme.« Nora nickte, Akay rührte sich nicht. Sie beneideten Johan nicht um seine Aufgabe.

Johan stieg aus, öffnete die hintere Tür und forderte Emna auf auszusteigen. Mühsam rutschte sie an den Rand der Rückbank, erhob sich trotz ihrer gefesselten Hände allein.

Auch Nora und Akay öffneten nun ihre Türen und stiegen aus. »Viel Glück«, sagte Demirel Akay leise, gab Johan den Schlüssel für die Handschellen und eine Taschenlampe.

Nora stand neben dem Wagen, während Johan Emna anstupste und sie sich in Bewegung setzte. Das Licht seiner Taschenlampe mäanderte durch die kahlen Äste der kleinen

Bäume und Sträucher und verlor sich dann in der Dunkelheit.

»Wir warten?« Akay trat von einem Fuß auf den anderen.

Nora nickte. »Ja.«

U-Boot-Bunker – Mittwoch – 00:10 Uhr

Johan bewegte sich mechanisch vorwärts, den Blick auf Emnas Rücken geheftet, die langsam einen Fuß vor den anderen setzte. Im zuckenden Licht der Taschenlampe schwankte der unebene Boden trügerisch, und mit ihren gefesselten Händen würde sie sich schlecht auffangen können. Dennoch hätte er sie gerne zur Eile angetrieben. Sein Körper schmerzte vor Anspannung. Als die ersten Ausläufer des ehemaligen Bunkers vor ihnen auftauchten, sah Johan an der steilen Rampe hinauf, die das eingestürzte meterdicke Dach aus Stahlbeton gebildet hatte. Der gigantische Bunker stand halb im Wasser der Elbe. Im Zweiten Weltkrieg, als er noch intakt gewesen war, war darin Platz für bis zu zwölf U-Boote gewesen und unter der Schräge des geborstenen Daches führte unergründliche Finsternis tief in die ehemaligen Nassboxen. Damals, als Jugendlicher, hatte Johan bei Niedrigwasser Teile des Rumpfs eines gesunkenen U-Bootes im Schlick liegen sehen.

Er ließ den Lichtkegel der Taschenlampe bis zur Kuppe der rauen, zerfurchten Schräge wandern, aus der hier und da rostige Stahlstangen ragten. Er sah niemanden, der auf sie wartete.

»Lilly!«, rief er in die Dunkelheit. »Bist du hier?«

Stille. Emna stand mit gesenktem Kopf vor ihm. Ab und zu fuhr ein Zittern durch ihren Körper.

Auch Johan fror. Die Kälte war nicht nur äußerlich, die Angst ließ seine Knochen erstarren und seine Muskeln zucken. Emna war nicht warm genug angezogen für die Minusgrade, die eine leichte Brise von der Elbe noch verstärkte, aber das war ihm in diesem Augenblick egal. Ja, sie hatte gesagt, dass sie helfen und freiwillig mitkommen würde. Aber vielleicht war das eigennützig. Wahrscheinlich sogar.

Warum wegen versuchten Mordes angeklagt werden, wenn man auch mit dem Bruder fliehen könnte?

Aber nur Lilly zählte. Das Knacken eines Asts ließ Johan herumfahren, doch so weit seine Lampe reichte, war zwischen den dünnen Bäumen niemand zu sehen.

Plötzlich blinkte oben auf der Ruine ein Licht. Ein Signal. In rund fünfzehn Metern Höhe bildete hier die Abbruchkante des Daches eine schräge Fläche, dahinter lag ein tiefer Spalt, soweit er sich erinnerte. Barusha hatte dort gewartet, bis er sicher sein konnte, dass sie allein waren.

Johan schaute die steile Wand hoch. Sollten sie klettern? Die Lampe auf dem Bunker blinkte ein zweites Mal.

»Rauf da!«, sagte Johan zu Emna. Sie drehte sich um, presste die Augenlider gegen das Licht seiner Lampe zusammen und streckte die Hände aus. Ja, sie hatte recht. Mit gefesselten Händen würde sie die Schräge nicht hinaufkommen. Wütend nestelte Johan den Schlüssel aus der Tasche, und die Handschellen schlugen auf dem gefrorenen Sandboden auf. Falls das Barushas Plan gewesen war, war dieser Teil zumindest aufgegangen. Emna machte sich schweigend an den Aufstieg. Sie wirkte schwach, aber konzentriert. Was hätte Barusha gemacht, wenn sie dafür zu schwach gewesen wäre? Doch diese Frage schien sich zu erübrigen.

Johan folgte ihr. Die Betonschräge hatte einen steilen Winkel, doch die Oberfläche war rau wie Sandpapier, an dem die

Schuhsohlen hafteten, und die abgebrochenen Spitzen von Metallstreben alle paar Meter dienten ihnen als Kletterhilfe. Dennoch war Johan außer Atem, als er oben ankam. Es gab keine Möglichkeit, sich zu vergewissern, wo Barusha war, bevor man nicht über die Kante der Schräge sehen konnte. Er hatte den Platz schlau gewählt.

Emna erreichte als Erste den Grat und ließ sich darüberrutschen, bevor Johan ihr ein Zeichen geben konnte zu warten. Nun war sie aus seinem Gesichtsfeld verschwunden und Johan graute vor dem, was ihn gleich erwarten würde.

War es die Mündung einer Waffe? Er hatte seine Dienstwaffe Nora gegeben. Er hätte nicht riskiert, sein Versprechen unbewaffnet zu erscheinen zu brechen, auch wenn ihm inzwischen klar geworden war, dass weder Nora noch Demirel ihnen in diese Höhe folgen konnten. Von hier oben sah man selbst in der Dunkelheit weithin, ob sich jemand näherte.

Und wenn man fiel oder gestoßen wurde, war man entweder tot oder so verletzt, dass man niemandem mehr schaden konnte.

War es das, was er mit Lilly und ihm vorhatte? Sie über die Steilkante stürzen, damit sie ihn nicht verraten konnten?

Johan legte sich auf den Bauch und schob sich langsam an die Abbruchkante heran.

U-Boot-Bunker – Mittwoch – 00:25 Uhr

Nora hielt ihre Waffe ausgestreckt und mit beiden Händen. Akay folgte ihr leise, ebenfalls die Waffe im Anschlag. Sie trugen jetzt beide dunkle Kappen, hatten die Reflektoren der

Westen entfernt. Nora spähte in die Dunkelheit zwischen dem dürren Bewuchs des Brachlandes. Niemand konnte sicher sein, dass Barusha allein war. Auch wenn es nicht zu den Gepflogenheiten einer islamistischen Terrorvereinigung gehörte, westliche Geiseln gegen Verwandte auszutauschen, konnte er immer noch Freunde haben, die ihm halfen.

Sie hielten sich dicht am Boden. Demirel sah das Licht in der Höhe als Erster und deutete stumm auf die Ruine rund fünfzig Meter vor ihnen, auf der das Signal aufflammte.

»Er hat Johan und Emna jetzt gesehen«, flüsterte Nora. »Vermutlich möchte er, dass sie zu ihm hochklettern. Wir gehen noch ein paar Meter weiter ran, dann ist Schluss.« Akay nickte.

Sie pirschten weiter vorwärts und pressten sich in der Deckung eines kleinen Hügels auf den harten, kalten Sand. Nora sah, wie zwei dunkle Gestalten, die sich nur wenig gegen den finsteren Himmel und schwarzen Stein abhoben, die Schräge erklommen. Kurz darauf waren beide hinter der Kuppe des künstlichen Berges verschwunden.

U-Boot-Bunker – Mittwoch – 00:30 Uhr

Tarek sah Emnas fahles Gesicht an der Kante des Schachtes, in dem er saß, auftauchen und fing sie auf, als sie sich erschöpft fallen ließ. Im Licht seiner am Boden liegenden Taschenlampe wirkte sie blass, fast weiß, und er spürte in seinen Armen, wie schwach sie war. Er drückte sie kurz an sich, doch sie löste sich. »Ist schon gut, mir geht es gut.« Ihre Stimme war nur ein heiseres Flüstern.

Ihr Blick fiel auf die in der Senke kauernde Frau, die mit aufgerissenen Augen zu ihr hochsah, und ihr Gesicht versteinerte. Tarek wollte etwas sagen, Emna erklären, dass er es nur für sie getan hatte, doch da erschien schon der Polizist über dem Spalt. Tarek sprang neben Lilly, hielt das Messer an ihren Hals. Sie atmete hektisch ein und starrte ihren Freund mit großen Augen an.

Das Gesicht des Bullen lag im Halbdunkel, aber Tarek konnte seine aufeinandergepressten Lippen und die mühsam unter Kontrolle gehaltene Aggression sehen und spürte den Hass, den der Mann ihm entgegenbrachte, fast körperlich. Tarek gab ihm ein Zeichen, er hob die Hände und ließ sich über die Kante gleiten. Dann stand er auf dem kleinen Stück festgetretenen Lehmbodens, das sich in dem Spalt gebildet hatte und streckte die Hände in die Luft. Alte Bierflaschen und Scherben schimmerten im Licht der Taschenlampe, Emna hatte die Arme um sich geschlungen, Lilly keuchte leise vor Angst, das Messer immer noch an ihrem Hals.

Ey, Alter, ich kann nichts dafür, dachte Tarek. So war das nicht gedacht, hätte er gesagt, wenn es etwas an der Situation geändert hätte. Er würde darüber nachdenken, was geschehen war, wenn er und Emna in Sicherheit waren.

Der Mann zögerte, er wollte zu seiner Freundin, sie in den Arm nehmen, das konnte Tarek sehen.

Tarek gab Emna ein Zeichen. »Da ist eine Leiter. Du kletterst runter, steigst in das Boot und wartest auf mich.«

Es ärgerte ihn, dass Emnas Blick zunächst zu dem Bullen flog, dann zu der Frau und wieder zu dem Bullen, der die Augen verengte und nickte.

Dennoch zögerte sie.

»Aber tu ihr nichts«, sagte sie. Es klang wütend, drohend. Noch ein Thema für später.

Emna stieg langsam über die steile Kante auf die Strickleiter aus Stahlseilen und Aluminium, die er an einer der Eisenstreben befestigt hatte.

Dann waren sie nur noch zu dritt.

»Los, geh!«, sagte der Bulle und deutete mit dem Kinn auf die Leiter. Dann lauter: »Hau endlich ab! Du hast, was du wolltest!«

Tarek wartete, ging rückwärts zur Kante und warf einen schnellen Blick hinunter. Unten, neben der kleinen Signalleuchte des Bootes und dem Außenbordmotor, hatte sich Emna auf die Bank gekauert und sah zu ihm hoch. Ihr Gesicht leuchtete weiß gegen das schwarze Wasser.

Tarek warf dem Bullen einen weiteren vorsichtigen Blick zu, dann zog er das Messer mit einem schnellen Schnitt über den Oberarm der gefesselten Frau. Sie stieß einen spitzen Schrei aus, und das Grün ihres Parkas färbte sich dunkel.

Tarek schwang sich schnell über die Kante und kletterte in Windeseile die Leiter hinab. Die Taschenlampe ließ er liegen. Er hatte der Frau nicht wehtun wollen, aber die Versorgung ihrer Wunde würde den Bullen aufhalten. So konnte er die Leiter nicht in die Tiefe werfen oder auf ihn schießen. Tarek sprang den letzten Meter in das Boot und warf mit einer schnellen Bewegung den Außenbordmotor an, der ratternd und röhrend erwachte. Emna kauerte immer noch auf der Seitenbank, hatte ihre Arme um die Knie geschlungen. Er bedeutete ihr, tiefer zu rutschen, und mit hoher Geschwindigkeit bretterten sie Richtung Süderelbe in den Hafen hinein. Links und rechts erhoben sich die hohen Stahlwände der Schiffsrümpfe, gegen die sich ihr Boot wie eine Nussschale ausnahm. Tareks Ziel war das Naturschutzgebiet Schweensand, dort konnte er das Boot im Schilf verstecken und dort stand auch der Golf mit den falschen Nummernschildern. Sie hatten gerade den Neuhöfer Kanal passiert, als mit ohrenbetäubendem Flappen der Rotorflügel hinter ihnen über den Kränen eines Terminals ein Hubschrauber auftauchte. Kegel großer Suchscheinwerfer wischten über die Wasseroberfläche.

U-Boot-Bunker – Mittwoch – 00:45 Uhr

Nora hastete die Schräge hoch, neben ihr kletterte Akay. Johan hatte mit ausgestreckten Armen auf der Ruine in der Luft gefuchtelt, und Nora hatte das vereinbarte Signal über Funk an Reitner durchgegeben, während sie und Akay losgesprintet waren. Im Schatten unterhalb der Ruine konnte sie jetzt die Lampen der Spezialkräfte des SEK ausmachen, die mit ihren MGs im Anschlag um die hohen Mauern herumliefen. Wie vereinbart hatten sie sich von der Seite den Flanken der Bunkerruine genähert. In der Ferne hörte Nora das Signalhorn des Krankenwagens, der in rund einem Kilometer Entfernung auf ein Zeichen gewartet hatte. Und als sie keuchend zur Seite blickte, sah sie ein großes Boot der Wasserschutzpolizei, das mit voller Beleuchtung die Elbe durchpflügte. Als sie Reitner erzählt hatten, was passiert war, hatte er alle verfügbaren Kräfte mobilisiert und keine Sekunde für Vorwürfe verschwendet, warum er erst nach Nora und Akay informiert worden war.

Die Gischt des Schnellbootes der Polizei leuchtete in der Dunkelheit weiß gegen das Wasser, und für den Bruchteil einer Sekunde fühlte Nora sich den ersten Tag in Hamburg an der Alster erinnert, an die Boote, die auch dort das Wasser schäumend aufgeworfen hatten. Dann war sie an der Kuppe der

Ruine und sprang über die Abbruchkante in den Spalt. Johan hockte neben Lilly, die leichenblass an der Wand kauerte. Ihr Gesicht war schmerzverzerrt, die Arme hatte sie verschränkt, und einen Moment packte Nora panische Angst um das Baby. Doch dann sah sie, dass Lillys Parka am Arm mit Blut getränkt war. Johan, mit Tränen in den Augen, drückte seinen Schal auf die Wunde. »Dieses Schwein! Dieses verdammte Schwein!«, presste er hervor. »Er hat ihr ein Messer in den Arm gerammt, obwohl alles schon vorbei war.«

Nora fasste Lilly vorsichtig an der unverletzten Seite an die Schulter. »Kannst du mich hören? Hilfe ist unterwegs!«

Lilly blinzelte benommen, nickte und schloss die Augen.

Johan schloss sie in die Arme und barg ihren Kopf an seiner Brust, während Nora die Lage über Funk durchgab. Als zwei Sanitäter in den Spalt kletterten, wechselten Johan und Nora einen erleichterten Blick.

Jetzt war es an den anderen herauszufinden, wohin Tarek Barusha und seine Schwester verschwunden waren.

Hafenbecken Rethedamm – Mittwoch – 00:50 Uhr

Emna klammerte sich mit eiskalten Händen an der Kante des Bootes fest, das unter einem langen Steg in der Dunkelheit dümpelte. Tarek stand am Bug und starrte angespannt auf die schmale Wasserschneise vor ihnen. Gerade noch rechtzeitig war er vor dem Licht des Hubschraubers in ein kleines Hafenbecken abgebogen. Hier lagen keine Containerriesen, nur mittelgroße Frachter, ein paar Schlepper und ein rostiger Schwimmbagger hinter hohen Säulen aus Stahl. Gelbes Licht zerstreute sich in der dunstigen Luft zu einem fahlen Schimmer, der von der öligen Wasseroberfläche reflektiert wurde.

Emna fühlte sich ausgelaugt und leer. Sie hatten sich tief und tiefer in etwas hineinmanövriert, das sich nicht kontrollieren ließ und sie nun beide zermalmen würde.

Und sie hatten es verdient.

Noch hatte sie kein Wort mit Tarek gewechselt. Keine gemurmelte Begrüßung konnte durch das Unaussprechliche dringen, das sie in diese Situation gebracht hatte. Emna hatte es bisher vermieden, ihn anzusehen, damit er ihre Enttäuschung nicht spürte.

Sie fühlte die Eiseskälte des Wassers unter dem Fiberglasrumpf, das klamme Gefühl in ihren Gliedern nahm mit jeder Minute zu. Sie lauschten beide, doch im Moment war da nur das hallende Glucksen des Wassers gegen den Bootsrumpf und die Stahlpfeiler des Steges, das ferne Knattern der Rotorflügel und die allgegenwärtigen Geräusche des nächtlichen Hafenbetriebs.

»Wir müssen warten«, murmelte Tarek. Er drehte sich um, sie senkte den Blick.

Ich kenne ihn nicht mehr, dachte Emna. Dabei hatte sie immer gewusst, dass er ein Messer in den Hals eines Mannes getrieben hatte. Aber erst jetzt verstand sie, was das wirklich bedeutete, welche Wut und welchen Hass es brauchte, um mit einer Klinge durch Haut, Sehnen und Muskeln eines fühlenden, lebenden Menschen zu dringen. Und nun hatten seine Wut und sein Hass ihn dazu getrieben, zwei Kinder in einen Container zu sperren und eine unschuldige Frau zu entführen, die obendrein selbst noch ein Kind erwartete, wie sie von der Polizistin erfahren hatte, die ihr die Kleider gegeben hatte. »Sie sind Ärztin, Sie sollten wissen, was das bedeutet«, hatte sie gesagt, und Emna hatte sich zutiefst für ihren Bruder geschämt.

Und durfte sie sich überhaupt noch als Ärztin fühlen? Als sie blindwütig auf den Terminal gefahren war, um ihren Bruder zu retten – jenen Bruder, der gerade einer Schwangeren eine Klinge an den Hals gehalten hatte –, hatte sie da an ihren hippokratischen Eid gedacht? An die Gefahr, die von dem hochgiftigen Gas wirklich ausging? Oder war es ein egoistischer Gedanke gewesen, und sie wollte eine Schuld begleichen, um endlich davon frei zu sein?

Emna betrachtete aus den Augenwinkeln Tareks angespanntes Gesicht, seine Augen, in denen ab und zu das Weiße aufblitzte, wenn er das Wasser und den Himmel absuchte. Sie konnte auch in der Dunkelheit erkennen, dass er verhärmt war, seine Nase stach hervor, und seine Augen lagen tief in ihren Höhlen. Ihre Liebe war einen Schritt zurückgetreten und hatte Platz für den unverstellten Blick auf einen Mann frei gegeben, der von seiner Unruhe und Drogensucht zerfressen wurde. Der nie über den Graben springen würde, den es in ihrer Vorstellung zwischen ihrer beider Leben gab, sondern der sich im schwarzen Sumpf von Kriminalität und Selbstsucht fest verankert hatte. Sie verspürte kein Mitleid mehr, nur Wehmut darüber, was jetzt folgen würde. Sie würde später trauern, aber ihre Entscheidung hatte sie bereits vorhin getroffen.

Emna lauschte ebenfalls, beide warteten sie auf den richtigen Moment. Als die Rotorgeräusche des Hubschraubers sich neuerlich näherten und das Licht über das Wasser wischte, nahm sie das Paddel, das zu ihren Füßen lag, und drückte es mit aller ihr noch verbliebenen Kraft gegen den Pfeiler. Das Boot schoss unter dem Steg hervor.

Tarek drehte sich wutentbrannt zu ihr um. »Bist du verrückt?«, zischte er. Sie sah die Fassungslosigkeit in seinem Gesicht, als er einen Schritt auf sie zu machte, um ihr das Paddel zu entreißen. Doch mit einem Ruck stieß sie ihm das Blatt vor den Bauch. Er strauchelte, ruderte mit den Armen und fiel über die Reling. Mit zitternden Händen warf sie den Rettungsring, der unter der Bank gelegen hatte, hinterher. Dann ließ sie das Paddel fallen und ruderte mit den Armen in der Luft.

»Es tut mir leid«, rief Emna dabei mit Blick auf Tarek, der im braunen Wasser strampelte, den Ring umklammert hielt und sie fassungslos anstarrte. Der Hubschrauber flog auf sie zu, und das Licht der beiden Suchscheinwerfer bündelte sich über ihren Köpfen. »Ich bin nur mitgekommen, um die Frau zu befreien«, flüsterte Emna.

Polizeipräsidium – Mittwoch – 02:20 Uhr

Nora saß neben Reitner vor dem Bildschirm und betrachtete den Verdächtigen. Ihre Augen brannten, und sie pustete müde in die inzwischen dritte Tasse Kaffee. Tarek Barusha trug trockene Kleidung, nur seine Haare waren noch feucht von dem unfreiwilligen Bad in der Elbe.

Er starrte auf den Tisch und grübelte. Immer wieder schaute er zur Tür. Nora brannte auf das, was er zu sagen hatte, aber sie warteten noch auf den Rechtsbeistand, den er verlangt hatte. Es gab so viele Ungereimtheiten und offene Fragen, allen voran die nach seinen Helfern. Nach allen Männern auf der Liste der Alibigeber wurde gefahndet. Lehmann und die Experten vom Staatsschutz waren mit ins Boot geholt worden, Nora hatte eine Anfrage beim BKA gestellt, ob in einem anderen Bundesland einer von ihnen unter Terrorverdacht stand.

Doch es war alles noch reichlich verwirrend. Reitner hatte ihr berichtet, dass die Mitarbeiter der Import-Export-Firma in der Peripherie des Hafens festgenommen worden waren, nachdem dort ein weißer Lieferwagen mit einem deutlichen Kratzer auf der Seite gefunden worden war. Er hatte mit seinen Leuten das Büro und die Anlagen zunächst oberflächlich durchsucht und dann weitere Kriminaltechniker und den Zoll alarmiert, die immer noch vor Ort waren. Die Drogenspürhunde waren ganz aus dem Häuschen gewesen. Nichts sprach dagegen und fast alles dafür, dass der Container bis zur Abholung und Überführung durch Tarek Barusha auf den Terminal der Firma Stein dort gewesen war. Die Kinder hatten sich laut vorläufiger Ergebnisse der Spurensicherung während der gesamten Zeit ihrer Entführung in diesem Container befunden. Doch das alles warf nur weitere Fragen auf.

Im Haftbefehl gegen Barusha wurde der Verdacht des erpresserischen Menschenraubes in drei Fällen und die mutmaßliche Beteiligung am Tod von Jurij Kondraschin vorformuliert. Aber die Möglichkeit einer Verbindung zu einer terroristischen Splittergruppe lag immer noch als kalter Schatten über der kommenden Vernehmung. Was taten seine Freunde, während er hier auf den Anwalt wartete?

Nora trank noch einen Schluck Kaffee, bis ihr leerer Magen rebellierte und sie die Tasse wegstellte. Endlich wurde ein hektischer junger Mann hereingeführt. Sie ließen ihn zu einem vertraulichen Gespräch mit Barusha in den Vernehmungsraum.

Der Ton der Kamera war abgestellt, doch Nora konnte sehen, wie Barusha mit gerunzelten Brauen auf den Mann einredete, der immer wieder den Kopf schüttelte und sich Notizen machte. Er schien überfordert. Barusha schrieb ebenfalls etwas auf den Zettel, drehte ihn und malte dann sogar. Nora sah Reitner an, der die Brauen hob und die Achseln zuckte. Auch er war sicher müde, wirkte aber immer noch energiegeladener als alle anderen. Wie machte er das nur?

Der Anwalt nickte in Richtung der Kamera.

Nora und Reitner betraten den Raum, setzten sich an den Tisch, während der Anwalt auf Barushas Seite rückte. Er schien sich nicht wohl zu fühlen, zupfte an seiner Hose, schob seine Notizen auf dem Tisch zusammen, nur um sie dann wieder vor sich auszubreiten.

Nachdem die Aufnahme gestartet war, ihre Namen, Datum und Uhrzeit zu Protokoll gegeben waren, hob Barusha den Blick. »Ich habe die Kinder nicht entführt.«

»Aber Sie haben den Container transportiert?«

Reitners Stimme war sachlich. Sie beobachtete Barushas Regungen. Er hielt Blickkontakt zu Reitner, blinzelte normal, seine Hände lagen ruhig auf dem Tisch. Er wirkte fast entspannt.

Auf Reitners Frage nickte er nur. Nora deutete auf das Mikrophon. »Ja«, sagte Barusha laut und deutlich.

»Wussten Sie, dass die Kinder darin waren?«

Sein Mund zuckte kurz. »Ja.«

»Warum haben Sie den Container dann nicht geöffnet und ihnen geholfen?«

Barushas Gesicht zeigte für einen winzigen Moment etwas, das Nora als Reue deutete. Doch worüber? Dass er erwischt worden war?

»Ich wollte erst Geld.«

Triumphierend setzte sich Reitner auf. »Also haben Sie die Kinder doch entführt, um Lösegeld zu erpressen?«

Barusha schüttelte den Kopf. »Nein, die Südamerikaner für die die Reederei, beziehungsweise Jürgen Stein, seit Jahren Kokain nach Europa schmuggelt, haben die Kinder entführt. Ich habe sie nur für ihn gesucht und wiedergefunden.«

Nora dachte einen Augenblick, sie habe sich verhört, auch Reitner hob die Hand.

»Moment, Sie behaupten, dass Jürgen Stein in die Entführung seiner Nichte und seines Neffen verwickelt ist?«

Der Anwalt, der bisher nur stumm zugesehen hatte, mischte sich ein. »Nein, wie mir mein Mandant eben erklärte, handelte er im Auftrag des Reeders Jürgen Stein, als er den Container auf das Gelände des Terminals Stein brachte. Aber die Kinder hat dieser nicht entführt.« Reitner starrte den Anwalt an.

»Das müssen Sie mir genauer erklären!« Er klang, als würde er jeden Moment vor Wut explodieren. »Hanebüchen« stand wie mit Leuchtbuchstaben auf seine Stirn gestanzt.

Barusha lehnte sich zurück, ein amüsiertes Lächeln umspielte plötzlich seinen Mund, und er überließ seinem Anwalt das Reden.

»Mein Mandant hat gesagt, dass er die Unterhaltung über diese Vereinbarung zwischen ihm und Jürgen Stein aufgenommen hat. Sie finden die Datei auf seinem Hof in der Nähe von Kirchwerder. Hier ist die Adresse und eine Beschreibung, wie Sie dort hinkommen. Der Schlüssel befindet sich bei den Sachen, die Sie meinem Mandanten abgenommen haben.« Der Anwalt schob Reitner Barushas Notizen herüber. Der warf einen Blick darauf und reichte sie an Nora weiter. Sogar eine Anfahrtsskizze hatte Barusha gemalt. Nora runzelte die Stirn und stand auf. »Ich kümmere mich darum.«

Krankenhaus St. Georg – Mittwoch – 02:30 Uhr

Lillys Arm war dick verbunden. Wegen des Babys hatte sie auf Beruhigungsmittel verzichtet, nur Kochsalzlösung tropfte in ihren Arm, um ihren Kreislauf zu stabilisieren. Sie hatte sich mehrfach erbrochen und starrte jetzt stumm auf den Zwieback, der auf dem Teller lag, den Johan ihr hinhielt. »Das habe ich von der Schwester bekommen. Was anderes Essbares ist jetzt nicht aufzutreiben.«

»Danke, ich möchte nichts.« Sie sah auf die Bettdecke, ihre Finger hatten sich um den weißen Stoff gekrallt und wirkten blutleer.

»Du musst doch etwas essen.« Johan fühlte sich hilflos.

»Ist Vicky bald da?«, flüsterte Lilly, ohne ihn anzusehen. Johan hatte ihre Schwester Viktoria angerufen, während Lilly von den Ärzten versorgt wurde. Sie musste jeden Moment eintreffen, zusammen mit Lillys Eltern.

Nach dem kurzen Gespräch und Vickys entsetztem Aufschrei, als er kurz zusammengefasst hatte, was passiert war, hatte er sich gefragt, ob er Lillys Familie nicht sofort hätte unterrichten müssen. Erst, als sie ihn dazu aufgefordert hatte, hatte er überhaupt daran gedacht.

Wegen der Scham, die er empfand? Weil er sie der Sorge und Angst, die er empfunden hatte, nicht ebenfalls hatte aussetzen wollen? Was wäre gewesen, wenn alles anders ausgegangen wäre? Er schauderte und zog den Besucherstuhl näher ans Bett. »Lilly …« Johan wollte etwas Tröstliches sagen, dass jetzt alles vorbei sei, doch das schlechte Gewissen schnürte ihm die Kehle zu. Es war seine Arbeit, seine Sorglosigkeit, die sie in diese Situation gebracht hatten.

War Barusha ihm nach Hause gefolgt? Womöglich schon am Sonntag, als er den Gebetsraum beobachtet hatte? Oder erst später, nachdem er ihn in seiner Wohnung aufgesucht hatte?

Er erinnerte sich, dass er kurz meinte, er habe ihn im Hauptbahnhof gesehen, bevor er in die U-Bahn gestiegen war.

Und Lilly hatte gewollt, dass er im Innendienst arbeitete, als habe sie es geahnt.

»Lilly, ich …«, Johan griff nach ihrer Hand. Sie wehrte ihn nicht ab, aber ihre Hand unter seiner war wie ein Stück Holz.

Es klopfte, dann wurde die Tür aufgerissen.

»Lilly!« Der schmerzvolle Aufschrei ihrer Mutter riss Lilly aus ihrer Apathie.

»Mama!« Tränen liefen ihr plötzlich über die Wangen, als habe sie sie bisher mühsam zurückhalten müssen. Sie streckte die Arme aus, und ihre Mutter drückte sie an sich. Hinter ihr standen Lillys Vater, der verlegen die Hände rang, und Vicky, die jetzt ebenfalls ans Bett stürzte. Sie streichelte ihrer Schwester mit beiden Händen über die nassen Wangen, während ihre Mutter Platz machte, damit auch Lillys Vater seine Tochter umarmen konnte. Lilly schluchzte jetzt haltlos, hielt sich an ihrem Vater fest, der sie sanft hin- und herwiegte.

Johan hatte sich noch nie so überflüssig gefühlt. Vicky warf ihm einen Blick unter zusammengekniffenen Brauen zu und bedeutete ihm mit einer Kopfbewegung, ihr aus dem Zimmer zu folgen.

»Wie konnte das passieren?«, fragte sie. Sie blieb leise, doch ihr Tonfall sprach Bände. Sie gaben ihm die Schuld.

Johan senkte den Kopf.

Kirchwerder Marschwiesen – Mittwoch – 03:00 Uhr

Sie hatten Billbrook mit den vorwiegend arabischen und türkischen Geschäften und Restaurants hinter sich gelassen, ein hässliches Industriegebiet durchquert und hinter der Brücke über die Dove Elbe den städtischen Teil Hamburgs verlassen. Häuser und Straßen waren von matschigen Wiesen mit einigen wenigen Bäumen und Viehzäunen abgelöst worden. Hier und da stand ein Gebäude in der Dunkelheit, das sich im Licht der Scheinwerfer als rot geklinkertes Bauernhaus entpuppte. Friedrich Meyer fuhr, vor ihnen ein Streifenwagen, der ihnen den Weg wies, Brigitta Kamp und Helene Diester folgten in einem zweiten PKW. Auch ein Van der Spurensicherung gehörte zu dem Konvoi. Nora lehnte den Kopf ans Fenster, schloss kurz die Augen. Schlafen, dachte sie, dann an Jürgen Stein. Sie hatten noch keine Fahndung eingeleitet. Nur weil Barusha pfiff, würden sie nicht springen. Die Anschuldigungen mussten erst untermauert werden, und es war erst wenige Stunden her, dass sie Justus Stein und seiner Frau vorgeworfen hatte, sich gegenseitig die eigenen Kinder entzogen zu haben. Sie würden sich nicht sofort wieder auf die Familie stürzen können.

Jürgen Stein hatte den Terminal in seiner Limousine vor einigen Stunden verlassen. Wo war er jetzt?

Sie öffnete die Augen, zog das Telefon hervor und rief die Nummer von Justus Stein auf. Unwahrscheinlich, dass in dieser Nacht irgendjemand schlief.

»Ich wollte mich erkundigen, wie es Lasse und Livia geht«, sagte Nora, als er sich fast sofort meldete.

»Sie sind unterkühlt, Livia hat hohes Fieber. Aber die Ärzte sagen, es wird ihnen schon bald besser gehen.« Sie hörte ihn schlucken. »Danke, dass Sie sie gefunden haben!« Entgegen seines sonstigen Tonfalls klang er erschöpft und hilflos.

»Holen Sie sich so viel Unterstützung wie möglich von Ihrer Familie. Sind Ihre Eltern und Ihr Bruder auch da?«

»Nein, ich habe meine Eltern nach Hause geschickt. Jürgen habe ich nicht gesehen, ich nehme an, er ist jetzt bei seinen eigenen Kindern.«

Nora verabschiedete sich mit Genesungswünschen für die Kinder und fühlte sich wie eine Heuchlerin.

Dort, wo er jetzt vielleicht gebraucht wurde, war Jürgen Stein jedenfalls nicht.

Friedrich Meyer bog auf einen schmalen Feldweg ab, der an einem rostigen Tor endete. Das Licht der Scheinwerfer fiel auf ein hässliches gelbes Wohnhaus hinter dem Zaun, augenscheinlich aus den sechziger Jahren. Es machte einen heruntergekommenen Eindruck, die Fenster im Erdgeschoss waren mit Brettern verrammelt, modernde Stallungen mit eingesunkenem Dach und alte Schuppen gruppierten sich darum.

Meyer stieg aus und schloss das Vorhängeschloss auf. Sie stülpten sich Plastiküberzieher über die Schuhe und zogen ihre Waffen, bevor sie das Tor ganz öffneten. Im Licht der Taschenlampen gingen sie gemeinsam über den Hof, und Meyer steckte den zweiten Schlüssel am Bund in das Schloss der Haustür, ein hässliches Ding mit Reliefglas auf Augenhöhe.

»Ist hier jemand?«, rief Nora, als sie den kalten Flur betraten.

Stille.

Sie und Meyer sicherten die Räume im Erdgeschoss, während Brigitta die Treppe und die Hintertür im Auge behielt. Helene Diester blieb mit den uniformierten Beamten draußen auf dem Hof.

Nora ließ den Strahl ihrer Taschenlampe durch eine kleine Küche, eine Waschküche mit Toilette neben einem antiquierten Trockner, eine Rumpelkammer voller ausrangierter Holzmöbel und ein Wohnzimmer mit einer staubbedeckten deckenhohen Schrankwand wandern. Einige der Räume wirkten, als habe sie seit Jahren niemand mehr betreten.

Sie stiegen die Treppe hinauf und betraten einen großen holzgetäfelten Raum. Auch er schien leer zu sein. Nora betätigte den Lichtschalter, sie ließen die Waffen sinken und schalteten die Taschenlampen aus.

»Hier ist niemand«, rief Nora, woraufhin auch Brigitta unten ihre Waffe ins Holster zurücksteckte, Diester heranwinkte und den Männern von der Spurensicherung über Funk Bescheid gab. Draußen durchsuchten immer noch weitere Beamte der Schutzpolizei das Gelände und die anliegenden Bauten.

Barusha hatte gesagt, sie würden die Datei auf einer Festplatte hinter der Vertäfelung der Wand finden.

Nora ging in der Ecke auf die Knie und fand das sorgfältig ausgefräste Quadrat in der Holzverschalung, das er beschrieben hatte. Es war nur zu sehen, wenn man wusste, wo man suchen musste. Sie zog dünne Latexhandschuhe über ihre Hände, hebelte die Klappe des Geheimfachs auf und legte einen Hohlraum frei, in dem ein flacher kleiner Kasten steckte. Kabel führten hinter dem Rauspund weiter ins Dunkel.

Nora befreite die kleine Festplatte von ihren Anschlusssteckern und zog sie hervor.

»Hast du den Laptop?«

Meyer nickte, nahm ihr den Kasten ab und verband ihn per USB mit dem Computer. Sie konnten auf mehrere Videodateien zugreifen. Die letzte Aufnahme war von Freitagnacht; wenige Stunden nach Lasses und Livias Entführung. Meyer klickte auf das Icon, und Nora fühlte, wie ihre Hände feucht wurden, als sich ein Videofenster öffnete. Zu dritt drängten sie sich um das Display des Computers. Was würden sie jetzt zu sehen bekommen?

Polizeipräsidium – Mittwoch – 03:10 Uhr

»Helms, was machen Sie hier? Bleiben Sie bei Ihrer Freundin im Krankenhaus, oder fahren Sie nach Hause!«

Reitner schaute Johan, der in seiner Tür stand, tadelnd an. Johan sah, dass Reitners übliche Frische von roboterhaften Bewegungen abgelöst worden war, mit der er Ausdrucke unterschrieb und in eine Mappe heftete.

»Bei mir zu Hause ist die Spusi.«

Er erntete einen wortlosen, mitfühlenden Blick, während Reitner den nächsten Zettel unterschrieb.

»Wo ist Barushas Schwester?« Johan steckte die Hände in seine Hosentaschen.

»Ich kann Sie nicht mehr an der Sache arbeiten lassen, das wissen Sie doch selbst. Also ruhen Sie sich aus.«

Johan fühlte sich unfähig, nach Hause zu gehen. Er machte einige Schritte auf Reitners Schreibtisch zu. »Ich möchte das Ganze verstehen. Sie hat mir etwas von Drogen erzählt, von denen sie glaubte, sie seien in dem Container. Warum hat sie uns ihren Bruder ausgeliefert? In dem kleinen Boot und bei den ganzen unübersichtlichen Kanälen im Hafen hätten sie gute Chancen gehabt zu entkommen.«

Reitner seufzte. Ihm schien klar zu werden, dass Johan nicht so einfach gehen würde.

»Okay, Demirel führt die Vernehmung. Wenn Sie mögen, können Sie den Beisitzer ablösen.«

Reitners Blick drückte mit einem Mal Verständnis und sogar Hochachtung aus. Johan ahnte, dass er daran dachte, was er heute Nacht schon alles durchgemacht hatte. Aber dachte er auch daran, wie schuldig er sich deswegen fühlte?

»Sie hatten den ersten Kontakt mit ihr. Sagen Sie mir, ob Sie ihr glauben. Wir haben sie nach der ersten Stunde ins Bild gesetzt. Sie weiß jetzt, dass Jurij Kondraschin durch Gas ums Leben gekommen ist.«

Johan nickte wieder und ging langsam über den leeren Flur. Für diese Uhrzeit waren zu viele Büros erleuchtet, als dass man annehmen könnte, es handle sich um eine ganz normale Nacht. Reitners Anerkennung, wenngleich unverdient, und nicht zur Untätigkeit verdammt zu sein, nahm ihm ein wenig von der Hoffnungslosigkeit, die ihn zu überwältigen drohte. Lilly hatte ihn weggeschickt. Sie wollte mit ihrer Familie allein sein. Ihre Schwester Vicky hatte nicht aufgehört, ihn böse anzufunkeln, und Lillys Eltern hatten an ihm vorbeigesehen, als wüssten sie nicht, wie sie ihm in die Augen schauen sollten.

Johan war gegangen, um Lillys Wunsch zu respektieren. Obwohl es auf der Welt keinen Ort gab, an dem er sein wollte, außer bei ihr. Und sein Entschluss stand fest: Er würde an den Schreibtisch und in die Lehrtätigkeit zurückkehren. Für immer. Für sie. Für das Kind.

Trotzdem war er nun hier. Alles war besser, als darauf zu warten, wann sie ihn wieder zu sich lassen würde. Und nur hier konnte er die Schuld abtragen, dass er Barusha zu ihnen nach Hause geführt hatte.

Er klopfte an die Tür des Vernehmungszimmers und öffnete sie. Emna Schulz trug immer noch die Sportkleidung der Polizei, keine Handschellen. Ihre Augen waren nach wie vor ungesund gerötet, sie wirkte ausgelaugt. Johan empfand jähes Mitleid.

Er nickte dem Kollegen zu, der neben Demirel Akay saß und sich jetzt erleichtert erhob. »Also, ihre Geschichte ist eigenwillig, aber sie bleibt dabei.«

Johan setzte sich und sah Emna an, die gefasst zurückstarrte. Sie hatte die Hände gefaltet, die blonden Haare zurückgebunden.

»Was genau ist die Geschichte?«

»Die, die ich Ihnen schon im Krankenhaus erzählt habe. Dass ich dachte, der Zoll würde den Container untersuchen, den mein Bruder transportieren sollte, und darin wären Drogen.«

Johan zog die Augenbrauen hoch. Emna Schulz seufzte. »Ich habe schon länger geahnt ...«, sie starrte einen Moment auf ihre Hände, hob dann entschlossen den Blick, »... nein, gewusst, dass Tarek in irgendwelche Drogengeschichten verwickelt ist. Ich habe gedacht, dass er das alles irgendwann von alleine lassen würde. Wenn er erst über unsere Kindheit hinweg ...« Eine Träne rollte aus ihrem rechten Auge, und sie wischte sie mit dem Handrücken ab. »Wie dem auch sei. Und dann habe ich einen Patienten verloren. Im Hafen, einen Zollbeamten.« Sie hob den Blick zur Decke, blinzelte gegen Tränen an, als könne sie selbst nicht begreifen, was alles danach geschehen war. Johan beobachtete sie. Wenn sie stockte, dann offenbar nur, weil ihre Gefühle sie zu überwältigen drohten, nicht, weil sie nachdenken musste, was sie ihnen erzählen wollte.

»Ich fand einen Zettel, auf dem eine Containernummer stand. Er war aus der Tasche des Zollbeamten gefallen. Ich habe immer wieder versucht, Tarek zu erreichen, aber er war wie vom Erdboden verschluckt.«

Johan unterbrach sie. »Sie wussten gleich, dass es sich um eine Containernummer handelte?«

Emna schüttelte kurz den Kopf.

»Nein, erst später. Den Zettel habe ich nur aufgehoben, weil der Mann tot war. Ich konnte ihn ja nicht einfach wegschmeißen ... Es hätte ja auch, ich weiß nicht, ein Passwort sein können, oder so.« Sie hob ratlos die Hände. »Und dann war ich bei Tarek zu Hause, am nächsten Tag. Er war nicht da, und auf einem Block stand die gleiche Nummer. Genau die gleiche. Was hätten Sie da gedacht? Mit der ganzen Drogensache und so …«

Johan sah sie an, verschränkte die Arme vor der Brust. Was hätte er gedacht? Das Gleiche wie sie: dass die beiden unter einer Decke gesteckt hatten. Dass der Mann vom Zoll geschmiert worden war, diesen Container nicht ganz so genau zu durchleuchten. Er lehnte sich vor und legte die Hände auf den Tisch.

»Okay. Und wie kommt das Gas ins Spiel?«

Einen Moment war es still, keiner rührte sich, und Johan verkniff es sich, zu Demirel hinüberzuschauen. Schamesröte stieg Emna ins Gesicht. »Weil ich dumm war und die falschen Schlüsse gezogen habe«, murmelte sie. »Weil ich nie gedacht hätte, dass mein Bruder zu so einer Grausamkeit fähig wäre. Ich wollte ihm helfen.« Sie spie die Worte aus. »Ich wollte ihm Zeit verschaffen, damit er abhauen kann, und wäre deshalb beinahe zur Mörderin … »Sie brach ab, schloss die Augen und begann wieder, sich schnell vor und zurück zu wiegen. »Ich habe einen furchtbaren Fehler begangen.«

Dem gab es nichts hinzuzufügen.

Johan sah Demirel an. »Den Nachlass dieses Zollbeamten müssen wir überprüfen.«

Plötzlich sah sie Johan fest in die Augen. »Tarek hat Ihre Freundin nur entführt, um mich frei zu bekommen. Es ist meine Schuld, alles, was Sie beide durchmachen mussten, und es tut mir leid!«

Sie sahen sich an. Johan hätte gerne geglaubt, was sie sagte, aber was er fühlte, war nur, dass sie sich beide kasteiten. Und das zu Recht. Lilly war das Opfer, nicht er. Er nickte ihr knapp zu.

»Und Kondraschin, was denken Sie über ihn?«, nahm er das Verhör wieder auf.

Sie schüttelte den Kopf. »Ich habe keine Ahnung, wie das zusammenhängt.« Dann starrte sie auf die Tischplatte.

»Aber auf dem Hof fehlte noch eine Gasflasche«, sagte sie und begann leise zu weinen.

Kirchwerder Marschwiesen – Mittwoch – 03:15 Uhr

»Ich fass es nicht!« Brigitta beugte sich vor. Das Objektiv der Kamera war so eingestellt, dass sie Barushas Rücken sahen, der einmal kurz seinen Kopf zur Kamera drehte, sowie seinen Gesprächspartner. Frontal gut zu erkennen: Jürgen Stein.

Er hatte die Hände in die Hosentaschen gesteckt und wirkte in Barushas Schlafhöhle völlig deplatziert. Wohl fühlte er sich offensichtlich auch nicht. Sein Blick huschte immer wieder zu etwas links neben Barusha.

Nora drehte sich um. Neben dem Bett waren braune Flecken und ein paar kleinere Brandlöcher auf dem Laminat. »Wir müssen checken, ob wir hier ein Drogenversteck finden.«

Gemeinsam starrten sie weiter auf das Display des Laptops. »Also«, sagte Jürgen Stein, »hilfst du mir?«

Die Tonqualität war gut. Sie konnten die Anspannung in Steins Stimme hören. Es fiel ihm nicht leicht, jemanden, und vor allem jemanden wie Barusha, um Hilfe zu bitten.

»Ich soll für Sie Ihre Nichte und Ihren Neffen finden, die das kolumbianische Drogenkartell entführt hat und die irgendwo in der Stadt gefangen gehalten werden?«

Nora wechselte einen Blick mit Brigitta. Barusha hatte alles wiederholt und es so inszeniert, dass keine Fragen offenblieben. Er hatte Stein nicht getraut und eine Lebensversicherung angefertigt.

»Ja. Sie erpressen mich. Sie werden sie nie frei lassen, sondern nach Südamerika bringen, egal, ob ich auf ihre Forderungen eingehe. Dann haben sie mich und meine Schiffe in ihrer Hand.«

»Warum wollten Sie denn auch aussteigen? Das ist doch sehr lukrativ, in den Rumpf der Schiffe Fächer einbauen zu lassen und damit das Kokain zu schmuggeln, oder? Dazu noch die Container, die durch den Zoll geschleust werden …«

»Es wird zu riskant.« Jürgen Stein hob abwehrend die Hände. »Ich habe selbst kleine Kinder, und mein Bruder beginnt etwas zu ahnen, es ist … einfach an der Zeit.« Er wirkte resigniert.

»Und wenn Sie denen sagen, Sie machen weiter wie bisher, warum glauben Sie, bekommen Sie Ihre Nichte und Ihren Neffen nicht wieder?«

Jürgen Stein machte eine wütende hilflose Bewegung mit dem ganzen Körper. Man sah dem sonst so zurückhaltenden Mann seine Wut an.

»Hör mal zu! Die machen, was sie wollen! Das wird immer so weitergehen. Erst die Kinder meines Bruders und dann meine eigenen. Wenn Livia und Lasse wieder zu Hause sind, werde ich neu verhandeln!«

Auch von hinten konnten sie sehen, wie Tarek Barusha die Achseln zuckte. »Aus den Geschäftsbeziehungen mit einem Drogenkartell steigt man nicht so einfach aus. Das ist eine Absprache auf Lebenszeit, und die Drahtzieher haben viel investiert, indem sie die Drogenverstecke auf den Schiffen finanziert haben.«

Nora war erstaunt, dass Jürgen Stein nichts davon mitbekam, wie Barusha jeden belastenden Punkt aufzählte.

»Ihnen ist klar, wenn ich versuche herauszufinden, wohin sie die Kinder verschleppt haben, und die das rauskriegen, dass ich dann in fischmaulgerechten Happen in der Elbe lande, oder?«

Jürgen Stein spannte die Lippen, nickte knapp.

»Ich bezahle Sie gut.«

Sie konnten an Barushas Stimme hören, dass er lächelte.

»Über Geld reden wir später. Ich will, dass Sie auch etwas für mich tun. Eine Hand wäscht die andere. Schließlich riskiere ich mein Leben für Sie und die Kinder.«

Jürgen Stein krauste die Stirn.

»Was denn?« Die Forderung schien ihm Unbehagen zu bereiten. Zu Recht, denn was jetzt kam, hätte niemand von ihnen erwartet, und Jürgen Stein schon gar nicht.

»Sie werden mir helfen, jemanden zu töten.«

Einen Moment war es, als habe die Aufnahme angehalten, so erstarrt wirkte Jürgen Stein. Dann zuckte er.

»Nein. Auf keinen Fall! Sie haben ja nicht mehr alle Tassen im Schrank.« Er fuchtelte angewidert mit den Händen.

Barusha lehnte sich vor, seine Stimme verriet, dass das Lächeln verschwunden war.

»Wissen Sie, was das Kartell mit Verrätern macht? Auch mit solchen, die Schiffe besitzen? Ich helfe Ihnen, Sie helfen mir. Und wenn nicht, werde ich haarklein über unser Treffen hier und den Grund dafür berichten.«

Sie konnten selbst auf dem kleinen Display erkennen, wie Jürgen Stein das Blut aus dem Gesicht wich.

»Keine Sorge«, sagte Barusha, wieder mit einem betont fröhlichen Klang in der Stimme, »Sie müssen sich nicht die Hände schmutzig machen. Ich habe genau geplant, wie das läuft.«

Jürgen Stein sah in die Luft, betrachtete dann seine Schuhspitzen. Offensichtlich erwog er seine Optionen.

»Und wenn etwas auf mich zurückfällt? Ein Mord. Wie stellen Sie sich das vor?«

Nora spürte ein Prickeln im Bauch, das immer dann kam, wenn die Puzzleteile an die richtige Stelle fielen. Sie wechselte einen schnellen Blick mit Meyer und Brigitta, deren fassungslose Gesichter ihre Gefühle spiegelten. Barusha hatte Stein dort, wo er ihn haben wollte. Meyer hielt das Band an. »Das reicht fürs Erste. Lasst uns, eine Fahndung durchgeben und zurück ins Präsidium fahren.«

»Warum hat er uns das Band zukommen lassen, es belastet ihn doch?«, fragte Brigitta verwirrt.

Nora sah sie an: »Weil er die Steins mehr hasst, als er um seine Sicherheit besorgt ist. Er hat ohnehin nichts mehr zu verlieren, und auf diese Möglichkeit hatte er sich von Anfang an vorbereitet.«

Polizeipräsidium – Mittwoch – 04.00 Uhr

Tarek Barushas Lippen umspielte ein süffisantes Lächeln, als Nora und Meyer in den Vernehmungsraum zurückkamen. Nora fand nicht, dass er sich das leisten konnte. Sie empfand Abscheu vor dem Mann, der kaltblütig geplant hatte, Kondraschin zu ermorden, und nur einen Dummen gebraucht hatte, der ihm dabei half. Jemanden, den der ehemalige Zuhälter in seine Wohnung lassen würde, um das Dichtungsband anzubringen, jemanden, den Barusha in der Hand hatte.

Auftragsmord und Drogenschmuggel, Lillys Entführung.

Durch die Überführung des Containers, obwohl er wusste, dass die Kinder darin waren, würde noch der weitere schwerwiegende Anklagepunkt der unterlassenen Hilfeleistung hinzukommen. Und konnten sie sich sicher sein, ob er nicht noch etwas geplant hatte? Ob seine Freunde etwas geplant hatten?

Was auch immer Barusha dachte oder vorhatte, für Nora war er ein skrupelloser Schwerverbrecher.

Nora war todmüde und deshalb auch genervt, dass er seine Optionen anscheinend rosiger sah als sie, denn er lächelte immer noch.

»In einem umfangreichen Zeugenschutzprogramm bin ich bereit, gegen die südamerikanische Drogenmafia auszusagen. Ich weiß, wo sie die Ware hinschaffen und von wo aus sie sie weiter innerhalb Europas verteilen.«

Nora lächelte matt zurück.

»Wir wissen bereits, wo der Container in den letzten Tagen gewesen ist. Wir wissen inzwischen ebenso, wo Sie in den letzten Tagen gewesen sind.« Sie klappte die Karte auf, die ihr eine Kollegin mit ein paar Erklärungen im Flur in die Hand gedrückt hatte. Auf der Karte waren mit roten Linien und Kreisen Wege und Orte markiert. Sie tippte auf eine Stelle in Farmsen-Berne.

»Glauben Sie, nur weil Sie eine nicht registrierte Prepaid-Karte benutzt haben und Ihr Smartphone verschlüsselt ist, können wir nicht nachvollziehen, wo sie sich aufgehalten haben? Sie haben stundenlang hier geparkt.« Sie legte den Finger auf die Stelle auf der Karte. »Und zufällig wohnt dort einer der Eigentümer der Firma im Hafen, wo der Container vorher stand.«

Nora genoss es zu sehen, wie Barusha verärgert auf seiner Lippe herumkaute. Es wurden auf seinem Telefon Programme gefunden, die zeigten, dass er rudimentäre Hackerkenntnisse hatte. Auch Verschleierungssoftware und die nicht registrierte Prepaid-SIM-Karte hatten es schwierig gemacht, diese Übersicht zu erstellen. Aber nicht unmöglich.

»In diesem Augenblick ist bereits eine Spezialeinheit zu dem Haus unterwegs.« Nora legte den Kopf schief, verengte die Augen. Er durfte sich schon ein wenig dumm fühlen. »Wir brauchen Sie nicht.« Sie beugte sich ein wenig vor. »Die Aufnahme, die Sie uns zugeschanzt haben … Sie waren an dem Mord genauso beteiligt wie Jürgen Stein. Dachten Sie, nur weil er die Gasflasche angeschleppt hat und alles vorbereitet, fällt Ihre Strafe milder aus?« Sie tippte auf die Karte. Tareks Telefon in Winterhude, Samstagnacht. Da haben Sie die Gasflasche aufgedreht. Haben alle Ihre sogenannten Freunde gelogen?!«

Barusha leckte sich über die Lippen. »Klar bin ich beteiligt, aber ich habe so viel Insiderwissen, das Ihnen sehr nutzen würde …«

»In was für einer Welt leben Sie eigentlich?«, fragte Nora barsch. »Hier gibt es keine Deals, kein Quidproquo, Sie gehen in den Knast.«

Barusha wollte sich aufplustern, sackte dann in sich zusammen und runzelte die Stirn.

»Ihre Alibi-Freunde kriegen wir noch wegen Strafvereitelung und Falschaussage. Ich wüsste gerne, wie tief die in dem Ganzen drinstecken.«

Barusha blinzelte verwirrt. »Die haben nichts mit all dem zu tun!«

»Tatsächlich? Dann wollen Sie bestreiten, dass Sie mit ihnen zusammen Reden über den Krieg gegen die Ungläubigen gelauscht haben?«

Tarek guckte perplex. Dann schüttelte er den Kopf, sein Gesicht drückte aus, wie amüsiert er war. »Da wird gebetet, aber doch nicht so, und ich geh da auch gar nicht rein. Wusste ich doch, dass Ihr Kollege mich da gesehen hat. Ich habe den Jungs im Treppenhaus Gras verkauft, sonst nichts.«

Er lächelte, als sei Nora nicht gerade die Hellste. Sie war überrascht, wie arrogant er trotz seiner wenig rosigen Aussichten war.

Nora stand auf. »Das werde ich jetzt nicht mehr diskutieren.« Sie sah Barusha scharf an.

»Wir werden jetzt alle schlafen gehen. Und morgen erzählen Sie meinen Kollegen haarklein, was Sie wissen und auch warum Sie uns über den Aufenthalt der Kinder informiert haben. Dies ist womöglich der einzige Punkt, der für Sie sprechen könnte.« Sie kniff die Augen zusammen. »Obwohl ich vermute, Sie wollten auch damit Jürgen Stein eins auswischen. Sie sollten auch den Einbruch auf dem Terminal zugeben. Ihr Telefon war auch zu dem besagten Zeitpunkt dort. Gute Nacht!«

Sie öffnete die Tür und ließ die uniformierten Beamten hinein, die Tarek Barusha bis zu seiner nächsten Vernehmung ins Untersuchungsgefängnis an der Holstenglacis bringen würden. Als er an ihr vorbeiging, zischte er wütend: »Wenn meine Schwester nicht gewesen wäre, wäre ich jetzt längst in einem Flugzeug. Der Plan war wasserdicht, er war gut.«

Nachdem die Tür sich hinter ihm geschlossen hatte, sahen Meyer und sie sich an.

»Hochmut kommt vor dem Fall«, sagte Nora.

»Glauben Sie ihm? Wegen der Terroristen?«

Nora verzog den Mund. »Ja. Absolut. Die ganze Zeit hat mich gestört, dass wir nichts hatten bis auf die angeblich zweifelhaften Reden. Soweit ich gehört habe, wird dort über die Auslegung der Sunna, der alten muslimischen Schriften diskutiert. Dazu gehört auch die Scharia, weshalb dieser Lehmann Leute auf das Gebäude angesetzt hat. Ich habe mich gefragt, wie viel Terrorismus noch übrig bleibt, wenn wir den Drogenhandel einbeziehen. Und Tarek Barusha hätte keinen Kampfkumpanen des Dschihad für ein Alibi geopfert. Er ist ebenso wenig Islamist wie die. Aber das müsst ihr überprüfen, das ist nicht meine Aufgabe.«

Sie rieb sich mit der Hand über die Stirn.

»Und natürlich hat er die Gasflasche aufgedreht. Auch wenn er das leugnet. Ich hoffe einfach, dass die Indizien für eine Verurteilung reichen werden. Ich werde ja nicht mehr hier sein, aber Sie werden das schon hinbekommen.«

Meyer nickte und sog nachdenklich die Unterlippe ein. »Bis zum Prozess haben wir Zeit, das falsche Alibi zu zerpflücken und Augenzeugen zu finden. Er hat so viel auf der Uhr, das wird schon.«

»Mhm«, machte Nora. Ihnen beiden war bewusst, dass ihre Arbeit nur einen Strafprozess vorbereitete, entscheiden würde letztlich der Richter. Barusha hatte die Kinder nicht entführt. Er war im Kielwasser einer Verbrecherbande gesurft, um sich zu bereichern und seinen Rachegelüsten zu frönen.

»Ich muss schlafen. Dringend!«, sagte sie.

Meyer lächelte.

»Ich denke, Sie haben recht. Mit allem. Gute Nacht!«

Nora drehte sich um und ging durch den Flur zu ihrem Büro, um ihren Mantel zu holen. Sie fragte sich, ob sie sich den zärtlichen Unterton in seiner Stimme nur eingebildet hatte.

Enckeplatz – Mittwoch – 10:00 Uhr

Johan sah auf die Leuchtanzeige des Weckers. Zehn Uhr. Ihm war schmerzlich bewusst, dass die andere Seite des Bettes immer noch leer war. Er griff nach dem Telefon auf dem Nachttisch, wählte die Nummer von Lillys Handy, doch sie ging nicht ran. Er schwang die Beine aus dem Bett, blieb einen Moment mit gesenktem Kopf sitzen und fuhr sich durch die Haare. Ausgeruht fühlte er sich nicht. Auch gestern hatte er nicht mehr mit ihr sprechen können. Die SMS, die er ihr gegen vier Uhr geschrieben hatte, bevor er ins Bett gegangen war, war bis jetzt unbeantwortet geblieben.

Johan fühlte sich so einsam, wie er sich nie gefühlt hatte, als er tatsächlich noch allein gewesen war.

In Anbetracht der Tatsache, dass er ebenfalls Polizist war, hatten die Kollegen ihre eigenen Spuren einigermaßen beseitigt. Lediglich ein wenig Fingerabdruckstaub war auf den Glasscheiben der gerahmten Banksy-Drucke im Flur zurückgeblieben.

Das Geräusch des Schlüssels im Schloss ließ Johans Kopf in die Höhe schnellen. Er sprang auf.

»Lilly?!«

Doch es war nur Vicky. Als sie Johan in Unterhose im Flur stehen sah, blickte sie verlegen zu Boden. »Ich soll nur ein paar Sachen holen. Lilly möchte einige Tage bei uns bleiben. Sie …« Sie führte den Satz nicht zu Ende und verstummte unsicher.

Johan blinzelte verwirrt. »Ich ziehe mir nur schnell was an«, murmelte er.

Er hastete ins Bad, warf sich einen Bademantel über. Was sollte das heißen? Einige Tage bei ihrer Familie? Einmal tief durchatmen, keine voreiligen Schlüsse. Vielleicht wollte sie nur nicht in diese Wohnung zurück?

»Wie geht es ihr?«, fragte er, als er ins Schlafzimmer trat, in dem Vicky gerade einen Koffer unter dem Schrank hervorzog. Johans Hilflosigkeit wuchs, während sie ihren Blick über die gefalteten Pullis und Hosen schweifen ließ, auf der Suche nach schwangerschaftstauglicher Kleidung.

»Sie ist verwirrt, sie hat Angst…« Vicky drehte sich zu ihm um. »Sie muss das jetzt wirklich erst mal verdauen. Am besten du lässt sie ein paar Tage in Ruhe.«

»Was? Das werde ich nicht!« Johan lehnte sich in den Türrahmen und verschränkte die Arme, um seine Wut und Verwirrung zu kaschieren. Vickys Blick wurde mitfühlend, und sie kniff die Lippen zusammen. »Sie ist besonders empfindlich im Moment. Die Schwangerschaft macht sie so… angreifbar. Sie hat furchtbare Angst, sie könnte das Kind durch den Schock verlieren. Und mir dir zu reden…« Sie zuckte die Achseln, nicht unfreundlich, eher resigniert.

»Ich bin der Vater des Kindes. Ich mache mir auch Sorgen!«

Dass ihr Kind noch nicht außer Gefahr sein könnte, steckte ihm wie ein Messer im Unterleib.

»Bitte, Vicky, ich muss sie sehen! Wir müssen doch jetzt zusammen sein.« Er zögerte. »Wir sind eine Familie!« Ausgesprochen hatte er es zuvor noch nie, aber es fühlte sich richtig an. Eine Familie.

Die bei der ersten Krise auseinanderdriftete.

Vicky stellte den Koffer auf das Bett und begann, T-Shirts und Pullover einzupacken. »Passen die noch?« Sie wies auf einen Stapel säuberlich gefalteter Jeans. Johan schüttelte den Kopf und deutete mit dem Kinn auf den Stapel weicher Hosen im Fach darunter. Seine Augen füllten sich mit Tränen, die er schnell wegblinzelte. Vicky sah ihn an.

»Okay, ich rede mit ihr. Aber ich glaube, sie hat im Moment das Gefühl, die Gefahr für sie und ihr Kind geht von deiner Arbeit aus. Ich glaube, sie will gerade vergessen, dass es so etwas gibt wie die Dinge, mit denen du täglich zu tun hast.« Vicky rang um Worte, hielt ihre Hand in die Luft, als wolle sie etwas greifen, das so flüchtig war, dass es ihr immer wieder entglitt. »So, als ob du das alles irgendwie verkörpern würdest«, sagte sie schließlich ratlos.

Johan schüttelte den Kopf. »Das ist doch lächerlich.« »Rede mit ihr, bitte!«

Vicky nickte. Aber sie wirkte wenig zuversichtlich. Johan war klar, dass, wie auch immer sie selbst zu der Situation stand, Lillys Bedürfnisse für sie an erster Stelle kamen. Zumindest sah sie nicht mehr so aus, als gebe sie ihm für alles die Schuld. Allerdings auch nicht, als habe sie ihn aus der Verantwortung entlassen. Er konnte den Anblick des offenen Koffers, der sich mit Kleidung für Wochen zu füllen schien, nicht länger ertragen, drehte sich um und ging in die Küche. Alle seine Muskeln waren angespannt. Nach allem, was er gestern erfahren hatte, war sein unvorsichtiges Handeln der Grund gewesen, warum Barusha gewusst hatte, wo er wohnte.

Aber er hätte nicht gedacht, dass Lilly ihn dafür so hart bestrafen würde.

Er wurde von einem so heftigen Zorn gegen Barusha und sich selbst übermannt, dass der Löffel mit dem Kaffeepulver in seiner Hand zu zittern begann. Er lehnte sich gegen die Arbeitsfläche, um dem Schwindel beizukommen, der ihn erfasste.

Hatte dieses Arschloch seine Beziehung zerstört? Hatte er mit seinem Drang, unbedingt dabei sein zu wollen, mutwillig in Kauf genommen, dass seine Familie in Gefahr geriet? Sein Kind, bevor es überhaupt auf der Welt war?

Und wie stabil war eine Beziehung, wenn sie in Momenten der größten Hilflosigkeit keinen Halt bieten konnte?

Polizeipräsidium – Mittwoch – 11:45 Uhr

Noch bevor Nora in ihr temporäres Büro ging, um ihre persönlichen Sachen zu holen, klopfte sie bei Reitner. Er stand auf und ging lächelnd um seinen Schreibtisch herum. Kurz hatte sie den Eindruck, er wolle sie vor Begeisterung umarmen, und trat einen Schritt zurück. Er hielt auf halber Strecke an, tat, als habe er ihren Schreck nicht bemerkt. Er sah aus wie jemand, dessen Lieblingsmannschaft gestern den Pokal geholt hatte.

»Setzen Sie sich.«

Er deutete auf den Tisch, auf dem ein Tablett mit Wasser und Kaffee stand. Nora stellte ihre Tasche ab und hängte den Mantel über einen freien Stuhl, ihren Koffer hatte sie neben der Tür stehen gelassen.

Reitner schien sehr daran gelegen, sie sofort auf den neusten Stand zu bringen, und Nora war neugierig. Reitners Energieüberschuss verbot es ihm anscheinend, sich ebenfalls zu setzen.

»Die von der OK und Droge kommen später zur Lage. Die Durchsuchung heute Morgen in Farmsen war ein voller Erfolg. Es wurden vier Männer festgenommen. Ein Deutscher, ein Kolumbianer, zwei mit venezolanischen Wurzeln. Da war noch eine Frau, die mit ihren beiden Kindern jetzt in einer sicheren Wohnung untergebracht ist. Im Keller wurden mehrere Kilo Kokain sichergestellt sowie Streckmittel, Verpackungsmaterialien und etliche Waffen.« Er hob die Augenbrauen parallel zu den Mundwinkeln. »Es gibt keinerlei Zweifel mehr, dass diese Leute hinter der Entführung von Lasse und Livia Stein stecken.« Er hob einen Zeigefinger. »Das ist einer der größten Fahndungserfolge gegen die Koksmafia, den wir in den letzten Jahren erzielen konnten! Insgesamt, mit den Mitarbeitern des Im- und Export-Unternehmens, sind neunzehn Personen festgenommen und dringend tatverdächtig.« Er grinste Nora an. »Wir müssen jetzt dafür sorgen, dass die Beweiskette lückenlos ist und es eine wasserdichte Anklage gibt.« Seine Augen blitzten. Ein großer Fahndungserfolg, keine Toten. Bis auf Kondraschin, aber in diesem Zusammenhang trübte der die Gemengelage nur wenig.

Nora nickte, sie war nicht ganz so euphorisiert. »Und Jürgen Stein?«

»Wir haben ihn heute Morgen am Flughafen aufgegriffen. Er wartet auf seine Vernehmung und wird sich denken können, dass wir nun die Baupläne seiner Schiffe anfordern werden, um zu sehen, wann die Kooperation mit den Gangstern angefangen hat. Dazu sein Geständnis auf Video ... Wir kriegen ihn auf jeden Fall dran. Es wurde inzwischen eine Flasche Methylbromid auf dem Terminal gefunden. Und raten Sie mal: Die von der Daktyloskopie haben bereits eine Übereinstimmung mit seinen Fingerabdrücken.« Nora war nicht überrascht, genau das hatte Barusha bezweckt, als er dort eingebrochen war.

»Wenn Sie noch einen Zeugen suchen, sprechen Sie noch mal mit Frieder Koch. Jürgen Stein bezahlt seine teure Therapie bei Dr. Morin, und ich vermute, es ist so eine Art Schweigegeld. Es müssen mehr Mitarbeiter der Reederei involviert gewesen sein, auch wenn ich denke, dass nur Barusha in direktem Kontakt zu dem Kartell stand. Deshalb hat Jürgen Stein auch ihn ausgewählt, ihm zu helfen.«

Sie sah in Reitners federnder Körperspannung wieder diese händereibende Energie, die sie auch bei ihrer ersten Begegnung verspürt hatte und die sie trotz mehrerer Stunden Schlaf erschöpfte. »Sprechen Sie doch außerdem noch einmal mit Felicitas García. Ich denke, über sie und einen jungen Mann, mit dem sie in ihrer Heimatsprache sprechen konnte, sind sie an die Zeitpläne und Aufenthalte der Kinder gekommen.« Nora stand auf. »Es scheint, als hätten Sie alles im Griff«, sagte sie. »Ich fahre heute nach Berlin zurück und schicke meine Anmerkungen von dort.« Sie nahm ihren Mantel vom Stuhl.

»Wenn Sie so bald abreisen«, sagte Reitner zögernd, »wollen wir dann heute Mittag noch bei dem Italiener unseren Erfolg feiern?«

Nora sah ihn ausdruckslos an. Ihr Mangel an Begeisterung schien ihn verlegen zu machen.

Was tut man nicht alles für die Karriere, dachte sie. »Mich erwarten wichtige Angelegenheiten in Berlin.« Sie lächelte so verbindlich wie möglich.

»Natürlich«, sagte Reitner enttäuscht.

Nora hatte das eigentlich nur vorschieben wollen, aber die Wahrheit der Aussage hallte unangenehm in ihrem Inneren nach.

»Auf Wiedersehen«, sagte Nora und hielt Reitner die Hand hin. Er verstand ihre Geste so, wie sie gemeint war, kniff ein wenig die Lippen zusammen, nickte aber gleichzeitig fast feierlich. Nora hatte das Gefühl, er würde salutieren, wenn es nicht so unpassend gewesen wäre.

Als sie ihr Büro betrat, sah Nora den grauen Umschlag auf der leeren Fläche des Schreibtisches. Sie setzte sich, die Hand noch auf dem Griff ihres Koffers. *Persönlich/Vertraulich.* Da war die dringliche Angelegenheit schon und verlangte nach ihrer Aufmerksamkeit. Sie riss den Umschlag auf.

Zu Ihrer Information erhalten Sie in Kopie folgendes Schriftstück: Widerspruch gegen rückwirkende Unterhaltsforderung des Sozialamtes Bochum.

Der eigentliche Brief, als zweite Seite mit Heftklammer angefügt und als Kopie gestempelt, umfasste nur wenige Sätze. Die Anwältin zeigte der Behörde gegenüber die Vertretung ihrer Mandantin Nora Klerner an und legte in ihrem Namen wegen unbilliger Härte nach § 1611 BGB (1) grundsätzlich Widerspruch gegen die Unterhaltsverpflichtung gegenüber ihrer Mutter Gertrude Klerner ein. Den Ansprüchen des Sozialamtes Bochum gegenüber ihrer Mandantin, das mit mehreren tausend Euro in Vorleistung gegangen war, wurde im nächsten Absatz widersprochen. Dies gelte ebenso für das Pflegeheim, in dem sich Gertrude Klerner derzeit aufhalte.

Nora lehnte sich zurück, als sie plötzlich keine Luft mehr bekam.

Es fühlte sich merkwürdig an, dass der eigentliche Gegner in diesem Streit eine Behörde sein würde und nicht ihre Mutter selbst. Wenn die Unterhaltsforderung von ihr persönlich oder ihrem Anwalt gekommen wäre, wären sie vor Gericht aufeinandergetroffen. Aber sie hatte sich nie gemeldet oder es versucht. Sie wusste ja, was damals passiert war. Erst dass sie pflegebedürftig wurde, hatte alles losgetreten.

Nora umklammerte die Armlehnen des Stuhls.

Das Amt erschien ihr wie eine Mauer zwischen ihr und ihrer Mutter. Vor Gericht würde ihr Leid als Kind in etwas verwandelt werden, das man ordnen, kategorisieren und anschließend bewerten würde. War es nicht schlimm genug, was sie erlebt hatte, um dem gesetzlichen Elternunterhalt zu widersprechen? Und: War ihre Mutter überhaupt mitschuldig an dem, was ihr widerfahren war? Sie hatte den Missbrauch ja nur zugelassen. Sie beide waren die Einzigen, die die Wahrheit kannten, und in einem Prozess war sie das Opfer, das zwar im Grunde Geld genug hatte, sich aber weigerte für die Pflege und den Lebensunterhalt der Frau zu zahlen, die ihr das Leben geschenkt hatte.

Und selbst wenn sie den Prozess gewann, die Sozialkassen würden übernehmen müssen. Sie schloss die Augen.

Das war nicht richtig. Das war alles falsch. Sie saß hier in einem fremden Büro, ließ sich von einer fremden Anwältin vertreten, gegen eine Behörde, die nur ihre Arbeit tat. Es war schließlich nur Geld. Sie musste nicht ihre Seele zu Markte tragen.

Doch Nora wusste, würde sie den Betrag überweisen und die folgenden Unterhaltszahlungen akzeptieren, würde sie jeden Monat daran erinnert werden, wie ihre Mutter damals weggeschaut hatte. Sie würde nicht für das Unrecht einstehen, das ihr angetan worden war. Sie war dann schwach. Tat so, als sei *doch nichts Schlimmes vorgefallen.*

Nora legte die Stirn in die Hände, unter ihrem Schreibtischstuhl hatte sich ein dunkles Loch aufgetan.

Was sollte sie tun?

Sie sah auf das amtliche Schreiben. Es ging nicht ums Geld. Wenn sie den Prozess gewann, schwor sie sich, würde sie die gleiche Summe, einschließlich der folgenden Zahlungen bis zum Tod ihrer Mutter an eine Organisation zur Unterstützung von Missbrauchsopfern überweisen.

Sie zuckte zusammen, als das Telefon klingelte.

Carsten Mandowski! Ihn hatte sie ohnehin noch anrufen wollen.

»Wir haben die höheren Frachtkosten dieser Tochterfirma tatsächlich mit einer Firma in Kolumbien in Verbindung bringen können, die im Verdacht steht, für ein Drogenkartell Geldwäsche zu betreiben.«

Nora lächelte. »Das ist wunderbar. Das fügt einiges zusammen.« Sie erläuterte, was sie am Morgen noch von Reitner erfahren hatte, die Verhaftungen und die Drogenfunde. Doch vor allem Mandowskis ehrliche Freude und Erleichterung über die Rettung der Kinder hob ein wenig den Nebel über Noras Gemüt.

»Danke für deine Hilfe«, sagte sie.

»Da nicht für. Und übrigens ist, wenn man die Gesamtbuchführung und Kontenverteilung betrachtet, auch ziemlich klar, dass Jürgen Stein im Vergleich zu seinem Bruder finanziell eher schlecht dasteht. Justus Stein hat privat gut investiert, Jürgen Stein nur Geld verloren, bis er diese Firma hochzog. Ich nehme an, dass er deshalb noch mit seiner Familie bei seinen Eltern wohnt.«

Nora ließ die Information auf sich wirken. Sie hatte Louise Steins Blick vor Augen, die glitzernde Härte darin. Jürgen Stein, wie er auf seine Hände starrte. Angesichts der neuen Information verschob sich ihr Blickwinkel, und die Verachtung, die Louise ihrem ältesten Sohn augenscheinlich entgegenbrachte, wurde deutlicher.

»Danke. Das ist zumindest ein Anhaltspunkt, warum er sich mit den Drogenschmugglern eingelassen hat.«

Sie verabschiedeten sich. Nora versprach auf einen Kaffee vorbeizukommen, wenn sie wieder in ihrem Büro in Berlin war.

Sie nahm die Notizen, die sie für die Nachbereitung in Berlin brauchte, aus der Schublade und steckte sie in die Umhängetasche. Ein letzter Blick auf die leere Schreibtischplatte.

Als sie auf den Flur trat, kam ihr Brigitta entgegen. »Nora!« Brigitta sah überrascht auf den Koffer. »Fährst du schon?« Nora nickte. Spontan umarmte sie Brigitta, ließ los, bevor diese reagieren konnte.

»Es war schön, mit dir zu arbeiten«, sagte Brigitta. Es hörte sich an, als würde sie es wirklich so meinen. »Fand ich auch.«

Auf dem Weg zum Fahrstuhl wurde sie langsamer. Ein Abschied noch. Sie drückte auf den Knopf für den zweiten Stock.

Johan saß an seinem Schreibtisch und schob Papiere hin und her. Die dunklen Ringe unter seinen Augen und der traurige Zug um den Mund versetzten Nora einen Stich. Als er sie sah mit ihrem Abschiedsgesicht, hob er die Augenbrauen. »Willst du keine Lorbeeren ernten? Alle werden dir bei der Lage gratulieren wollen.«

»Wieso mir?«

Nora hatte nicht das Gefühl, dass sie mehr getan hatte als andere, allen voran Johan. Sie winkte ab.

»Das ist nicht meine Veranstaltung. Vielleicht kannst du Grüße von mir übermitteln. Sag, ich musste dringend nach Berlin zurück!«

Johan musterte sie forschend. Es war wie beim letzten Mal. Sie fuhr, bevor sie sich freuen konnte.

»Musst du denn so dringend nach Berlin?«

»Ja, irgendwie schon.« Nora trat verlegen von einem Fuß auf den anderen. Sonst machte es ihr weniger aus, einfach zu gehen, aber heute spürte sie schon die Einsamkeit, die sie erwartete, sobald sie ihren Fuß vor die Tür gesetzt hatte.

Johan sah auf die Uhr, stand auf und nahm seine Jacke. »Ich bringe dich zum Bahnhof. Das passt grad noch.«

Nora wollte ablehnen, aber unter Johans ruhigem fürsorglichem Blick gab sie nach. »Okay.«

In der U-Bahn saßen sie sich gegenüber. »Wie geht es Lilly?«, erkundigte sich Nora nach längerem Schweigen.

Johans Muskeln im Gesicht erschlafften. »Sie will mich nicht sehen und ist für ein paar Tage zu ihrer Schwester gezogen.«

»Das tut mir leid.« Nora konnte Lilly nicht verstehen. Und dann wieder doch.

»Sie hat Angst, denke ich, dass so etwas wie mit Barusha wieder passieren könnte. Dass wir als Polizisten immer in Gefahr sind und unsere Familien auch.«

Nora schürzte mitleidig die Lippen. »Ganz unrecht hat sie nicht. ›Ich weiß, wo du wohnst‹…«

»Sag mal, willst du ihr jetzt etwa recht geben?« Johan wirkte nicht zornig, nur frustriert.

»Nein. Ja. Ich weiß nur, dass es keinen Sinn hat, der Wahrheit aus dem Weg zu gehen. Das weißt du doch auch. Die langen Schichten, zermürbenden Fälle… Wenn sie mit einem Polizisten zusammen ist, wird sie immer Angst haben. Wenn nicht um sich selbst, dann um dich.«

Johan seufzte, er sah aus, als würde er gleich weinen. »Ich geh wieder zurück an den Schreibtisch!«

Nora nickte. »Wenn das richtig für dich ist, ist es auch richtig für eure Beziehung. Und mit Kind… Alles wird gut!«

Sie hörte selbst, dass sie nicht sonderlich überzeugend klang. Die Gefahr für Dozenten war wirklich sehr überschaubar, für Analysten ebenso. Doch sie zweifelte, dass Lilly über das Trauma der letzten Nacht so schnell hinwegkommen würde.

In der Wandelhalle des Hamburger Hauptbahnhofs blieben sie stehen. Johan warf einen Blick auf die große Uhr in der Mitte der Halle. »Ich muss jetzt zurück. Unterricht«, er feixte. Nora sah ihn an. Sie wusste, er würde sie umarmen, wenn sie jemand anderes wäre. Also trat sie zu ihm und legte ihre Arme um seinen Oberkörper. Es war ungewohnt, aber möglich. Er zog sie an sich und hielt sie fest. Nora wurde von so einem starken Gefühl der Geborgenheit überwältigt, dass sie blinzeln musste, um ihre Tränen zurückzuhalten. »Danke!«, sagte sie.

»Wofür?« Johan trat zurück, schien erstaunt.

»Dass du mich magst, wie ich bin.«

Er lächelte so breit, dass Nora ebenfalls verlegen grinsen musste.

»Du bist großartig, weißt du das denn nicht?«

Als Nora auf dem Gleis stand, lächelte sie immer noch. Ihr Zug würde in wenigen Minuten fahren. Es war eiskalt in der Halle, aber sie fröstelte nicht. Überall in dem hohen Glasgewölbe hingen Werbeplakate, hinter den Gleisen lag Taubendreck, und einige der Vögel gurrten auf den Simsen der Stahlkonstruktion, obwohl Metallnadeln sie überall auf Abstand halten sollten.

Nora sah den ICE, der gegenüber einfuhr. Die Fahrgäste Richtung Köln machten sich bereit einzusteigen. Ihr Blick fiel auf die Anzeigetafel. Der Zug fuhr über Bremen, Dortmund, Bochum …

Nora erstarrte. Ohne, dass sie den Entschluss dazu gefasst hätte, mehr, als habe der Entschluss sie gefasst, nahm sie ihren Koffer, ging hinüber und reihte sich in die Schlange der Wartenden. Es fühlte sich unwirklich an einzusteigen. Im Abteil der ersten Klasse setzte sie sich auf einen Fensterplatz und sah zu, wie auf der anderen Seite des Bahnsteigs ihr Zug nach Berlin einfuhr. Ihr Herz schlug schnell. Aber nicht unangenehm.

Bochum – Mittwoch – 17:00 Uhr

Das Pflegeheim wurde von einem riesigen Kreuz an einer hohen Wand im Eingangsbereich dominiert. Obwohl der Träger des Hauses die katholische Kirche war, hing kein sterbender Jesus daran. Vermutlich wird in diesem Haus zu viel gesiecht und gestorben, als dass man dies noch mit einem gefolterten, jungen Mann illustrieren wollte, dachte sie. Das graugrüne Linoleum der Halle, eine Reihe brauner Tablettwagen mit Chromgestell am Rand des Flures, neben einer ganzen Batterie abgegriffener Rollatoren und klappbarer Rollstühle schlugen ihr auf das ohnehin schon düstere Gemüt. Sie drehte sich in Richtung des Empfangstresens. Hinter einer Glasscheibe saß eine kleine, runzelige Frau mit einer hellen Haube, weißer hochgeschlossener Bluse und gehäkelter Strickjacke, um deren Kragen eine dünne goldene Kette mit einem Kreuz hing. Und sie hatte sich geirrt: Hinter ihr an der Wand hing auch ein großes Kruzifix.

»Ich möchte zu meiner Mutter, Gertrude Klerner«, sagte Nora. Aus wässerigen Augen starrte die Frau sie an.

»Moment, ich schaue nach.« Nora hatte das vage Gefühl, skeptisch gemustert zu werden, vielleicht aus Sorge, ob ihr die Unterbringung ihrer Mutter wohl genügen würde. Es handelte sich bei der Einrichtung offensichtlich um ein karitatives Pflegeheim der einfachsten Art. Kein Komfort täuschte über seine Funktion hinweg: die Pfleglinge zu füttern und zu waschen, bis sie das Zeitliche segneten. Durch einen breiten Gang neben dem Empfang konnte Nora in einen Speiseraum sehen, in dem einige zusammengesunkene Menschen hohen Alters apathisch auf Holzstühlen saßen. Es war trostlos. Sie wandte den Blick ab.

»Ach, sie bekommt sonst nie Besuch. Wie schön!« Die Empfangsdame stand mühsam auf. Nora konnte nicht umhin zu denken, dass sie selbst irgendwann übergangslos in eines der Zimmer wechseln würde, wenn ihre Zeit gekommen war. Sie folgte der Frau mit einem Stein im Magen, der mit jedem Schritt schwerer wurde. Der septische Geruch von Putzmittel mit hohem Chlorgehalt half nicht, ihre aufsteigende Übelkeit zu lindern.

Das Zimmer, in dem Gertrude Klerner lag, war im Untergeschoss. Nora konnte sich schwerlich vorstellen, dass es einen noch tristeren Ort gab, um auf den Tod zu warten. Von einem langen, dunkelgrün gestrichenen Flur, geschmückt mit billigen Drucken von Heiligenbildern und nur spärlich beleuchtet von Tageslicht, das durch milchige Kellerfenster in Kopfhöhe fiel, gingen mehrere Türen ab. Sie waren alle offen, dennoch war es so still, als ob niemand anwesend wäre. Im Vorbeigehen sah Nora, dass in einigen der einfachen Holzbetten dick eingemummelt Menschen lagen, die keine Notiz von ihr nahmen. Nora passte sich dem langsamen Schritt ihrer Führerin in dieser Unterwelt an und schluckte trocken, als diese eine Zimmertür aufstieß.

»Frau Klerner, Sie haben Besuch. Ihre Tochter ist hier!« Ihr Tonfall war neutral. Sie drehte sich zu Nora.

»Dort finden Sie Wasser.« Sie deutete auf ein Tablett, auf dem eine Karaffe und mehrere Gläser sowie zwei Schnabeltassen standen. Das eine Bett war nicht belegt, in dem anderen lag eine sehr alte Frau, der Nachttisch neben ihr war vollgestellt mit Krempel: Taschentücher, ein Gebiss in einem Glas, Porzellanfiguren, kleine Bilderrahmen. Es schien, als sei dies ihre verbliebene private Habe, alles, was sie noch besaß. Nora trat näher, während die Empfangsdame davonschlurfte.

Sie hätte ihre Mutter nicht erkannt, wäre sie ihr auf der

Straße begegnet. Gertrude Klerner war 1927 geboren, sie hatte Nora mit fünfundvierzig als erstes und einziges Kind zur Welt gebracht. Als Noras Vater starb, war Nora fünf und sie fünfzig. Jetzt sah sie noch älter aus, als sie war. Ihre Wangen waren eingefallen, und ihr Unterkiefer bewegte sich unruhig hin und her, als würde sie auf etwas kauen. »Ja?«, krächzte sie und versuchte sich aufzurichten. Nora wollte ihr helfen, doch sie vermochte es nicht. Sie konnte sich nicht rühren, geschweige denn dazu überwinden, die Frau, die ihr so fremd vorkam, anzufassen. Schließlich gab diese es auf und blickte sie lediglich aus wässrig blauen Augen an.

»Mutter«, sagte Nora förmlich. Ihre Beine zitterten, und obwohl es sie drängte davonzulaufen, zog sie sich einen der schlichten Holzstühle heran und setzte sich.

»Wie geht es dir?«

»Ich sterbe.« Gertrude Klerner hustete unglücklich.

Dem war nichts hinzuzufügen. Nora war sich nicht sicher, ob ihre Mutter sie erkannt hatte.

Mit einem Mal irrte ihr Blick von ihr weg und blieb an einem Blumenposter hängen, das jemand an der Wand gegenüber mit Stecknadeln festgepinnt hatte. Sie lächelte, und Nora hatte das Gefühl, sie versank in dem Anblick der künstlich pinkfarbenen Blüten. Dann mäanderten ihre Pupillen wieder durch das Zimmer und blieben fragend an ihr hängen. Sie blinzelte. »Wer sind Sie?« Ihre Stimme war jetzt höher als eben, beunruhigt. Ihre Zunge fuhr unkontrolliert in ihrem leicht geöffneten zahnlosen Mund hin und her. Einen Moment stand die Zeit still, es war, als würde sie sich selbst in einem Alptraum begleiten, unfähig zu sagen, wie sie hierhergekommen war.

»Was wollen Sie von mir ...?« Ein weiteres Mal versuchte die alte Frau sich aufzurichten und zog an ihrer Decke. Als wolle sie sich vor mir verstecken, dachte Nora. Sie empfand etwas wie Mitleid – und deutlich dumpfen Schmerz. Die Luft schien aufgeladen mit jahrzehntelanger Verdrängung und Lüge. Die Frau blinzelte immer noch verwirrt.

Nora war allein mit ihrer Vergangenheit.

Diese Frau hatte nur noch wenig mit der zu tun, an die sie sich von früher erinnerte, und doch war sie es. Sie löste immer noch die Gefühle von Hilflosigkeit aus und die Sehnsucht, gesehen zu werden, anerkannt in ihrer Not. Ihre Mutter war damals stark, dann wieder schwach, mal fürsorglich, im nächsten Moment kalt und abweisend, sogar anklagend. Als belastete Nora ihr Leben. Trotzdem hatte Nora ihre Nähe gesucht. Nicht anders gekonnt, weil sie ein Kind war. Bis sie gegangen war und es aufgegeben hatte.

Nora war als Jugendlicher irgendwann klar geworden, dass ihre Mutter die nächtlichen Besuche ihres Partners bei ihrem Kind toleriert hatte, weil sie glaubte, ihn zu verlieren, wenn sie es nicht tat. Ihre Mutter hatte sich über alles, was nachts geschah, ausgeschwiegen, sich abgewandt, wenn Nora sie stumm und verzweifelt ansah. Und Nora hatte geschwiegen, war immer kleiner und weniger geworden. Es hatte sie in der ersten Therapie viele Stunden voller Tränen gekostet anzuerkennen, dass sie als Kind bereit gewesen war, für ihre Mutter zu leiden, für deren Bedürfnisse. Sie hatte sich in ihrer kindlichen Liebe geopfert und nicht aufbegehrt.

Die Wut war später gekommen.

Nora fühlte das Loch in ihrem Herzen brennen. Womöglich hätte es eine Möglichkeit gegeben zu sprechen. Früher. Sie sah die Alte an, die jetzt panisch hinter Nora schielte, ob jemand käme, der ihr mit dieser fremden Frau helfen würde. Sie spürte anscheinend, dass etwas nicht in Ordnung war, auch wenn sie nicht wusste, was. Nora sagte es. Für sich, für den

Moment, auch wenn ihre Mutter nichts verstehen würde. Es war die letzte Möglichkeit, das wusste sie, dass sie die Worte zu ihr würde sagen können, die sie immer mit sich herumgetragen hatte.

»Dein Mann hat mich das erste Mal vergewaltigt, als ich acht Jahre alt war. Du hast es gewusst und hast nichts getan, um mich zu beschützen.« Es tat so unendlich weh, es auszusprechen.

Die tief hinter Schlupflidern und Tränensäcken liegenden blauen Augen ihrer Mutter blieben leer. Nora seufzte. Plötzlich erwachte ein Funken in ihnen, sie richteten sich mitfühlend auf ihr Gesicht. »Mein armes Mädchen«, murmelte die Alte. Nora glaubte, sich verhört zu haben. Sie trat näher, ihre Mutter streckte die Hand aus, ließ sie wieder fallen. In Noras Innerem kam etwas in Bewegung, wie Lava unter einer Kruste. »Mein armes Mädchen.« Nora wusste nicht, ob ihre Mutter sie meinte oder ob es ihr leidtat, dass diese Frau, die sie nicht kannte, so etwas hatte erdulden müssen.

Der Blick der Alten irrte wieder von ihr fort, blieb an einem der Bildchen auf dem Nachttisch hängen, ein entrücktes Lächeln erschien in ihrem Gesicht. Nora trat näher und schaute auf den kleinen goldenen Bilderrahmen. Darin war ein Foto von ihr bei ihrer Einschulung. Sie lächelte schüchtern, ihre beiden Schneidezähne fehlten. Der Schmerz war so jäh, dass Nora sich abwenden musste. Sie war also nicht die Einzige, die der unbeschwerten Zeit nachtrauerte. Nora betrachtete die anderen Bilder. Es waren ausnahmslos Fotos von ihr, aus jener Zeit, bevor ihre Mutter wieder geheiratet hatte. Von ihrem Mann war keines dabei. Nora richtete sich wieder auf, warf einen letzten Blick auf ihre Mutter, die jetzt langsam in einen erschöpften Schlaf dämmerte. Sie fühlte sich mit einem Mal ein wenig befriedet. Nicht so, dass sie wiederkommen wollte, eher, als habe sie endlich Abschied genommen.

Sie drehte sich um, trat aus dem Zimmer. Sie wollte dieser morbiden Stille möglichst rasch entkommen, dennoch zwang sie sich, langsam zu gehen und jeden weiteren Zentimeter, den sie zwischen sich und die Vergangenheit brachte, bewusst wahrzunehmen. Ihr Koffer machte ein surrendes Geräusch in dem dunklen Flur, sonst waren nur leise ächzende Laute der langsam Sterbenden zu hören.

Eine Faust presste sich in ihren Magen. Hatte ihre eigene Tochter eine ähnliche Leere in sich? Weil sie von ihrer Mutter im Stich gelassen worden war? Doch wie hätte sie als Sechzehnjährige für sie sorgen sollen? Nora hatte sich verboten, an sie zu denken. Und dennoch war sie oft da, dicht unter der Oberfläche. Ein winziges Baby, das sie nur einmal ganz kurz im Arm gehalten hatte, bevor die Hebamme es ihr abgenommen hatte. Nora biss sich auf die Lippen, der Schmerz war alt und so vertraut. Hier erschien ihr alles wie ein Kreislauf, der mit der Frau im Zimmer begonnen hatte, wahrscheinlich schon mit deren Kindheit, bis zu ihrer eigenen Tochter reichte und womöglich noch weiter darüber hinaus. Es war so schwer, das Richtige zu tun. Wenn es das überhaupt gab: das Richtige im Falschen. Aber nun würde sie das Geld an das Sozialamt überweisen, ein etwas heimeligeres Pflegeheim finden und die Anwältin zurückpfeifen. So sehr sie mit ihrer Mutter haderte, sie hatte Verantwortung. Sie würde sich nicht abwenden von der verwirrten Frau, die sich an schemenhafte Erinnerungen einer glücklichen Zeit klammerte. So wie sie es auch manchmal tat.

Epilog

Das Gerichtsverfahren gegen Emna würde bald eröffnet werden, aber bis dahin war sie auf freiem Fuß. Johan ging die Treppe voran in die Kühle und den dezent moderigen Geruch eines Altbaukellers, dessen Wände aussalzten und in dessen Mörtel Schimmelsporen nisteten. Er schloss eine Stahltür auf. »Wenn Ihre Mutter zwischen 1992 und 2001 in Hamburg als Prostituierte tätig war, dann könnte es hier eine Akte über sie geben.«

Emna trat unsicher ein. In dem Raum standen Metallregale, eines neben dem anderen, Meter um Meter gefüllt mit Tausenden hellgrauen Umschlagsmappen aus Pappe. Hier drinnen roch es nach Staub und altem Papier, und Johan war froh darum. Dieses Archiv umfasste die Schicksale aller registrierten Prostituierten Hamburgs, es wäre eine Schande, wenn man es dem Verfall anheimgegeben hätte, aber er hatte keine Gelegenheit gehabt, es zuvor zu inspizieren. Es war schwer genug gewesen herauszubekommen, was aus den Unterlagen geworden war, geschweige denn, den Schlüssel zu bekommen. Mehrfach waren die Papiere, die bis in die fünfziger Jahre zurückreichten, von einem Raum in einen anderen umgezogen, einiges war bestimmt verloren gegangen. Johan hoffte, dass Emna, die jünger war als er, das Wort nicht kannte: *Bockschein*. Früher hatte er immer gedacht, der Begriff sei rüde und abfällig, und illustriere ziemlich genau, worum es Männern ging, die Prostituierte besuchten. Dann hatte er gehört, dass es sich auf den gynäkologischen Stuhl bezog, den *Bock*. Was die Sache kaum besser machte. Die Untersuchungen waren teils erzwungen worden, denn das Gesetz zur Bekämpfung der Geschlechtskrankheiten von 1953 stand über dem der Persönlichkeitsrechte von Frauen *mit häufig wechselndem Geschlechtsverkehr*, wie die Huren im Amtsdeutsch genannt wurden. Abgeschafft wurde das amtsärztliche Gesundheitszeugnis für sie erst 2001.

Johan sah zu, wie Emna mit den Fingern über die Rücken der Ordner strich, während sie die Reihen entlangging. Eine fast zärtliche Geste, die ausdrückte, was auch er empfand. Wie unglaublich viele dieser Akten es gab, wie viele Frauen und ihre Geschichten sich darin verbargen, wie viele diskriminierende und demütigende Untersuchungen. Was hatten diese Frauen empfunden? Die Männer, die sie besuchten, hatten keinen solchen Nachweis gebraucht, dass sie frei von Krankheiten waren. Emna war an einer Reihe angelangt, in der Nachnamen mit B einsortiert waren, und Johan wandte sich zuvorkommend ab. Er nahm einen vergilbt aussehenden Ordner aus dem Regal zu seiner Linken und schlug ihn auf. Helga Meier, geboren 1942, verstorben 1976. Das Todesdatum war handschriftlich eingefügt worden. Es gab ein paar Eckdaten ihrer Biographie. Das Papier war an den Rändern bereits braun, die Schreibmaschine hatte unregelmäßige Buchstaben hineingestanzt. Helga Meier war unverheiratet, 1963 bereits Mutter einer damals zweijährigen Tochter. Zum Ende des Krieges war sie als Flüchtling nach Hamburg gekommen, später Apfelpflückerin, bis man sie wegen ihrer Schwangerschaft entlassen hatte. Johan blätterte vor und fand die letzte Untersuchung, in der der Amtsarzt Zeichen von Syphilis diagnostizierte und die Unbedenklichkeitsbescheinigung verweigert hatte. Das war 1973.

Ein unterdrücktes Aufschluchzen ließ ihn herumfahren. Emna stand mit einem aufgeschlagenen Ordner in der Hand vor dem Regal und hatte die Stirn an eine Metallstrebe gelegt. Johan hatte Emna Schulz nicht gesehen, seit den letzten Vernehmungen vor einem halben Jahr. Dass er sich bei ihr gemeldet und ihr angeboten hatte, sie hierher zu bringen, war eine Geste der Dankbarkeit, die er sich überlegt hatte. Hoffentlich hatte er keinen Fehler gemacht.

So wie es aussah, würde Emna nach dem Gerichtsverfahren einer Gefängnisstrafe entgegensehen, aber sie hatte ihm damals geholfen und sich gegen ihren Bruder gewandt. Er trat verlegen einen Schritt näher an die Frau, die jetzt still weinte.

»Sie war die ganze Zeit in Hamburg«, sagte sie leise. »Sie hat irgendwann geheiratet und aufgehört anzuschaffen, deshalb habe ich sie nicht gefunden.« Emna hob den Kopf, ihr Gesicht war zu einer Grimasse verzogen, in der Trauer, Angst und Freude schnell wechselten. »Warum hat sie nicht versucht, uns zu finden?«

»Sie hat sich vielleicht geschämt«, sagte Johan leise. Er warf einen Blick über ihre Schulter auf den Steckbrief. Es war kein Todesdatum hinter dem Namen von Emnas Mutter eingetragen. Nur ihr neuer Name und der Vermerk, sie ginge dieser Tätigkeit jetzt nicht mehr nach, sie aufzugreifen sei zukünftig unnötig. Die Akte selbst war rund zwanzig Jahre alt. Die Frau musste heute vierundfünfzig sein. Die Chancen standen gut, dass sie noch lebte.

Anmerkungen der Autorin

Ähnlichkeiten mit lebenden oder toten Personen sind rein zufällig, alle inhaltlichen Fehler sind meiner Unwissenheit geschuldet. Dennoch gab es für mich wichtige Inspirationen für Figuren oder Ereignisse. Vor rund zwanzig Jahren lernte ich eine Frau kennen, die von ihrem Vater als Kind jahrelang sexuell missbraucht worden war. Sie hat sich damals ihrem Trauma gestellt, und ihre Kraft hat mich tief berührt. Sie war mutig, klug und beruflich erfolgreich, körperliche Nähe von Männern war dagegen für sie sehr schwer auszuhalten und ihre Beziehungen dadurch schwierig. Über 13 500 Kinder wurden in der Kriminalstatistik des BKA von 2017 als Opfer sexueller Gewalt registriert, die Dunkelziffer wird um ein Vielfaches höher geschätzt. Es ist also korrekt, von einem »alltäglichen« Verbrechen zu sprechen. Die Begegnung von damals hat mich nie ganz losgelassen. Ich kann nicht nachvollziehen, wie sich Opfer solcher Übergriffe zeit ihres Lebens fühlen, habe mich aber bemüht, Nora als starke Frau zu kreieren, die ihren Schmerz weder leugnet noch ihm die Macht gibt, sie zu Boden zu zwingen. So wie ich es damals bei meiner Freundin gesehen habe. Ich möchte, dass man Nora als jemanden wahrnimmt, der sein eigenes Leid in positive Kraft umwandeln konnte und anderen hilft. Ich fürchte, dass viele Menschen über sexuelle Übergriffe in ihrer Kindheit schweigen, weil sie Angst haben, als beschädigt wahrgenommen zu werden. Dabei sind sie vermutlich stärker als die meisten von uns.

Ich bin in Hamburg aufgewachsen, und in meiner Erinnerung und meinem Roman vermischen sich Gegenwart und Vergangenheit. Der U-Boot-Bunker war selbst bei strahlendem Sonnenschein ein bedrückender, markanter Ort, weshalb ich ihn hier habe auferstehen lassen. Der Hafen selbst ist inzwischen größer, moderner, für die Industrie übersichtlicher und für die einzelne Schriftstellerin uninteressanter. Als Kinder konnten wir in Bananenkisten gigantische Käfer finden oder tote Vogelspinnen, was heute wohl kaum noch der Fall sein wird. Mit dem letzten Hafenfischer durfte ich 2008 zu seinen Reusen fahren, in Kanälen wie dem, in dem Tarek baden geht.

Ich danke allen, die mir während der Recherche und für das Manuskript ihre Zeit geschenkt haben: allen voran Achim von Glinowieki, der mir in seiner Funktion als Schiffsinspektor in Hamburg von den verseuchten Containern erzählte und so den ersten Impuls für die Geschichte gab. Jörg Blicke vom LKA Hamburg, Holger Vehren von der Pressestelle des LKA Hamburg, Dr. med. Jan Peter Sperhake, Rechtsmedizin UKE Hamburg, IT-Journalist Moritz Jäger danke ich für die umfangreichen Informationen. Den Autorinnenkolleginnen und Freundinnen Stephanie Bahro, Simone Buchholz, Susanne Kliem, Angelique Mundt, Maria Schweigstill und Silja Weißer danke ich für Impulse, Zuspruch und Lektüre. Detlef Ubben, Leiter des Dezernats für Menschenhandel a.D. danke ich, obwohl es bereits viele Jahre zurückliegt, für sein Seminar über Zwangsprostitution und dass er das Archiv mit den Akten aus dem Epilog mir gegenüber erwähnte. Es ist mir leider nicht gelungen, den aktuellen Verbleib dieser Unterlagen zu klären. Des Weiteren danke ich meiner Lektorin Maren Kröger für ihre Geduld und mehrmalige Lektüre, Nina Portheine von der btb-Pressestelle und meiner Agentin Petra Hermanns. Und nicht zuletzt meinem Mann und meiner Tochter, sowie meinen Eltern Brigitte und Theodor, dafür dass sie für mich da sind. Und natürlich meiner Schwester Alena, für die ich ebenfalls jederzeit nachts im Hafen herumschleichen würde.

Meike Dannenberg

Blumenkinder

Kriminalroman

464 Seiten, btb 71449

Jemand hat zwei Mädchen getötet.
Und wird es wieder tun. Sehr bald.

Im beschaulichen Lüneburg grassiert die Angst vor einem Mörder. Ein Mädchen wurde vor vier Wochen getötet. Und das große Waldgebiet Drawehn birgt noch mehr Schreckliches unter dem Laub des Vorjahres – wird es bald ein weiteres Opfer geben? BKA-Sonderermittlerin Nora Klerner und Fallanalytiker Johan Holms läuft die Zeit davon …